L'anneau du pêcheur

Jean Raspail

L'anneau du pêcheur

ROMAN

Albin Michel

IL A ÉTÉ TIRÉ DE CET OUVRAGE

Trente exemplaires sur vergé blanc chiffon, filigrané,
des Papeteries Royales Van Gelder Zonen, de Hollande,
dont vingt exemplaires numérotés de 1 à 20,
et dix exemplaires, hors commerce, numérotés de I à X.

22, rue Huyghens, 75014 Paris

ISBN BROCHÉ 2-226-07590-9
ISBN LUXE 2-226-07690-5

Rodez, 1993

C'EST difficile d'obtenir une soupe et du pain, un soir de Noël, dans une ville. L'homme avait déjà essuyé plusieurs refus dans les cafés de la place d'Armes décorés de guirlandes électriques. Il s'asseyait à une table à l'écart, la plus discrète, la plus isolée, posait son havresac à ses pieds, et au serveur qui se présentait, demandait : « Une soupe et du pain, s'il vous plaît », en ouvrant la paume de sa main droite sur une unique pièce de dix francs. Il y avait du pain, mais en sandwich seulement, et en tout cas rien pour dix francs. L'homme insistait d'une voix douce. Il souhaitait manger chaud. La nuit serait longue. Un café peut-être ? Ça ne nourrit pas. Alors un croque-monsieur ? Un hot dog ? Avec dix francs ? Le serveur haussait les épaules. Ou bien filait vers la caisse glisser quelques mots à une grosse dame aux cheveux bleus et aux ongles violets qui jetait un regard dans sa direction et hochait négativement la tête, l'air outré. Le garçon revenait : « On ne sert pas les... » Qu'avait-il voulu dire ? Qu'on ne servait pas les vagabonds, les mendiants, les clochards ? Son regard croisait celui de l'homme et le mot ne passait pas. « Je regrette, monsieur, c'est impossible », disait poliment le garçon, surpris lui-même du ton presque respectueux de sa voix. « Je vous remercie », répondait l'homme. Et reprenant son sac à dos il s'en allait vers la sortie tandis que la grosse caissière s'agitait soudain, mal à l'aise, furieuse de se découvrir un remords alors qu'elle n'en éprouvait jamais.

D'ordinaire, il évitait les villes, marchant de hameau en village, entre les Causses et les Cévennes, le Lévezou, l'Aubrac, l'Albigeois, se fiant à sa mémoire pour s'arrêter à tel ou tel endroit, des noms de lieu qu'il connaissait par cœur et qu'il avait appris, autrefois, de celui qui l'avait précédé. Le signe sur une vieille maison, ou une ferme, parfois il le retrouvait, gravé dans la pierre, à l'endroit convenu, rongé par l'usure des siècles. Ses doigts écartaient le lierre et identifiaient le signe aussi sûrement que ceux d'un aveugle, mais le signe, le plus souvent, ignoré des propriétaires de la maison, ne correspondait à rien ni à personne qui en comprît encore le sens. Les temps avaient tellement changé. Les villages expiraient l'un après l'autre, désertés par leurs plus anciens habitants. Les portes ne s'ouvraient plus et à travers les volets clos des maisons encore habitées on entendait le son métallique de l'universelle télévision par quoi s'effaçaient le passé et le souvenir du souvenir. Trente ans plus tôt, l'homme au havresac trouvait encore facilement du travail, dans une ferme, ou en forêt, un jour, une semaine, un mois, se contentant d'une paillasse au chaud et d'une assiette en bout de table, mais jamais, durant toutes ces années-là, il n'était arrivé qu'on se levât pour l'accueillir et qu'on dressât une nappe blanche comme pour l'autre Benoît, avant lui, jadis, et encore, déjà, était-ce en ce temps-là une exception. Puis le travail s'était fait rare. La terre trahissait les paysans qui renonçaient l'un après l'autre, mourant sans être remplacés, emportant leur mémoire dans la tombe. Les granges et les bergeries qui lui servaient souvent d'abri s'écroulaient et s'il advenait que les maisons renaissent, c'était aux mains d'étrangers, d'ignorants sans âme et sans passé. Dans les villages, les derniers cafés fermaient, où il y avait toujours eu une épaisse soupe odorante chauffant sur un coin du fourneau pour le journalier de passage et dont le bol servi à ras bord avec du pain à volonté ne valait pas dix francs. Et de plus en plus, à présent, l'homme au sac devait se résoudre à mendier. Non pas qu'il jugeât cela indigne de sa condition puisque le Pauvre d'Assise s'en était contenté toute sa vie, mais il souffrait de ne pouvoir expliquer, car personne ne l'aurait cru, que c'était au nom de Dieu et pour son service qu'il tendait la main. Un jour qu'il était bien fatigué, à bout de courage, son chemin l'avait conduit à l'abbaye Sainte-Tarcisse, dans le causse de Lanhac, par un soir de grand froid, en plein hiver. Il y a très longtemps, peut-être cinq ou six cents ans, le signe y avait été gravé puis s'était peu à peu effacé et nul n'en savait plus rien que le dernier dépositaire des itinéraires anciens. Le frère portier avait mené l'homme près du feu, à l'hôtellerie. Il était le seul visiteur. Il avait dîné avec les moines. Au moment d'entrer dans le réfectoire, l'abbé, selon une ancienne coutume, comme s'il voulait l'honorer, avait versé de l'eau sur ses doigts et lui avait présenté un linge blanc. Leurs regards s'étaient croisés. Le lendemain matin, après laudes, auxquelles il avait assisté, joignant sa voix à celles des moines, le frère portier lui avait demandé s'il ne souhaitait pas avant de partir rencontrer le révérendissime père abbé, insistant même au-delà de la simple suggestion. L'homme avait hésité un instant. Parler, se confier, expliquer, rompre l'effroyable solitude, enfin dire la vérité, la dire à cœur découvert... En dépit de l'accueil charitable, ce n'était encore ni le moment, ni le lieu, ni l'interlocuteur. Plus tard. Ailleurs. Il y faudrait un long voyage. Sans doute aussi n'était-il pas descendu encore assez profondément à l'intérieur de son désarroi. Il avait remercié le frère portier, lequel l'avait salué, intrigué, en joignant les mains à hauteur des lèvres avec une légère inclinaison de tête. On avait préparé pour lui un sac neuf, celui qu'il portait aujourd'hui sur le dos, un duvet de couchage, un gros pain frais cuit, du chocolat, un missel, ce qui, tout de même, le fit sourire, et une enveloppe marquée d'une croix, avec la signature de l'abbé et l'assurance manuscrite de ses prières, contenant une dizaine de billets de cent francs. Comme un détour du chemin allait lui masquer définitivement l'abbaye, l'homme s'arrêta un instant, les larmes aux yeux, puis, dominant son émotion et s'assurant que nul ne l'observait et qu'aucune voiture ne passait sur la route, traça dans l'air, de son bras levé en direction du monastère, une triple bénédiction. Il y avait de cela quelques mois...

En arrière de la cathédrale, rue du Touat, l'homme finit par découvrir un petit café de pauvre apparence à l'enseigne de La Tour des Anglais à laquelle il était adossé et où une femme grise et sans âge prit ses dix francs sans dire un mot en échange d'une assiette de pot-au-feu et d'un quart de vin. Trois vieux bonshommes, à une table voisine, absorbés dans une partie de belote, levèrent à peine le nez de leurs cartes. Il n'y avait pas d'autres clients et pas d'autre bruit dans la pièce que leurs brefs commentaires de jeu, en patois, et le tic-tac de la haute pendule qui était le seul ornement de l'établissement avec un vaisselier paysan, les poutres vénérables et noires de suie du plafond et un chromo de *L'Angélus* de Millet couvert de chiures de mouches. Situé au cœur du vieux Rodez, l'ancien fief des évêques de la ville, parmi lesquels, des siècles avant, le cardinal botté Jean Carrier, qui fut pape, l'endroit semblait hors du temps, quelque chose comme un lieu posthume. L'homme s'y sentit enfin à l'aise. Un coup d'œil à la pendule le renseigna. Il lui restait une bonne heure avant d'aller se poster sous le porche de la cathédrale et tendre la main aux fidèles qui n'avaient pas encore oublié qu'on y célébrait cette nuit-là la naissance du Christ à Bethléem.

L'homme commença à manger. Il mastiquait lentement, trempant abondamment son pain dans le bouillon et laissant aller sa pensée. Bethléem...

Bethléem, son plus vieux compagnon. Depuis combien et combien d'années ne l'avait-il point vu ? Au dernier rendez-vous d'Aleth, il l'avait attendu en vain. L'année suivante, à Maguelone, ou peut-être l'année d'après, un messager s'était présenté de sa part : Bethléem ne viendrait pas. Il pouvait à peine marcher. Il était à bout de ressources. Depuis, rien. Aucune nouvelle. L'homme songea que dans leur solitude et leur dénuement ni lui ni aucun de ses compagnons errants ne disposaient plus de ces émissaires spontanés qui avaient permis à leurs devanciers, jadis, de maintenir par monts et par vaux, entre eux, un semblant de cohésion. Sans doute Jacques de Bethléem était-il mort depuis longtemps, à cette heure, et qu'au moins la lumière lui était donnée de connaître enfin le jugement ou la récompense de leur obstination. Et déjà son honnête visage envahi d'une barbe broussailleuse s'estompait. L'homme tenta de le retenir au bord du gouffre de l'oubli, ne parvenant à saisir qu'un dernier éclair du regard où se lisait toute la confiance que Bethléem avait placée en lui. D'émotion, il cessa de manger, puis compta machinalement sur ses doigts.

Tibériade et Hébron l'avaient quitté pour toujours. Au premier il avait fermé les yeux, un soir de neige, à Glandèves, aujourd'hui Entrevaux, et parmi les vestiges à ras de terre de la cathédrale Notre-Dame-de-la-Sedz, il avait eu l'âpre bonheur de réciter sur sa dépouille les prières des morts. Le second, près de Carcassonne, en revenant d'Aleth, justement, lui avait soudain déclaré : « Pardonnez-moi. Je ne peux plus. Laissez-moi revenir parmi les vivants. » Et Luc d'Hébron avait marché vers la ville sans se retourner. Personne ne l'avait remplacé. Depuis le temps que se dévidait la chaîne, on avait atteint le dernier maillon. Césarée vivait avec ses moutons sur le plateau dominant Riez, en Haute-Provence. Lui non plus n'avait pas donné de ses nouvelles depuis longtemps. L'homme songea que Riez et Senez, proches l'une de l'autre, ne nécessitaient pas un grand détour pour le long voyage définitif qu'il avait résolu d'entreprendre. À Senez il trouverait Gibelet. Pierre de Gibelet, le plus fidèle, le plus jeune aussi. Quant à Iona l'Écossais, qui sait si quelqu'un portait encore ce nom dans cette île extrême battue par les vents ? Hormis ceux-là, morts ou vivants, il n'existait plus personne en ce monde pour savoir qui était l'homme au sac et ce qu'il représentait sur cette terre...

L'heure tournait. L'homme assécha soigneusement son assiette en y écrasant le reste de son pain, évaluant le nombre de jours de marche qu'il lui faudrait pour arriver au terme de son long voyage. À raison de vingt kilomètres par jour, peut-être soixante, ou quatre-vingts. L'idée ne lui venait même pas de prendre un train ou un avion, pour peu qu'il pût s'acheter un billet, ou encore de tenter sa chance en levant le pouce au bord des grand-routes comme il l'avait vu faire parfois. Pourquoi hâter le cours des choses ? Choisissant de préférence des itinéraires écartés, il avait toujours marché au rythme de sa propre existence qui n'était que le prolongement anachronique de tant d'autres errances avant lui. La distance ne l'effrayait pas. Et puis il ne se voyait pas dans la situation d'un voyageur ordinaire. Cela ne convenait pas à son état qui le plaçait à part des autres. Aucun orgueil ne l'habitait, une grande humilité au contraire, une telle conscience de sa fragilité qu'il lui fallait se garder de l'exposer au-delà du strict nécessaire à la promiscuité temporelle. La femme en gris débarrassa son couvert et posa une tasse de café devant lui. Comme il mettait la main à la poche où il rangeait son porte-monnaie, elle refusa d'un signe de tête. Il remercia. Le petit pécule qu'il avait amassé pièce par pièce le conduirait bien jusqu'à la frontière, après quoi il aurait recours aux dix billets de cent francs du monastère Sainte-Tarcisse auxquels il n'avait pas touché et qui étaient méticuleusement pliés en quatre et un par un dans son porte-monnaie. Ensuite, à la grâce de Dieu...

Onze heures sonnèrent. L'homme enfila les bretelles de son sac et sortit. En remontant la rue Bosc il passa devant une vieille maison gothique qu'on appelait à Rodez la Maison du Benoît, appellation populaire dont la signification originelle s'était perdue. Rodez avait oublié Jean Carrier, son cardinal, légat du pape Benoît XIII * pour le Rouergue et l'Armagnac sous le règne du roi Charles VII et de Jean IV, comte-souverain d'Armagnac, avant d'entrer lui-même dans la longue nuit des proscrits. L'homme s'obligea par prudence à ne point lever les yeux vers le cartouche devenu indéchiffrable au

* Voir tableau *Chronologie des papes* en fin d'ouvrage.

fronton de la porte ogivale de la Maison du Benoît, où il y a six cents ans avaient été gravées deux clefs entrecroisées que les inquisiteurs de Martin V, accourus de Rome, avaient fait marteler après avoir jeté l'anathème sur les derniers serviteurs de la maison. La veille, déjà, il était passé là, mais s'y arrêtant pour contempler avec une tristesse accablée ce lieu, marqué du signe, où tout avait fini et tout avait commencé. C'est alors qu'il avait eu l'impression que quelqu'un l'observait, quelqu'un qui l'avait suivi car il avait entendu des pas derrière lui. S'étant retourné, il n'avait vu personne. Sans doute s'était-il trompé. Parmi ceux qui l'avaient devancé, surtout dans les premiers temps, beaucoup avaient été des fugitifs, traqués ou s'imaginant l'être, condamnés au secret et à la méfiance. Une sorte de tradition s'était ensuite établie, quelque chose comme une liturgie du secret qui, au fur et à mesure que les siècles et les années se succédaient, ne relevait plus de rien d'autre que de leur volonté farouche d'isolement face aux réalités. Tout cela était révolu et l'homme au sac l'avait compris. Pauvre bonhomme, vagabond propre, nul depuis qu'il errait ne s'était intéressé à lui, à l'exception de quelques gendarmes, de loin en loin, çà ou là, qui parfois lui demandaient ses papiers. Et cependant, hier, il s'était cru à nouveau traqué, comme si l'Histoire se répétait. Il avait beau se persuader de l'inanité de cette impression, ce soir-là il n'en pressa pas moins le pas, sans un regard pour la Maison du Benoît.

Aux abords de la cathédrale, des voitures, peu à

peu, se garaient. Les premiers fidèles arrivaient, accueillis sous le grand porche par une dizaine de mendiants. C'étaient des mendiants d'aujourd'hui, souvent jeunes, qui tendaient la main avec autorité comme s'ils exerçaient un droit de péage. Certains étaient accompagnés de chiens. L'homme rassembla tout son courage pour tenter de se faire une place parmi eux. En même temps il murmurait : « Seigneur, faut-il que vous m'imposiez cette honte, alors, au moins, aidez-moi... » Une violente bourrade le fit presque tomber et le rejeta hors du porche. « Toi, le vieux con, dégage ! » dit l'un des mendiants. Il s'en alla se poster, résigné, à une porte latérale par où entraient tout de même quelques personnes qui passaient devant lui, le visage fermé. Quelquefois, il accrochait un regard, alors une pièce tombait dans sa main, ou même un billet. Puis le nombre des arrivants se raréfia. L'office allait commencer. « Les affaires ont bien marché, il me semble ! fit une voix jeune et menaçante, la même qui l'avait apostrophé tout à l'heure. A moi la recette, ou je lâche mon chien ! » La bête grognait, babines retroussées, tirant sur sa laisse, prête à sauter. L'homme regarda le garçon, cherchant de la détresse dans ses yeux. N'y découvrant qu'hostilité et froide détermination, alors il leva la main et dit simplement : « Sacrilège... », tandis que l'autre, stupéfait, contemplait son chien aplati sur le pavé et tremblant de tous ses membres. Et l'homme entra à son tour dans l'église. Au moment de pousser la porte, il lui sembla apercevoir une silhouette s'éloignant dans l'ombre, un peu en arrière du garçon dont le chien grattait fébrilement le sol dallé comme s'il cherchait à s'y enfouir. Cette fois il n'en doutait plus : la scène avait eu un témoin qui ne se trouvait pas là par hasard.

La nef n'était qu'à demi pleine. Des gens âgés, quelques rares enfants accompagnés de leurs parents, mais bien peu de représentants de la génération médiane. La jeunesse, en milliers de clones, s'entassait dans d'autres temples, pour d'autres nuits. Des païens, encore que ce mot ne signifiât plus rien pour personne. Le vieux pays chrétien se vidait peu à peu de sa substance. D'autres s'étaient approprié l'Évangile, le retournant contre l'Église de Rome. Pour ceux des fidèles rassemblés ce soir-là, était-ce la foi qui les y avait conduits ou plutôt la crainte des lendemains et l'absence angoissée d'espérance ? À l'autel, trois vieux prêtres aux cheveux blancs officiaient, se déplaçant à petits pas maladroits, le visage fatigué, le geste et la voix marqués par l'âge, ou peut-être par le doute, à moins que ce ne fût le découragement. Chez eux non plus, point de relève, songea l'homme. Pas d'évêque en cette nuit de Noël. Il avait entendu dire que celui de Rodez se mourait à l'hôpital. Il s'assit au dernier rang, son sac posé entre ses genoux, ferma aussitôt les yeux et tira un chapelet de sa poche. Sa voisine crut qu'il dormait, jusqu'au moment où elle s'aperçut que les grains de son chapelet filaient régulièrement l'un après l'autre entre ses doigts.

À la consécration, l'homme fit comme tout le monde et se leva, mais il ne communia pas. La bénédiction le trouva de nouveau assis, et assis il demeura tandis que la maigre foule s'écoulait dans le tumulte final des orgues. Il partit avec les derniers, mais au lieu de sortir se glissa derrière un pilier et gagna sans être vu la plus proche chapelle latérale où il attendit, dissimulé dans un recoin obscur. Il entendit qu'on fermait les portes. Les lumières, une à une, s'éteignirent. Pour s'assurer qu'il était bien seul, l'homme patienta un long moment, immobile, guettant le moindre bruit dans la nuit. Ses yeux s'habituaient peu à peu à la pénombre. Les hauts vitraux se devinaient, éclairés par une lune d'hiver, et les arcades de grès rouge ressemblaient à d'immenses ailes déployées pour le protéger.

Et la paix se répandit en lui. Quittant alors son refuge, il s'avança par l'allée centrale et marcha, les mains jointes, vers l'autel.

Rome, 1378

Un cloaque putride et immonde, une caverne de brigands, voilà ce que Rome était devenue. De nombreuses églises s'écroulaient et des troupeaux de bœufs étiques broutaient jusqu'au pied des autels. Ancienne résidence des papes, le Latran était devenu inhabitable, raclé jusqu'à l'os, démantelé. Le peuple romain ne respectait plus rien de ce qui avait fait sa gloire passée. La Rome antique servait de carrière où chacun puisait à volonté. On vendait les marbres des temples, les bas-reliefs, les statues. Plus que du lucre, de la rage. La Rome chrétienne n'était pas épargnée et la ville avait pris peu à peu l'aspect d'une vaste campagne accidentée parsemée de champs incultes, de ruines massives, avec quelques lignes de maisons çà et là, et, au sommet des collines, quelques églises solitaires qui émergeaient de la désolation. Seul le vieux mur d'Aurélien qui entourait la cité maintenait un semblant d'unité dans cet univers de décombres.

On se battait dans toute la ville, les guelfes contre les gibelins, les Orsini contre les Colonna, les Angevins contre les Aragonais, les mercenaires du pape contre ceux de Florence. Par respect pour le jour du Seigneur, on n'assassinait pas le dimanche, on se contentait de piller et de violer, et on se rattrapait le reste de la semaine. Les factions qui s'entre-tuaient dans l'espoir de s'emparer du pouvoir auraient été bien incapables de l'exercer. Rome sombrait dans l'anarchie. La rue appartenait à des bandes sauvages descendues des Abruzzes au service de tel ou tel condottiere. Elles réglaient leurs querelles dans le sang puis se répandaient par toute la ville en détroussant les malheureux qui leur tombaient sous la main, amis ou ennemis, pas de quartier. Les habitants fuyaient l'horreur, souvent pris entre deux feux. Aux portes campaient des meutes de brutes, compagnies de routiers bretons soldés par la papauté, qui n'avaient rien d'enfants de chœur et que les Romains haïssaient. Les nobles abandonnaient les palais pour se réfugier à l'abri de leurs donjons carrés dans leurs châteaux de campagne. Seuls les puissants d'entre les puissants tenaient encore la ville sainte, les Colonna au Capitole, les Orsini au château Saint-Ange, les Pierleoni dans l'île du Tibre et les Caetani fortifiés dans le tombeau de Caecilia Metella. Etait restée aussi la plèbe, celle qui n'avait rien à craindre parce qu'elle n'avait rien à perdre et tout à gagner du retour du pape à Rome, à condition qu'il fût italien, et même romain, ce qui n'était pas encore le cas...

En somme, rien de changé depuis l'an 1305, trois quarts de siècle auparavant, qui avait vu le pape Clément V, puis six papes français après lui, s'établir en Avignon et abandonner Rome où la vie était devenue intenable et le pouvoir pontifical exposé à toutes les violences et à toutes les cupidités.

Mais le pape était l'évêque de Rome, deux fonctions inséparables. Avant Avignon, cent quatre-vingt-dix papes avaient occupé le siège de Pierre dont le tombeau se trouvait enfoui dans les fondations de l'antique basilique constantinienne du Vatican. Même sous le doux climat provençal et au milieu d'une population qui les entourait d'affection, les papes d'Avignon ne pouvaient l'oublier. On se chargeait de le leur rappeler. Dante, puis Pétrarque, tous deux italiens, emplissaient l'air de leurs clameurs aussi indignées qu'intéressées, comparant l'exil volontaire des papes à la captivité de Babylone et conjurant, au nom du Christ, le pape de regagner Rome. Pieux bénédictin scrupuleux, le pauvre Urbain V, à la fin de sa vie, en l'an 1368, y tenta un premier retour. À la place de la Rome des Apôtres que lui avaient promise les poètes, il trouva la ville infestée l'hiver par les loups, ravagée par les épidémies, mise à sac par les émeutes et pillée par les condottieres. Il s'enfuit, épouvanté, et retourna en Avignon au moins pour y mourir en paix. C'est alors que se dressa devant son successeur Grégoire XI, médusé, un terrifiant bataillon de saintes femmes, épouses du Christ cuirassées de certitudes et tout illuminées de visions, Catherine de Sienne, redoutable vierge italienne, Brigitte de Suède et ses révélations qui en faisaient l'indiscutable interprète de l'Au-delà, et quelques mystiques de moindre importance, toutes de sexe féminin. Elles commencèrent par bombarder le pape d'admirables lettres de trente pages dans un incessant va-et-vient d'émissaires entre Avignon et l'Italie. Tout y passait, en vibrantes épîtres : l'autorité du pape, sa puissance temporelle, l'esprit de pauvreté, la réforme de la Sainte Église, celle du clergé, la charité et le bonheur du monde entier, tout cela d'ailleurs assez juste, face à Wyclif et ses *lollards* qui tissaient déjà sur l'Europe la première trame de l'hérésie. Le pape répondait, gagnait du temps.

Catherine de Sienne se présenta en personne au palais des Doms, en Avignon. Elle fut reçue. Une volée de bois vert ! Cardinaux trop riches, pape trop faible, simonie, opulence de la cour d'Avignon, à la face des conseillers atterrés, impossible de la faire taire ! On ne ferme pas la bouche à une femme qui vitupère au nom du Christ et des saints. Ses visions lui dictaient ses paroles : « Pour que l'Église retrouvât le bon chemin, il fallait que le pape revienne au plus tôt à Rome, faute de quoi la mort et le malheur s'abattraient sur la Chrétienté, à jamais... »

Impressionné, Grégoire XI obtempéra. À quarante-six ans, c'était un homme malade et fatigué.

Traînant à sa suite douze cardinaux — quatre se trouvaient déjà à Rome et sept laissés volontairement à Avignon par prudence en cas de repli précipité —, il se mit en route pour Marseille où il embarqua sur les galères du cardinal d'Aragon et fit son entrée à Rome le 17 septembre 1377. On l'avait vu pensif et soucieux, sur le pont de la galère amirale, relisant à

Pedro de Luna, cardinal d'Aragon et futur pape Benoît XIII, la lettre reçue du roi de France Charles V quelques jours avant son départ : « Vous allez dans un pays où vous n'êtes guère aimé. Si vous y mourez, ce qui est assez vraisemblable, les Romains se rendront maîtres de la personne de tous les cardinaux et, pour empêcher que la cour de Rome ne retourne à Avignon, les forceront, le poignard sur la gorge, à élire un pape italien... »

Sachant qu'il tombait dans un coupe-gorge et pour affirmer son pouvoir temporel indispensable en ce temps-là au gouvernement de l'Église, il s'était fait précéder par ses mercenaires bretons commandés par un homme à poigne, le cardinal Robert de Genève. Du sang avait coulé de part et d'autre. Cela n'avait pas arrangé ses affaires ni amadoué les chacals qui dévastaient la campagne en meutes armées. On dut négocier durement avec les factions romaines révoltées et dépenser des sommes énormes pour calmer la populace et acheter ses principaux meneurs, toujours les mêmes, la plaie de Rome, princes cupides, capitaines sans honneur. Enfin, tout de même, Rome l'acclama. Était-ce le retour du pape qu'on saluait ? Ou plutôt l'or de la papauté, le fabuleux trésor de saint Pierre dont chacun entendait désormais profiter ? En arrière-plan, la ville de Rome, dans l'état que l'on sait.

L'euphorie ne dura pas. Les cardinaux français se terraient. Partout la haine déferlait. Au Vatican où il s'était installé, de préférence au Latran devenu un champ d'immondices, le pape Grégoire XI se mourait d'épuisement, de maladie pernicieuse et de chagrin. L'immense espérance suscitée par les incantations de l'indomptable vierge de Sienne n'avait pas tenu ses promesses. Rome rejetait le pape français et le pape pleurait de désespoir en songeant à Rome dont il était le prisonnier, souverain impuissant, désabusé. Qui l'avait trompé ? Dieu ? Lui-même ? Ses conseillers ? La folle Catherine et ses visions ? L'air du temps ? Le mouvement des idées crevant la surface des apparences ? Etendu sur sa couche, moribond, il appela le scribe de service, et revenant sur les motifs qui l'avaient amené à quitter Avignon et à se perdre dans ce traquenard, il dicta ses dernières volontés. Désignant Catherine et Brigitte, et d'autres épouses abusives du Christ, il mit solennellement en garde la curie et tous ceux qui étaient dépositaires d'une parcelle de pouvoir pontifical « contre ces personnes qui, sous couleur de prétendues révélations, proposaient leurs visions pour règle de la conduite qu'on devait tenir dans le gouvernement de l'Église ».

Il était le pape. Il avait le droit et le devoir d'écrire cela. Il représentait le Christ sur la terre. La grâce l'éclairait. Se sachant condamné et prévoyant que la papauté allait être livrée au jeu des hommes, il prescrivit, par une bulle secrète, de procéder à l'élection du nouveau pape dès sa mort, sans attendre les absents, et même, s'il était nécessaire, sans entrer en conclave régulier. Appréhendant ce qu'il adviendrait de la dignité pontificale et de la régularité de l'élection, il ordonna en outre à Pierre Gandelin, préfet du Saint-Siège au château Saint-Ange, enlevé depuis aux Orsini et tenu par les milices bretonnes, de ne livrer à qui que ce fût les clefs de la forteresse sans un ordre écrit et scellé des cardinaux restés en Avignon.

Puis, le moment étant venu, il se tourna contre le mur de sa cellule et expira ; Dieu qui l'avait abusé le recueillit dans son éternité. Il fut le dernier pape français reconnu par la chronologie officielle vaticane. Avant que vienne le grand pape polonais, soixante-trois pontifes, dont soixante Italiens, lui succédèrent, sans compter ceux que l'on nomme *antipapes* dont la lignée demeure un mystère et la légitimité le choix de Dieu.

Aussitôt la confusion et l'horreur s'abattirent sur la papauté.

Grégoire XI avait rendu l'âme le 27 mars 1378. Les premiers troubles éclatèrent dès le lendemain. Bernard Lagier, cardinal de Glandèves, sortant de l'église Sainte-Cécile où il venait de célébrer la messe, se vit brusquement entouré par trois cents costauds du Trastevere qui l'apostrophèrent sans ménagement en dialecte de ce quartier, l'un des plus pauvres de Rome. Ce cardinal-là n'était pas sans courage. Il parvint à se dégager et fit face, prince vêtu de rouge et d'hermine mesurant du regard la foule des gueux.

— Au nom du ciel, que me voulez-vous ?

Un grand gaillard s'avança, nullement intimidé. Il

portait l'épée et la cotte de mailles, sans doute un *caprione*, un chef de quartier. Il s'exprimait avec aisance, mais son respect frisait l'insolence. Il parla, les poings sur les hanches.

— Nous venons, comme tes petits enfants, te prier, toi et les cardinaux, de daigner élire un pape romain ou italien. Voilà soixante-huit ans que cette cité est veuve ! Depuis la mort du pape Boniface, la France se gorge de l'or romain. Notre tour est venu à présent. Nous voulons nous gorger de l'or français.

Au moins était-ce clair. Le *caprione* ne s'embarrassait pas de sentiments élevés. Le prince en rouge répondit avec colère : « A vous entendre, ne dirait-on pas qu'il s'agit d'élire un maître de cabaret ! » Il fut hué.

La scène se répéta partout dans Rome. Dès qu'un cardinal apparaissait, immédiatement une foule furieuse surgissait comme par enchantement. Cela empestait l'émeute populaire, avec meneurs et messagers. Des clameurs hostiles emplissaient les rues. Jean de Gros, cardinal de Limoges, fut jeté à bas de son cheval. On s'agrippait à ses vêtements. Les haleines puaient le vin que certains évêques italiens faisaient distribuer par leurs valets dans les quartiers chauds. Un poing se dressa sous son nez et une voix menaçante s'écria, relayée par toute la foule :

— *Romano lo volemo o almeno italiano !* Nous voulons un pape romain ! Nous voulons un pape italien ! Donnez-le-nous, *Monsignore delle ultramonti*, sinon le sang coulera. Tous les cardinaux d'outre-monts seront écharpés.

Écharpés, c'est-à-dire déchirés à l'arme blanche. Ce n'était pas un vain mot en ces temps où le poignard et l'épée ornaient la ceinture des plus franches crapules. Un autre renchérit du geste, se passant vivement le doigt en travers de la gorge sous les yeux du prélat épouvanté. *Ultramonti* visait les cardinaux français, limousins ou provençaux. Au nombre de onze présents à Rome sur un collège de vingt-trois cardinaux, ils détenaient la clef du vote. Le cardinal de Limoges avait l'âme d'un pleutre. Le visage blanc comme l'hermine de son camail, il promit tout ce que l'on voulut.

Le corps de Grégoire XI avait été déposé dans le chœur de l'église Sainte-Marie-Nouvelle, aujourd'hui Sainte-Françoise-Romaine où se trouve toujours son tombeau. Les cardinaux s'y réunissaient chaque jour pour de longs offices mortuaires à la mémoire du pape défunt. L'endroit était aussi mal choisi que possible, entre le Forum et le Colisée, grouillement de pierres et de ruines propice au rassemblement de bandes armées. Il ne l'avait sans doute pas été par hasard. Sur le parvis, un faible cordon de sergents d'armes de la garde pontificale au coude à coude avec les milices romaines de quartier commandées par leurs bannerets contenait tant bien que mal la foule qui surgissait en vagues toujours plus pressantes des ruines et réclamait un pape romain.

— Écoutez-les, Messeigneurs ! dit un banneret corseté de fer aux cardinaux consternés, tandis que les vociférations du peuple sur le parvis s'amplifiaient de minute en minute. Ce ne sont pas mauvaises gens.

Ils aiment trop le pape, c'est leur seul tort. Ils ne l'imaginent pas ailleurs qu'à Rome et qui d'autre qu'un pape romain pourrait répondre à tant de passion ? Ils ont été trop longtemps orphelins. Ce que j'exprime là avec respect, c'est leur âme qui vous le crie. Les milices maîtrisent la situation, mais tout de même, Messeigneurs, je suis inquiet. Le moment va venir où nous serons débordés.

Pour montrer qu'il parlait selon sa conscience, il avait posé sa main sur sa poitrine, mais de l'autre tenait fermement la poignée de son épée. Protection ou menace ? Son regard de renard ne le précisait pas. Ainsi chaque jour se présentait au Sacré Collège un banneret qui leur débitait à peu près le même discours au nom de tel ou tel quartier. Dans les rangs des cardinaux, la peur s'installait avec, chez les plus fiers d'entre eux, un sentiment nouveau, une sorte de terreur sacrée, celle d'être conduits par la pleutrerie et le manque de caractère de leurs pairs à une élection irrégulière, voire sacrilège.

Ils respectèrent, néanmoins, la volonté du défunt pape d'aller vite. L'ouverture du conclave fut fixée au 6 avril, à Saint-Pierre. On se demande qui donna l'ordre d'ouvrir les portes de Rome et pourquoi les mercenaires bretons qui les gardaient firent défaut. Alors de toute la Campanie et des montagnes de la Sabine, des hordes hurlantes se répandirent dans Rome, dans le Borgo, au pied même du Vatican, campant dans les rues et sur les places, assourdissant la ville entière de leurs fifres et de leurs tambours. Selon une disposition aberrante qui ne s'explique pas non plus, les gardes nobles durent quitter Rome dans les trois jours et il n'avait même pas été prévu d'exception pour les comtes de Fondi et de Nole, officiers pontificaux responsables de la sécurité du conclave. C'est un banneret qui fut élu capitaine par ses pairs et investi de cet office. On aurait voulu faire siéger les loups dans les rangs des cardinaux qu'on ne s'y serait pas pris autrement. Les plus lucides proposèrent alors de transférer le conclave au château Saint-Ange, sous la protection d'une garnison sûre. On se borna à en parler comme d'une dernière extrémité. Il fallait se garder, en attendant, de provoquer la foule romaine en lui marquant trop de défiance. Pendant ce temps-là, tout ce que la ville comptait de sain et de raisonnable s'enfuyait. Le pont Saint-Ange vit passer pendant toute la journée du 5 avril un défilé de bourgeois, de marchands et de notables pontificaux, y compris des fonctionnaires de curie, précédant des caravanes de mules escortées de valets armés et chargées de leurs biens les plus précieux.

Le conclave avait été préparé au premier étage du Vatican. Il se composait, selon l'usage, d'un vestibule, de deux chapelles et des cellules destinées aux cardinaux et à leurs conclavistes. Un escalier donnait sur la cour du palais. La porte en avait été murée selon la règle des conclaves. Il ne s'agissait pas du Saint-Pierre des papes Nicolas V et Jules II et qui date de la Renaissance, mais de l'antique basilique de Constantin, précédée de son atrium, avec une loggia en façade à trois étages d'arcades, flanquée d'un palais aux rudes allures de forteresse : murs crénelés et tours romanes carrées où flottait l'étendard pontifical.

Le jour prévu pour l'ouverture, un épouvantable orage éclata, balayant la ville de nuages noirs et d'éclairs. La foudre tomba sur le Vatican et mit le feu à l'une des cellules de conclavistes, celle, précisément, destinée au cardinal d'Aragon. Certains pensèrent, en se signant, que Pedro de Luna avait été désigné par le Ciel et ce sentiment n'est pas étranger à la longue suite des événements qui allaient déchirer la Chrétienté. On se hâta de réparer les dégâts. Le conclave en fut reculé d'un jour et ce n'est que le lendemain, 7 avril, un mercredi, après vêpres, entre quatre heures et cinq heures et demie, que les seize cardinaux présents à Rome firent leur entrée dans le palais. Une foule compacte et surexcitée d'environ vingt mille personnes, des curieux, des femmes, des hommes armés mal contrôlés par les *caprioni* de quartier, des agitateurs de tout poil, se pressait sur la place Saint-Pierre, le parvis et les degrés de la basilique. D'autres s'entassaient aux fenêtres, sur les toits des maisons voisines et jusque dans la vigne qui bordait le palais. Le matin même, à peu près selon les règles, le banneret capitaine du conclave avait nommé quatre connétables qui jurèrent avec lui, sur l'Évangile, de protéger le Sacré Collège contre tout acte de violence ou de pression. Gardiens du secret des délibérations, trois prélats prêtèrent également serment : les évêques de Todi, de Tivoli et de Marseille. Enfin, pour bien marquer sa volonté de ne pas se laisser déborder, le banneret dépêcha place Saint-Pierre un héraut sonnant de la trompette, escorté de trois cavaliers, qui vint annoncer solennellement que défense était faite, sous peine de mort, de troubler l'ordre public. Le bourreau était présent. Pour appuyer cette déclaration, il exposa, selon la coutume, sur une colonne de marbre afin d'être vus de tous, divers instruments de supplice, ainsi qu'une hache et un billot. Ces menaces n'impressionnèrent pas la foule. Elle les prenait pour ce qu'elles étaient en réalité : une formalité. Elle se mit à hurler de plus belle : *« Romano lo volemo o almeno italiano ! »*

Un à un se présentèrent les cardinaux, fendant la foule avec peine, mal protégés par les sergents d'armes. Le moment est venu de présenter ces seize personnages. Ils tiennent en leurs mains l'avenir de la Sainte Église catholique, apostolique et romaine. Catherine de Sienne les traitait avec mépris de *mondains*, ce qui dans le langage du temps leur déniait le caractère religieux et sacré. C'était vrai pour certains, quelques Avignonnais notamment, encore que, contrairement aux Italiens, aristocrates et cardinaux pour ainsi dire de naissance, ils fussent presque tous issus du peuple, ce qui laissait supposer tout de même de solides qualités de foi et de dévouement authentique. Tous croyaient à la grâce divine. Nul doute qu'ils l'invoquèrent ce soir-là avec une réelle ferveur. Peu d'entre eux avaient l'âme noire; ils étaient simplement timorés et point à la hauteur des circonstances. On pouvait aussi compter parmi eux de grands mystiques, comme Pedro de Luna, Guillaume d'Aigrefeuille ou Bertrand Lagier, en un siècle qui ne s'en montrait pas économe. Mais aucun, parmi les seize, même les plus courageux, n'était pleinement rassuré sur son sort au moment d'entrer en conclave. Le cardinal d'Aragon avait dicté la veille son testament. Le cardinal de Viviers, Bertrand Lagier, s'était fait accompagner de son confesseur afin d'être prêt à toute extrémité. Le cardinal Robert de Genève avait endossé, sous son rochet, le haubert de bataille qu'il portait quand il commandait les troupes pontificales en sa qualité de légat. Quant au cardinal d'Aigrefeuille et à celui de Poitiers, Guillaume Noëllet, ils s'étaient répandus en adieux attendris à leurs serviteurs et à leurs amis comme s'ils eussent dû ne jamais les revoir. Les quatre Italiens, Corsini, cardinal de Florence, Borsano, cardinal de Milan, et à plus forte raison les deux Romains, le vieux Tibaldeschi, cardinal de Saint-Pierre, et Orsini, cardinal de Saint-Ange, n'avaient aucune raison de craindre pour leur vie. Ils étaient chez eux.

La foule faisait la haie, contenue à grand-peine par les sergents d'armes. Un hourvari accueillit Pedro de Luna, mais sa hauteur en imposa. Le malheureux cardinal de Poitiers, en revanche, courbait la tête sous les injures. « Vous serez mis en pièces ! » clamait la foule. Ce n'était pas une haie d'honneur, c'étaient les fourches Caudines. Le cardinal du Puy, Géraud, se vit pris à partie par des furieux qui s'agrippaient à sa robe : « Rappelez-vous que nous voulons un pape romain, car voilà trop longtemps, vous autres, que vous tenez la papauté ! » Les cardinaux Pierre de

Vergne, Pierre Flandrin, Guy de Malesset, Pierre de Sortenac, Hugues de Montalais, coururent plus qu'ils ne marchèrent, blêmes d'humiliation. La populace les pressait de toutes parts. Le cardinal Francesco Tibaldeschi arriva le dernier. Très âgé et goutteux, il était porté par ses domestiques. Cardinal de Saint-Pierre et romain, on lui fit une ovation qu'il n'eut tout de même pas l'air d'apprécier, criant d'une voix chevrotante : « Basta ! » en agitant ses mains squelettiques. Il se passa ensuite une transmutation très étrange dans les rangs du service d'ordre. Nul ne sait qui en prit l'initiative, contraire à tous les usages, mais les sergents d'armes de la garde pontificale disparurent, remplacés par les miliciens armés des quartiers. Le Sacré Collège était livré pieds et poings liés aux factions. A partir de ce moment-là, plus aucune des règles fondamentales en usage dans les conclaves ne fut respectée.

Ces règles, on les connaît. Il s'agissait d'isoler le conclave de toute communication avec l'extérieur pour garantir la liberté de vote et déjouer toute tentative de pression politique ou populaire. Toutes les portes devaient être murées après avoir été cadenassées sous la responsabilité du capitaine et des évêques gardiens du conclave, et le guichet par où passaient vivres et boissons pour les conclavistes étroitement surveillé. Cela pouvait durer un jour, une semaine, un mois. On ne rouvrait les portes que lorsque s'élevait la fumée blanche par le conduit de cheminée de la salle des délibérations. Au lieu de quoi se précipitèrent dans les lieux à la suite des cardinaux une centaine d'individus qui n'avaient rien à y faire, où *caprioni* et hommes d'armes dominaient. Tous criaient de plus belle : « *Romano lo volemo, se non che tutti li occideremo !* » Menaces de mort dans l'enceinte du conclave !

— Mes enfants, tenta le cardinal Orsini au milieu d'un désordre indescriptible, vous voulez donc faire un schisme ?

Il fallut une heure de prières et de supplications à l'évêque de Marseille, gardien du conclave, plus mort que vif, pour faire évacuer presque entièrement les locaux. Comme il venait enfin de fermer l'une des deux portes restées ouvertes, la clef lui en fut arrachée des mains. Il parvint tout de même à se la faire rendre, mais oublia, dans son affolement, de cadenasser la seconde porte, et s'en alla, terrorisé, se réfugier dans la chambre qu'il occupait hors de l'enceinte du conclave, où il se terra toute la soirée. Vers huit heures, par cette même porte, alors que la clochette du conclave avait annoncé aux prélats qu'ils devaient se retirer dans leurs cellules pour la nuit, une vingtaine de *caprioni* firent irruption, en grand tumulte et bruits d'armes, ainsi que le banneret et les quatre connétables escortés d'une foule de Romains qui parlaient haut et tous en même temps. Les cardinaux, au lieu de se séparer, furent conduits dans l'une des chapelles. Là, enfin le silence se fit et tous mirent un genou en terre.

— Nous vous écoutons, dit le vieux Tibaldeschi, doyen du Sacré Collège.

— Seigneurs, déclara le banneret capitaine avec

toutes les formes du respect, c'est par miracle de la Providence que le pape Grégoire est venu mourir en cette sainte cité et que vous vous trouvez ici pour élire un souverain pontife. Nous ne vous répéterons pas ce qui a déjà été dit. Mais, jusqu'à présent, vous ne nous avez donné que des réponses vagues : nous en voulons de plus précises. Seigneurs, nommez-nous un pape romain ou italien, sinon votre vie et la nôtre seront en danger, tellement ce peuple s'est mis dans la tête d'obtenir ce qu'il souhaite. Évitez ainsi un grand, un irréparable scandale.

Ce fut Corsini, cardinal de Florence, qui répondit, en sa qualité de prieur des cardinaux-évêques. Il bredouilla lamentablement, évoquant les dangers de la situation. Il déplora, à mots prudents, l'irrégularité du procédé, puis s'étendit complaisamment, sans toutefois s'engager, sur l'intention des cardinaux de faire en faveur des Romains tout ce que leur conscience autorisait. Il eût marché sur des œufs qu'il ne s'y serait pas pris autrement. Ses bredouillements étaient sans doute volontaires.

Prieur des cardinaux-prêtres, le cardinal d'Aigrefeuille montra autrement d'énergie. À dire vrai, il était furieux. Il parvint à se contenir.

— Seigneurs romains, dit-il, vous nous pressez d'étrange sorte. Comprenez donc, je vous prie, que moi, par exemple, je ne puis engager la conscience de mes seigneurs, et que ceux-ci, de leur côté, ne sauraient disposer de ma voix. Vous réussirez, tout au plus, à vicier l'élection.

Il n'y avait rien à ajouter. Peu satisfaits de ces

réponses mais voyant qu'ils n'en obtiendraient pas d'autre ce soir-là, les *caprioni* se retirèrent avec leur meute, la mine sombre, après s'être consultés.

Les cardinaux, épuisés, croyaient enfin dormir en paix. Ils se trompaient. Ce fut le sabbat ! Les *caprioni* réapparurent, traînant avec eux l'évêque de Marseille qu'ils étaient allés tirer de son refuge, exigeant son trousseau de clefs. Ils entendaient perquisitionner dans tout le palais pour s'assurer que le Sacré Collège n'y avait pas caché quelques sergents d'armes fidèles. L'évêque céda. Il se racheta un peu plus tard et entreprit de faire murer, vers dix heures, la dernière porte du conclave. Les matériaux et les outils manquaient. Les ouvriers s'étaient défilés. Tout ce qu'il put obtenir, ce fut de doubler les serrures par deux grosses traverses de bois. Ensuite vint le tour des milices qui avaient allumé un immense feu de bois dans la cour, au risque d'incendier le palais. Ce n'étaient qu'allées et venues bruyantes, rires d'ivrognes, chants à boire, hurlements de joie sauvage à chaque tonneau de vin défoncé. Au-dehors, dans les cabarets emplis de buveurs et de filles du Trastevere et du Borgo, et jusque sur la place Saint-Pierre envahie par l'écume du peuple, on dansait et on festoyait au cri mille fois répété dont les échos venaient mourir aux oreilles des cardinaux qui se retournaient avec angoisse sur leurs paillasses : *« Romano ! Romano ! Romano lo volemo ! »*

Les ivrognes s'endorment toujours à l'aube. Le lendemain matin, un peu avant le lever du soleil, la clochette du conclave retentit dans le silence. Le tapage avait cessé. Hagards et irrésolus, épuisés par une mauvaise nuit et rassemblant ce qui leur restait de foi, d'espérance et de charité, les seize cardinaux entreprirent de réciter leurs heures, puis ils entendirent la messe célébrée par le vieux cardinal Tibaldeschi, égrotant et tombant de fatigue. À peine levé son bras maigre pour l'ultime bénédiction qu'aussitôt le vacarme reprit. Le tocsin éclata du côté du Capitole, ensuite ce furent les cloches de Saint-Pierre, accompagnées de clameurs furieuses. Le cardinal Géraud du Puy fit monter un de ses serviteurs sur le toit : la place était couverte de monde ; la foule accourait de toutes parts.

La journée décisive commençait. L'homme de Rodez, six siècles plus tard, en conservait le souvenir intact.

Les cardinaux se réunirent dans le vestibule, écoutant le cardinal de Florence qui tentait de leur dire quelque chose. Effrayé par le tumulte, le malheureux prélat ne trouvait plus ses mots. C'est alors qu'on vint les prévenir que l'évêque de Marseille demandait à travers le guichet à parler immédiatement aux trois prieurs du Sacré Collège, ce qui réveilla la colère du cardinal Orsini, prieur des cardinaux-diacres.

— Que pensez-vous faire, maudits ? cria-t-il à son tour par le guichet. Vous vous figurez obtenir un pape de cette façon ? Vous allez allumer dans Rome un feu et ce feu ne s'éteindra qu'après avoir tout consumé !

Au-dehors, les vociférations du peuple redoublaient. L'évêque de Marseille n'était plus maître de ses nerfs. Il tremblait de frayeur.

— Seigneurs, Seigneurs, dépêchez-vous! Vous risquez d'être mis en pièces si vous ne vous hâtez pas d'élire un pape italien ou romain. Nous qui sommes à l'extérieur, nous jugeons bien mieux du péril!

Orsini lui claqua la porte du guichet au nez.

— Ils nous feront élire le diable! dit-il au cardinal d'Aigrefeuille.

Puis, retournant vers ses pairs à présent rassemblés dans la chapelle qui servait de salle de délibérations, il leur répéta les paroles de l'évêque de Marseille et conclut :

— Voyez dans quel danger nous sommes. Que faire?

Même les plus courageux, Aigrefeuille, Bernard Lagier, Orsini, Robert de Genève, Pedro de Luna, avaient bien fini par admettre, la mort dans l'âme, qu'ils risquaient réellement leur vie. À quoi servirait leur sacrifice? Se faire massacrer dans ces conditions ne pourrait qu'entraîner l'anarchie, le schisme. Qu'est-ce que la foi y gagnerait? Quel bien en retirerait l'Église de Rome? Quel vaisseau ivre deviendrait-elle? Ils en convinrent tous, ce qui les amena naturellement, après une demi-heure de consultation, à envisager parmi les candidats *papabili* « ceux qui remplissaient la condition exigée par la foule ». En étaient donc exclus les Français. S'adressant à Corsini, prieur des cardinaux-évêques, Aigrefeuille déclara :

— C'est à vous, Monseigneur de Florence, qu'il revient d'aller faire cette promesse.

La réponse les laissa sans voix :

— Non pas, dit le pleutre Pietro Corsini. Elle est contraire à notre liberté.

Le cardinal de Florence aurait-il soudain mangé du lion ? En fait, il crevait de peur.

— Supposez qu'on ne la tienne pas, cette promesse. Je risquerais d'être occis !

Aigrefeuille le saisit par un bras, Orsini par l'autre, et ils l'emmenèrent de force vers la porte. Ses jambes ne le soutenaient plus. Il était devenu muet. Orsini rouvrit le guichet et cria :

— Tenez-vous tranquilles ! Je vous promets que demain, avant tierce, vous aurez un pape romain ou italien.

La nouvelle courut dans la foule qui l'accueillit par des hurlements de colère. Elle voulait un pape tout de suite.

Aigrefeuille prit le relais :

— Restez en paix. Je vous promets qu'avant la fin du jour vous aurez un pape romain ou italien.

Le guichet se referma et les cardinaux-prieurs rejoignirent leurs pairs dans la chapelle. Maintenant il fallait tenir parole. Les cardinaux se promenaient fébrilement de long en large en cherchant une solution. Puisqu'il s'agissait de jeter un pape au peuple comme on jette un os aux chiens et que de toute façon on pataugeait en pleine irrégularité, Orsini proposa une élection simulée. Un simple frère mineur jouerait le rôle du pape devant la foule. On gagnerait ainsi du temps.

— À coup sûr, nous n'en réchapperions pas, dit Borsano, cardinal de Milan.

La comédie fut récusée. C'est alors que circula parmi les conclavistes le nom de Bartolomeo Prignano, archevêque de Bari, dans les Pouilles. Il n'était pas cardinal mais jouissait d'une flatteuse réputation. On louait l'austérité de ses mœurs, sa simplicité, sa modération. On murmurait qu'il portait un cilice et observait avec rigueur les jeûnes prescrits par l'Église. Outre qu'il était italien, il présentait aussi l'avantage d'appartenir au clergé du royaume de Naples, lequel avait la sympathie des Français. Enfin, et par un concours de circonstances qui ne devait peut-être rien au hasard, il se trouvait présentement à Rome où il s'était beaucoup montré pour se rendre populaire et où la renommée de ses mérites avait fait l'objet de tous ses soins. Au point où l'on en était arrivé, Prignano offrait au moins une porte de sortie et la garantie de la vie sauve. Sans voter expressément, on procéda à un premier compte de voix dont on retint que les deux tiers s'étaient portées sur l'archevêque de Bari.

— Eh bien, siégeons ! dit Aigrefeuille.

Dehors, la foule hurlait toujours. Dans la confusion du moment et la peur qui leur nouait l'estomac, aucun des cardinaux ne s'avisa qu'on oublia les prières d'usage et de règle dans les conclaves, avant chaque vote, pour implorer la grâce divine. Pedro de Luna fit remarquer plus tard qu'ils avaient voté sans en appeler à Dieu. Les cardinaux s'étaient assis.

— Monseigneur de Florence, vite, nommez quelqu'un, dit encore Aigrefeuille. Il n'est pas nécessaire d'attendre davantage.

Le cardinal Corsini surprit, faisant presque oublier son manque de caractère. Il prononça, comme à regret, le nom du cardinal Tibaldeschi, en prenant soin d'ajouter que, sans la promesse faite aux Romains et la frayeur qu'ils lui inspiraient, il aurait donné sa voix à un cardinal *ultramontano*.

Vint le tour du cardinal de Limoges, Jean de Gros. Il récusa l'un après l'autre les quatre Italiens du Sacré Collège, le premier, Tibaldeschi, parce que trop vieux et fatigué, les cardinaux de Milan et de Florence pour des raisons politiques, Orsini à cause de son jeune âge, et termina en nommant l'archevêque de Bari.

Après lui, Aigrefeuille déclara :

— Je nomme l'archevêque de Bari, Bartolomeo Prignano, pour pape et pontife romain.

On peut s'étonner du retournement de ce cardinal, Jean d'Aigrefeuille, primat de Bretagne, issu d'une contrée de clans et de tribus si étrangère aux descendants des esclaves provençaux et romains, premiers convertis à l'Évangile. Depuis l'ouverture du conclave, il n'avait cessé de s'opposer aux menaces et aux intimidations, et le voilà qui changeait de détermination, rejoignant soudain les prudents. Cela ne lui ressemblait pas. Sans doute estimait-il cette partie-là perdue, *irrégulièrement* perdue, et songeait-il déjà à la suivante, en considérant que, présentement, il n'existait pas d'autre moyen de s'en tirer en sauvant les apparences. Parmi les cardinaux qui votèrent ensuite, un grand nombre partageaient cette opinion. La plupart désignèrent Prignano. Plus fier, moins diplomate et moins souple, Orsini jeta son pavé dans la mare :

— Je m'abstiendrai, Seigneurs, de voter, tant que je ne jouirai pas de ma pleine indépendance. Cette élection est sans valeur. Je n'aurais pas accepté, pour ma part, d'être élu dans de telles conditions.

Puis il promena un regard glacé et dénué d'indulgence sur les têtes blanches et courbées des cardinaux. Celui-là avait aussi son idée. Le cardinal de Poitiers parla le dernier. Se tournant vers ses pairs, il dit d'un ton las :

— Si vous le voulez, Seigneurs, je nommerai l'archevêque de Bari. Mais le voulez-vous ?

Là gisait le fond de la question. Nul ne répondit. Parmi ces cardinaux écrasés par la gravité et la précarité du moment, nul n'eut le courage de demander qui votait librement pour Bartolomeo Prignano, et qui s'y résignait à son corps défendant. Ils voyaient tous là un moindre mal.

En dépit des pressions de la foule, on ajourna la publication du vote. Un sentiment diffus de vice de forme et de nullité hantait l'esprit des cardinaux. Il fallait aussi s'assurer du consentement de l'élu qui tenait table ouverte quelque part dans Rome en affectant de ne point toucher aux riches nourritures qui lui étaient présentées. Poussé par la foule, qui cassait tout, l'évêque de Marseille, vers neuf heures du matin, le 8 avril, vint supplier une dernière fois qu'on livrât au plus vite le nom du nouveau pape aux Romains. En un dernier sursaut d'honneur, le Sacré Collège avait décidé de lanterner. Ils voulaient bien céder, mais à leur heure. Il fallut retenir Orsini, prêt à affronter la populace.

— Allez-vous-en, cochons de Romains! criait-il par le guichet. Vous nous assommez! Vous autres, faites retirer tous ces gueux. Si je sortais avec un bâton, comme je vous jetterais dehors!

Lui non plus ne devait pas oublier. On le supplia, pour l'amour de Dieu, de ne pas se faire tuer. Le banneret-capitaine s'interposa.

Orsini lui prit la main.

— Si je mens, je consens à être coupé en morceaux. Allez, Seigneurs romains, conclut-il, avant vêpres vous aurez le nom qui vous plaira.

Puis il passa à l'évêque de Marseille un papier sur lequel étaient écrits les noms de sept prélats italiens présents à Rome et lui ordonna de les faire venir. Parmi eux se trouvait le nouveau pape.

On referma le guichet. Mais les gardes et les *caprioni* avaient eu le temps de remarquer, à travers le guichet ouvert et aussi par un trou qui avait été pratiqué à coups de massue dans le battant de la porte, l'agitation fébrile qui régnait à l'intérieur. Les secrétaires pliaient en hâte les vêtements, les ornements. Les cardinaux s'affairaient autour de grands coffres ouverts, y entassant les objets de culte, les crucifix d'or, les ciboires sertis de pierres précieuses. On a, depuis, beaucoup commenté leur rapacité, raillant leurs mains de vieillards accrochées aux biens de ce monde, à tout ce qui était négociable, alors que dans leur précipitation ils s'efforçaient tout simplement de soustraire au pillage le trésor de saint Pierre. L'homme de Rodez, lui, le savait, qui tenait enfermé au fond de son sac un petit calice et une patène que ces temps-là lui avaient légués.

Un peu plus tard dans la journée, tandis que les cardinaux se restauraient de viandes froides et de vin coupé d'eau, le cardinal de Glandèves, Bernard Lagier, déclara :

— Je veux que vous le sachiez, Seigneurs. J'ai agi par crainte de la mort.

Et tous comprirent qu'il avait scellé le destin du nouveau pape.

Au soir, il fallut tout de même en finir. Dans une salle du palais attendaient les sept prélats convoqués, parmi lesquels Prignano qui ne doutait pas de son élection et recueillait déjà autour de lui toutes sortes de témoignages de respect. Mais c'était compter sans la foule. À présent elle réclamait un Romain et les cardinaux considéraient, atterrés, le nouveau gouffre ouvert sous leurs pieds : ils n'avaient à leur offrir qu'un Italien du royaume de Naples ! Un poignard sur la gorge, l'évêque de Marseille abandonna les clefs et se sauva. La foule fit irruption de tous côtés, par les murs, les fenêtres, les latrines. Un chapelain fut blessé à la tête et le pillage commença. Des cardinaux essayèrent de fuir. Une troupe leur barrait le passage. Les plus lestes se glissèrent par une trappe et descendirent par une échelle, mais ils furent aussi arrêtés. Les autres se réfugièrent dans la seconde salle du conclave.

— Si je dois mourir, dit Pedro de Luna, c'est ici que je veux tomber.

— *Romano ! Romano !* hurlait la foule.

C'est à ce moment-là que, pour calmer la populace déchaînée, un conclaviste eut l'idée de lui présenter le vieux Tibaldeschi, cardinal romain connu de tous. Quelqu'un cria : « Voilà le nouveau souverain pontife ! », pendant que le cardinal de Montalais tentait de persuader le vieil homme de se prêter à une intronisation fictive. On s'empara du vieillard impotent, on le hissa sur la chaire papale, on le coiffa de la mitre blanche, on lui jeta sur le dos la chape pontificale à traîne. Autour de l'âtre de la chapelle du conclave, des cardinaux s'activaient comme des fous jusqu'à ce que la fumée blanche s'élevât enfin par la cheminée. On sonna la cloche dite « du pape » et chacun entonna le *Te Deum*. Maintenu de force sur son trône, le pauvre Tibaldeschi protestait et s'agitait comme un diable dans un bénitier.

— Quelle dérision ! Je ne suis point pape. Je ne le suis ni ne veux l'être. C'est Monseigneur de Bari !

Secouant furieusement la tête, il réussit à faire tomber sa mitre. Le cardinal de Montalais la lui enfonça sur le crâne d'un coup de poing, tout en le maintenant fortement par les épaules pour l'obliger à rester sur le trône. Le vieillard criait sa malédiction. C'était une atroce comédie.

On l'emporta dans la chambre papale, plus mort que vif. Il en mourut d'ailleurs quelques jours plus tard.

La foule n'avait pas été dupe.

— *No lo volemo!* Nous sommes trahis!

D'autres s'élançaient à la recherche de Prignano pour l'acclamer, ou pour exiger sa renonciation. Déjà pape aux yeux de ceux qui l'entouraient, Prignano déclara :

— Ils ne me connaissent guère! Quand je verrais mille épées dirigées contre moi, je ne renoncerais pas!

Puis il se réfugia dans une chambre secrète où le cardinal Tibaldeschi, qui avait encore la force de se traîner, délivré de sa papauté éphémère, vint lui confirmer son élection. Parents et amis accoururent. On monta la garde autour de lui toute la nuit.

Pendant ce temps-là, les cardinaux s'éclipsaient, Montalais, Milan et les autres. Le cardinal de Florence, Pietro Corsini, monté sur un mauvais roussin, se retrouva chez lui sans encombre. Un Romain leva sa guisarme sur le cardinal de Glandèves qui, escorté par ses paroissiens de Sainte-Cécile, parvint à gagner sain et sauf un couvent du Trastevere. Devant le château Saint-Ange, Pedro de Luna fut attaqué et sauvé par une vigoureuse sortie de la garnison de la forteresse. Six autres cardinaux s'y réfugièrent. Ils n'avaient dû leur salut qu'à des déguisements. Le cardinal de Bretagne fut moins heureux. Assailli dès sa sortie du palais pontifical par une troupe de Romains ivres de rage qui brandissaient des couteaux et lui arrachaient ses bagues, il se précipita dans une maison et s'enfuit ensuite par les toits. Lui non plus ne l'oublierait pas.

Ainsi fut élu Bartolomeo Prignano, archevêque de Bari, dans le désordre, le scandale et la confusion, cent quatre-vingt-dix-huitième pape selon la liste chronologique vaticane. Il prit dès le lendemain 9 avril le nom d'Urbain VI, tandis que les cardinaux rescapés, en rochet parce qu'ils avaient perdu leur manteau pourpre dans leur fuite, venaient peu à peu, à contrecœur, s'incliner devant sa personne pour la cérémonie d'intronisation. Beaucoup l'assurèrent de la sincérité de leur vote. Ils mentaient. Ils avaient eu très peur et ne s'en étaient pas encore remis. D'autres, plus résolus, s'abstinrent.

Après quoi, tous s'aperçurent que le diable les avait joués.

Les premières semaines qui suivirent, tout se passa à peu près convenablement. Dans les principales églises de Rome, les cérémonies religieuses saluant l'intronisation d'Urbain VI se déroulèrent normalement. D'Avignon, les six cardinaux demeurés sur place dépêchèrent un messager qui s'agenouilla en leur nom devant le nouveau pape avant de transmettre à Pierre Gandelin, préfet du Saint-Siège au château Saint-Ange, l'ordre d'ouvrir les portes de la forteresse. Le temps semblait à l'apaisement, mais ce n'était qu'harmonie de façade. Chacun cachait ses arrière-pensées. Jusqu'au jour où il sauta aux yeux qu'Urbain VI, en dépit de sa belle âme, de sa modération, de sa simplicité, de son cilice et de ses mœurs austères, haïssait tous ses cardinaux et la plupart des archevêques et des évêques présents à Rome par-dessus le marché. Des gardes pontificaux se répandirent dans toute la ville, frappant du poing aux portes des palais, des villas et des monastères où résidaient tous ces prélats, porteurs d'un bref billet du pape leur enjoignant de déguerpir, en termes insultants, et de rejoindre leurs diocèses respectifs pour y exercer leur ministère au lieu de se prélasser à Rome dans une opulence indigne de la pauvreté évangélique, ce qui n'était pas tout à fait faux. Le ton blessa. En revanche, ce qui fut compris clairement de tous, c'est que le pape Prignano avait décidé d'éloigner les témoins de son élection, tous ceux qui n'avaient pas oublié dans quelles conditions elle avait été obtenue et qui risquaient un jour ou l'autre de les lui reprocher. Vice de forme, nullité, irrégularité du vote, ces mots-là hantaient le pape. Il sentait les cœurs se délier et les bouches prêtes à s'ouvrir. La trahison se devinait derrière chaque regard, chaque visage. Il les prit en horreur et le fit savoir.

La crise éclata au consistoire qui eut lieu en juin. Tiare en tête, du sommet de son trône, le Très Saint-Père éructait.

— Parjures vous êtes ! Je lis déjà dans vos âmes viles !

A Orsini qui tentait de répliquer, il cria :

— Taisez-vous ! Vous êtes un fou ! Un imbécile !

Le cardinal Pierre de Vergne, un homme plutôt conciliant et qui élevait peu la voix, ne fut pas mieux traité. Le pape tapait furieusement du pied.

— Cessez vos bavardages idiots !

Vint le tour du cardinal de Limoges, Jean de Gros, camerlingue et dépositaire à ce titre des clefs des coffres du Vatican.

— Venez ici ! A genoux ! Devant nous ! Je vous ferai rendre gorge ! *Ladro !* Voleur !

Et le pape se pencha, levant sa main gantée et baguée. La gifle tomba, meurtrissant la joue du camerlingue. Les autres cardinaux se taisaient, atterrés.

Commandant des troupes pontificales de Grégoire XI, le légat Robert de Genève était d'une autre trempe. Il dressa sa haute taille mais sa voix fut aussitôt noyée dans un flot d'imprécations.

— Ribaud ! Soudard ! Hors de ma vue ! Vous êtes un homme couvert de sang !

N'en croyant ni ses yeux ni ses oreilles, stupéfait, mais résolu, Jean de La Grange, cardinal d'Amiens, s'avança au pied du trône. C'était un nouveau venu. Il n'avait pas participé au conclave. On savait qu'il avait la confiance du roi de France Charles V, ce qui aurait dû inciter Urbain VI à plus de modération. Au contraire de quoi, blême de rage, le pape Prignano passa outre.

— Dernier arrivé, premier à trahir ! Il y a des rebelles dans Rome et c'est de vous qu'ils prennent leurs ordres !

La réponse cingla :

— Vous êtes maintenant pape, je ne puis vous répondre. Si vous étiez encore le petit archevêque de Bari, je dirais à ce petit archevêque qu'il en a menti par sa bouche !

Puis le cardinal tourna les talons et s'en alla se barricader dans sa maison du Trastevere. On l'avait accusé à tort. Cette fois ce serait avec raison. Il convoqua les capitaines des routiers bretons qui avaient été au service de Grégoire XI, tint de longs conciliabules secrets avec les autres cardinaux français et se prépara à quitter Rome, rendez-vous fixé à Anagni, à quinze lieues de là, dans le Latium.

L'indomptable Catherine de Sienne avait vu venir le danger. Sa santé s'affaiblissait. Elle ne se déplaçait plus, mais luttait, la plume à la main, une écritoire sur les genoux. Du fond de son couvent Saint-Dominique, au pape aveuglé par la colère, elle multipliait les mises en garde : « La justice sans la miséricorde serait plutôt de l'injustice que de la justice. Accomplissez votre tâche avec mesure, car le défaut de mesure gâte plus de choses qu'il n'en arrange. Agissez avec bienveillance et tranquillité de cœur. Pour l'amour du Christ crucifié, modérez un peu ces mouvements que vous inspire votre nature... »

Elle supplia les cardinaux, un par un, dans des missives déchirantes, « par le précieux sang du Sauveur, de ne point rompre avec le souverain pontife et avec la vérité ». Rien n'y fit. Le pape Prignano multiplia les provocations. Sur son ordre on jeta en prison quelques prélats de moindre importance.

Même les trois cardinaux italiens qui composaient toute sa curie ne parvenaient plus à le raisonner. Ses partisans excitaient le peuple du Borgo et du Trastevere. Qui avait l'imprudence de parler français était attaqué en pleine rue. Le sang coulait des gorges tranchées et les cadavres abandonnés sur le pavé puaient au soleil de juillet. L'un après l'autre, les cardinaux s'enfuirent et rejoignirent Jean de La Grange à Anagni. Pedro de Luna, cardinal d'Aragon, quitta Rome le dernier. Il avait longuement balancé, sondant le fond de sa conscience, interrogeant les textes juridiques, cherchant conseil dans tous les partis, écoutant tous les avis, et surtout, dans le secret de sa mémoire, qu'il avait exacte et jamais en défaut, revivant mot par mot et détail après détail le déplorable enchaînement des faits qui avaient conduit à l'élection d'Urbain VI.

Il faudra se souvenir des hésitations de Pedro de Luna, qui font honneur à la rigueur de son jugement, quand, devenu pape à son tour sous le nom de Benoît XIII, il clamera à la face du monde et jusqu'à son dernier souffle sa certitude d'être le seul et vrai pape, et que l'écho de cette immense voix retentira de siècle en siècle pour parvenir jusqu'à nous, affaibli, déformé, presque inaudible...

Souverains temporels autant que spirituels, les papes, en ces temps-là, étaient aussi chefs de guerre.

Absous d'avance, bénis, assurés d'une promesse de pillage, cinq mille mercenaires pontificaux se ruèrent sur Anagni avec ordre de ramener de gré ou de force le Sacré Collège à Rome. Un millier d'hommes défendaient Anagni, ce qui restait des bandes bretonnes et deux cents routiers du Languedoc conduits par un vieux compagnon de Du Guesclin, le fameux capitaine Bernardon de La Salle. Dieu choisit son camp ce jour-là. Après une courte bataille qui fit mille tués et blessés dans ses rangs, l'armée du pape s'enfuit en désordre, poursuivie jusque sous les murs de Rome. Une contre-attaque demeurait possible. Les cardinaux, par prudence, décidèrent de se replier à Fondi, quinze lieues plus au sud, où le gouverneur de Campanie, qui avait aussi à se plaindre du pape, leur offrit sa protection. La reine Jeanne de Naples envoya son mari, le comte Othon de Brunswick, avec deux cents chevaliers et cent archers à pied. De France accourut à bride abattue un chevaucheur du roi Charles V, apportant promesse d'hommes et d'argent. Comme Pedro de Luna, Charles V le Sage, roi chrétien, d'humeur modérée, avait longtemps hésité, consultant ses conseillers. Lui non plus ne s'était pas décidé à la légère. La politique faisait son entrée sur le théâtre du Grand Schisme d'Occident, mais elle n'en fut que la conséquence et non le moteur initial. Aucun chrétien, en ces temps-là, ne voyait s'approcher de gaieté de cœur, et encore moins cyniquement, l'inéluctable déchirement. Au contraire, chacun priait Dieu.

Le dos au mur, Urbain VI tenta de négocier. Le

vieux Tibaldeschi étant mort des suites de la mascarade du 8 avril, ne restaient fidèles au pape Prignano, et encore avec des nuances, que les trois cardinaux italiens, Orsini le Romain, Borsano le Milanais et Corsini le Florentin. Tous trois prirent la route de Fondi avec pour unique mission de proposer la réunion d'un concile général à Rome. Elle échoua. Le 9 septembre, les treize cardinaux d'*ultramonti*, par la voix du camerlingue Jean de Gros, rendirent publique une encyclique déclarant nulle l'élection d'Urbain VI imposée par la pression et la violence populaires, et proclamèrent la vacance du Saint-Siège. Le prochain conclave était convoqué à Fondi pour le 18 septembre.

Là se place un étrange épisode qui relève de ce qu'on appellerait aujourd'hui une magouille électorale. Il s'agissait de rien de moins, pour le pape Prignano, que d'inverser la majorité du Sacré Collège en nommant à la hâte une fournée de nouveaux cardinaux dévoués à sa personne. Dans le désarroi des derniers jours, l'idée en avait été suggérée par Catherine de Sienne. Que la sainte et implacable vierge, à bout d'arguments, se fût laissée aller à proposer une aussi déplorable méthode devait plus tard affaiblir considérablement la portée des protestations indignées dont elle accabla les grands de ce monde. Soit que le temps lui manquât, ou que des scrupules l'aient saisi, le pape Urbain VI ne donna pas suite à ce conseil.

Les cardinaux entrèrent en conclave, selon les règles, au palais du gouvernement de Fondi. Les issues en furent murées, les communications avec l'extérieur interdites et la foule tenue à distance. Jean de Gros, cardinal de Limoges, prit le premier la parole :

— Les Italiens souhaitent un pape italien, les Français en voudraient un de leur nation. Je suis d'avis, Seigneurs, de ne satisfaire ni les uns ni les autres, et je choisis pour souverain pontife le cardinal Robert de Genève. Allemand, il sera agréable à tout le monde et ne suscitera pas de jalousies.

Chaque cardinal s'exprima dans le même sens. Quant aux trois cardinaux italiens, qui étaient présents avec les autres, ils déclarèrent qu'ils s'abstiendraient de voter, mais précisèrent que dans tous les cas ils considéreraient l'élection comme régulièrement canonique.

On vota.

Le 20 septembre au matin, le cardinal Robert de Genève fut élu à l'unanimité moins une voix.

Il était âgé de trente-six ans. Fils d'un comte d'Empire, petit-cousin du roi de France par sa mère, comtesse de Boulogne, frère cadet du comte de Genève, il comptait aussi dans sa parenté l'empereur et le roi de Hongrie. De taille imposante et doué d'un physique agréable, bien qu'il louchât et boitât un peu, il avait la voix sonore, la mine affable. Il parlait et écrivait plusieurs langues. Il affectionnait la noblesse, les hommes d'armes et les artistes. C'était un pape de son temps. C'était aussi un homme énergique.

Couronné le jour même dans la cathédrale de

Fondi en présence d'Othon de Brunswick et des ambassadeurs de la reine Jeanne, il prit le nom de Clément VII et reçut l'hommage de tous les cardinaux, qu'ils fussent français ou italiens.

Mais la vierge de Sienne ne désarmait pas. Dans sa solitude, au Vatican, Urbain VI reçut cette missive enflammée :

« J'ai appris que ces diables à figure humaine ont procédé à une élection. Mais ce n'est pas un vicaire de Jésus-Christ qu'ils ont élu, c'est un Antéchrist ! Jamais je ne cesserai de voir en vous, mon bien-aimé Père, le vicaire de Jésus-Christ sur la terre. Courage donc, Saint-Père, acceptez la lutte sans crainte, car pour lutter il faut être revêtu de l'armure de l'amour divin, qui est une arme solide... »

Dans le même temps les cardinaux de Fondi furent gratifiés de lettres furibondes. La sainte ne mâchait pas ses mots :

« Ô fous que vous êtes, mille fois dignes de la mort ! Comme des aveugles, vous ne voyez pas votre propre mal... Vous voudriez nous faire croire que vous n'aviez élu le pape que par crainte ? Celui qui dit cela ment. Vous nous direz peut-être : Pourquoi ne nous croyez-vous pas ? Nous qui avons été les électeurs, nous connaissons la vérité mieux que vous... Mais je vous réponds, moi, que vous m'avez montré vous-mêmes comment vous en usez avec la vérité... »

C'était le nœud de la question.

« L'armure de l'amour divin » rendit courage au pape déchu. Il commença par désigner une dizaine de cardinaux tout neufs pour remplacer sa curie absente, puis expédia ses mercenaires romains à l'assaut du château Saint-Ange, tenu toujours par Jean Gandelin au nom du pape Clément VII. A bout de vivres et de ressources, la forteresse capitula après six mois d'un siège farouche. Partout, aux environs de Rome, troupes « clémentistes » et « urbainistes » s'affrontèrent en de sanglants combats, tandis que par-dessus la mêlée les papes rivaux s'entre-excommuniaient en se jetant l'un l'autre l'anathème. Magnifique ! Qu'elle était grande, la Chrétienté ! Qu'elle était puissante, l'Église catholique, apostolique et romaine, comme elle s'identifiait à l'Occident ! Qu'on se la disputât aussi âprement, à coups de papes et d'armées, de saints et de saintes opposés — sainte Catherine de Sienne, sainte Brigitte de Suède, le bienheureux Gérard Groote pour Urbain ; saint Vincent Ferrier, sainte Colette de Corbie, le bienheureux Pierre de Luxembourg pour Clément — prouvait au moins qu'elle était bien vivante et qu'il n'y avait sur cette terre pas d'autre force spirituelle que la sienne.

La population de Rome et des États pontificaux tenant pour le pape Prignano dont les troupes étaient beaucoup plus nombreuses que celles de son adversaire, Clément VII s'embarqua pour Naples où il fut mal accueilli, malgré l'appui de la reine Jeanne, puis pour Marseille où la foule lui fit un triomphe. Escorté de Provençaux et d'Aragonais et suivi de ses onze cardinaux, il entra solennellement dans Avignon le 20 juin 1379. Les cloches sonnaient, il faisait beau, nul poignard ne se cachait dans la manche de ceux qui l'acclamaient, les femmes lui lançaient des fleurs et les juifs, sur son passage, soulevaient leur chapeau noir. L'aimable ville retrouvait son pape. Il n'y comptait que des amis.

Le premier souverain d'importance à se déclarer en sa faveur fut le roi de France Charles V. Il ne s'agissait pas de bon plaisir, encore qu'il se montrât satisfait d'avoir en quelque sorte un pape sous la main, mais d'une décision réfléchie, d'ordre religieux et non politique. Avant de la rendre publique, il s'entoura de nombreux avis, consulta la plupart des évêques de France et réunit à Vincennes son Grand Conseil, formé de prélats, de théologiens, de barons, de clercs et de chevaliers. À l'exception de certains esprits forts de l'Université de Paris qui frondaient le pouvoir royal et l'autorité des évêques, tous se prononcèrent pour Clément VII. Suivirent l'Écosse, la Savoie, la Castille, l'Aragon, la Navarre, le Portugal, la Provence, le Languedoc, la Bretagne, le Piémont, la Sicile, le royaume de Naples, la Bavière. L'Allemagne se divisa, la plus grande partie rejoignant l'obédience d'Urbain VI, avec l'Empereur et le roi de Hongrie en dépit des liens de parenté qui auraient dû les rapprocher de Clément VII, l'Angleterre, la Flandre, les Pays-Bas, la Suède, le Danemark, la Bohême, la Pologne et la moitié de l'Italie. Il est étrange de constater qu'à l'exception de ces deux derniers pays, la plupart des autres devinrent terres d'hérésie ou de schisme avant que deux siècles se fussent écoulés, tandis que les nations fidèles à Clément restèrent obstinément catholiques après le raz de marée de la Réforme annoncé par Jan Hus et Wyclif.

Ce ne fut pas aussi tranché partout. Au début, de nombreux évêchés se virent pourvus de deux titulaires, l'un pour Clément, l'autre pour Prignano. Les deux pontifes expédièrent des légats chez tous les souverains encore hésitants. Puis, très vite, les frontières se figèrent. La Chrétienté avait deux papes !

Ou plutôt un pape et un antipape.

Mais qui était l'un ? Qui était l'autre ?

Limoux, 1973

LIMOUX, Aleth, Quillan, au sud de Carcassonne, c'est l'ancien comté carolingien de Razès. Il avait fallu la poigne de Charlemagne pour apprendre à vivre à ces sauvages adossés à leurs montagnes et à leurs pitons rocheux, un pays qui a engendré à foison toutes sortes d'illuminés, fous de Dieu, hérétiques, prédicants véhéments, jusqu'au-boutistes religieux acharnés. Dans un rayon de trente kilomètres, les châteaux cathares dressent leurs ruines d'apocalypse : Quéribus, Peyrepertuse, Termes, Puylaurens, Montségur, Aguilar. Les bûchers à peine éteints, les parfaits s'étaient mués en vaudois, puis en huguenots, en jansénistes sous Louis XIV, à l'exemple de leur évêque de choc, Nicolas Pavillon, évêque d'Aleth. Toujours révoltés, toujours condamnés, toujours prêts à remettre ça jusqu'à ce que, sous la IIIe République, le radical-socialisme et la production intensive de la blanquette de Limoux, sympathique piquette pétillante, ne les arrachent définitivement aux grandes insurrections de la foi. Si le feu y couvait encore, c'était par de bien faibles braises impuissantes à le rallumer. Érigé par le deuxième pape d'Avignon, Jean XXII, le diocèse avait été rayé de la carte en 1791 en même temps qu'une quarantaine d'évêchés d'Ancien Régime parmi lesquels Glandèves, Riez et Senez, Vabres, victimes de la départementalisation et de la destruction systématique des particularismes locaux. Déjà fortement endommagée par les huguenots, la cathédrale d'Aleth avait achevé de s'écrouler dans l'indifférence générale, un peu comme ces sièges épiscopaux *in partibus infidelium* réduits à l'état de moignons de pierre perdus dans les sables africains.

Et c'est là, précisément, à Aleth, dans la nuit du 24 au 25 avril 1973, Georges Pompidou étant président de la République et Pierre Messmer Premier ministre, que l'adjudant Plassard, commandant de la brigade de gendarmerie de Limoux, effectuant une tournée de routine sur la départementale 118, aperçut des lueurs tremblotantes inexplicables à cette heure-là — trois heures quinze — au milieu des ruines de la cathédrale. L'Espagne de Franco n'était pas loin, le terrorisme basque sévissait, et bien que l'arrondissement fût calme et les six cents habitants d'Aleth peu suspects d'aventures nocturnes, il prit tout de même quelques précautions, dégaina son arme de service, et, laissant le brigadier Durano à la garde de l'estafette, s'approcha à pas de loup des ruines d'où s'élevait une sorte de psalmodie contenue, dans une langue suave et mélodieuse qui lui rappela sa première communion et qu'il reconnut, tendant l'oreille, pour le bon vieux latin d'Église de son enfance. Deux voix, peut-être trois, toutes masculines, mais à peine plus fortes qu'un murmure et soucieuses, à l'évidence, de ne pas attirer l'attention et de ne point réveiller les dormeurs dans les maisons avoisinantes. Jugeant ridicule son arme au poing, il la rengaina. La cathédrale n'avait pour toit que la voûte du ciel étoilé. Des murs ne subsistaient que quelques colonnes encadrant des arcades béantes. L'administration des Beaux-Arts semblait avoir abandonné l'édifice, se contentant d'obstruer les parties éboulées par des palissades à hauteur d'homme. Seul demeurait intact, adossé à l'est, selon le vieil usage, le chœur à trois cintres romans, mais tronqué à hauteur du maître-autel réduit à son soubassement.

C'est là que par une brèche dans la palissade l'adjudant Plassard repéra trois silhouettes qui formaient un étrange tableau vivant sous la lune. L'une était à genoux, de dos. Les deux autres, debout, lui faisaient face, la seconde un peu en retrait, comme par respect à l'égard de son compagnon qui se tenait immobile, les deux mains tendues à l'horizontale au-dessus de la tête de l'homme agenouillé. Pour autant qu'il pût en juger, dans la pénombre, à cette distance, aucun des trois n'était vêtu de façon particulière. Le personnage central de ce surprenant trio se distinguait cependant des deux autres par une sorte d'écharpe rouge passée autour de son cou. Les voix se turent. S'il s'agissait d'une cérémonie, à présent elle était terminée. Sur le point de se séparer, les trois hommes se donnaient l'accolade et l'écharpe rouge disparut, sans doute enfouie dans une poche de celui qui la portait. Les deux chandelles qui avaient éclairé la scène s'éteignirent. Plassard hésitait. C'était le moment d'intervenir, de procéder à un contrôle d'identité, de leur demander des explications sur leur présence insolite en ces lieux, à cette heure, au moins de les examiner de près pour garder en mémoire leurs visages, leurs regards. Ils n'avaient commis aucun délit, ne semblaient pas menacer l'ordre public, mais le boulot de la gendarmerie consistait d'abord à savoir. Rien n'était supposé lui échapper. Ce pouvait être une secte religieuse. Elles commençaient à proliférer comme des boutons de fièvre sur un corps malade. Une récente instruction du ministère de l'Intérieur recommandait la vigilance des services de police et de gendarmerie. Mais quelque chose retenait Plassard, le sentiment d'une mauvaise action. Interpeller ces inconnus dans les formes prescrites, les livrer à l'engrenage d'une enquête, avec interrogatoire et rapport à l'autorité supérieure et toutes les conséquences prévisibles, cela lui paraissait indigne, une sorte de trahison. Trahison de qui ? de quoi ? Il était incapable de se l'expliquer, mais la scène l'avait impressionné. Elle lui rappelait ces images pieuses, d'une naïveté démodée, glissées dans les pages des livres de messe, naguère. Plassard mettait rarement les pieds à l'église, mais c'était encore un temps où l'oubli présentait des rémissions.

Plassard pesta entre ses dents. Etait-ce bien le moment de divaguer au lieu d'exercer le métier pour lequel on le payait ! La silhouette à l'écharpe rouge avait disparu, ainsi que celle de son compagnon. Il entendit des pas s'éloigner derrière le chœur puis se perdre dans la nuit. Seul demeurait le troisième homme, de nouveau à genoux, immobile. Cette fois l'adjudant n'hésita pas. Avisant une brèche dans la palissade, il s'avança vivement vers lui, et, comme l'autre ne bougeait pas, il en fit le tour, comme d'une statue. Le pinceau lumineux de sa lampe torche lui découvrit un homme d'une soixantaine d'années, maigre, le visage émacié, vêtu de velours noir de paysan râpé, une cape de berger sur les épaules, un sac à dos posé à terre près de lui. Le regard clos, il semblait prier, les bras écartés, paumes ouvertes.

— Je vous attendais, dit-il.

Il ouvrit les yeux et sourit. Se relever lui demanda un effort. Un genou après l'autre, maladroitement. Il était visiblement épuisé.

— Que faites-vous là ? s'enquit Plassard.

Nouveau sourire.

— Je suis chez moi.

Plassard s'étonna :

— Dans ces ruines ?

— N'est-ce pas une cathédrale ? Celle d'Aleth, précisément...

— Et l'autre ? L'homme à l'écharpe ?

— Je ne puis répondre. Nul ne vous répondra.

— Pourquoi ne pas l'avoir accompagné ?

— Parce que nos chemins doivent se séparer.

Il vacillait. Plassard crut qu'il allait tomber.

— Etes-vous souffrant ?

— Ce n'est rien. Un peu de fatigue.

L'adjudant considéra l'homme, ses pommettes saillantes, ses joues creuses, sa mine terreuse, mais un regard vif qui ne se plaignait pas.

— Vous avez faim. C'est cela, n'est-ce pas ?

— Peut-être bien. J'ai l'habitude.

— Qui êtes-vous ?

— Ceux qui me connaissent m'appellent Jacques, mais ils ne sont guère nombreux.

L'adjudant se décida.

— Venez, dit-il. Je vous emmène.

— Vous m'arrêtez ?

— Mais non. Vous avez besoin d'un bon casse-croûte. Ensuite nous parlerons, sans témoins.

— Je n'ai pas grand-chose à dire.

— Eh bien, vous ne direz rien...

Et voilà.

À présent l'homme était là, dans le bureau du chef de brigade, au rez-de-chaussée de la gendarmerie de Limoux.

L'adjudant lui avait, en vitesse, préparé un sandwich au jambon et réchauffé un bol de bouillon. Les volets étaient fermés.

Plassard avait obéi à une impulsion. Négligeant la machine à écrire recouverte de sa housse grise sur laquelle, d'ordinaire, il tapait à deux doigts ses rapports d'interrogatoire, il s'assit, contemplant à l'autre bout de la table l'homme qui s'apprêtait à manger. Il serait toujours temps, songea-t-il, si la nécessité l'imposait, de reprendre l'affaire selon les règles. Il était quatre heures du matin. L'homme ne manifestait aucune hâte. Traçant de la main une croix sur le pain, il prononça quelques mots en latin, sans ostentation et sans paraître aucunement conscient de l'étrangeté de son geste, et attaqua sans façon le sandwich. Il n'en mangea que la moitié, but le bol de bouillon jusqu'au fond, accepta un verre de vin, puis dit simplement :

— Je vous remercie.

Une question brûlait les lèvres de Plassard.

— Êtes-vous... Êtes-vous prêtre ?

De la tête l'homme fit signe que oui.

— Catholique ?

L'homme récidiva.

— Avez-vous quelque chose à vous reprocher ?

En dépit de l'affaiblissement de l'Église, l'escroquerie à l'état ecclésiastique se rencontrait encore de temps en temps. Affaire de mœurs, dérèglement mental, le plus souvent extorsion d'argent à la crédulité des fidèles. Plassard avait déjà alpagué un faux curé, naguère, qui prêchait et quêtait pour les missions avec une éloquence convaincante. Le pauvre affamé, en face de lui, n'avait certes volé personne.

— Aucunement, répondit l'homme.

Et comme s'il devinait les pensées de Plassard, il ajouta :

— Nous avons été persécutés, autrefois, mais pour des motifs qui ne relevaient ni de la morale, ni de la loi. C'était il y a bien longtemps. A présent, on nous a oubliés.

— Alors pourquoi vous cachez-vous ?

— Je ne me cache pas. Nous ne nous cachons pas. Simplement, nous ne vivons pas dans ce monde-là. Notre existence n'y trace pas de sillon... Il se reprit : Notre sillon n'est visible que de l'Au-delà. Nous sommes seulement une mémoire perdue.

— Vous avez dit « nous ». Etes-vous nombreux ?

— Nombreux ?...

L'homme sourit presque gaiement.

— Pour ce que j'en sais à ce jour, dit-il, sept. Et encore certains d'entre nous ont-ils déjà un pied dans la tombe et ne seront pas remplacés. Autrefois, quand l'un mourait, un autre se présentait. Plus personne ne vient à nous, à présent.

— Mais au nom de qui parlez-vous ?

L'homme ferma les yeux un instant et l'adjudant Plassard fut frappé par la sérénité de ce visage et par la paix qu'il irradiait en dépit de ses traits creusés.

— Encore une fois je ne puis répondre, et si je le faisais malgré tout, cette réponse n'aurait pas de sens pour vous ni pour personne sur cette terre, à l'exception de...

Il s'interrompit, puis reprit :

— Et d'ailleurs, qui me croirait ? Vous êtes un homme bon. Vous m'avez nourri, réchauffé. Vous n'avez pas usé de votre autorité. C'est pourquoi je vous ai dit certaines choses de mon plein gré. Cela est arrivé à d'autres, avant moi. Trois ou quatre fois par siècle, peut-être, mais cela est arrivé. Sans doute est-ce la volonté de Dieu que nous nous signalions de loin en loin...

L'adjudant Plassard tentait de mettre de l'ordre dans ses pensées. L'homme affirmait qu'il était prêtre et de religion catholique. Dans les ruines d'Aleth, il était chez lui, selon ses propres paroles, et qui est chez soi, dans une cathédrale, sinon l'évêque ? Or il n'y avait plus d'évêque à Aleth depuis belle lurette.

Quelqu'un lui avait imposé les mains, en pleine nuit. Ce quelqu'un demeurait un mystère et les racines de ce mystère plongeaient dans un lointain passé dont l'homme n'était pas disposé à parler. Tout cela s'enchaînait, à la rigueur, mais il y manquait la clef. Agacé, Plassard redevint gendarme.

— Avez-vous des papiers d'identité ? demanda-t-il un peu brutalement.

L'homme ne manifesta pas de surprise. Il se baissa et fouilla dans son sac, tendant un vieux porte-cartes usé.

— Certes. Comment vivre sans papiers ? Il me faut bien croiser de temps en temps ce monde-là. Jacques de Bethléem n'est pas le nom qui y figure, celui que je tiens de mon père. Je m'appelle...

Un seul geste, celui d'ouvrir le porte-cartes, et l'entretien changerait de nature et tournerait à l'enquête policière. Quatre feuilles de carbone, quatre doubles. Tac tac tac, tac tac tac tac... Nom ? Prénom ? Date et lieu de naissance ? Domicile ? Profession ? Moyens d'existence ?... Interpellé à trois heures quinze du matin en compagnie de deux inconnus avec lesquels il se livrait à une cérémonie d'apparence religieuse dans les ruines de la cathédrale d'Aleth où ils avaient pénétré par effraction et sans autorisation préalable de la direction départementale des Beaux-Arts, le susnommé, qui se prétend prêtre catholique mais n'en porte aucun signe distinctif apparent, a affirmé qu'il ne se cachait pas et ne contrevenait ni à la morale, ni à la loi. Le susnommé a refusé de décliner l'identité des deux individus qui l'accompagnaient et qui se sont enfuis dès le début de notre intervention. Interrogé sur la raison de sa présence et sur la signification de la scène dont nous avons été témoin (voir annexe 1 du procès-verbal), le susnommé n'a donné que des réponses évasives, prétendant qu'il avait été persécuté, autrefois, sans mentionner de date, de lieu, ni de motif, et que dans les ruines de la cathédrale d'Aleth il était en réalité chez lui, mais sans fournir d'explication... Quatre doubles, quatre copies, deux à l'autorité supérieure, une aux Renseignements généraux de l'Aude et une à la direction des Cultes du ministère de l'Intérieur pour demande d'information. Ainsi se tisserait le filet. Transfert au chef-lieu, garde à vue, photo, prise d'empreintes, examen psychiatrique, car c'est de ce côté-là qu'on chercherait d'abord, sans doute un déséquilibré, probablement inoffensif, au mieux, relâché après vérifications, mais fiché, marqué, humilié...

— Je m'appelle Jacques Dolonne, poursuivit l'homme, calmement. De nationalité française. Né au Caylar, département de l'Hérault...

Tac tac tac, tac tac tac tac. C'est donc par là qu'il

faudrait commencer. Nom : Dolonne. Prénom : Jacques. Se fait appeler Jacques de Bethléem...

— Pourquoi de Bethléem ? demanda Plassard.

— C'était un évêché de Terre sainte, comme Tibériade, Hébron, Césarée, Gibelet.

L'homme semblait perdu dans un rêve. Il tenait toujours son vieux porte-cartes à la main. Comment transcrire cette réponse dans un compte-rendu d'interrogatoire ? Le susnommé déclare que son pseudonyme lui vient de Terre sainte... C'est à cela qu'on s'occupe, à la gendarmerie de Limoux ? Qu'est-ce qu'il espère, avec cette histoire, l'adjudant Plassard ? Un clochard lui a fait avaler des sornettes... On en rirait. Direction : service psychiatrique, pour la forme. Et pourtant, il n'y avait pas de quoi rire. À ses supérieurs intrigués, serait-il capable d'expliquer, l'adjudant Plassard, que cet homme, devant lui, l'intimidait ? Que son regard lui imposait le respect et l'emplissait à la fois d'une intense compassion, que chaque mot entendu de sa bouche sonnait vrai à cause de ce qui était dit, mais surtout à cause de ce qui ne l'était pas ?

— Rangez vos papiers. Je n'en veux pas.

En même temps, la housse qu'il venait de retirer, il la replaça sur sa machine à écrire.

— Qu'allez-vous faire de moi ? demanda l'homme.

— Vous êtes libre. Mais vous devriez dormir un peu. Il vous reste trois heures de nuit. À moi aussi, d'ailleurs. Vous serez tranquille, ici. Personne n'entre dans mon bureau. La porte se ferme de l'intérieur.

Il sortit une couverture d'un placard, déplia un

petit lit de camp qui lui servait en cas de veille. Puis il ouvrit la bouche pour parler. L'autre secoua la tête, négativement. Ils se quittèrent en silence et Plassard emporta le plateau du repas.

À sept heures, le lendemain matin, le lit de camp était replié, la couverture soigneusement rangée. Sur le bureau du chef de brigade, il y avait une enveloppe fermée contenant une feuille arrachée d'un carnet, avec ces mots :

Dieu vous bénisse.
Jacques, card. de Bethl.

La signature était précédée d'une croix.

L'adjudant glissa la lettre dans son portefeuille et, s'asseyant à son bureau, commença une nouvelle journée.

Cette histoire lui trotta dans la tête quelque temps. Pris de scrupules professionnels, après s'en être ouvert au sous-préfet de Limoux avec lequel il était en confiance, il lui remit, sur sa demande, une note confidentielle d'une page ainsi que la feuille de carnet portant les trois mots signés, et n'en entendit plus jamais parler. Du vagabond inspiré, aucune nouvelle, et cependant, avant de disparaître, l'homme lui avait volontairement, par ce billet, laissé (légué ?) une ultime information. La vie continuait. Il l'oublia.

Nocera, royaume de Naples, 1384

UNE forteresse assiégée, entre Salerne et Naples. La campagne alentour grouille de mercenaires aux ordres de Charles de Duras, roi de Naples. Enfermées dans Nocera, les bandes armées du pape de Rome ne lui restent loyales que parce qu'il les paye, des routiers prêts à trahir au premier signe de fléchissement dans le versement de leurs soldes grassement évaluées. Urbain VI a fait lui-même piller les églises du diocèse de Naples, dépouiller les chapitres et les monastères pour remplir les poches de ses compagnies d'assassins, et il en est ainsi depuis deux ans qu'a commencé cette sanglante et monstrueuse équipée.

En plus des heures canoniales et des offices carillonnés, quatre fois par jour sonnent les cloches de Nocera au milieu d'un envol de corbeaux que tant d'agitation sonore insolite irrite. Les remparts se garnissent de porteurs de cierges, de thuriféraires balançant furieusement l'encensoir, de prêtres plus morts que vifs, de cardinaux terrorisés. Six d'entre eux gisent au fond des cachots pontificaux de Nocera, fers aux mains, au cou et aux pieds, le corps pantelant. Qui sera le septième supplicié au sein de cette curie de quatorze cardinaux que le Saint-Père de Rome a traînée jusqu'ici dans ses fourgons comme du bétail ? Depuis le matin ces malheureux s'interrogent tandis que des soupiraux de la prison s'échappent des hurlements de douleur.

Paraît le pape Prignano, Sa Sainteté Urbain VI, ganté, bagué, tiare au front, vieillard sénile et cruel, muré dans ses obsessions. Il a la démarche saccadée d'un automate déréglé. Son visage est parcouru de tics. Le suit comme son ombre un vilain jeune homme à la mine sournoise, Angelo Prignano, son neveu, seigneur de Nocera et autres fiefs napolitains par la volonté de son oncle qui a élu cette âme noire et vile comme seule digne de son affection. Cet Ange-là est arrivé de Rome entouré de ses gitons et de ses catins. Il a les manières d'un chacal, les mœurs d'un porc, la rapacité d'un vautour. À son cou pend la clef des coffres pontificaux et son regard parcourant le collège des cardinaux semble à la recherche d'une proie. Il est le seul conseiller que Sa Sainteté daigne entendre.

Un prêtre présente, ouvert sur son front, le livre du rituel des excommunications majeures. On dirait que le pape y prend plaisir. Sa voix vibre d'un méchant bonheur. Ainsi, quatre fois par jour, du haut des remparts de Nocera, le pape de Rome jette l'anathème sur Charles III de Duras et son armée qui assiège la forteresse. Qu'ils soient privés de sacrements, voués aux flammes éternelles, leurs corps bannis des cimetières, leurs prêtres *suspens a divinis*, leurs églises fermées, leurs cloches réduites au silence, *per Christum Dominum nostrum qui vivit et regnat cum Deo Patre in unitate Spiritus Sancti Deus, per omnia sæcula sæculorum...* Les routiers de garde aux créneaux se poussent du coude et rigolent sans se gêner. Ce n'est pas le respect qui les étouffe, ni ces patenôtres grandiloquentes qui feront céder le Duras. Au début, on aurait pu y croire, mais quatre fois par jour, depuis des semaines ! Le vieux Prignano se rend grotesque. C'est ce que pensent aussi les cardinaux et tout le clergé présents, mais eux n'ont pas du tout envie de rire. Il y va de la dignité de l'Église romaine. Consternés, ils restent muets. Pas un trait de leur visage ne bouge et leurs yeux n'expriment rien. Leur vie est à ce prix.

Comment en est-il arrivé là, le pape Prignano ? Qu'est-ce qui l'a précipité dans ce guêpier ?

La haine. La haine seule.

Naples n'est pas très éloignée de Rome, et vers le sud de l'Italie, là où commence le royaume de Naples finissent les États pontificaux. Leur frontière est mitoyenne. C'est avec l'appui de la reine de Naples et sous la protection de ses chevaliers et de son propre époux Othon de Brunswick qu'avait été élu à Fondi, six années auparavant, par des cardinaux félons, l'Antéchrist d'Avignon, celui dont on ne prononce jamais le nom devant lui parce qu'il en étoufferait de rage. Contre le roi de France, Urbain VI ne peut rien, ni contre les rois de Castille, d'Aragon, de Navarre, l'Électeur de Bavière, le duc de Savoie... Mais la reine de Naples ! À sa porte ! Elle paiera pour les autres. Elle le paiera de sa vie, de ses États. Voilà six ans qu'il rumine sa vengeance. C'est l'unique pensée de son pontificat. Ainsi que l'en exhortait la sainte de Sienne, le pape Prignano a endossé « l'armure de l'amour divin ». Ainsi vêtu, il étincelle de haine.

Il a commencé par l'excommunier. Il a prononcé sa déchéance. Il a prêché contre elle la croisade et se sont croisés tous les soudards sans emploi dont regorge la péninsule. Jeanne de Naples avait un fils adoptif, Charles de Duras, un aventurier sans scrupule qui avait vendu son épée au service de la vieille reine. La tendresse filiale ne l'encombrait pas. C'est justement lui que Prignano a choisi pour conduire l'armée des croisés. Le marché a été vite conclu. Il est à l'image des protagonistes, un joli tissu d'infamies. Le fils dépouillera la mère à laquelle il devait tout et se plantera sur le front la couronne de Naples dont le pape l'a investi. Qu'est-ce que ça lui coûtera, au Duras ? Un chapelet de villes à tondre, inféodées à l'affreux neveu, Capoue, Caserta, Aversa, Amalfi, Nocera... Mais comment payer les croisés ? Dans tous les États de l'Église, le pape a fait saisir les bénéfices des diocèses, des abbayes et des fiefs cardinalices. Les cardinaux ont protesté. À ma botte, les cardinaux ! On retrouva le corps poignardé du patriarche d'Aquila, doyen du Sacré Collège. Il a été énucléé vivant. On lui a arraché tous les ongles. Message compris. Les cardinaux se sont aplatis.

L'affaire a marché comme sur des roulettes. En prime, l'assassinat de la reine Jeanne étranglée par le

Duras au cours d'une touchante scène de famille. *Te Deum* à Saint-Pierre-de-Rome. Le pape est comblé, mais pas pour longtemps. Charles III, roi de Naples, ne paye pas les dettes de Duras. Le neveu chéri peut aller se faire pendre ailleurs. Les villes promises, le roi se les garde, et le cher Angelo s'en va s'épancher dans l'hermine immaculée du Saint-Père. Nouvelle crise de rage de Sa Sainteté. Nouvelle croisade, mais cette fois, il la conduira lui-même. Faute de mieux il a enrôlé sous sa bannière le résidu des anciennes bandes de Clément VII, réduites à l'inactivité depuis le repli au bord du Rhône de l'Antéchrist d'Avignon. Les cardinaux seront du voyage. À Rome, ils s'empresseraient de trahir, et qui sait, de rejoindre Avignon où le roi de France Charles VI vient de se déplacer en grande pompe pour saluer l'unique et vrai pape. Le cardinal d'Angleterre Adam Easton fait posément remarquer à Urbain VI que cette expédition de Naples ne présente que des rapports lointains avec le bien de la Chrétienté. C'est un saint homme. On l'attachera sur son cheval, comme un paquet, avec quelques autres, pour l'exemple. Abandonnant le Vatican désert, toute la papauté s'est mise en route, la curie au complet, le trésor ou ce qu'il en reste, les courtisans, les serviteurs.

Un désastre !

Le roi de Naples n'a fait qu'une bouchée des misérables bandes pontificales. Et voilà le pape Urbain VI à bout de course, assiégé dans Nocera. Le cardinal d'Angleterre dompté, s'en est levé un autre, mais en secret, le cardinal de Plaisance, Bartolino, savant canoniste. Il a rédigé un document. On sauvera la Chrétienté contre le pape. On le mettra en tutelle. On lui imposera l'obligation de prendre le consentement des cardinaux présents pour tous les actes de son gouvernement. Six cardinaux ont signé. Les autres se contenteront de suivre le mouvement. Ça s'est passé durant la nuit. Au matin ils ont été trahis.

Et c'est ainsi que depuis l'aube montent des cachots leurs hurlements. Ayant lancé du haut des remparts sa quatrième excommunication de la journée, le Très Saint-Père descend aux enfers suivre le déroulement de l'enquête.

— Alors, Rufio, demande le pape, tu aimes toujours autant les prêtres ?

Il les hait. Un point commun avec Sa Sainteté qui en a fait pour cette raison son bourreau, exécuteur des hautes et basses œuvres. C'est un ancien pirate génois, auparavant défroqué pour bougrerie. La haine décuple son imagination, garrots pour écraser les tempes, pointes de jonc sous les ongles, vinaigre ou chaux dans les narines, treuils et cordes pour écarteler en douceur... L'endroit pue l'urine, la sueur qu'engendre la terreur, le sang et la chair grillée.

— Ont-ils parlé ?

— Ils ont même chanté, Très Saint-Père, dit Rufio.

Le corps à demi nu du cardinal Bartolino est suspendu par les mains à une poutre. Du sang coule le long de ses jambes et s'égoutte sur le sol de terre battue. Il respire à peine. Couverts de plaies et enchaînés, les cinq autres conjurés ne valent guère mieux.

— Eh bien, fais-les taire, à présent, dit avec entrain Sa Sainteté en esquissant de son poing fermé le geste de serrer un garrot.

De sa bouche édentée, mâchoires fracassées, le malheureux Bartolino, courageusement, bredouille :

— Nous sommes cardinaux de la Sainte Église catholique...

— En effet, dit le pape Prignano. C'est moi qui vous ai faits cardinaux.

Et il conclut par cette phrase bizarre, en quittant ce sinistre caveau :

— Rufio, n'oublie pas leurs chapeaux.

On ne retrouva jamais leurs corps. Mais à Naples on continue de raconter qu'ils furent salés et desséchés au four avant d'être enfermés chacun dans une malle sur laquelle le pape Urbain VI avait fait clouer leur chapeau rouge, malles qu'il emporta dans sa fuite et qu'on alignait chaque soir dans la chambre pontificale pour l'édification des derniers cardinaux survivants.

C'est un peu l'histoire des Dix Petits Nègres que celle du Sacré Collège d'Urbain VI. Des quatorze cardinaux nommés par lui, il en a assassiné sept, en comptant le patriarche d'Aquila poignardé l'année d'avant. Deux autres ont pris le large, épouvantés, au lendemain de cette tuerie, le cardinal de Ravenne et celui de Pietramala, réfugiés en Avignon et accueillis à bras ouverts au sein de la curie de Clément VII. Reste cinq, l'Anglais Easton et quatre Italiens, groupés comme des moutons apeurés autour du cardinal de Naples, Tomacelli, qu'Urbain VI était obligé de ménager. Ces cinq-là seulement reverront Rome.

Car il a tout de même réussi à s'enfuir de Nocera, le pape Prignano, profitant d'une absence de Charles de Duras et d'un relâchement dans l'armée assiégeante dont certains capitaines ont été achetés à prix d'or grâce à la fonte des derniers vases sacrés. À la suite de Sa Sainteté, une nuit sans lune, tout le monde a filé, le neveu chéri, ses catins et ses gitons, Rufio le bourreau et ses séides, cinq cardinaux ficelés comme des mannequins sur leurs chevaux, un troupeau hébété de prêtres et de clercs, de domestiques, de camériers, une centaine de routiers avinés qui ont mis en perce, avant de partir, les tonneaux qu'ils ne pouvaient emporter, et six malles de cuir au couvercle orné d'un chapeau rouge. Tel était l'étrange équipage du cent quatre-vingt-dix-septième successeur de saint Pierre selon la nomenclature officielle du Vatican. Une galère de Gênes embarqua tout ce monde-là.

À Rome, Urbain VI trouva une situation exécrable. Sa vraie nature étant maintenant connue de toute l'Europe, l'obédience du pape Prignano se rétrécissait comme peau de chagrin. Même la très fidèle Allemagne semblait basculer dans le camp de Clément VII. À Breslau, Mayence, Trèves, Liège, Bâle,

Metz, Constance, Augsbourg, Lübeck et bien d'autres diocèses germaniques, on vit deux évêques rivaux se disputer le siège épiscopal, parfois les armes à la main. Des abbayes changeaient de titulaire, l'abbé mitré « clémentiste » en chassant l'usurpateur « urbainiste ». Des prédicateurs ambulants, le plus souvent des dominicains envoyés par saint Vincent Ferrier, parcouraient toute la Chrétienté et prenaient la parole publiquement pour dénoncer l'antipape, et dans leur bouche il s'agissait bien de Prignano. Bientôt l'argent vint à manquer. Clément VII était un redoutable financier — ce fut son principal défaut. Partout ses collecteurs d'impôts se substituaient à ceux d'Urbain VI et ne faisaient pas grâce d'un sol. On s'acheminait vers la fin du schisme. Chacun attendait la mort annoncée d'Urbain VI et la plupart des souverains d'Europe souhaitaient qu'il n'eût pas de successeur.

Il lui restait tout de même un atout de poids : Rome. À défaut de légitimité, c'est lui qui occupait matériellement le siège de Pierre où cent quatre-vingt-onze papes s'étaient succédé jusqu'à l'exil en Avignon. Vieux, malade, rongé de haine, mais tenant Rome, avant de mourir il fit à l'Église catholique qu'il avait si indignement servie un dernier cadeau empoisonné : une fournée de neuf cardinaux ! On en demeure sidéré. Connaissant le sort qu'il avait réservé à ceux de la promotion précédente, on se demande comment il se trouva neuf prélats assez lâches et imprudents à la fois pour accepter le chapeau rouge de la main de cet assassin. Là-dessus il rendit son âme noire au Diable, le 15 octobre 1389, et personne ne le regretta.

Neuf plus cinq : quatorze. Ce qui faisait un Sacré Collège présentable. On découvrit alors pourquoi toutes ces fraîches Éminences n'avaient pas refusé ce redoutable honneur : par ambition. Les cardinaux élisent le pape et chacun d'entre eux a une chance, en l'occurrence une sur quatorze, et si ce n'était pas cette fois-là, pourquoi pas la prochaine ? Et puis ils s'accrochaient à Rome, ce qui n'était pas si mal juger. Il n'y avait d'ailleurs pas d'autre moyen de sauvegarder leurs propres intérêts.

On ne traîna pas. Il ne fut pas question de consulter, d'interroger les canonistes, de solliciter l'avis des évêques, ni de prendre le pouls de la Chrétienté. Les réponses, on le savait, eussent été en grande majorité négatives. Il ne fallait surtout pas non plus laisser la moindre chance aux chevaucheurs des différents souverains d'Europe, à commencer par ceux de France et d'Espagne, qui galopaient, porteurs de messages déconseillant l'élection, d'arriver à temps à Rome. Le 2 novembre 1389, la fumée blanche d'un conclave mené tambour battant annonça l'élection d'un pape qui prit le nom de Boniface IX.

Instruits par une douloureuse expérience, les quatorze avaient choisi en leur sein le plus doux et le plus effacé d'entre eux, Pietro Tomacelli, cardinal de Naples et survivant de Nocera. Au surplus c'était un homme bon. Sa bonté fit quelque peu oublier les crimes et la cruauté de Prignano.

Là aussi, ce n'était pas mal joué. Entre les deux papes la balance redevint à peu près égale. Les consciences recommencèrent à se torturer, le clergé à s'arracher les cheveux. Une complainte du trouvère allemand Pierre Suchenwirt vola de bouche en bouche à travers l'Europe :

À Rome nous avons un pape,
Et un autre en Avignon.
Chacun veut être le vrai,
Le monde en est tout troublé...
Mieux vaudrait n'en avoir point
Que d'en avoir deux...
Deux papes, cela ne doit pas être,
Dieu même n'en a voulu qu'un,
Il l'a manifesté dans saint Pierre,
Qui pleurait tant ses péchés,
Comme tant et tant de fois
On peut le lire dans les livres.
Le Christ a donné à saint Pierre
Pouvoir de lier et délier.
Maintenant on lie ici et là.
Vous seul pouvez nous délier, Seigneur...

Paris, 1994

ÇA l'avait étonné, le chef d'escadron Plassard, commandant la légion de gendarmerie de Vannes. Convoqué sans explication, sans nulle allusion au motif, à venir se présenter dans les vingt-quatre heures au ministère de l'Intérieur, place Beauvau. Lettre signée du directeur de cabinet et annoncée par un bref coup de téléphone. Dans le train il s'était creusé la tête, passant en revue toutes les affaires récentes dont il avait eu à s'occuper. À ce niveau de responsabilité, le terrain est souvent piégé et l'on n'est jamais à l'abri d'une boulette commise par un subordonné. Rendez-vous fixé à seize heures...

Cabinet du ministre, premier étage sur jardin. L'huissier consulta une fiche. « Veuillez me suivre, mon commandant. » Couloir feutré, moquette neuve, portes capitonnées, étage des pontes. À la huitième porte, l'huissier sonna, attendit le voyant vert, ouvrit et se retira. C'était une petite salle de conférences qui, à en juger par son ameublement luxueux, ne devait pas servir à des sous-fifres. Cela rassura Plassard.

— Nous vous attendions, mon commandant, dit un personnage de style énarque qui se présenta : Z., directeur des Cultes.

L'Alsace-Lorraine, récupérée en 1918, n'ayant pas été concernée par la séparation de l'Église et de l'État en 1905 et la République n'ayant point osé la lui imposer rétroactivement, le Concordat y était toujours en vigueur. D'où l'intitulé complet du ministère de l'Intérieur *et des Cultes* et l'existence place Beauvau d'une Direction *ad hoc* qui en profitait pour fourrer son nez dans toutes les histoires de curés, de pasteurs et de rabbins de l'hexagone. Surpris tout de même, le commandant Plassard. Ce qui restait des catholiques bretons de son département du Morbihan suivait platement le pâle évêque de Vannes, lequel suivait les vents dominants. Pas de quoi susciter sa convocation urgente par le directeur des Cultes...

L'autre civil sentait les R.G. Gagné : « X., commissaire divisionnaire. » On tapait haut, décidément.

Le troisième homme était un prêtre mince et sec aux cheveux blancs taillés en brosse, col romain, complet noir de clergyman. Plassard nota la croix pectorale en sautoir et l'anneau d'argent à l'annulaire droit : un évêque. L'énarque annonça : « Monseigneur Cassini, qui représente la nonciature... » C'était volontairement vague. En fait, Mgr Cassini représentait d'abord lui-même, et officieusement le Vatican, où il dirigeait un service qui ne figurait nulle part sur l'annuaire pontifical. Il était arrivé le matin même de Rome par avion et son voyage ne regardait en aucune façon le nonce.

— Avez-vous une bonne mémoire, mon commandant ? demanda Z.

— Plutôt, oui, monsieur le directeur. Enfin, je le crois.

— Ce qui nous réunit ici s'est passé il y a vingt ans.

Plassard réfléchit.

— Vingt ans ? Je commandais la brigade de Limoux, dans l'Aude.

— Précisément.

Z. tira une fiche d'un dossier et la lui tendit à travers la table. Plassard reconnut sa propre écriture. Il s'agissait d'une note de sa main, datée du 5 mai 1973, destinée au sous-préfet de Limoux et relatant sans fioritures, en langage de police, l'interpellation le 24 avril 1973 à trois heures quinze du matin, dans les ruines de la cathédrale d'Aleth, d'un individu répondant au nom de Jacques Dolonne, dit Jacques de Bethléem, et de la conversation qui s'ensuivit dans le bureau de la gendarmerie. Une feuille de carnet y était agrafée et, sans qu'il eût besoin de la lire, les mots lui en revinrent aussitôt en mémoire : « Dieu vous bénisse... Jacques, card. de Bethl. » Les deux documents étaient tamponnés *Confidentiel B*, ce qui signifiait l'interdiction de communiquer le dossier sans autorisation ministérielle.

— À la première lecture, continua Z., on penserait que vous étiez tombé sur trois illuminés inoffensifs, dont l'un se disait prêtre catholique, priant sous la lune dans les ruines d'Aleth, ce qui ne constituait pas un délit, tout au plus une bizarrerie ou un léger dérèglement de l'esprit sur quoi, dans votre note, vous n'exprimez pas d'opinion. Il n'empêche qu'à lire entre les lignes, on vous sent quelque peu impressionné.

Battant le rappel de ses souvenirs, Plassard revivait la scène.

— Je l'étais, reconnut-il. J'avais déjà enquêté sur des sectes, auparavant. Des moines soixante-huitards en rupture de couvent, des cathares de pacotille. Je crois savoir discerner le vrai du faux. Les gens des sectes en rajoutent toujours dans un sens ou dans un autre, trop de dépouillement ou trop de décorum. Leurs gestes sont affectés, mécaniques, exagérés, et ils n'ont pas le regard qui convient. Ces trois hommes au milieu des ruines, l'un à genoux, un autre les deux mains tendues, cela ne faisait pas du tout théâtre. Ils n'avaient pas l'air de frimer. C'est difficile à expliquer. Pour autant que j'étais capable d'en juger, il s'agissait d'une pratique religieuse manifestement catholique et qui leur était naturelle. J'ajouterais...

Il hésita.

— Parlez, je vous prie, dit Z. Cela ne sortira pas d'ici et rien ne sera consigné par écrit.

— Eh bien, pour ce que je connais de l'Église catholique, en dépit de leurs vêtements de paysans, il y avait quelque chose dans leur attitude qui les plaçait, comment dire, à un niveau élevé.

— Admettons, dit Z. En tout cas c'est ce qu'a dû comprendre le ministre de l'Intérieur de l'époque. Comment ce document d'importance mineure est-il remonté jusqu'à lui, je l'ignore et c'est surprenant qu'il y ait accordé attention, mais il a fallu sa signature manuscrite pour le classer *Confidentiel B* et pour l'enterrer.

Ce que ne précisait pas le directeur des Cultes et qui ne lui plaisait pas du tout, c'est que Mgr Cassini en connaissait aussi l'existence puisqu'il avait lui-même demandé et obtenu qu'on le lui communiquât...

— Au fait, êtes-vous catholique, mon commandant ? demanda Z.

— Est-ce que cette question a de l'importance ? répliqua Plassard, agacé.

Curieusement, ce fut Mgr Cassini, silencieux jusque-là, qui répondit.

— N'en doutez pas, mon commandant. Pour apprécier votre jugement.

En même temps il lui adressait un coup d'œil encourageant où se lisait de la sympathie.

— Dans ma jeunesse, je l'étais, dit Plassard, comme beaucoup d'enfants de familles pratiquantes. Ensuite je me suis éloigné. En prenant de l'âge il se pourrait que je me demande s'il ne me manque pas quelque chose... Je n'ai rien à ajouter là-dessus.

L'Italien eut un geste pour signifier qu'il comprenait.

— Puis-je interroger le commandant Plassard ? dit-il.

— Je vous en prie, monseigneur, fit Z., exécutant l'ordre de son ministre de satisfaire autant que se pouvait le prélat romain.

Mgr Cassini remercia de la tête.

— Tout à l'heure, mon commandant, reprit-il, vous avez évoqué le regard qui convient ou ne convient pas. Faut-il en déduire que dans le cas de Jacques Dolonne, dit Jacques de Bethléem, puisque vous avez pu l'interroger, en quelque sorte les yeux dans les yeux, son regard convenait à sa personne, à la condition de prêtre catholique à laquelle il prétendait ? C'est assez subjectif, tout ça. Expliquez-vous.

Plassard prit son temps pour répondre. Cette question-là, justement, il se l'était posée il y a vingt ans. Il choisit la vérité, tout en se demandant ce que Z. allait en penser et ce qu'il en résulterait dans son dossier à la Direction générale de la Gendarmerie. L'énarque l'observait du coin de l'œil. Il ne semblait pas avoir une tête à s'encombrer d'émotions religieuses.

— Quand j'étais gosse, le curé de mon village avait ce regard-là. Nous l'aimions tous. Quand il nous parlait de Dieu, on savait qu'il ne mentait pas. Tout était simple, tout était clair, tout était beau. Il suffisait de lire dans ses yeux...

En disant cela, il se sentait rougir. Est-ce que ce n'était pas ridicule, dans la bouche d'un chef d'escadron de gendarmerie convoqué au ministère de l'Intérieur ? Z. jouait avec un coupe-papier. Toujours muet, l'homme des R.G. baissait les yeux, comme pour dissimuler charitablement sa surprise devant un tel étalage de puérilité.

Mgr Cassini le regardait avec amitié mais ne le lâcha pas pour autant.

— Voulez-vous dire par là, mon commandant,

qu'en évitant d'appeler un chat un chat pour des raisons que je comprends, chez le curé de votre village, du temps que vous aviez une âme d'enfant, comme chez le nommé Jacques de Bethléem, dans votre bureau, voilà vingt ans, c'est bien la grâce divine qui semblait les habiter, tous les deux ?

Cette fois Plassard protesta.

— Je ne prétends rien de tel, monseigneur. Vous interprétez à votre façon.

— Et elle vous semble fausse ?

Pas de réponse. L'énarque et le policier des R.G. affichaient une mine gênée. L'évêque leur jeta un regard amusé, avec un rien d'apitoiement.

— Mais vous savez, la grâce divine, il arrive même qu'elle soit visible !

Z. ne risqua pas de commentaire. Le commissaire divisionnaire X. non plus. L'Italien était un homme puissant et puissamment recommandé. Ils attendaient la suite presque docilement.

— Reprenons, dit Mgr Cassini. Tout à l'heure aussi, mon commandant, parlant de ces trois personnages en prière dans les ruines d'Aleth, vous avez évoqué leur attitude qui les plaçait — ce sont vos propres termes — à un niveau élevé. Quel sens donnez-vous à cela ?

Plassard ne tenait pas à se faire piéger une seconde fois. Il voulait bien se montrer franc, mais en prenant des précautions.

— Je les voyais de loin. J'étais surpris. Ils n'étaient éclairés que par deux bougies. Mais c'est la scène tout entière qui me semblait d'une autre nature que celle d'une simple cérémonie. C'est ce que j'ai pensé sur le coup, sans réfléchir. Après... Après il y a eu deux ou trois confidences de ce Jacques Dolonne, à demi-mot, dans mon bureau, et puis le billet, le lendemain matin.

— Le billet et sa signature, n'est-ce pas ?

Plassard approuva de la tête, en silence, signifiant que, pour sa part, il ne se risquerait pas plus loin.

— La signature précédée d'une croix, dit Mgr Cassini, méditatif. Jacques, cardinal de Bethléem...

— En effet, admit Plassard. On pouvait la lire de cette façon.

Z. commençait à s'impatienter.

— Cela n'a pas de sens. Un imposteur, un escroc...

— Sans doute, remarqua doucement l'Italien. Mais il ne connaissait personne et personne ne le connaissait, à part ses deux compagnons. Alors qui aurait-il cherché à tromper, hormis lui-même ?

— Un imposteur, un détraqué, répéta Z., et en même temps le directeur des Cultes se creusait la cervelle pour tenter de comprendre pourquoi un Mgr Cassini s'était lui-même déplacé de Rome à propos d'une affaire enterrée depuis vingt ans...

— Assurément, trancha Mgr Cassini d'un ton sec, mais en France, depuis 1905, c'est l'Église catholique romaine qui se charge elle-même des contrefaçons. Dans le cas présent, ici, c'est à moi d'en juger.

— Eh bien, répliqua Z., vexé, nous avons là quelque chose qui va peut-être vous aider, monseigneur... Monsieur le commissaire divisionnaire, à vous.

Cliquetis de la serrure d'un attaché-case. Dossier. Y pêchant un document, X. chaussa ses lunettes et dit :

— Il y a quinze jours, monseigneur, lorsque votre visite a été annoncée et son objet spécifié, M. le directeur des Cultes m'a demandé de procéder à des recherches concernant Jacques Dolonne, né au Caylar, département de l'Hérault, renseignement qui figure sur la note du chef d'escadron Plassard. La mairie du Caylar nous a fait savoir que le susnommé, né le 3 juin 1916 et tôt confié à l'Assistance publique en raison de la mort en couches de sa mère et de l'indigence de son père, Jean-Baptiste Dolonne, journalier, sans famille actuellement connue, avait été déclaré décédé par un avis administratif de la brigade de gendarmerie de Frontignan, dans l'Hérault, le 17 octobre 1988, c'est-à-dire il y a cinq ans. Le rapport que j'ai ensuite reçu de la gendarmerie de Frontignan précise que l'homme avait été découvert mort sous une toile de tente au camping du Grau-du-Prévost, au bord de l'étang du même nom, entre Maguelone et Palavas-les-Flots. L'autopsie a établi qu'il était mort dans son sommeil d'une crise aiguë d'apnée due à son état général délabré et à l'épuisement de son organisme. Nul n'avait pu le secourir, le camping étant désert à cette époque de l'année. L'enquête de voisinage n'a pas donné de résultat, hormis la déclaration du gardien responsable des visites de la cathédrale de Maguelone selon lequel un homme d'allure fatiguée répondant à ce signalement avait été aperçu à deux reprises déambulant à l'intérieur de l'édifice peu avant l'heure de fermeture. Après la signature du permis par le médecin légiste, la municipalité de Frontignan a fait procéder à son inhumation...

X. leva le nez et s'interrompit, interrogeant l'évêque de l'œil, l'air de dire : « Bon, puisqu'il est mort et enterré, est-ce que ça ne règle pas la question ? »

Mgr Cassini songeait à la cathédrale de Maguelone, vaisseau de pierre solitaire échoué entre la mer et les étangs. Il l'avait visitée, naguère. Au Vénitien qu'il était, elle rappelait douloureusement Torcello, cité morte et disparue de la lagune de Venise où dans la nuit des barbares fut élu le premier doge. Il ne restait rien de l'antique splendeur de Torcello, palais, couvents, entrepôts, pas même le dessin de son cadavre imprimé sur le sol plat de l'île, seulement la vénérable cathédrale Santa Maria, l'une des plus anciennes d'Italie, sans évêque et sans fidèles. Maguelone était la sœur jumelle de Torcello. Même sensation d'oppression, de vide, de fuite inéluctable du temps, même étonnement religieux devant cet étrange pouvoir de l'absence. Évêché fortifié sous les Wisigoths, capitale d'une cité perdue, fief pontifical et refuge de nombreux papes, Maguelone avait vu aussi s'écrouler et disparaître tout ce qui l'entourait, les tours, les murailles, le port, les quais, les rues, les maisons, sans nulle empreinte non plus sur le sol, puis les hommes, évêque en tête et chanoines sans regret, tournant le dos à la mer pour s'établir à Montpellier. Plus d'évêque à Maguelone depuis 1536. La déshérence... Mais au-dessus du portail de la cathédrale, le signe, les armes pontificales, les clefs de saint Pierre entrecroisées. Maguelone avait été l'un des derniers évêchés fidèles au pape Benoît XIII, Pedro de Luna, au XVe siècle... Mgr Cassini se souvenait parfaitement des lieux. On longeait une série de campings pour y arriver — probablement l'horreur en été — par un chemin de terre mal entretenu. À deux ou trois cents mètres près, il avait manqué sa mort, le pauvre Jacques de Bethléem, évêque erratique, incertain et posthume de Maguelone et d'Aleth, cardinal du souvenir obstiné. Elle l'avait surpris sous sa méchante toile de tente, la nuit, au lieu de l'emporter en pleines gloire et fidélité, gisant sur le dallage de sa cathédrale parmi les pierres tombales de vingt évêques :

HIC OSSA IONNIS DE VIRIDISCO, EPI, OB XXVIII AUG, AN D MCCCXXXIV... HIC OSSA GAUCELINI DE GARDA, EPI, AN D MCCCIII... HIC OSSA ANDREA FREDOLI, EPI, AN D MCCCXXVII... HIC OSSA JACOBUS DE BETHLEHEM, EPI, AN D MCMDXXXVIII

C'était cela, sans doute, qu'il aurait souhaité...

Mgr Cassini redescendit sur terre.

— Poursuivez, monsieur le commissaire. Y a-t-il autre chose ?

Coup d'œil de X. à Z., et acquiescement muet du directeur, avec un imperceptible haussement d'épaules. Le fossé se creusait.

— Il y a le sac, monseigneur. Le nommé Jacques Dolonne avait un sac près de lui. La gendarmerie l'a inventorié.

Il consulta ses notes.

— Des hardes. Chemises de laine, du genre étal de marché, chaussettes, chandail rapiécé, nécessaire de toilette sommaire. Le défunt était propre sur sa personne. Une unique paire de souliers. Porte-cartes avachi avec trois billets de cent francs et un de cinquante, et une pièce d'identité périmée depuis quinze ans domiciliant le susnommé (on aurait dit qu'il le faisait exprès) à la ferme des Escarbins, sur le causse de Lanhac, commune de Rodelle, canton d'Espalion, où il avait été berger. Enquête de la gendarmerie d'Espalion, sur ma demande. Les propriétaires de la ferme sont morts depuis dix ans et n'ont pas été remplacés. Les bâtiments tombent en ruine. Au village de Rodelle, les derniers vieux qui s'accrochent ont déclaré ne pas se souvenir d'un berger de ce nom-là.

Sourire de Mgr Cassini que toutes ces fausses pistes semblaient ravir.

— Dans le fond du sac, continua X., un livre de messe plutôt épais, d'un modèle ancien, avec latin et notes de musique, lettrines et signets de couleur — Mgr Cassini, amusé, salua la précision technique religieuse des R.G. —, et un calice d'argent de petite taille orné de cabochons sertis, qui a été aussitôt soumis à l'expertise des conservateurs du musée de Montpellier : XIVᵉ siècle. Selon toute logique, il s'agissait du produit d'un vol. En attendant que se manifeste un éventuel propriétaire après large diffusion de photographies, l'objet a été entreposé dans les réserves du musée des Trésoriers de la Bourse, à Montpellier. Nous n'en savons pas plus aujourd'hui.

— Je peux vous renseigner, dit aimablement Mgr Cassini. Le calice appartenait à la sacristie pontificale d'Avignon sous les papes Clément VII et Benoît XIII. Il n'a pas été volé. Il a fait retour à Rome avec l'agrément des autorités. Nous y tenions.

X. posa brutalement ses lunettes et repoussa ses dossiers d'un geste excédé.

— À quoi jouons-nous, monseigneur ? Si vous en savez plus que nous, à quoi rime cette réunion ? De qui vous moquez-vous, et pourquoi ?

Bien emmerdé, le directeur des Cultes. Il avait reçu l'ordre de prendre des gants. L'Italien, heureusement, ne semblait pas se formaliser.

— Vous permettez ? dit le prélat.

Et tirant une élégante pipe de sa poche, il la bourra méthodiquement... Qu'allait-il leur répondre ? La vérité ? D'abord qu'il se moquait, en effet, du misérable pouvoir temporel, de ce grouillement d'insectes hors des frontières du surnaturel ? Que de siècle en siècle, échappant à l'Histoire, des hommes de foi, sur d'autres chemins, s'étaient transmis un flambeau, une flamme fragile et vacillante allumée six cent quinze ans plus tôt à Fondi, en Italie, et que c'était ces hommes-là qu'il avait pour mission de chercher et de retrouver ? Il avait fait le voyage de Paris pour évaluer la situation, connaître ce que l'on y savait, apprécier l'interprétation que l'on en tirait, sans rien révéler lui-même d'essentiel, et ensuite verrouiller le tout, que rien ne filtre de cette affaire, qu'aucune information ne voie le jour, ces dernières précautions étant les plus faciles à obtenir : dans le domaine du renseignement, le Vatican est richissime. Il ne manque jamais de monnaie d'échange. Donnant, donnant. Le gouvernement français, par la bouche de son Premier ministre — un catholique, au demeurant —, avait fourni toutes les assurances souhaitées.

— Ne vous fâchez pas, monsieur le commissaire, reprit-il. Vous m'avez au contraire été très utile et je vous en sais gré. Tout cela est peu de chose, en effet, mais je désirais en avoir le cœur net. Je crois comme vous qu'on peut considérer le dossier clos par la mort du pauvre Dolonne.

— Si vous le souhaitez, monseigneur, dit Z. Fameusement clos, et même bétonné. J'ai reçu des instructions du ministre à ce sujet.

— Je le remercierai moi-même. Ah ! Encore une faveur...

Mgr Cassini faisait mine d'hésiter.

— Pourrais-je m'entretenir un instant avec le commandant Plassard ?

Mi-figue, mi-raisin, le directeur des Cultes. Il y avait vraiment des moments où il détestait les curés.

Quand ils furent tous deux seuls dans la pièce, l'évêque entraîna Plassard vers la fenêtre. Il l'ouvrit et malgré l'air frais s'avança sur l'étroit balcon comme s'il admirait les frondaisons de printemps du jardin.

— Je ne pense pas qu'on m'ait fait le coup des micros, dit-il à mi-voix, mais tout de même, restons prudents. Je voudrais que vous me parliez du troisième homme, celui qui portait une écharpe rouge. Vous n'en dites pas plus dans votre note.

— Il était loin et il est parti vite. Je l'ai juste entrevu.

— Pouvez-vous me décrire l'écharpe ? Était-elle roulée autour de son cou, pour le protéger du froid ?

— Non. Seulement passée sur ses épaules, les deux bouts pendant sur sa poitrine.

— Égaux ou inégaux ?

— Égaux, il me semble.

— Leur longueur ?

Après vingt ans, l'image de l'homme demeurait floue. Plassard ferma les yeux, se concentra. La silhouette se précisa peu à peu, encore enveloppée de brume.

— Presque jusqu'aux genoux, dit-il.

— Était-elle tire-bouchonnée, comme l'est souvent une écharpe, ou au contraire étalée, bien déployée dans sa largeur ?

— Étalée. Cela, j'en suis sûr, comme deux moitiés de plastron rattachées l'une à l'autre par un cordon. Dans la nuit, c'était très visible.

— Vous rappelez-vous, mon commandant, si les deux pans de l'écharpe allaient en s'élargissant vers le bas ?

— Je ne saurais répondre avec certitude. Il se pourrait, en effet.

— Vous venez de me dire que, dans la nuit, l'écharpe était très visible. Est-ce qu'elle brillait ? Est-ce qu'elle avait des reflets ?

— Peut-être bien. Elle semblait très présente, c'est vrai.

— De la laine ne produirait pas cet effet-là, remarqua Mgr Cassini. Mais plutôt une autre matière, tissée serrée, plus riche.

— À quoi pensez-vous, monseigneur ?

L'évêque hésita.

— Vous ne devinez pas ? À une étole. À une étole rouge de grande taille, comme en portent, en certaines circonstances, le pape et les cardinaux.

Plassard murmura :

— Ce vagabond...

— Revenons à lui, voulez-vous. Sauriez-vous le reconnaître ?

Plassard interrogea sa mémoire, mais la brume ne s'y était pas dissipée. Il hocha négativement la tête.

— De toute façon il aurait vieilli de vingt ans et ce n'était plus un jeune homme, c'est la seule chose que je puis affirmer. Quand il s'est éloigné, il me tournait le dos. J'ai tout de même remarqué qu'il était grand, qu'il se tenait droit. Il marchait d'un pas vigoureux... Qui était-ce, monseigneur ?

L'évêque tapota le fourneau de sa pipe sur la balustrade du balcon et la fit disparaître dans sa poche.

— Cette question, l'avez-vous posée à Jacques Dolonne ?

Plassard acquiesça.

— Cela ne figure pas dans votre note. Était-ce volontaire ? Ou un oubli ?

— Volontaire. J'avais le devoir de rendre compte à une autorité supérieure mais aussi le sentiment que tout ne devait pas être rapporté et qu'au moins il ne fallait pas attirer l'attention sur l'homme à l'écharpe. En fait je n'ai pas réfléchi. Cela s'est imposé à moi. J'ai d'ailleurs la conviction que si Jacques Dolonne m'a en quelque sorte attendu, cette nuit-là, pendant que les deux autres filaient, c'était justement pour faire écran.

— Je le crois aussi, approuva Mgr Cassini. Cette réponse, acceptez-vous de me la confier ?

— Elle a été négative. Il a dit seulement : « Je ne puis vous répondre. Nul ne vous répondra. »

— Eh bien, mon commandant, puisque vous m'avez posé la même question, c'est la même réponse que je vous ferai. Avec une instante prière en plus : gardez le silence absolu sur notre conversation et sur le tour particulier qu'elle a pris. L'écharpe était une banale écharpe de laine rouge, rien de plus. Et encore, était-elle rouge ? Vous n'en êtes plus du tout certain.

— Je vais devoir prendre congé du directeur. Et s'il m'interroge ?

— Il s'en gardera bien, je vous le promets, dit Mgr Cassini en refermant la fenêtre...

Trois heures plus tard il attrapait à Orly l'unique avion du soir pour Rodez, où le cueillit à la sortie d'un aéroport de campagne un jeune moine de l'abbaye Sainte-Tarcisse au volant d'un vieux break gris.

— Est-ce loin ? avait-il demandé.

— À peine trois quarts d'heure, monseigneur. Le révérendissime père abbé vous attend.

Lac de Pareloup, Aveyron, 1994

UN vent froid du Lévezou chassait des nuages chargés de neige. Les pans de sa cape repliés sur ses genoux, son bonnet de laine enfoncé jusqu'aux oreilles, l'homme s'était assis sur un banc de pique-nique, au bord du chemin, près du hameau de Puech-Arnal, un peu en aval du barrage. Il contemplait l'eau lisse et sombre du lac. Il avait quitté Rodez et il n'y reviendrait plus. Son long voyage commençait. La veille il avait marché jusqu'à Pont-de-Salars, une vingtaine de kilomètres couverts sans trop de fatigue, avec une certaine allégresse, bien que l'âge, à présent, eût ralenti l'allure de son pas. Il prendrait son temps, voilà tout. Près de Pont-de-Salars il avait dormi dans une bergerie où un berger compatissant l'avait accueilli autour du feu, partageant avec lui son repas. Au matin il avait repris la route, une douzaine de kilomètres jusqu'au lac. Le hameau de Puech-Arnal était presque abandonné. Fréquenté par des campeurs l'été, l'hiver le retranchait du monde. L'homme n'y venait jamais qu'en hiver. L'hiver il était un peu chez lui, dans ce causse de Lévezou désert. Dans un rayon d'une lieue, autrefois, plusieurs maisons ou abris de bergers, aujourd'hui en ruine, pauvres parmi les plus pauvres, avaient été marqués du signe par leurs occupants disparus. À Puech-Arnal, il avait poussé la porte d'une masure de pierre noire qu'il connaissait, couverte d'un toit de lauzes encore solide. La maison était vide, à l'exception d'une table et d'un banc grossiers, près de la cheminée, dans l'unique pièce au sol de terre battue. S'étant assuré qu'il y avait encore du bois dans le bûcher et qu'il passerait la nuit au chaud, il avait repris la direction du lac, salué par un vieux bonhomme qui l'avait vu arriver.

— Alors, vous voilà revenu ? On vous portera la soupe ce soir.

Après quoi l'autre était rentré chez lui, annonçant laconiquement à sa femme, une petite vieille toute ridée :

— Il est revenu.

C'étaient les deux seuls habitants du hameau.

Assis sur son banc, face au lac, l'homme tira une clef de son sac. C'était une très vieille clef, lourde et aussi longue que la main. Il l'avait reçue il y a près de trente ans, le jour de sa désignation, par les soins du camerlingue dont l'unique office, depuis longtemps, se réduisait à transmettre cette clef, et le sceau des mains d'un mort à celles d'un vivant. Cela s'était passé de la sorte pour celui qui l'avait précédé, puis encore un autre avant lui, et un autre, et ainsi de suite en remontant la chaîne des dépositaires de la clef, lesquels se comptaient trente-deux, et l'homme savait chacun de leurs noms qu'il dévidait souvent dans sa mémoire pour ne pas les oublier, faute de quoi sa vie perdrait tout sens, car rien ne subsistait du passé que cette litanie de noms, le sceau au fond de son sac et la clef entre ses doigts. Il ne la transmettrait à personne. Il était le dernier maillon de la chaîne. Par cinquante mètres de profondeur, sous les eaux du lac, gisait la chapelle. La clef ouvrait son unique porte. La clef ne servait plus à rien.

Le barrage de Pareloup avait été mis en eau vingt-huit années auparavant, noyant les gorges sauvages et presque inaccessibles du Vioulou au bord duquel, sur un rocher plat en légère élévation, des paysans, des bergers, conduits par des prêtres en guenilles, avaient bâti de leurs mains cette chapelle. C'étaient des hommes simples et frustes. Ils n'avaient pu la construire que selon le peu qu'ils savaient. Elle ressemblait à une bergerie surmontée d'un minuscule clocher carré qu'on prenait de loin pour une cheminée, similitude qui avait été voulue pour tromper les persécuteurs. Un autel de pierre, trois fenêtres étroites en ogive, et la porte, également ogivale, le tout grossièrement taillé, car il avait fallu faire vite, de peur d'attirer l'attention des sergents du comte-évêque de Rodez qui s'aventuraient parfois sur le plateau. Il n'y avait pas si longtemps que les bûchers s'étaient éteints, place du Marché-Neuf, à Rodez, où le 25 mai 1467 avaient péri Pierre Trahinier, forgeron au village de Montou et sacriste du pape caché Benoît XV, ses fils Pierre et Baptiste, sa fille Jeanne.

Au nom du pape qui était à Rome, ils pouvaient se rallumer... La chapelle avait été dédiée à Benoît XV et les clefs de saint Pierre entrecroisées gravées sur la pierre de l'autel.

L'homme se souvenait. L'eau montait. Ce jour-là étaient venus de Rodez quelques chevelus avec des pancartes dénonçant le viol du Vioulou. Il les avait regardés avec sympathie, se disant qu'en d'autres temps ils auraient peut-être découvert la signification inconsciente de leur protestation. L'eau montait trop lentement. Ils s'étaient vite lassés. Leurs voix s'étaient tues l'une après l'autre et ils s'en étaient allés sur le chemin, découragés, convaincus de l'inutilité de leur présence, tandis qu'une masse liquide obscure et noire recouvrait peu à peu le fond des gorges. L'homme était resté, seul. La saison s'avançait. Les feuilles des arbres tombaient déjà quand l'eau vint battre silencieusement les pierres de soubassement de la chapelle. L'eau noyait le souvenir. Elle engloutissait sa propre vie, car c'était là que ses compagnons l'avaient désigné. Ils l'avaient nommé l'un après l'autre, à leur tour, ainsi qu'il en avait toujours été depuis Fondi, depuis Avignon, depuis Peñiscola, en Aragon, et ensuite à l'abri de cette chapelle où la grâce de Dieu avait émigré, hors du siècle et hors du temps, à l'écart des hommes qui croient dominer le temps alors qu'il s'écoule vainement entre leurs mains impuissantes. Hébron s'était levé. Il avait dit : « Je désigne notre seigneur d'Aleth. » Un adieu. Peu après, il les avait quittés, déposant pour toujours son fardeau. Tibériade, aussi, avait dit : « Je nomme notre seigneur d'Aleth. » Si vieux, si découragé, un pied dans la tombe. Mort à Glandèves, dans sa cathédrale. Puis Césarée l'avait désigné, venu de Riez d'où plus aucune nouvelle, à présent, ne parvenait. Bethléem, aussi, l'avait nommé, qui n'était pas Jacques, en ce temps-là, mais Matthieu. Et Gibelet, arrivé de Senez, le seul qui fût peut-être encore vivant. Selon la règle, on avait appelé Iona, l'Écossais, pour qu'il fît connaître son choix. Son nom avait retenti sous les voûtes de la chapelle, mais voilà plus de cent ans qu'il avait cessé de répondre. Ils étaient cinq, lui, le sixième. Ces cinq-là l'avaient désigné et puis l'on s'était séparés, sachant que rien, plus jamais, ne les réunirait.

L'eau montait, submergeant l'autel, se glissant comme un torrent à travers les fenêtres crevées. L'homme avait attendu, mesurant l'avancée du flot. Quand le clocher avait disparu, il s'était senti abandonné, seul au monde, écrasé sous cinquante mètres d'eau. Un noyé...

Il se leva de son banc, prit la clef et la jeta dans le lac.

Au retour, les deux vieillards vêtus de noir l'attendaient. Un feu brûlait dans la cheminée. La soupe était servie sur la table, avec du jambon, des pommes et du pain. Ils le regardèrent manger, silencieusement.

Le repas achevé, la vieille demanda :

— Est-ce que vous nous bénirez, Benoît ?

L'homme posa un doigt sur sa bouche. Ce nom-là envoyait au bûcher, autrefois.

Aujourd'hui ils ne risquaient plus rien. Les temps étaient accomplis. La mémoire de la mémoire. Le souvenir du souvenir. L'étoile éteinte depuis des millions d'années. Qu'avaient-ils retenu du passé, ces deux vieillards édentés, balayés par les vents nouveaux qui soufflaient en tempête sur toute la terre ? Une très ancienne révérence dont le sens s'était perdu et un nom qui se transmettait et s'enfonçait dans la nuit.

L'homme tira de son sac une étole rouge, la disposa autour de son cou, les bénit, leur dit adieu, pria longuement près du feu, puis se coucha et s'endormit.

Les deux vieillards, rentrés chez eux, se dirent qu'ils ne le reverraient plus et allumèrent la télévision qui répandit aussitôt dans leur cuisine un océan de couleurs et de bruit.

Le lendemain matin, l'homme reprit la route.

Paris et Avignon, 1394

Il n'y a rien que les belles consciences n'affectionnent tant que de jouer un rôle sur le devant de la scène du monde. Dès qu'une plaie s'ouvre quelque part, elles s'y mettent aussitôt à fourmiller. C'est leur façon de briller. Leur haute autorité morale se rengorge et se nourrit de la confusion et de la faiblesse des pouvoirs constitués, en l'occurrence, cette année-là, deux papes rivaux et un roi, le malheureux roi de France Charles VI qui ne gouverne plus qu'à éclipses entre deux accès de folie. Se substituer aux pouvoirs établis et leur imposer le recours de leur propre vérité, resplendissante et infaillible, est la félicité suprême des belles consciences. Chacune d'entre elles, si médiocre soit-elle, pourvu qu'elle ait chanté sans se tromper de chorale, peut s'en gargariser de gloire. Sur la plaie ouverte et palpitante du Grand Schisme, elles vont accourir de partout et bientôt grouiller comme des mouches dans le bourdonnement incessant et infatué de doctes et solennelles sessions. Ainsi entre en scène l'Université de Paris.

L'Université de Paris offre en effet, à cette époque, la plus puissante et la plus représentative concentration de belles consciences qui puisse se trouver en Occident. Elle siège sur la montagne Sainte-Geneviève qui en restera longtemps imprégnée. Héritière du grand Sorbon, dominée par la théologie, discipline hégémonique qui régit la pensée du temps, elle est reconnue, en cette fin de siècle, comme la plus haute autorité religieuse du monde chrétien après le pape. Les deux papes s'annulant, la voilà donc au premier rang, tout au moins à ses propres yeux, complaisants et vaniteux. Au-dessus du commun, parmi tous ces savants docteurs qui se gonflent d'importance, se tiennent quelques hommes irréprochables, d'une élévation intellectuelle et morale incontestable, et qui ressentent presque dans leur chair la fracture de l'Église romaine : le chancelier de l'Université Pierre d'Ailly, futur cardinal du pape d'Avignon, Jean Gerson, qui lui succédera, surnommé le *docteur très-chrétien*, Gilles des Champs et quelques autres. Pour le reste, le commun, précisément, un marais de cuistres discoureurs, porteurs de toges, de bonnets carrés ou pointus, de toques, de mortiers, de capes d'hermine, de hochets de toutes sortes qui sont la marque de leur conformisme, ployant de concert sous les vents dominants. Et le vent dominant, c'est le compromis. Ce que l'Université de Paris, en cette gravissime circonstance, appelle la voie de compromis, ou *voie de cession*. Peu importe qui est le vrai pape ! Ils doivent *céder* tous les deux, se démettre, abdiquer, faute de quoi on les déposera, pour permettre l'élection d'un troisième auquel chacun se rallierait. L'Université de Paris n'en démordra plus. Le Grand Schisme lui devra sa survie d'au moins trente années publiques, et ensuite trente années cachées, et six siècles où cheminera encore le secret...

La *cession*, ils l'ont tous votée, à l'unanimité moins une voix, celle d'un carme nommé Jean Golein, ancien doyen, docteur en théologie ; ses titres ont été dûment épluchés. Il a de la gueule, ce moine. Il est seul et il fait face. D'un repli de sa robe noire, il commence par tirer un texte vieux de quatorze ans que tous auraient bien voulu oublier mais que la qualité du signataire les oblige à écouter en silence et avec respect. Il s'agit des dernières paroles que prononça le 16 septembre 1380, sur son lit de mort, le roi de France Charles V le Sage, devant notaire et princes assemblés. Le carme lit d'une voix forte :

« Voulant connaître ce que je dois croire, j'ai interrogé des ducs, des comtes, des barons, des chevaliers, des prélats. Tous, à l'exception d'un seul, m'ont dit en leur âme et conscience que, si les rapports des cardinaux n'étaient pas mensongers, il valait mieux, afin de prévenir le schisme, prendre immédiatement un parti ; et ils ajoutaient que les droits de Clément l'emportaient beaucoup sur ceux auxquels pouvait prétendre Bartolomeo Prignano. J'ai suivi leurs conseils ; j'ai voulu, à l'exemple de mes prédécesseurs, qui ont toujours été vrais catholiques et défenseurs de l'Église, marcher dans les sentiers de la foi ; j'ai choisi en cela comme en tout le reste, autant que possible, la route la plus sûre : j'ai donc cru et je crois fermement que Clément VII est le vrai pasteur de l'Église... »

Consternés, les doctes clercs ! Ils baissent les yeux, ravalent leur colère et peut-être, pour quelques-uns, leur honte, au risque de s'en étouffer. Le chancelier d'Ailly, qui préside, a décidé de laisser parler le moine. Après tout, n'avait-il pas lui-même, Pierre d'Ailly, naguère, à la suite de saint Vincent Ferrier, de sainte Colette de Corbie, du bienheureux Pierre de Luxembourg, conseillé au sage roi Charles V de placer le royaume de France sous l'obédience du pape Clément VII ? Et n'était-ce pas aussi sur son conseil que le roi Charles VI, à son avènement, en pleine possession de sa raison, avait renouvelé sa fidélité à Clément jusqu'à lui rendre visite solennelle en Avignon et se prosterner devant sa personne ? Et la démence n'avait point encore frappé le roi lorsque, après l'élection schismatique de Boniface, successeur de Prignano, à Rome, en 1389, il tint hautement pour Clément, tout comme Pierre d'Ailly, Gerson, Vincent Ferrier et tant d'autres... Le vrai pape en Avignon, le faux à Rome. Qu'y avait-il donc de changé ? Qu'il y eût deux papes en même temps prouvait-il soudainement que le vrai ne fût plus le vrai et justifiait-il qu'on le rabaissât à l'égal de l'usurpateur ? Les clercs se lassaient-ils de la fidélité ? « Il est vrai, songea le chancelier, sans illusions, écoutant Jean Golein les apostropher, il est vrai que c'est bien dans leur nature... »

Et que dit le carme ? Il n'y va pas de main morte.

Dans son latin le plus fleuri, il les accuse carrément de forfaiture, de couardise, d'ambitions inavouables. Il leur jette à la figure quelques stimulantes vérités. Et depuis quand y a-t-il deux papes ? Il n'y en a jamais eu qu'un, Sa Sainteté Clément VII ! Eux-mêmes l'affirmaient encore la veille. Compromis, cession, abdication, déposition, comment se dit foutaises, en latin ? L'autre, le Tomacelli, qui se prétend à Rome pape Boniface, qui l'a élu ? De faux cardinaux, eux-mêmes nommés par un faux pape, le Prignano qui se disait à Rome Urbain VI avec l'appui de la populace. Nul besoin de lui dépêcher d'ambassade, puisque c'est cela que l'on mijote, de lui promettre retraite dorée en échange de son renoncement. Il n'est rien ! Il n'existe pas ! Que les princes chrétiens se liguent, qu'ils marchent sur Rome pour le chasser de son siège usurpé et le fourrer au cachot le restant de ses jours. Qu'ils matent la racaille romaine et qu'ils rétablissent à Saint-Pierre, près du tombeau de l'apôtre, l'unique vicaire du Christ sur cette terre, Sa Sainteté le pape Clément VII devant lequel ils se prosterneront, et Dieu, leur seul juge, les bénira. Qu'on envoie par toutes les contrées que le prétendu pape a trompées et qui le reconnaissent encore, des frères prêcheurs, des prédicants, des saints moines de Vincent Ferrier pour ouvrir les yeux des populations. Telle est la seule *voie* possible, la *voie de fait !*

Il est hué. La montagne Sainte-Geneviève retentit de grondements furieux. Il n'est rien que les belles consciences détestent plus que de se voir frustrées de ces longs exercices de rhétorique, d'éloquence, d'emphase, d'arguments et de sentiments qui justifient leur existence, légitiment leur importance, par lesquels se touille leur brouet et s'échafaude peu à peu leur puissance. Qui attendrait d'elles la lumière si demain, de cette manière, il n'y avait plus qu'un seul vrai pape ? Les belles consciences de l'Université de Paris tiennent là une affaire juteuse, une occasion inespérée de se hisser au premier rang, et pour longtemps : deux papes ! Elles s'en disent navrées jusqu'à l'âme, mais, surtout, ne pas choisir ! Ce serait trop simple, expéditif. Elles se priveraient de trop de bonheur. Tandis qu'avec deux papes aussi têtus l'un que l'autre à convaincre, puis un troisième à faire élire, et pourquoi pas un concile pendant qu'on y est, tout cela ne se fera pas en un jour. Des années, cela devrait durer. On ne pourra plus se passer de l'Université de Paris œuvrant généreusement pour l'union de la Chrétienté, dans le plus grand désintéressement, naturellement. Les princes boiront leurs paroles. On ne laisse pas passer une occasion comme celle-là !

C'est à peu près ce qu'il leur dit pour conclure, le carme Jean Golein, docteur en théologie, dans un désordre indescriptible. Et, en plus, il se paye leur tête. Il les a jugés.

— Frères aimés, je ne doute pas de votre humilité. Je ne doute pas de votre sincérité. Laissez s'exprimer votre conscience. Nul d'entre nous n'a le pouvoir de délier ce que Dieu a lié, par le Père, le Fils et le Saint-Esprit au nom duquel fut élu pape notre souverain pontife Clément VII.

Hurlements de rage. Le chancelier d'Ailly demeure silencieux. Modéré de tempérament, il aurait dit cela autrement, mais il aurait dit la même chose. Devant ces forcenés, il est impuissant. De tous les bancs de cette assemblée, on lui réclame la tête du carme, c'est-à-dire son exclusion immédiate de l'Université de Paris dont ses propos insanes sont indignes. Puisqu'on ne peut le faire taire, qu'on le chasse ! Cela se fera dans l'heure, après quoi, note le chroniqueur de séance, « ayant retranché ce carme de son corps, l'Université put poursuivre sa sainte entreprise... ».

Cependant il fallait en référer au roi et lui faire tenir un mémoire sur ce qui avait été conclu. S'y attelèrent les meilleurs latinistes de Paris. Une fois le document achevé, ce qui nécessita de longues semaines, audience fut demandée au roi. Pauvre roi. Ses périodes de lucidité s'espaçaient, entre lesquelles gouvernaient à sa place ses deux oncles, le duc de Berri et le duc de Bourgogne. Le duc de Berri tenait pour Clément VII. Quand il prit connaissance du document, il entra dans une fureur noire, saisit au collet le nouveau chancelier, Arnaud de Corbie, injuria la délégation, plus morte que vive, laquelle s'entendit traiter de ramassis de rebelles, de séditieux, et même de théologiens, ce qui, dans la bouche du prince, ressemblait curieusement à une insulte :

— Hors de ma vue, théologiens ! cria-t-il.

À la fin il appela la garde pour les faire jeter à la Seine. Se ravisant, il les fit seulement jeter dehors.

Le duc de Bourgogne, Philippe le Hardi, tenait plutôt pour la cession. Il était plus fin diplomate et ses États jouxtaient l'Empire, qui avait choisi le camp de Boniface. L'Université de Paris, toute honte bue, s'en vient pleurer dans son giron. Elle clame son indignation. On lui a fait injure. On l'a humiliée. Philippe le Hardi écoute. Il trouve le mémoire plutôt raisonnable. Il promet sa protection. En réalité, il place ses pions. L'heure est proche où le royaume de France va tomber comme un fruit mûr. Il interviendra auprès du roi.

L'audience est accordée. Le dernier jour de juin, dans la chambre du roi, en présence des princes, des officiers de la couronne et d'une multitude de prélats, s'avance jusqu'aux pieds de Sa Majesté l'armée noire des théologiens. Ils ont soigné leur délégation. Rien que des vedettes. Tout ce que l'Université de Paris compte de plus rengorgé et de plus tordu à la fois. De la morgue enveloppée d'humilité, et quelques jeunes espoirs parmi eux pour bien montrer au souverain — il a vingt-six ans — qu'il ne s'agit pas d'un conflit de générations. C'est ainsi que Pierre Cauchon, futur évêque et futur accusateur de Jeanne d'Arc, figure dans les rangs des docteurs. Pour se faire une idée juste de ces gens-là, de leurs ambitions, de leurs arrière-pensées, de leurs façons torves et envieuses, il suffit de savoir que c'est l'Université de Paris, vendue aux Anglais et aux Bourguignons, unanime derrière son chancelier Pierre Cauchon, qui s'acharnera trente ans plus tard sur Jeanne d'Arc, menant de bout en bout le procès dans tout l'éclat des vanités. Ce 30 juin 1394, tels sont les contempteurs de Clément VII.

Le roi Charles VI est dans un de ses bons jours. Il semble s'intéresser vivement à ce que lui débite le plus redoutable phraseur de l'Université, porte-parole de la délégation, Guillaume Barraut, grand-prieur de Saint-Denis. Le grand-prieur argumente. Tout y passe, y compris quelques attaques venimeuses *ad hominem* contre la personne de Clément VII. Conclusion : les deux papes doivent abdiquer et celui qui s'y refuserait serait tenu pour schismatique et déposé. Tout est contenu dans ce mémoire, sous la forme d'un petit livre richement relié, en latin, que le grand-prieur, à genoux, présente à Sa Majesté. Le roi se le fait lire tout entier. Il hoche la tête, satisfait : « très clair, très fort, très éloquent ». Il ordonne qu'on le traduise en français pour l'édification du conseil, des princes, des officiers. Il fera connaître sous peu sa réponse. Merci, messires. Partie gagnée.

Elle est perdue. Arnaud de Corbie, chancelier, s'entend répondre plus tard, en termes roides, que défense lui est imposée, par ordre du roi, de se mêler désormais de cette affaire, ni d'écrire ou recevoir aucune lettre à ce sujet qui n'aient été présentées à Sa Majesté avant que de les ouvrir ou de les envoyer. L'Université de Paris ne pardonne pas les humiliations. Le roi paiera. Lors de l'entrée triomphale du roi d'Angleterre Henri V à Paris, en 1420, elle paradera au premier rang de tous ceux qui acclament en lui le futur roi de France, mais cela est une autre histoire...

Que fait l'Université ? Elle étouffe de rage. Elle passe outre. Ses encriers débordent de venin. Elle y trempe une plume vengeresse. Cette fois, c'est au pape qu'elle s'en prend. On lui expédie dare-dare à Avignon un théologien bon cavalier — espèce rare —, porteur du fameux mémoire assorti d'une lettre plate et dégoulinante de respect pour atténuer le choc. Dans la salle du trône du palais, tiare en tête — celle de Clément VI, chef-d'œuvre des orfèvres d'Avignon —, à son tour le pape Clément VII écoute les insolences argumentées de ces messieurs de l'Université. Au début, il se montre patient. Cette histoire, il la connaît, depuis Rome, depuis Fondi. Deux papes, c'est un de trop, naturellement, mais c'est à l'autre, celui de Rome, qu'il faut en adresser le reproche, pas à lui, régulièrement et canoniquement élu. Soudain le pape fronce le sourcil, il sursaute, il se dresse de toute sa haute taille, debout, frappant furieusement le sol du pied. Quels mots a osé prononcer le messager de ces messieurs de Paris ? Cession ? Abdication ? Déposition ? Où se croit-il ? En présence de qui ? Pour qui se prennent ceux qui l'envoient ? Qu'on le jette dehors ! Qu'on le raccompagne aux frontières, au galop, l'épée dans les reins ! Et qu'il s'estime heureux de s'en tirer à si bon compte ! Quoi encore ? Certains de ses cardinaux auraient-ils été sensibles à ce message ? Ils se tiennent devant lui, embarrassés. L'un murmure : « La paix de l'Église... » Mais qui est juge de la paix de l'Église, sinon lui-même, vicaire du Christ ? Décidément, c'en est trop. Il se retire à grandes enjambées, traînant derrière lui, comme une comète, les pans de sa longue chape.

Il est devenu aussi rouge que l'orfroi de sa chape. Une faiblesse le prend. Tout se brouille. Il réclame un verre de vin pour se remettre, de ce vin puissant des vignes de Châteauneuf plantées par le pape Jean XXII. Il boit. Il en retrouvera l'arôme chaleureux dans l'Au-delà, car il est passé de vie à trépas et gît sur le tapis de sa chambre pontificale, les bras en croix.

Ainsi mourut de colère Sa Sainteté le pape Clément VII, au matin du seizième jour du mois de septembre 1394.

Les premières, se mettent en branle les cloches de la cathédrale Notre-Dame-des-Doms, sur son rocher dominant le Rhône. Le glas s'envole, court sur le fleuve et les murailles. Lui répondent les trois collégiales, Saint-Agricol, Saint-Pierre, Saint-Didier, voix de bronze amples et persistantes mêlées aux innombrables cloches, plus frêles, d'une infinité de couvents et de chapelles, dominicains, augustins, cordeliers, célestins, chevaliers de Rhodes, pénitents noirs, gris et blancs et cent autres confréries. Avignon bruit comme une île sonnante et le glas ne cessera point avant la nuit. Le doyen du Sacré Collège a fait doubler la garde aux portes de la ville et au pont-levis du palais. Finalement, on a fourré pour un temps en prison le messager de mort de l'Université de Paris. Le prochain pape décidera de son sort. Les rues se peuplent. Des flots humains convergent vers le rocher. Orfèvres, selliers, charrons, doreurs, peintres, ébénistes, tapissiers, ferronniers bouclent leurs volets de bois et prennent le chemin de la cathédrale où le corps du pape, en majesté, est exposé. Les mariniers, sur le fleuve, soufflent dans leur corne de brume. Dans le mistral qui s'est levé, des draperies noires comme des vols de corbeaux flottent au sommet des hautes tours des palais cardinalices. Avignon a pris le deuil.

— Place ! Place ! crie le sergent d'armes de service au pont Saint-Bénezet.

Les femmes ramassent leurs marmots. On s'écrase le long des parapets. Les charretiers retiennent leurs lourds attelages. Faisant trembler le tablier de bois du pont, passent au galop deux cavaliers qui l'instant d'avant dévalaient la rampe d'accès au palais. Chacun, dans la foule, les a reconnus. Par-dessus leur pourpoint de voyage, ils ont revêtu l'ample casaque de soie jaune et or brodée aux armes pontificales, la tiare et les deux clefs entrecroisées. Lorsqu'ils portent cette casaque, qui est à eux seuls réservée, leur personne devient sacrée, tout comme celle du souverain pontife, et nul ne saurait lever la main sur eux sans être *ipso facto* excommunié. Partout leur sont dus assistance et relais. Cela, toute la France et l'Europe le savent, jusqu'aux frontières extrêmes de la Chrétienté. Ainsi galopent vers Paris et vers le roi Adhémar Avril, chevaucheur du pape, et son écuyer.

Si l'importance du message l'exige, le chevaucheur, en crevant ses chevaux, peut relier le palais des Doms au Louvre en trois jours. Adhémar Avril l'a déjà prouvé, capable de tenir trois jours et trois nuits en selle. Mais il est aussi diplomate. Cette fois il a reçu l'ordre de traîner en route, tout en agissant de telle façon que le retard paraisse imputable aux seuls aléas du voyage et ne puisse lui être reproché. On lui fait confiance. Gués inondés, relais incertains, ponts rompus, villages pesteux à contourner, bourbiers, mauvaises chutes, devant le roi, il inventera. D'Avignon à Paris, six jours, ce n'est déjà pas mal ! Qui lui a donné cet ordre ? Le cardinal d'Aragon, Pedro de Luna, doyen du Sacré Collège, que les Français appellent Pierre de Lune.

La nouvelle tombe dans Paris comme un coup de pioche dans une fourmilière. Le roi est dans une de ses périodes lucides. Il fait célébrer une messe solennelle pour le repos de l'âme du pontife défunt et convoque aussitôt son conseil. Requinquée par la mort de son ennemi, l'Université de Paris repart en guerre, au milieu d'un grand envol de courrier, une débauche épistolaire, une logorrhée théologique. Elle s'est trouvé un nouveau champion, Simon de Cramaud, conseiller du roi, prélat courtisan, cumulard de bénéfices ecclésiastiques, patriarche *in partibus* d'Alexandrie. Cramaud ne portait pas Clément dans son cœur. Il y avait entre eux une sombre histoire de chapeau, le pape lui ayant obstinément refusé celui de cardinal que le roi lui avait promis. Brouillé avec Avignon, mais pas réconcilié pour autant avec Rome d'où aucun chapeau rouge à glands noirs ne pouvait être raisonnablement espéré, l'intègre Cramaud conseille au roi d'user de tout son pouvoir pour suspendre une nouvelle élection à Avignon. On obtiendrait bien ensuite la renonciation du pape de Rome... C'était une porte de sortie, en effet, un moyen de remettre à plus tard ce qui ne pouvait être réglé aujourd'hui. Le roi écoute et médite. L'ancien chancelier Pierre d'Ailly y met plus de formes.

— Ma fidélité au pape Clément, déclare-t-il, ne saurait manquer à son successeur. Sur ma foi, j'en prends l'engagement. Mais auparavant nous devons tout tenter pour explorer les voies de l'union. Sire, il faut surseoir à l'élection.

Jean Gerson parle dans le même sens. Tous les conseillers acquiescent, sauf un, Pierre Fresnel, évêque de Meaux, attaché au duc d'Orléans, frère du roi. L'évêque Fresnel fait justement remarquer au conseil qu'un ajournement de l'élection pourrait laisser supposer qu'on n'était pas vraiment assuré des droits du défunt Clément VII, pape légitime. D'Ailly hésite. L'argument pèse son poids de vérité. Les regards se tournent vers Louis d'Orléans. Il a des ambitions en Italie et chacun sait que Clément VII l'approuvait. Mais, rejoignant d'Ailly et Gerson, lui aussi s'incline devant l'avis général. L'Université de Paris a gagné la première manche.

Le temps presse.

Voilà six jours que le pape Clément est mort. Funérailles solennelles, deuil officiel, préparation du conclave, délai de route des cardinaux absents d'Avignon, peut-être n'est-il pas encore trop tard pour éviter l'irréparable. Les latinistes s'activent. On couvre de louanges les cardinaux. On jure qu'il n'est aucunement question de porter atteinte à leur indépendance. On leur demande simplement, sur le ton du plus filial respect, de surseoir à l'élection jusqu'à l'arrivée d'une ambassade royale qui se rendra sans tarder à Avignon. C'est le roi Charles VI lui-même qui signe la lettre. Si les cardinaux ont une once de raison, ils attendront. Dans l'obédience du pape d'Avignon, le royaume de France, c'est le gros morceau. On ne peut pas traiter par-dessus la jambe son souverain.

Dans l'après-midi du 22 septembre, tandis que le chevaucheur du pape, Adhémar Avril, qui a remis son message le matin même, dort à poings fermés, épuisé, dans une chambre des écuries royales, c'est au tour du chevaucheur du roi, Pierre Le Verrier, accompagné de son écuyer, de faire sonner sous le galop de son cheval les pavés du guichet du Louvre tandis qu'on lève précipitamment la herse et que les archers du guet crient : « Place ! Place au courrier du roi ! »

Le Verrier aussi est un fameux cavalier. La casaque bleu de France écussonnée de lys d'or du roi précipite les maîtres de poste à ses pieds, les manants à genoux, les brigands en fuite et les barons à son service. Il ne galope pas, il vole. Le trajet Paris-Avignon, il connaît !

— A peine trois jours, Sire ! a-t-il promis au roi qui lui remet le parchemin cacheté enveloppé dans une toile cirée qu'il porte pendue à son cou, sous son pourpoint, à même la peau.

Il en mettra quatre, bien pesés.

Personne ne connaît la raison de son retard. Les circonstances, le destin... Peut-être une contre-indication secrète du roi, ou une bourse bien remplie promise par le duc de Berri, à moins que ce ne fût par Louis d'Orléans ? Et pourquoi pas la volonté divine ? Quatre jours et trois heures se sont écoulés quand le chevaucheur du roi, Pierre Le Verrier, franchit la porte du palais des Papes. Nous sommes le 26 septembre, après vêpres. Les cardinaux viennent d'entrer en conclave.

Selon la coutume, on a muré toutes les issues. Depuis la fausse élection mouvementée d'Urbain VI, à Rome, en 1378, on est très à cheval sur la règle. Une porte est encore entrouverte, que les maçons s'apprêtent à condamner. Le cardinal de Florence, Pietro Corsini, qui était justement de ce précédent conclave et n'est pas près de l'oublier, surveille les derniers travaux. La faute ne sera pas renouvelée. Aucune pression, fût-elle royale, ne sera tolérée. Il refuse la lettre. Le Verrier insiste et la lui fourre de force dans la main. Finalement le cardinal l'accepte, par égard pour son expéditeur, mais prend soin de préciser qu'elle ne sera pas ouverte avant que l'élection fût consommée, à moins que les vingt et un cardinaux présents n'en décident autrement. Rien ne pourra être reproché au chevaucheur du roi : s'il est arrivé trop tard, il n'est pas arrivé *tout à fait* trop tard... La porte se referme sur le cardinal Corsini qui disparaît avec la lettre dans les profondeurs du palais, tandis que les maçons, à l'extérieur, achèvent à grands coups de truelle la claustration canonique du conclave. Scellée aux armes de France, cachet rouge et ruban bleu, déposée sur une table, à la vue de tous, dans la chapelle du palais où les vingt et un cardinaux, mitre en tête, s'apprêtent à entendre la messe du Saint-Esprit qui prélude à tout conclave, la missive royale les hypnotise. Va-t-elle leur sauter à la figure, comme ces mines à mèche qu'emploient depuis peu les artilleurs dans les armées des princes fortunés ? L'Université de Paris ayant préparé le terrain, nul ne doute de son contenu. Si les vingt et une éminences ne se plient pas à la volonté royale et que le roi, par représailles, soustrait la France à l'obédience d'Avignon, tombent aussitôt les gras bénéfices, les prébendes, les dîmes juteuses qui entretiennent fastueusement le train de vie de messieurs les cardinaux. Alors va-t-on l'ouvrir, cette lettre ? C'est l'avis du cardinal de Saluces. Il propose d'ajourner l'élection, ou même, pourquoi pas, pendant qu'on y est, d'élire Pietro Tomacelli, qui siège à Rome depuis cinq ans sous le nom de Boniface IX !

C'est alors que se lève Pedro de Luna, cardinal d'Aragon, doyen du Sacré Collège. Cardinal d'avant le schisme, âgé de soixante-six ans, on craint ses ambitions, mais on l'écoute. D'abord se débarrasser de Saluces et de sa désastreuse idée.

— En admettant, dit-il, Messeigneurs, que nous souhaitions voter pour l'antipape, Boniface ne pourrait être élu qu'après avoir été relevé des censures et excommunications dont Sa Sainteté Clément VII l'avait frappé. Or, nul autre n'aurait ce pouvoir que le successeur de Clément VII. Voilà pourquoi, Messeigneurs, il nous faudrait, pour commencer, procéder à une élection.

Les autres en restent bleus. Question réglée. On passe à la suite : faut-il surseoir ou ne pas surseoir ?

Ça flotte dans les rangs. Sur les vingt et un cardinaux, onze sont français. La lettre du roi, sur la table, paralyse les indécis, c'est-à-dire la majorité. Les mêmes mots courent de bouche en bouche : « L'union de l'Église, la paix de l'Église... » Le cardinal d'Aragon saisit la balle au bond.

— L'union, Messeigneurs, dit-il, c'est à tous notre plus cher désir, l'objet incessant de nos prières, de nos pensées. Que les cardinaux de Rome et d'Avignon se réunissent conjointement pour élire un nouveau souverain pontife régnant sur toute la Chrétienté... Mais afin que les deux papes se démettent d'un commun accord, il faudrait d'abord qu'il y en eût deux ! Les cardinaux de Rome représentent Boniface. Mais qui représenteriez-vous, Seigneurs, si nous n'élisions pas sans tarder un pape ?

Pantois, cette fois, les cardinaux. Comme il les connaît, ses pairs, Pedro de Luna ! Il les tient dans sa main. Ses doigts, bientôt, vont se refermer. Eh bien, votons ! On emporte la lettre du roi et on l'enferme dans un coffret. Le prochain pape y répondra.

— Mais avant de voter, Messeigneurs, peut-être conviendrait-il de promettre sur l'Évangile...

Qui a parlé ? Saluces. Le cardinal d'Aragon le foudroie du regard. Que veut-il encore, ce couard ? Quel serment ? Le cardinal de Saluces poursuit :

— ... de promettre sur l'Évangile de travailler de toutes nos forces à l'union, de ne rien faire, de ne rien dire, qui soit de nature à l'empêcher ou simplement à la retarder. Sur l'Évangile, nous promettons de suivre loyalement, si nous devenons pape, toutes les voies profitables à l'union, sans excepter la voie de cession dans le cas où la majorité des cardinaux actuellement présents le jugeraient à propos.

Un bon moyen de se dédouaner, le moment venu. Ils sont ravis, les cardinaux. Leurs vingt mitres dansent un petit ballet guilleret tandis qu'ils échangent leurs impressions. La vingt et unième demeure immobile, celle du cardinal d'Aragon. Son visage est devenu aussi blanc que sa mitre, blanc de colère, d'indignation. Mais qu'est-ce qu'ils ont dans la cervelle ? Quelle idée se font-ils de la dignité pontificale ? Une élection sous conditions ? Il les toise avec mépris. La papauté n'est-elle qu'un vêtement qu'on dépose au gré des factions ? Il leur crache tout cela au visage, hautain, cassant. Encore ne leur dévoile-t-il pas tout ce qu'il a sur le cœur, qu'il n'existe qu'un pape légitime, que c'était le pape Clément, et que ne sera légitime, quoi qu'ils disent, qu'ils pensent ou qu'ils fassent ensuite, que le pape qu'ils éliront céans !

Quelques cardinaux courbent la tête. La force des arguments les touche. Certains approuvent, les plus âgés, Corsini, Aigrefeuille, Saint-Martial. D'autres ricanent ouvertement : « Il se croit déjà élu ! » disent-ils. Pedro de Luna se domine. Ceux-là, il n'en fera qu'une bouchée. Il éteint la colère de son regard et impose le calme à sa voix.

— Je ne prétends pas, dit-il, me charger d'un fardeau que je trouve au-dessus de mes forces. Mais afin de démentir les bruits que l'on fait courir, je prêterai moi aussi ce serment.

Et il le prêta, en effet, ainsi que tous les cardinaux.

— A présent, votons, dit Corsini.

Saluces est le premier à parler :

— Je nomme Dom Christofo, prieur de la Grande-Chartreuse, pour pape et pontife romain.

Quoi encore ? Toujours ce Saluces ! Et d'où sort-il, ce chartreux ? Se trouve-t-il seulement en Avignon ? Naturellement, il n'y est pas. Le cardinal d'Aragon désamorce ce dernier pétard.

— Ces solitaires sont quelquefois bien entêtés, remarque-t-il finement. Ils pèchent par excès de scrupule. Vous ne pouvez savoir, Messeigneurs, ce que ce saint moine pense de la voie de cession et s'il se résignerait à abdiquer...

Un trait de génie ! Quelque chose comme la messe d'Henri IV, plus tard, sous les murs de Paris. Oublié, le cri du cœur, la phrase clef sur la dignité pontificale « qui n'est pas un vêtement que l'on dépose au gré des factions » ! Les vingt mitres opinent, rassurées. Les voilà toutes convaincues que le cardinal d'Aragon, en plus de ses vertus, de ses talents, de son autorité naturelle, est fermement décidé à s'engager dans la voie de la cession, fût-ce au prix de son propre renoncement. Il est l'homme de la situation. L'Église déchirée lui devra son universalité retrouvée. Nul n'en doute plus. Saluces rectifie son vote :

— Je nomme notre frère le cardinal d'Aragon, Pierre de Lune, pour pape et pontife romain.

Vingt voix pour, une abstention. Le cardinal d'Aragon se fait prier. On le prie. On prie le Seigneur. Nouveau petit ballet des mitres qui s'en viennent l'une après l'autre donner l'accolade à Pierre de Lune dans une unanimité touchante. Que pense-t-il alors, en vérité ? Qu'il a bien manœuvré ? Qu'il les a mis dans sa poche ? Qu'ils n'y ont vu que du feu ? Sans doute un peu de tout cela, mais surtout, et avant tout, qu'il a sauvé la papauté et qu'envers et contre tous il la maintiendra, en sa personne, dans l'ordre de succession apostolique légitime qui découle directement de Pierre, que le Christ lui-même désigna : « *Tu es Petrus...* »

Il accepte, Pedro de Luna, cent quatre-vingt-dix-neuvième pape sous le nom de Benoît XIII. Il a soixante-dix ans. La mort ne l'emportera que vingt-neuf années plus tard, à l'âge de quatre-vingt-dix-neuf ans. Entre-temps, vieillard indomptable, il aura tenu tête à deux conciles et à six papes, rivaux entre eux, à Rome, à Pise, à Constance, qui sortaient comme des lapins des chapeaux de cardinaux d'obédiences discutables. Plus tard encore, après sa mort, d'autres se réclameront de son nom...

Ça ne traîne pas. Le soir même de son élection, Pedro de Luna prend possession, au palais des Doms, de l'appartement pontifical, appelé *Rome*, précisément, et qui avait été aménagé par Urbain V. Couronné le 11 octobre 1394, il reçoit, sans illusions, l'hommage de ses vingt-trois cardinaux.

Il reçoit aussi l'ambassade royale annoncée qui est enfin arrivée après avoir festoyé le long du Rhône sur des chalands richement décorés, équipés de tentes, de cuisines, de tapis, oriflammes claquant au mistral. Et quelle ambassade ! Pour faire passer la pilule, le roi de France Charles VI, avant de sombrer de nouveau dans la nuit de sa folie, lui a dépêché la fine fleur du royaume, son frère le duc d'Orléans, ses deux oncles Berri et Bourgogne, plus sept membres du conseil du roi choisis parmi les plus éminents, une flopée d'évêques et d'abbés mitrés, le tout fermement tenu, au chapitre théologique, par dix docteurs de noir vêtus de l'Université de Paris, les plus coriaces, les plus hostiles, à l'exception du bon d'Ailly, menés par le vilain Simon de Cramaud, patriarche d'Alexandrie, lequel n'a qu'une idée en tête : abattre le pape d'Avignon.

A peine les chalands amarrés sur la rive, face au palais mais côté France, les cardinaux se précipitent à la soupe. Sur le pont Saint-Bénezet, c'est un va-et-vient incessant de traîtres. On les accueille fastueusement. La cession ? Mais c'est l'évidence ! Ils n'ont élu le pape que pour cela, et d'ailleurs Sa Sainteté y est tout à fait disposée. Il suffit de la lui demander dans les formes. Même les princes favorables à Benoît, comme Berri et Orléans, ou encore l'ancien chancelier Pierre d'Ailly, ont fini par s'y résigner. L'Université de Paris triomphante, en ce XIVe siècle finissant, c'est quelque chose comme l'idéologie dominante.

La question est posée au pape, au cours d'une audience solennelle. Le pape écoute, impénétrable. On lui ressort le texte du serment prêté avant l'élection. Pas de commentaires. On insiste.

— Est-ce un avis ? Ou une injonction ? demande doucement le pape Luna, rappelant que le roi lui avait promis de ne lui faire tenir filialement qu'un avis.

Car d'injonction, il ne saurait recevoir ! Il est le pape, chef de l'Église, placé par Dieu au-dessus des souverains de la terre !

Le ton monte. C'est l'impasse. A l'exception de deux ou trois, ses cardinaux le pressent de céder. Et depuis quand les cardinaux dictent-ils sa conduite au pape ? On le supplie. Il s'emporte. Il répond avec brutalité.

— Plutôt que d'adopter la voie de cession, ce qui fortifierait le parti de l'intrus, je préférerais être brûlé vif !

Ayant dit, il regagne *Rome*, tiare en tête. Il clôt sa porte. Il ne recevra plus personne, à commencer par les cardinaux français qui ont préféré leurs bénéfices en France à la fidélité à sa personne. Prêchant dans l'église des Cordeliers, ces messieurs de l'Université tentent de soulever le peuple. On les chasse. L'ambassade rebrousse chemin, humiliée. Les ducs sont furieux. Les hommes en noir ruminent leur vengeance.

Le pape est seul.

Trois cents archers aragonais, commandés par son neveu Rodrigo de Luna, font leur entrée dans Avignon, tenant garnison au palais et aux principales portes.

Derrière ce mince rideau de fidèles, Sa Sainteté le pape Benoît XIII fait l'apprentissage de la solitude.

C'est son destin.

Causse de Lanhac, près de Rodez, 1994

La nuit n'était pas encore tout à fait tombée quand le vieux break gris du monastère parvint en vue de l'abbaye Sainte-Tarcisse. Ils n'avaient croisé personne. Après avoir franchi un col à la limite des dernières neiges de printemps, la petite route, à présent, descendait en lacets assez raides au fond d'une vallée fermée. Le jeune moine conduisait avec application, peut-être un peu vite. Il semblait y prendre plaisir, comme n'importe quel garçon de son âge à qui on a confié un volant. La pente couverte d'une herbe courte et sombre était parsemée de moutons que rassemblait, aidé d'un chien roux, pour les conduire à la bergerie et les y enfermer jusqu'au matin, un moine à capuchon noir appuyé sur un haut bâton. À cette vue, Mgr Cassini sourit. Il n'y manquait que l'inscription au verso : Souvenir de ma première communion. Le chauffeur donna un petit coup de klaxon. L'autre moine salua joyeusement de la main. Dans ce paysage plutôt lugubre, c'était comme si l'on venait de passer, songea Mgr Cassini, une sorte de frontière invisible au-delà de laquelle l'esprit d'enfance imprégnait les gens et les choses. L'esprit d'enfance, au Vatican, depuis les tempêtes du concile et les lames de fond qu'il suscitait encore, charriant de redoutables requins, n'était pas ce qu'il y avait de mieux partagé. Baignant les intrigues de curie, l'air n'y était pas toujours des plus frais. Mgr Cassini se sentait heureux d'y avoir pour un moment échappé.

Le fond de la vallée était entièrement cultivé. La terre noire avait été récemment labourée. A ce pays pelé, sans arbres, l'impeccable succession de sillons imposait une volonté, une manière de rigueur esthétique. L'abbaye se dressait en plein champ, au milieu de la vallée, ses hauts murs battus par le flot régulier des vagues noires. C'était une très ancienne construction rustique du style roman cistercien le plus dépouillé, ramassée en carré sur elle-même, aux murs d'andésite noire, presque aveugles, les bâtiments conventuels formant trois côtés, l'église abbatiale fermant le quatrième de sa masse plus ouvragée surmontée d'un court clocher percé de quatre arcs en plein vent portant chacun une cloche. L'étonnant, c'était la douceur et la paix qui se dégageaient d'une telle noirceur et d'une si austère sévérité. Mgr Cassini en fut saisi d'émotion, sachant qu'il ne fallait pas chercher d'autre explication à cette surprenante sérénité que ces centaines de prêtres-moines qui s'étaient succédé presque sans interruption en ces lieux depuis dix siècles et y avaient célébré des milliers et des milliers de messes qui formaient une couronne de grâces divines d'une densité presque palpable.

Prévenu par le frère portier, Dom Jansen, le père abbé, l'accueillit à la porterie. Un grand bonhomme, la cinquantaine, sec et séraphique à la fois comme seuls savent l'être les bénédictins.

— Souhaitez-vous dîner avec nous, monseigneur ? demanda-t-il. Il est encore temps.

Dans un réfectoire de monastère, on ne parle pas. Le réfectoire est un lieu consacré, tout comme une église. Au mur du fond, dominant la table du révérendissime père abbé, un immense crucifix l'attestait. À l'entrée de Mgr Cassini, les quarante moines se levèrent et s'inclinèrent, à la façon bénédictine, le corps ployé à demi angle droit. Mgr Cassini nota la perfection du silence, les chariots de service qui circulaient sans bruit sur leurs roues caoutchoutées, poussés par des frères en long tablier bleu de cuisine, les écuelles de bois qui ne produisaient aucune sonorité incongrue sur les longues tables de bois brun où les moines côte à côte, mais non face à face, s'alimentaient à la manière des chats, à petits gestes précautionneux, lampant leur soupe de pois et de légumes sans le moindre claquement de bouche, se servant modérément de fromage et se rattrapant un peu sur le pain, puis coupant et pelant leur pomme en considérant d'un œil posé l'heureuse conclusion de ce festin. À une chaire surélevée, un moine lisait la vie de saint Bernard, *recto tono*, la voix courant, monocorde, au-dessus de tous ces crânes tonsurés penchés sur leurs écuelles. « Pourquoi se sont-ils retranchés du monde ? » se demanda Mgr Cassini. Les meilleurs d'entre les meilleurs... Quel était le sens caché de la vie monastique ? Des émigrés de l'intérieur ? Peler sa pomme sous le crucifix, dans la quiétude d'un monastère, avant de s'en aller chanter complies puis de se coucher dans sa cellule, un sourire immatériel aux lèvres, n'était-ce pas une sorte de trahison à l'égard de ceux qui guerroyaient, comme lui, aux arrière-gardes de la Chrétienté visible ?

À la pointe de son couteau, Mgr Cassini termina sa pomme. Il se sentait encore une faim de loup. Dans la poche de sa veste de clergyman, sa pipe et sa blague à tabac gonflée de *navy cut* odorant lui adressaient des messages aussi inutiles qu'insistants. Au lutrin, le lecteur changea de ton. Mgr Cassini prêta l'oreille. C'était toujours le *recto tono*, mais avec une sorte d'allégresse qui attira l'attention de tous, comme si on leur avait réservé pour la fin un plaisir inaccoutumé.

— Le *Dit de Benoît*, chant premier, lança la voix claire et posée du lecteur sous les croisées d'ogives du réfectoire...

« Or donc s'en fut de Rodez Benoît, nocturnement, à la Noël de l'an de grâce mille quatre cent trente-sept. S'en fut comme Jésus chassé, monts et vallées, chaumières, palais sous la loi des archers d'Hérode lui courant sus comme meutes de chiens. En Rodez bûchers allumés où périrent moult bons chrétiens innocents comme nouveau-nés. S'en fut Benoît navré, perdant son sang, tombant trois fois sur le chemin, pareillement Notre-Seigneur... »

Prodigieusement intéressé, Mgr Cassini, tout en écoutant, observait du coin de l'œil son voisin l'abbé et le manège de ses mains s'emparant du pichet d'eau, en versant un peu dans son écuelle qu'avec trois doigts il nettoyait, puis buvant ce fond un peu trouble avant d'essuyer soigneusement l'écuelle à l'aide de sa serviette de table blanche et de la poser retournée sur la table, à sa place, devant lui, prête pour le repas suivant, tout cela très prestement et avec une étonnante distinction. Les quarante moines en avaient fait autant avant même qu'à sa chaire le frère ait achevé sa lecture :

« Or donc une étoile dans le ciel s'éleva et une voix sortant des nuées qui disait : “ Suis la lumière, Benoît, et la lumière te sauvera. ” Seigneurs loups firent à Benoît cortège, mêmement tous oiseaux de la nuit, avec tant bel arroi de plumes et de hululements qu'oyaient les archers d'Hérode, l'âme tremblante, fuyant à grande célérité. À l'autre bord de la montagne où s'étendait noir vallon s'arrêta l'étoile de pitié, brillant d'éclatante lumière au clocher d'un pauvre monastère voué à Tarcisse la sainte... »

La lecture, aussi, s'arrêta là et Mgr Cassini songea, amusé : « La suite au prochain numéro, comme un feuilleton. » Surprenant feuilleton, tout de même. « Qui était Hérode ? se demanda-t-il. Charles VII ? » L'abbé récita les grâces, puis deux par deux s'en furent les moines, le capuchon relevé sur la tête, vers l'abbatiale faiblement éclairée, pour complies, le dernier office de la journée, celui qui répand la paix sur la nuit. Un tintement de cloche retentit, une seule cloche, frêle et fraîche ; la nuit, les autres se taisaient. Et le premier chant s'éleva. Mgr Cassini ne se posa plus de questions sur le sens caché de la vie monastique. Emporté par l'incantation grégorienne de la prière, il prit lui aussi son envol vers le Dieu inconnaissable, oubliant tout, et jusqu'aux raisons de son voyage.

Ce fut Dom Jansen qui les lui rappela en lui glissant à l'oreille, à la fin de l'office, d'attendre que la communauté fût sortie, car il avait quelque chose à lui montrer, ici même, dans l'église. Quand ils furent seuls, le père abbé lui dit : « Suivez-moi, monseigneur », et s'en fut vers le fond de l'abbatiale, dans la pénombre, passant devant l'antique baptistère et longeant une série d'autels latéraux d'une simplicité toute cistercienne. Mgr Cassini, en marchant, remarqua que seul le battement de ses propres pas retentissait dans le silence. Devant lui la robe noire de Dom Jansen semblait glisser sur le dallage, ses sandales ne faisant pas plus de bruit qu'un chat. À l'avant-dernière travée, le père abbé s'arrêta.

— C'est là, dit-il, monseigneur. À vos pieds.

S'emparant d'un chandelier disposé sur l'autel latéral voisin, il craqua une allumette et quand la flamme de la bougie s'éleva, Mgr Cassini put découvrir, encastrée entre les dalles, une très ancienne pierre tombale d'andésite grise, presque noire, dissimulée derrière un pilier à l'endroit le plus obscur, sur laquelle on distinguait des lettres assez grossièrement gravées et si peu profondément qu'elles étaient à peine lisibles, ce qui n'était pas dû à l'usure du temps mais plutôt à une volonté de ne pas trop attirer l'attention, comme si le frère artisan, autrefois, avait pris soin de retenir son ciseau et d'effleurer seulement la pierre.

— Je ne puis rien lire, constata l'évêque, qui avait pourtant chaussé ses lunettes, penché sur la pierre tombale.

— En effet, dit Dom Jansen. Je pourrais allumer l'électricité, mais cela écraserait le dessin des lettres et alors on ne voit plus rien du tout. C'est étrange à observer, mais seule la lumière rasante d'un cierge disposé d'une certaine façon permet de déchiffrer à peu près l'inscription. Cette particularité fut sans doute voulue. Elle en a égaré plus d'un, à commencer par de redoutables inquisiteurs, autrefois. Il faut connaître les repères. Tenez, comme cela...

Il abaissa le chandelier à hauteur de sa hanche, avança d'un pas, puis d'un autre sur le côté, et l'assemblage des lettres gravées prit un sens, sur deux lignes, comme s'il les tirait l'une après l'autre de l'ombre où on les avait cachées des siècles auparavant :

BENEDICTUS
MCDXXXVII

— Benoît, murmura Mgr Cassini. Benoît, mille quatre cent trente-sept.

— Avez-vous remarqué, reprit l'abbé, au-dessous de la date, ces traces de martèlement sur la pierre, comme si quelque chose y avait été gravé, qu'on avait voulu ensuite effacer ? Le travail a été achevé. On ne distingue plus rien.

— Et qu'est-ce que c'était, selon vous ? demanda l'évêque.

— Deux clefs entrecroisées, monseigneur. En quatorze cent trente-sept, les moines de cette abbaye ne passèrent pas loin du bûcher pour s'être obstinés trop longtemps dans l'obédience de l'antipape...

Mgr Cassini l'interrompit.

— De qui parlez-vous de la sorte ? demanda-t-il vivement, comme si le mot lui avait déplu.

— De celui qui gît sous cette dalle. On ne prononçait pas son nom. À toutes les messes, en ce monastère, la prière du canon consacrée au pape était exprimée de cette façon : « *Pro illo qui est verus papa*[1]. »

Mgr Cassini ne releva pas. Il dit seulement :

— C'était prudent.

— Cela valait mieux, en effet, reprit Dom Jansen. Plusieurs années après la fin du Grand Schisme, l'Inquisition rôdait encore autour du monastère. Il fallut toute l'habileté, la haute noblesse et les relations familiales puissantes du père abbé de ce temps-là, Dom Celestus de Boigne, pour renouer sans dommages avec Rome. C'est lui qui fit marteler les clefs qu'un moine fidèle avait inconsidérément rajoutées. À la tombe, on ne toucha pas, et parmi ceux qui savaient, à Rome ou au conseil du roi, nul, d'ailleurs, ne l'exigea. L'homme méritait plus que du respect. On le laissa reposer en paix...

1. « Pour celui qui est le vrai pape. »

— Jean Carrier, dit doucement Mgr Cassini, cardinal de Rodez et de Saint-Étienne, pape sous le nom de Benoît XIV.

Là était la raison de son voyage. Plusieurs pièces du dossier référé MCDXXXVII-BEN XIV aux archives secrètes du Vatican, que pour son usage il avait baptisé *dossier Benoît*, mentionnaient l'abbaye de Sainte-Tarcisse. Les microfilms en étaient enfermés dans le coffre-fort de son bureau, à Rome, ainsi que quelques documents plus récents.

Il ajouta, souriant des yeux, comme si cette idée l'amusait :

— L'Inquisition a la mémoire longue. Eh bien, mon père, que ce soit sous le nom de Saint-Office ou sous celui qu'elle porte aujourd'hui de Congrégation pour la doctrine de la foi, vous le voyez, elle rôde toujours...

L'humidité glacée de la nuit s'emparait peu à peu de l'abbatiale. Frissonnant de froid, il eut une pensée fraternelle et égoïste à la fois pour ces moines qui allaient se relever trois heures avant l'aube et venir y chanter matines pendant que lui-même dormirait bien au chaud. Bien au chaud ? C'était à voir...

— Un café vous ferait du bien, monseigneur, dit Dom Jansen. Et que penseriez-vous d'une bonne flambée ? Nous avons encore des choses à nous dire.

L'abbé reposa le chandelier à sa place, et les lettres, sur la pierre tombale, se brouillèrent et disparurent, message posthume d'une étoile morte qui a brillé et qui s'éteint : *Illo qui est verus papa...*

Située près de la porterie, tout de suite après les parloirs et hors de la clôture monastique, on appelait salle à manger la pièce où Dom Jansen conduisit Mgr Cassini. C'était là que le père abbé recevait ses hôtes importants, ne serait-ce que pour pouvoir parler, détendu, à l'écart des contraintes de la règle bénédictine, et leur servir, à l'occasion, des nourritures un peu moins spartiates. Un feu ronflait dans la cheminée, et la cafetière, sur une desserte, répandait un honnête arôme de café de bonne qualité. Dom Jansen servit deux tasses, et l'évêque, tirant sa pipe, demanda :

— Puis-je fumer ?

— Rien ne s'y oppose.

On n'entendit, pendant un moment, que le crépitement du feu. Mgr Cassini rompit le silence :

— Depuis combien de temps ne nous sommes-nous vus, mon père ?

— Depuis l'intronisation de Jean-Paul II. Je me rappelle votre joie, monseigneur.

— En effet, admit l'évêque. Et avant ?

— Avant, c'était il y a longtemps. Vingt-huit ans, je crois. À Rome aussi. Ma petite retraite (le mot l'amusait, il souriait à ce souvenir) via Ovido, à la Maison Saint-Athanase, que vous dirigiez alors, monseigneur.

— Je la dirige toujours. D'un peu plus loin mais je la dirige. Vous étiez un bon élément. Ils se font de plus en plus rares. On ne rencontre plus que des théologiens.

— Ce n'était pas ma vocation, monseigneur.

— Je le crois aussi. Mais d'abord, parmi vos moines, qui connaît le secret de cette tombe ?

— Tous, monseigneur, mais rien n'a jamais transpiré hors ces murs, aussi loin que l'on remonte dans la mémoire du monastère. Cela fait partie de notre histoire. Dans les années quatorze cent trente, les moines de Sainte-Tarcisse furent parmi les derniers à rester fidèles à Benoît XIII, et ensuite à Benoît XIV, suivant en cela leur suzerain seigneur, Jean d'Armagnac, qui ne se rallia au pape de Rome qu'à la fin de ces années-là sous peine d'être déclaré relaps et dépossédé de ses États. C'est pourquoi Jean Carrier est mort ici.

— En êtes-vous certain ? demanda Mgr Cassini. J'ai fait faire des recherches, naturellement. Cela n'a pas été facile. Jean Carrier aurait été arrêté dans le Lévezou, en quatorze cent trente-trois, près de Millau, où il se cachait en compagnie de quelques bergers qui formaient ses dernières troupes, trois ans seulement après son élection. Enfermé au château de Foix, dans un cachot, au secret, il y serait mort en quatorze cent trente-sept.

— Les dates concordent, admit Dom Jansen, mais il s'était échappé. Vous avez entendu le *Dit de Benoît*, tout à l'heure. J'en avais choisi la lecture à votre intention. Tous nos frères le connaissent par cœur et l'écoutent toujours avec la même émotion, comme une belle histoire avant d'aller dormir. Il a été composé ici, par un des moines, trente ans après les faits. Au-delà des enjolivements poétiques, l'essentiel est probablement vrai.

— Tout de même, fit l'évêque, l'escorte des loups ? Les archers mis en fuite par le hurlement des chouettes ? L'étoile ? Toute cette fantasmagorie...

L'abbé eut un geste évasif, quelque part entre le doute et la conviction.

— Il s'est aussi passé quelque chose d'étrange, ici, dit-il, la veille de la mort de Benoît. Je n'ai pas de raison de soupçonner une forgerie. Cela figure en clair dans une lettre que nous avons retrouvée au monastère, adressée au pape Eugène IV par Dom Celestus de Boigne et qui ne fut jamais envoyée, probablement par prudence, ce qui n'est pas étonnant, car ce que cette lettre racontait, c'était la guérison miraculeuse d'un pauvre frère convers de l'abbaye qui s'était rompu la colonne vertébrale et le bassin en tombant d'un toit qu'il réparait. On l'avait porté sur un brancard auprès de Jean Carrier presque expirant, lequel leva deux doigts de sa main et remit debout le blessé...

Mgr Cassini réprima un mouvement d'impatience.

— Parce qu'il faisait des miracles, lui aussi ?

— Pourquoi, lui aussi ? s'étonna l'abbé.

L'évêque éluda la question, et Dom Jansen, l'observant, se demanda si d'aventure Mgr Cassini n'avait pas rejoint l'opinion commune à ses frères évêques que la seule évocation d'un possible miracle mettait aussitôt de fort méchante humeur.

— Et ensuite ? reprit Mgr Cassini.

— Ensuite aujourd'hui ? monseigneur. Ou ensuite autrefois ?

— Autrefois, précisa l'évêque.

— Ensuite, le monastère a reçu quelques visites, enchaîna Dom Jansen, cinq ou six par siècle, au début, et puis elles se sont espacées...

Il raconta. L'homme arrivait presque toujours à la nuit tombée, parfois accompagné d'un jeune berger. Plus tard les bergers disparurent et l'homme se présentait seul. Il semblait connaître parfaitement le chemin, qui n'était qu'un sentier de mules, autrefois. Il frappait à l'huis du monastère et par le judas entrouvert se nommait : « Je suis Benoît. » Il ne disait pas : « Je m'appelle Benoît » mais : « Je *suis* Benoît », et cette sorte de sésame fonctionnait car le frère portier ouvrait la porte. Ce n'était pas toujours un Benoît, d'ailleurs. Passaient aussi un Jacques ou un Matthieu de Bethléem, un Pierre ou un André de Gibelet, un Luc ou un Simon d'Hébron, un Thomas de Césarée, un Jean de Tibériade, prénoms d'apôtres qu'on retrouvait de siècle en siècle accolés à d'anciens évêchés de Terre sainte et portés par des hommes plus très jeunes et fatigués, avares de paroles, le regard tourné vers le dedans d'eux-mêmes, enveloppés dans une longue cape noire de berger, une besace en bandoulière et un bâton de pèlerin à la main. Il vint même une fois un Écossais originaire d'une île lointaine, Iona. Aussi bien que le sentier, tous connaissaient l'emplacement de la tombe de Jean Carrier, dans l'église. On les y laissait en paix, entre les offices. Ils priaient. Puis leurs passages se raréfièrent, jusqu'à se tarir tout à fait durant ces trente dernières années.

Bien que la notion de temps fût relative puisqu'il s'agissait de centaines d'années, les visites d'un Benoît étaient les plus fréquentes. Le premier qui frappa à la porte du monastère apparut près de vingt ans après la mort de Jean Carrier. C'était un homme d'une certaine allure, l'aisance d'un seigneur sous la cape de berger, plus assuré que ses successeurs de la dignité de sa personne et on pouvait expliquer cela par le souvenir encore intact de l'intraitable pape Luna mort trente-quatre ans auparavant et encore présent dans toutes les mémoires. Ce Benoît-là n'était pas seul. Une manière de suite l'accompagnait, avec deux mules chargées de coffres dissimulés sous des couvertures, un muletier, deux bergers à l'air farouche portant l'estoc au côté et une sorte de camérier habillé en paysan. Les mules furent conduites à l'écurie, le camérier et l'escorte à l'hôtellerie, tandis que Benoît, quinzième du nom — de cela on ne peut douter —, était aussitôt reçu en secret par le vieux Dom Celestus de Boigne qui était toujours père abbé. On ne sut rien de cette entrevue sinon qu'elle dura deux heures de relevée. Rien ne transpira des propos qui furent échangés. Quand ils réapparurent tous deux était venue l'heure du souper. À leur entrée dans le réfectoire, Dom Celestus présenta lui-même à Benoît l'aiguière d'eau claire et la serviette de lin blanc, ordonna aux moines de se lever et de saluer le visiteur d'un soir, puis au lieu de l'asseoir près de lui comme ces prémices le laissaient supposer, il le fit conduire à la table d'hôtes où quelques pauvres hères que le monastère nourrissait se poussèrent pour lui faire place. Tout cela avait une signification symbolique. Des limites strictes avaient été fixées. L'hospitalité, soit. Une certaine forme de respect. Mais rien au-delà.

Quand douze ou treize années après revint Benoît, aux alentours de l'an 1470, c'était un homme presque épuisé, visiblement sous-alimenté, les chausses en loques, la pèlerine déchirée. Plus d'équipage. Disparus les muletiers, le camérier, les sergents travestis en bergers, les mules et les mystérieux coffres que l'on avait soupçonnés de renfermer le peu qui avait échappé au pillage du trésor pontifical de Pedro de Luna par les envoyés de Rome, naguère. Il était seul. Sa besace ne contenait plus que quelques objets usuels qui le plaçaient encore au-dessus du commun, ainsi qu'un corporal, une patène, un missel à fermoir ouvragé et un calice de petite taille orné de cabochons sertis (Mgr Cassini songea à celui que la gendarmerie de Frontignan avait découvert dans le sac de Jacques de Bethléem, retrouvé mort à Maguelone...) et aussi, caché dans un double fond, l'anneau du pêcheur, le sceau privé du défunt pape Jean Carrier. Dom Celestus avait quitté cette terre, remplacé par un autre père abbé qui reçut ce fantôme du passé plutôt par souci de charité que pour ce qu'il représentait. Le gîte, le couvert, le secours, rien de plus. L'homme put se reposer une couple de jours et reprit la route au petit matin, sans un mot, sa besace lestée de quelque provende offerte par le frère hôtelier. Ce Benoît ne revint jamais. On ne sait où il mourut. Ni aucun des autres Benoît. Il arrivait parfois que l'un d'eux, à bout de forces, manquât trépasser à l'abbaye, mais toujours un dernier sursaut le relevait et il s'en allait mourir ailleurs, repoussant toute compassion...

— D'où tenez-vous ces précisions ? demanda Mgr Cassini.

— Tradition orale, monseigneur, dit Dom Jansen. Elle est très forte à Sainte-Tarcisse. Il y a aussi quelques documents. Certains de nos pères abbés aimaient bien consigner par écrit les événements petits et grands de la vie de l'abbaye. En fait, ces apparitions d'un Benoît ou de ses personnages subsidiaires constituent pour nous une légende vivante qui appartient au monastère. Nous ne réfléchissons pas beaucoup plus avant. Et puis, tout de même, cela ne se produit pas si souvent. Ils viennent et ils s'en vont. La sépulture de Benoît XIV les attire. Elle est pour eux un relais obligé. Elle est le fondement de leur existence. Nous n'y prenons aucune part, mais nous n'avons pas de raisons de leur interdire notre porte.

— Vraiment ? dit vivement Mgr Cassini. Même si ce Benoît se croit... ?

Le mot ne fut pas prononcé, mais c'est à cela que tous deux ils pensaient.

— Aucun d'entre eux ne l'a jamais dit, affirma Dom Jansen. Aucun ne l'a jamais prétendu. Tous sont restés muets là-dessus, à l'exception, certainement, de Benoît quinzième du nom, autrement appelé Pierre Tifane, celui que reçut Dom Celestus, lequel après l'avoir salué le remit tout de même à sa place.

— Qu'en pensait-il, en réalité ?

— Dom Celestus ? Comment le savoir ? Il n'a rien laissé à ce propos.

— Et vous-même, mon père, qu'en pensez-vous ? demanda Mgr Cassini.

L'abbé lui jeta un regard tellement surpris que l'évêque ne put s'empêcher de rire.

— Mais non, mon père, rassurez-vous ! Le schisme est terminé. Nul ne vous interroge sur la légitimité du pape ? Qui est le faux ? Qui est le vrai ? Le concile de Constance y a mis bon ordre et vous n'êtes pas saint Vincent Ferrier. Le sens de ma question était différent. Figurez-vous que je l'ai aussi posée ce matin, à Paris, à un commandant de gendarmerie qui avait reçu, d'une certaine façon, les mêmes visiteurs que vous. Ce Benoît, ou ces Benoît, compte tenu de leur discrétion, et aussi des circonstances, donnaient-ils tout de même l'impression d'être, comment dire... dans leur emploi ?

Il y avait un panier à bois près de la cheminée. L'abbé en tira une bûche et chargea le feu. Le bois était sec. Les flammes crépitèrent. Dom Jansen prit son temps pour répondre.

— C'est une mémoire qui s'étale sur six siècles, monseigneur. Elle a pu embellir les choses. Et tous ces Benoît finissent par se confondre. On n'en connaît même pas le nombre. La tradition orale peut perdre le fil conducteur et attribuer à beaucoup ce qui n'était que les vertus de certains. Ces précautions prises, on peut tout de même risquer une appréciation d'ensemble sans doute assez proche de la réalité. D'abord, on ne trouve dans la tradition orale du monastère aucun jugement défavorable à l'égard de tel ou tel de nos hôtes, rien qui jetât un doute sur la sincérité de leur foi, leur désintéressement total et surtout leur équilibre mental. Pas une ombre de prosélytisme non plus, aucune prétention messianique contrairement à tous ces illuminés des sectes qui s'imaginent toujours investis d'une mission divine. Ils ne semblaient avoir pour toute fonction sur terre que durer. Durer et transmettre, durer pour transmettre. Leur piété est également saluée, et là-dessus les moines s'y connaissent, il est difficile de les tromper. Imposteurs, ils auraient été vite démasqués. Leurs connaissances religieuses, dogmatiques ou liturgiques, n'étaient pas inférieures aux nôtres et ce n'est pas le moins surprenant. En marge de tout circuit d'enseignement, d'où les tenaient-ils ? Sans doute se les transmettaient-ils l'un à l'autre, ainsi d'ailleurs que la prêtrise, car nul n'en douta jamais au monastère : la plupart de ces visiteurs étaient prêtres. Là-dessus non plus, impossible d'abuser des générations de moines et de pères abbés. Naturellement, selon la règle, sans *celebret* délivré par une autorité ecclésiastique romaine, ils n'étaient pas autorisés à célébrer la messe au monastère. Nul d'entre eux, d'ailleurs, jamais, ne le demanda. Ils se contentaient d'assister à la messe conventuelle et aux offices parmi d'autres fidèles de passage, mais leur tenue, leurs répons, leur chant révélaient leur qualité de prêtres mieux que s'ils l'avaient eux-mêmes proclamée. Cela fut même vérifié à deux reprises, il n'y a pas si longtemps — une petite centaine d'années — par un père abbé trop bienveillant animé d'une charité fraternelle, d'une confiance peut-être un peu aventurée et surtout par une forte curiosité, qui offrit spontanément, pour une messe, l'un des autels latéraux de l'abbatiale à son hôte, et cela fut accepté comme si c'était chose naturelle. Un novice servit cette messe à laquelle le père abbé assista, recueilli mais attentif, enveloppé dans sa coule. Il a laissé une note écrite, soulignant seulement certains archaïsmes liturgiques antérieurs aux réformes du concile de Trente, mais affirmant hautement qu'il n'y avait pas eu sacrilège et qu'en outre le célébrant semblait visiblement habité par une sorte de grâce divine (et Mgr Cassini songea au commandant Plassard reconnaissant de bonne foi qu'il avait éprouvé le même sentiment). L'homme s'appelait aussi Benoît. Il revint quelques années plus tard, célébra une autre messe et s'en fut à son tour au matin, son havresac sur le dos. Il laissa une forte impression. Pour résumer, monseigneur, à tous ces hôtes jamais ne manqua le respect de notre communauté...

— En quelque sorte, tous des petits saints ! dit avec humeur Mgr Cassini.

Dom Jansen garda le silence, et comme ce silence se prolongeait, l'évêque lui jeta un regard soupçonneux.

— Vous n'allez tout de même pas me dire... Ah non ! je vous prie. Ne me refaites pas le coup du miracle !

Dom Jansen sourit malgré lui.

— Nul n'a prononcé ce mot, monseigneur, rassurez-vous. Simplement, après qu'il fut parti, la pierre d'autel irradia une intense chaleur accompagnée d'une lumière bleutée qui semblait flotter juste au-dessus de la pierre consacrée.

Mgr Cassini sursauta.

— Simplement, dites-vous ? Rien de plus simple, en effet ! Pourquoi pas des voix célestes ? Un chœur d'anges ? Tout le tremblement. Et vous croyez que je vais avaler ça ?

Dom Jansen laissa passer l'orage.

— Seulement la lumière et la chaleur, monseigneur.

— Et cela dura longtemps, ce... ce phénomène ?

— Dix-sept jours, monseigneur. Mon prédécesseur de ce temps l'a noté scrupuleusement. Le quatorze janvier mille huit cent quatre-vingt-seize, à dix heures et trois minutes du matin, tout rentra subitement dans l'ordre. Le père abbé fit jurer le silence à ses moines et l'on n'en parla plus jamais. La note se termine sur une hypothèse que je laisse à votre sagacité : chaleur et lumière disparurent à l'instant exact où mourut Benoît.

— Et cela ne s'est jamais reproduit ?

— Jamais.

— Encore une chance..., murmura l'évêque, l'air accablé.

Il s'était pris le front entre les mains, hochait presque comiquement la tête pour marquer son incrédulité, et Dom Jansen se prit subitement à penser que l'évêque forçait un peu la note, comme s'il voulait donner le change sur ses véritables sentiments.

— Enfin, mon père, rendez-vous compte ! reprit Mgr Cassini. Ce que vous me servez là, comme miracle, est ridiculement moyenâgeux. Une fantasmagorie démodée !

Mais en même temps se modifiait l'expression de son visage. Il y avait de la satisfaction dans ses yeux, presque de la gaieté.

— Dieu soit loué ! dit-il soudain. Et maintenant, mon père, parlez-moi de l'autre.

— L'autre ?

— Je veux dire : le dernier, celui que vous avez reçu récemment, à propos de qui vous m'avez écrit...

Dom Jansen s'en alla chercher dans la desserte une bouteille aux reflets ambrés et deux verres de cristal pas plus grands que des dés à coudre.

— Ce n'est ni jeûne, ni abstinence, ni vigile, ni pénitence en ce jour. Je vous offre un peu de vieil armagnac de l'abbaye, monseigneur. Nous en sommes très fiers. Vous ne boirez pas seul. Je vous accompagnerai.

L'évêque accepta, bourra sa pipe, la ralluma. Tous deux s'étaient compris. Par ces petits gestes résolument profanes, compte tenu de l'étrangeté de leur conversation et sur un terrain aussi peu stable, ils plaçaient des balises de sécurité pour se rappeler l'un et l'autre au bon sens.

— C'était il y a quatre mois, reprit Dom Jansen, quelques jours avant Noël. Il y avait bien longtemps qu'aucun de ces visiteurs qui nous intéressent ne s'était présenté au monastère. Moi-même je n'en avais jamais rencontré et voilà près de vingt-sept ans que j'ai prononcé mes vœux dans cette abbaye. Nous ne pensions guère à eux, sinon en écoutant la lecture du *Dit de Benoît* qui revenait à la chaire du réfectoire à peu près une fois par an, mais je vous l'ai dit, monseigneur, c'était pour nous comme une légende, une belle histoire édifiante semblable à celles que racontent les vitraux des cathédrales. La réalité s'était éloignée. De ceux qui l'avaient incarnée, sans doute plus personne ne vivait. Peut-être le regrettions-nous inconsciemment, mais les pères abbés de Sainte-Tarcisse, c'est-à-dire mon prédécesseur Dom Fortot et moi-même, en étaient secrètement soulagés. Et puis il est arrivé, un peu avant la tombée de la nuit. Il a frappé à la porte du monastère et il a dit : « Je suis Benoît. » Il n'a pas dit : « Je m'appelle Benoît », mais : « Je *suis* Benoît. » Le réflexe a aussitôt joué et le frère portier, pourtant l'un de nos plus jeunes frères et à ce titre moins doué de mémoire, s'est empressé d'ouvrir la porte sans demander plus d'explications. On est venu m'avertir immédiatement. J'en savais beaucoup sur lui et les autres. Je l'avais oublié mais j'en savais beaucoup. Cela m'est revenu d'un coup. Mon premier mouvement a été de courir à la porterie, mais je me suis arrêté en chemin, me demandant pourquoi mon cœur battait comme si — pardonnez-moi, monseigneur — le pape en personne venait de frapper à notre porte. Je me suis ressaisi. J'ai donné des ordres pour que le visiteur soit reçu à l'hôtellerie puis qu'on le conduise au réfectoire où je lui ai présenté, avant d'entrer, comme à vous-même, monseigneur, l'aiguière et la serviette des ablutions. Et c'est à ce moment-là que je l'ai vu. Un bonhomme tout voûté, tout vieux, tout moche, fatigué, démodé de sa personne, vêtu de velours noir râpé, comme un chemineau, comme un journalier du siècle passé. Il regardait la serviette que je lui tendais et après avoir hésité, il la saisit d'un geste vif, tout à fait comme si elle lui était due. Ce qui s'est passé ensuite relève des mêmes impondérables. Nous sommes entrés dans le réfectoire. À l'exception du portier et de l'hôtelier, aucun de nos frères n'était averti de cette visite. Comme nous étions un peu en retard, la communauté avait déjà commencé de dîner. Tous se sont levés. Vous connaissez le poids du silence, monseigneur. Celui qui nous accueillit pesait un poids d'éternité. Devant tous ces regards braqués sur lui, je l'ai assis à ma droite. Sur le moment, nos frères n'auraient pas compris que j'agisse autrement. Il n'a presque rien mangé. Un peu de purée, une demi-pomme. Il semblait tellement las, épuisé, mais si visiblement heureux que ce bonheur se reflétait dans les yeux de tous nos frères. Alors j'ai usé de mes pouvoirs. J'ai abrégé le dîner. J'ai interrompu la dernière lecture et j'ai expédié tout le monde à complies. Ce soir-là, je me suis couché furieux contre moi-même, me refusant à considérer quel était le sens de tout cela, mais sans pouvoir faire autrement que d'y penser, ce qui est une bien mauvaise introduction au sommeil, monseigneur, alors qu'il est, à nous autres moines, si parcimonieusement accordé. Le lendemain matin, à laudes, il était là, tout au fond de l'abbatiale, loin de nous, enveloppé dans sa ridicule pèlerine de berger, séparé de nous par un fossé qu'il semblait avoir lui-même creusé. En entrant dans l'église, je me suis arrêté un moment près de lui. Je me suis assis à son côté. J'avais envie de l'interroger mais je ne savais que lui dire. Il avait envie de me répondre mais il ne m'a pas aidé. J'ai eu l'impression que des siècles nous séparaient que rien ni personne ne pouvait combler. Je crois qu'il a dit : « Je vous bénis. » Je crois que j'ai ployé le genou. Une heure après il était parti, muni d'un sac à dos et d'un duvet de couchage neufs, de quelques victuailles et d'un peu d'argent. Il a remercié le frère portier, lui a dit qu'il partait pour un long voyage, et puis il s'en est allé. Il n'est jamais revenu. Je crois qu'il n'en viendra plus d'autre.

Mgr Cassini toussota, ému.

— Pas de miracle ? demanda-t-il.

— Pas le moindre.

— Eh bien, tant mieux ! fit l'évêque sur un ton faussement enjoué, comme s'il voulait casser l'émotion. À vous, au moins, il aura épargné cela.

Du pouce il bourra sa pipe, l'activa à petits coups de lèvres, but une gorgée d'armagnac et poursuivit :

— Survivre doit lui prendre beaucoup de temps. Il marche lentement. Je peux vous dire où il se trouvait avant-hier. À la cathédrale des Doms, à Avignon.

— Comment le savez-vous ? monseigneur.

L'évêque sourit.

— La Maison Saint-Athanase, mon père... Le pauvre homme mendiait sous le porche et nul ne lui prêtait attention. Par les temps qui courent, les mendiants deviennent invisibles aux braves gens. Donnant la main à sa mère, est passée une petite fille défigurée par une tache de vin qui lui mangeait la moitié du visage. Avec un sourire elle a glissé une pièce au bonhomme. Puis il s'est écoulé une ou deux minutes pendant lesquelles la dame et sa fille ont marché côte à côte, rentrant chez elles. À un moment, pour lui parler, la dame s'est penchée vers l'enfant et, bouleversée, s'est écriée : « Mais que tu es belle, ma chérie ! Ta joue ! Ta joue ! Elle est toute lisse et blanche... » L'enfant s'est aussitôt retournée et a couru vers la cathédrale. Le mendiant avait disparu. Dieu veuille qu'il en reste là. Semer des miracles sur sa route comme le Petit Poucet n'est pas le meilleur moyen de passer inaperçu...

Mgr Cassini frappa du plat de la main l'accoudoir de son fauteuil.

— Et il *faut* qu'il passe inaperçu.

— Où va-t-il à présent, monseigneur ? Le savez-vous ? demanda Dom Jansen.

— On ne peut qu'émettre une supposition, mais sans grand risque de se tromper. Avignon était une étape symbolique obligée. Il venait d'Avignon, en quelque sorte. Il est retourné à ses sources. De Clément V à Benoît XIII, neuf papes s'y sont succédé, puis deux encore, en exil, mais qui avaient connu, cardinaux, le palais des Papes au bord du Rhône. Sans doute a-t-il repris sa route. Maguelone l'en écarterait trop, et puis il n'y trouverait plus personne. Il n'ira pas à Maguelone. Iona, en Écosse, est trop éloigné, un voyage hors de ses forces et de ses moyens, et personne non plus, là-bas, pour le recevoir, ou même se souvenir de lui. Je le vois plutôt se dirigeant vers l'est, vers ces petits évêchés abandonnés de Haute-Provence. Ses compagnons en avaient fait leurs sièges cardinalices fantômes, tous ceux que vous avez nommés tout à l'heure et sur lesquels, de loin en loin, j'ai eu quelques renseignements, Jacques de Bethléem, mort à Maguelone, Pierre de Gibelet, Luc d'Hébron, Thomas de Césarée, Jean de Tibériade... À Entrevaux, qui s'appelait autrefois Glandèves, dans les vestiges de la cathédrale Notre-Dame-de-la-Sedz, il y a plus d'une trentaine d'années, on a retrouvé en plein hiver le cadavre gelé d'un vagabond enveloppé dans les plis d'une cape de berger. Restent Senez et peut-être Riez, qui sont d'ailleurs proches l'un de l'autre. Pour ce que j'en connais, là se confirmera ce qu'il sait déjà : il est seul. Alors il reprendra sa marche et si Dieu lui en prête la force, il la conduira jusqu'à son terme, c'est-à-dire...

Dom Jansen acheva la phrase :

— Jusqu'à Rome... Et vous allez l'en empêcher, monseigneur ? Il est si vieux, si fatigué. Il n'y arrivera peut-être jamais ?

Cette idée le mettait visiblement mal à l'aise.

— Ne vous attristez pas, mon père, dit avec entrain Mgr Cassini. Nous allons l'aider, au contraire. Vous l'avez vu, vous avez croisé son regard, entendu le son de sa voix, deviné plus qu'il ne vous en a dit mais j'ai confiance en votre perspicacité : à votre avis, pourquoi se rendrait-il à Rome, comme un pèlerin, usant ce qui lui reste de vitalité ?

La réflexion de Dom Jansen dura peu.

— Pour y mourir, monseigneur. Pour y mourir près du tombeau de Pierre et justifier ainsi sa vie.

Il avait les larmes aux yeux.

— Ce doit être à peu près ce qu'il pense, dit Mgr Cassini. Rome après six cents ans d'exil... Si telle est son intention, j'ajouterai encore ceci : que le schisme ait perduré si longtemps et que l'ultime dépositaire de cette succession apostolique parallèle vienne faire sa soumission à Rome en y mourant, c'est *a fortiori* une raison de nous réjouir. Nul ne le saura. Nul ne doit le savoir mais c'est ainsi. « Vous êtes le vrai pape, disait saint Vincent Ferrier à Benoît XIII, réfugié en Aragon avec ses derniers cardinaux, vous êtes le vrai pape mais il faut maintenant vous soumettre... » Ce sera chose faite.

Il y avait quelque chose d'ambigu dans cette déclaration, un doute à peine énoncé mais qui, venant de la part d'un haut fonctionnaire pontifical comme Mgr Cassini, surprenait, et Dom Jansen en fut surpris. Il risqua une dernière question.

— Le Saint-Père connaît-il l'existence de Benoît ?

Mgr Cassini éluda. Il manifesta l'intention d'aller se coucher. Tous deux se donnèrent l'accolade monastique, et par un couloir glacial l'abbé conduisit l'évêque à sa chambre. Contre toute attente, elle était chauffée.

Le lendemain il regagnait Rome.

Avignon, 1398

C'EST Geoffroy Le Meingre, dit Boucicaut, chambellan du roi, fils et frère de maréchaux de France, sire de Boulbon, d'Aramon et autres places fortes en Provence, seigneur d'aventure et de peu de scrupule, qui tient Villeneuve-lès-Avignon pour le roi Charles VI. Son gonfanon flotte sur le château Saint-André de concert avec l'oriflamme royale. Aujourd'hui est pour lui un grand jour. Il va pouvoir enfin lâcher ses meutes sur l'opulente cité qui déploie fastes et richesses de l'autre côté du Rhône. En ce matin du 1er septembre 1398, deux commissaires royaux reconnaissables à leur vêture, escortés de sergents d'armes et précédés d'un héraut soufflant dans un cornet d'argent, s'engagent sur le pont Saint-Bénezet. À la chapelle Saint-Nicolas, ils s'arrêtent. Construite sur la deuxième arche du pont, elle marque la frontière de la ville. Il y a foule. Des émissaires de Boucicaut, dépêchés dès les premières lueurs de l'aube, ont répandu sur les marchés qui se tiennent au pied des murailles l'annonce de nouvelles importantes. Le héraut souffle dans son cornet. On fait silence. Ensuite il déroule un parchemin marqué du grand sceau royal et du haut de son cheval, dominant les visages tournés vers lui, d'une voix sonnante qu'on perçoit jusqu'aux derniers rangs, jusqu'aux deux tours jumelles de la porte principale de la ville où veillent les archers aragonais, il lit :

« Entendu décisions et avis du concile de l'Église de France assemblé à Paris, de par la volonté du roi Charles, sixième du nom, ayant délibéré en son conseil, il est ordonné ce qui suit... »

C'était ce qu'on a appelé la *soustraction d'obédience.* Sans rejoindre pour autant le pape de Rome, la France ne reconnaît plus, désormais, l'autorité du pape d'Avignon. À Benoît XIII sont soustraits tous pouvoirs sur toute l'étendue du royaume. La décime ne lui sera plus versée, ni aucune forme de redevance, et ses collecteurs pontificaux seront chassés de tous les évêchés. Tous titres et bénéfices ecclésiastiques concédés par lui depuis son intronisation seront annulés. La confirmation des élections monastiques sera dévolue aux évêques, de même que lui sera dénié d'accorder l'institution canonique aux nouveaux évêques, et de les convoquer auprès de sa personne. Il n'est plus rien. On fait le vide autour de lui. L'édit royal ordonne en outre à tous les clercs sujets du roi de France de sortir d'Avignon sans retard s'ils ne veulent pas perdre leurs bénéfices, et aux étrangers servant le pape Luna de résilier leur allégeance et de quitter diligemment la ville sous peine d'être chassés du royaume et de voir leurs biens confisqués. Par la voix de son héraut, ainsi a parlé le roi, et faisant volter leur cheval, orgueilleusement, comme un défi, les commissaires royaux s'en retournent au galop vers Villeneuve, laissant la foule abasourdie, puis bruissante de commentaires qui se répandent par toute la ville et jusqu'aux portes fortifiées du palais des Doms où le pape, dans sa chapelle privée, vient de célébrer sa messe quotidienne. Dans la cour des livrées[1] cardinalices qui pointent leurs tours vaniteuses çà et là à l'intérieur des murailles, déjà la domesticité s'affaire parmi les coffres, les sacs, les malles, les ballots, au milieu d'un grand mouvement de mules et de muletiers. Les éminences ont donné des ordres. Comme des rats elles s'apprêtent à fuir le navire. Les hommes en noir se sont vengés. L'Université de Paris a gangrené le clergé français, trompé les princes, abusé le pauvre roi fou qui va se voir investi, par l'intrigue et la volonté de théologiens tortueux, de la charge des âmes de son royaume et d'une infaillibilité laïque absolue sur toutes choses religieuses. Le pape, en France, à présent, c'est le roi ! L'autre, le vrai, Benoît XIII, le pape Luna, ne règne plus que sur son palais.

La nouvelle lui est parvenue. Il a regagné, sa messe dite, la chambre pontificale décorée de fresques aimables, des vignes, des boqueteaux de fleurs, des paysans, des clochers dans la campagne, rien qui rappelât la fureur, les ruines, la violence et la haine de

1. Les livrées étaient les résidences des cardinaux, plutôt maisons fortes qu'hôtels de plaisance.

Rome. Sa collation est servie : un gâteau de miel et un verre de vin de son vignoble de Graveson. Il lit, tout en mangeant, un livre de piété. Il ne manifeste aucun trouble. Il regarde par la fenêtre la foule assemblée sur le parvis du palais, silencieuse, perplexe, effrayée. Il ouvre la croisée, se montre au balcon, trace dans l'air matinal la triple bénédiction et lance d'une voix forte aux milliers d'Avignonnais qui se signent : « N'ayez pas peur... », exhortation qui a été reprise depuis. Après quoi, revenant dans la pièce où l'ont rejoint ses fidèles entre les fidèles, Vincent Ferrier, son conseiller, Francisco de Arana, son médecin, son neveu Rodrigo de Luna, commandant les maigres troupes pontificales, il dit avec bonne humeur :

— Peu importe ! Saint Pierre n'en était pas moins pape parce qu'on ne lui obéissait pas en France.

Voilà quatre ans qu'il lutte pied à pied. Lui, le pape, seul pape légitime, l'unique vicaire du Christ sur cette terre, voilà quatre ans que la fourberie et la malhonnêteté d'âme de ses adversaires l'obligent à les combattre avec les mêmes armes méprisables qu'ils emploient. En a-t-il envoyé, des ambassades, à tous les souverains d'Europe, accordé, des dispenses de mariage à des princes qui ne le méritaient pas, confirmé, des fiefs usurpés, promis, des chapeaux de cardinal, des abbayes, des sièges archiépiscopaux à toute une parentèle royale indigne, jusqu'à même dépêcher ses propres théologiens, pour prendre sa défense, Dieu l'en pardonne, auprès des cauteleux docteurs de la toute-puissante Université de Paris ! Lui qui est un roc inébranlable, combien de fois lui a-t-il fallu feindre, laisser entendre qu'il était disposé à envisager la cession si l'autre, à Rome, en faisait autant, à en discuter les conditions, et même expédier des émissaires, à deux reprises, Dieu l'en pardonne encore, au Pietro Tomacelli qui se prétend pape à Rome sous le nom de Boniface IX ! Ce grand vieillard intraitable, voilà à quoi il a dû s'abaisser, disputant à l'autre les obédiences, comme s'ils étaient deux chiens vicieux se battant à mort pour un os. Quand il y songe, ses poings gantés de rouge se serrent. On a osé demander au pape de mettre lui-même en doute sa propre légitimité ! Cela, il ne le pardonnera jamais. Est-ce qu'on aurait exigé de Dieu qu'Il renonçât à sa divinité ? Le voilà assiégé dans Avignon, son autorité réduite aux murailles de son palais, ses cardinaux passés à l'ennemi à l'exception de cinq prélats espagnols et italiens, eh bien, tant mieux ! Plus n'est besoin de compromissions, de double langage, de fausses esquives. Il est le pape et il va le montrer !

Il va commencer par se montrer. Accompagné de son neveu Rodrigo, mitre en tête, pallium aux épaules, il inspecte les murailles de la ville. On a fermé toutes les portes, garni les créneaux, les tours, les courtines, de tous ceux qui, fidèles au pape, sont capables de porter une arme, serviteurs, commis, hallebardiers d'honneur, notables avignonnais, artisans, même des clercs, et trois cents archers aragonais, bien faible troupe, en vérité, pour défendre aussi grande enceinte. Boucicaut a d'abord massacré, violé, pillé à travers la campagne, histoire de payer d'avance ses mercenaires, lesquels à présent pour l'assaut sont massés face aux principales portes et insultent avec des gestes obscènes « l'hérétique », le « patarin[1] », ce « Pierre de la lune et du soleil ». Depuis la tour de Philippe le Bel, à la sortie du pont, de l'autre côté du Rhône, la tourbe cardinalice française en manteaux rouges bordés d'hermine observe le déploiement de l'armée de soudards levée avec ses propres deniers contre celui qu'elle a elle-même élu. Il y a là les cardinaux Pierre de Thury, Jean de La Grange, Hugues de Saint-Martial, Guy de Malesset, Jacques de Vergy et les autres, jusqu'au cardinal de Saluces qui fut le premier, au conclave, à donner sa foi au pape Luna. Manque le cardinal Jean de Neufchâtel, le plus acharné. Celui-là s'est fait conférer par ses pairs le titre de capitaine d'Avignon, gouverneur de la ville pour le Sacré Collège. Vêtu de rouge, en cotte de mailles sous son rochet, l'épée à la ceinture, un bâton de commandement au poing, à cheval et escorté d'hommes d'armes, à la tête de l'artillerie assiégeante, c'est lui qui donne l'ordre de tir aux mangonneaux, aux trébuchets, aux bombardes, et invective les sapeurs qui tardent à poser leurs gargousses. Une pluie de pierres, de grenaille, de boulets s'abat sur les remparts. Blessé à l'épaule, le pape saigne. On le panse. À ceux qui s'empressent autour de lui, il déclare à voix haute et calme :

— Ce n'est pas aujourd'hui mon jour, ni demain,

1. Sobriquet de mépris donné naguère aux Albigeois par les « croisés » de Simon de Montfort.

ni longtemps encore. Je mourrai très vieux, et je mourrai pape.

Juste prophétie, puisqu'il vécut encore vingt-six ans, jusqu'à l'âge de quatre-vingt-dix-neuf ans, tandis qu'à Rome, à Pise, à Constance, trépassaient dans le même temps cinq papes !

Deux semaines plus tard, le 15 septembre, la situation est devenue désespérée. Le peuple s'est soulevé contre son pape. Il a pillé les dépôts de grain et d'huile, mis à sac les livrées des derniers cardinaux loyaux, le cardinal de Salva, archevêque de Pampelune, le cardinal Buyl, le cardinal degli Ammanati, qui n'ont sauvé leur peau qu'en se réfugiant au palais solidement tenu par les Aragonais. La population d'Avignon aimait ses papes. De jolies chansons en font foi. Tout au moins, depuis près d'un siècle, en avait-elle donné l'impression, mais dans toute circonstance troublée il n'y a pas grand-chose de bon et de grand à attendre d'une foule. Le plus souvent, elle trahit le faible pour le fort, sans compter que les Provençaux, dans leur ensemble, ne sont pas taillés pour donner des héros. Les menaces d'affamer la ville brandies par les commissaires royaux et la déclaration félonne des dix-huit cardinaux français récusant la légitimité de Benoît XIII ont achevé de les retourner. On trahit partout. Les sergents des milices livrent les clefs des portes. Le cardinal de Neufchâtel fait son entrée, à cheval, son chapeau rouge à glands noirs porté haut devant lui, comme une bannière de guerre. La foule hurle sans vergogne : « Vive le Sacré Collège ! » Avec Neufchâtel et son escorte de soudards sales et malodorants, la peste entre aussi dans la ville. Il sera le premier à en mourir, payant le juste prix de sa trahison.

Le 22 septembre, c'est Boucicaut en personne qui prend le relais à la tête de ses mercenaires, étendard royal battant au vent. Il piaffe d'impatience. Les filles embrassent à pleine bouche ses soldats. La ville est à lui. Le palais ne va pas tarder à se rendre. Il s'avance jusque sous les hauts murs de la forteresse pontificale, la menace aux lèvres, sûr de soi. À Rodrigo de Luna qui apparaît à la tour crénelée commandant la porte où flotte l'oriflamme jaune et or marquée d'un croissant de lune surmonté de la tiare, il ordonne d'un ton impérieux que lui soient remises les clefs du palais, et confiés à sa discrétion les cinq cardinaux afin qu'ils répondent sur leur vie de la soumission de Pierre de Lune. Il ne s'est même pas donné l'élégance de dire « le pape », ou « Sa Sainteté », ou toute autre forme respectueuse. Pour lui l'affaire est réglée. Une volée de flèches lui répond, suivie de formidables détonations. Les bombardes pontificales ont ouvert le feu. Le palais est bientôt couronné de fumée. Le pape ne prie pas dans sa chapelle, comme un pleutre qui n'aurait recours qu'en Dieu. Il est lui aussi sur le rempart, les fanons blancs de sa mitre déployés au mistral. Il encourage ses artilleurs. Il leur promet la rémission de leurs péchés, et d'autres récompenses plus temporelles. Autour de Boucicaut des hommes tombent. Son cheval se cabre. Il fait demi-tour et s'enfuit au milieu de sa horde en déroute, salué du haut des murailles par une bordée d'épithètes malsonnantes concernant sa mère et sa virilité en dialecte aragonais.

Suit un siège en règle. Boucicaut fait élever des plates-formes de bois fortifiées sur le pourtour du palais, ainsi qu'une véritable redoute avec murs et fossé. Il coupe les rues d'accès par des barricades, prend possession des maisons voisines dont il chasse les habitants. Ses mercenaires hissent sur les toits tout ce qu'on a pu rassembler de mangonneaux, de pierriers, de trébuchets. Des archers ont pris position au sommet des tours des livrées cardinalices. En machines de siège et en combattants, la supériorité des assaillants est écrasante face aux deux cent cinquante hommes de la garnison du palais, en majorité espagnols, mais aussi deux Italiens, cinq Allemands, six Anglais ou Gascons... et sept Français. En revanche c'est une troupe aguerrie, commandée par un capitaine avisé qui ne plaisante pas avec la discipline, tandis que les bandes de Boucicaut pillent et boivent, asséchant l'une après l'autre toutes les caves d'Avignon. Les gardes sont relevées toutes les huit heures et doublées par des patrouilles qui font la ronde jour et nuit. Les cinq cardinaux, en cotte de mailles, bottés, la coiffe de leur haubert ceinte du chapeau rouge à glands, exercent une surveillance continuelle. C'est une Église très militante, musclée, qui fait front avec panache, peu encline à tendre l'autre joue. Il y a aussi la hauteur prodigieuse et la puissance des murailles de la forteresse pontificale qui écrase la ville de sa masse, et, hormis par voie de trahison, inexpugnable.

Enfin il y a le pape Benoît XIII lui-même, inflexible. À Vincent Ferrier, son confesseur, il a déclaré : « Je résisterai jusqu'à la mort. » Et le saint homme a approuvé. La phrase a fait le tour du palais. On a acclamé Sa Sainteté.

L'artillerie pontificale tonne ; une dizaine d'énormes bombardes à gueule noire coulées à grands frais dans les fonderies espagnoles. Riposte l'artillerie assiégeante, un nombre égal de bouches à feu prêtées par le roi dément au cardinal de Neufchâtel qui les commande en personne, tandis que le pape, sur les remparts, exhorte lui-même ses pointeurs. Étrange duel, où cardinal et pape se canonnent pour la plus grande gloire de Dieu ! C'est le pape qui tient l'avantage. Les projectiles du cardinal égratignent à peine les murailles. Les boulets pontificaux, en revanche, taillent des coupes claires chez les assaillants et sèment la panique dans la ville.

Boucicaut essaye la ruse. Il dépêche trois cardinaux à sa botte, Malesset, Thury et Saluces, pour proposer une négociation. L'entrevue a lieu chez Saluces qui doit à sa trahison la sauvegarde de sa livrée. Benoît XIII est représenté par les cardinaux Buyl, de Salva et degli Ammanati, mais ils comprennent vite la musique. Leurs interlocuteurs s'offrent tout simplement à les acheter ! Ce n'est pas un déballage ragoûtant. On est en droit de lui préférer les coups de canon, ce que répondent crânement les trois envoyés du pape. Sur le chemin du retour, Boucicaut, fou de rage, en fait arrêter deux, l'Espagnol et l'Italien. Dépouillés de leurs capes, de leurs chapeaux, de leurs insignes, la robe coupée à hauteur des genoux, par dérision, ils sont exhibés dans toute la ville comme des ribauds, couverts de crachats, hués, insultés, et jetés dans un cul-de-basse-fosse au château de Boulbon, chez Boucicaut. Seul le cardinal Buyl en réchappe et parvient à rejoindre le palais.

Une tentative d'assaut nocturne par les égouts de la forteresse ne donne pas de meilleurs résultats. L'affaire fut chaude, cependant. Ils sont cinquante, armés jusqu'aux dents, à cheminer dans l'égout qui conduit aux cuisines, guidés par un Judas local, un bourgeois d'Avignon, ancien officier de bouche du pape. Haches, maillets, tenailles, ils n'ont rien oublié, jusqu'aux cordes pour lier les prisonniers, aux sacs pour enfourner l'argent qu'ils trouveraient, aux pennons fleurdelisés pour marquer leur prise de possession du palais. À la cuisine, un marmiton qui s'était attardé les voit. Cris, trompette, cloche d'alarme. On a prévenu le pape Luna. À l'archer qui est venu l'avertir il répond :

— Retournez vite au combat ! Ils sont à vous !

Résultat : cinquante prisonniers.

Le siège s'enlise, octobre, novembre, décembre, janvier... Mines, contre-mines, poix enflammée, huile bouillante, chaux vive, pluie de pierres tranchantes, tout le raffinement de ce temps, avec, pour faire bonne mesure, les délices naissantes de l'artillerie.

On mange des moineaux à la table du pontife, du chat ou du rat chez les soldats. On boit de l'eau coupée de vinaigre. Il n'y a plus de vin, plus de légumes. Un peu de blé, c'est tout. Le moral est excellent.

Et peu à peu s'inverse le destin.

C'est d'abord le cardinal Jean de Neufchâtel qui choit lourdement de son cheval. Il n'en tombe pas élégamment, ainsi que le ferait un fier cavalier surpris par un caprice de sa noble monture. Il se retrouve à terre, comme un paquet, étalé vilainement sur le sol, inanimé. On le débarrasse de sa cotte de mailles, pour lui donner de l'air, on fend ses chausses au couteau, découvrant l'énorme bubon violacé qu'il porte, telle une condamnation, à l'aine. L'éminence félonne crève de la peste, premier mort d'une longue litanie. Chaque jour les charrettes des pénitents gris cagoulés jusqu'aux narines récoltent par la ville une cinquantaine de cadavres qu'on brûle dans l'île de la Barthelasse couronnée de fumées noires et puantes. Levant ses regards terrifiés vers le palais toujours assiégé, le peuple d'Avignon commence à se demander si là-haut, à l'abri de ses murailles, ce n'est pas le pape Benoît XIII qui détient dans sa main gantée de blanc toute la promesse des grâces de Dieu. Ses opposants ne seraient-ils pas maudits ? C'était un temps où l'on croyait fortement, où entre l'homme et la divinité passaient des évidences fulgurantes. D'autres signes se manifestent. Une langue de feu a traversé le Rhône et s'en va illuminer le palais qui resplendit d'éclairs et de fracas. Alors qu'aucune bombarde ne tirait, un boulet est venu fracasser la bannière fleurdelisée qui flottait sur une tour cardinalice. Une pieuse religieuse du couvent de Sainte-Catherine a eu la vision d'une croix penchée au-dessus du palais des papes comme une aile immense et tutélaire.

On aura compris que la girouette populaire a encore une fois tourné. Sa Sainteté Benoît XIII bénisse le peuple ! Les dix-huit cardinaux français commencent aussi à s'interroger. Ne se sont-ils pas une fois de plus trompés de camp ? L'ombre majestueuse de Pedro de Luna hante leurs nuits. Ils ne craignent pas pour leur âme, mais pour leurs biens. Le pape Luna se le rappellera...

Sur le fleuve, en direction d'Arles, éclatent des sonneries de fanfares. Envoyées par Martin, roi d'Aragon, qui s'est souvenu que Benoît XIII fut cardinal-primat de son royaume, quinze galères sont mouillées au château de Trinquetaille, attendant une crue du Rhône pour s'en aller délivrer le pape et faire rendre raison aux cardinaux, au pauvre roi fou de France et à la populace aveugle d'Avignon. Puis c'est le roi Charles d'Anjou, s'en revenant de Naples qu'il a perdue par les intrigues du pape de Rome, qui met à son tour son épée au service du pontife assiégé. Des révoltes éclatent dans le Comtat. Le seigneur de Sault, au nom du pape, lève un ban de cinq cents hommes d'armes. Alors l'inévitable cardinal de Saluces prend les devants. C'est lui qui réalise, le premier, dans quel guêpier il s'était fourvoyé. Et voilà ce prélat pusillanime, plus couard que traître, en vérité, qui se précipite au palais. Il se prosterne devant le trône.

Déjà détaché de tous et de tout, le pape Luna, impassible, considère cet autre vieillard qui lui baise frénétiquement le pied, puis la main et le visage. On n'a jamais eu idée, depuis, de ce qu'était ce respect du sacré qui ployait les hommes au-delà de tout sens commun. Suivent les cardinaux de Malesset, de Thury, de Vergy et quelques autres. Moins gangrenées que celle de Paris, l'Université de Toulouse, puis celles d'Angers et d'Orléans, enfin Gerson, le grand Gerson, se décident à conseiller au roi la restitution d'obédience. La Castille, la Navarre, l'Écosse prennent les devants et font retour au pape Luna. Le roi Charles VI lui-même, au cours d'une de ses rares rémissions, lui dépêche son chevaucheur porteur d'une lettre chaleureuse.

Mais l'Université de Paris veille. Malgré Gerson, elle ne cède pas. Le siège du palais sera levé, son ravitaillement assuré. On cessera d'attaquer la forteresse. Le pape pourra recevoir qui il veut, communiquer avec l'extérieur, mais il ne pourra quitter le palais. Un cordon de troupes royales le surveillera. Les barricades seront maintenues en l'état.

Un pape en Avignon, l'autre à Rome. Qui est le faux ? Qui est le vrai ?

Et meurt le siècle. Un autre naît. Pietro Tomacelli qui se dit pape Boniface IX, à Rome, proclame l'an 1400 année sainte. Un défi !

Dans sa chapelle, agenouillé, Benoît XIII prie. Tout recommence. Il est prêt. Refaire l'unité de la

Chrétienté. Recoudre les morceaux de la tunique... Deux papes, c'est une insulte à Dieu. Il secoue la tête avec colère. Il lève les yeux sur l'ostensoir où brille l'hostie qu'il a consacrée. Il n'existe qu'un seul vrai pape.

C'est lui.

Il a pris sa décision. Que valent les promesses des rois ? Que valent les contorsions des princes, les prosternements des cardinaux ? Puisque le pape est l'évêque de Rome, dès qu'il aura recouvré sa liberté, il ira envahir Rome !

Entre Avignon et Senez, 1994

DURANT sa longue existence de nomade, l'homme n'avait qu'une seule fois franchi le Rhône. Encore était-ce il y avait bien longtemps, lorsqu'il s'en était allé à Glandèves, en hiver, fermer les yeux de son vieux compagnon. Au retour, pour subsister, il avait travaillé comme bûcheron dans les Cévennes, puis n'avait plus quitté les Causses où il vivait d'ordinaire et où quelques maisons encore marquées du signe l'accueillaient à l'occasion. D'Avignon, il se souvenait. Suivre son chemin lui avait été facile, guidé par la masse imposante du palais et par la statue dorée de la Vierge couronnant la flèche de la cathédrale. Il eut une pensée chaleureuse pour la petite fille avec une vilaine tache sur la joue, qui lui avait adressé un si beau sourire.

À présent il lui fallait sortir de la ville, marcher vers l'est, vers le levant. Du pays où il allait conduire ses pas, Riez à huit jours de marche et Senez à quatre de plus, en direction de l'Italie, il ne se rappelait que des noms de villages qui étaient des jalons d'itinéraire. Il les tenait de Pierre de Gibelet, lequel avait accompli trois voyages, autrefois, de son siège de Senez jusqu'au Lévezou, avant que leur chapelle fût engloutie, jusqu'à Rodez aussi, et même Aleth, pour le sacre de Jacques de Bethléem, la nuit où ce gendarme les avait surpris dans les ruines de la cathédrale. Gibelet lui avait également nommé quelques relais amis sur la route, de plus en plus rares à la vérité, fermes ou maisons compatissantes où ceux qui les avaient précédés, autrefois, s'arrêtaient, assurés du gîte et du couvert, et reçus avec déférence. Mais l'homme ne se faisait pas d'illusions. Ces temps-là étaient révolus. Si étranger qu'il fût à ce monde, il n'était pas pour autant aveugle. Tout ce qu'il voyait autour de lui le rejetait, l'effaçait, lui ôtait tout sentiment d'exister.

À la sortie du bourg de Montfavet, il s'était retrouvé marchant au milieu d'un univers de béton, de gigantesques enseignes criardes, de jardins étiques et poussiéreux. Rien qui ressemblât à la petite place ombragée où Gibelet lui avait signalé une auberge à nom de saint, seulement une plaque écaillée rouillant sur un coin d'immeuble lépreux : *Place Saint-Siffrein...* Ce saint-là, à Montfavet, devait se sentir bien solitaire. L'homme avait acheté un sandwich dans une boulangerie, une carte routière chez le marchand de journaux, et tout aussi seul lui aussi, avait poursuivi son chemin, essayant de se souvenir depuis combien de temps il n'avait point vu Gibelet...

À présent la route enjambait le double ruban de l'autoroute. Il resta là un long moment, accoudé au parapet du pont, l'esprit vide, contemplant le siècle qui montait vers lui. Un vacarme assourdissant lui broyait le cœur et lui serrait les tempes, un flot continu de voitures et de poids lourds qui se croisaient par six de front sous ses pieds. Un gamin s'était installé près de lui, l'œil vif, intelligent, penché au-dessus de la rambarde, ses jambes en équilibre instable.

— Ça pue, c'est moche, dit l'enfant. Est-ce qu'il y a des hommes là-dedans ?

— Quels hommes ? Ceux-là ne te plaisent pas ?

Le garçon haussa les épaules.

— On ne se comprendrait pas...

L'homme chercha des yeux, autour de lui, une petite chapelle dédiée à saint Jacques et marquée de la coquille des pèlerins de Compostelle. Gibelet y avait fait halte autrefois. Il n'aperçut rien de semblable, seulement des hangars et des entrepôts, des parkings couverts de voitures entourant d'immenses magasins d'où aucun clocher ne pointait. Il en fut presque satisfait. Comment l'appel d'une cloche aurait-il pu se faire entendre au milieu de ce bruit qui ne cessait jamais ? Au moins la disparition de cette chapelle épargnait-elle à la voix de Dieu de se perdre dans l'indifférence, et il y avait près de six siècles que la voix de Benoît s'était éteinte et qu'elle n'était plus perçue par quiconque...

Le gamin visa le pare-brise d'un énorme semi-remorque, puis fila comme un trait de lumière, une fronde tournoyant à son poing. En bas il y eut un assourdissant crissement de pneus suivi d'une succession de chocs métalliques qui annonçaient le malheur et la mort. Basculé en travers de la voie après avoir rebondi sur la glissière de sécurité, le moloch d'acier recevait son tribut de sacrifiés. Pendant une vingtaine de secondes, avec une effrayante régularité, vinrent s'y encastrer les unes dans les autres une bonne cinquantaine de voitures, puis, en arrière, le serpent automobile stoppa. Des portières claquèrent. Des gens couraient. Du magma sortaient des formes humaines, hébétées. Un chien hurla. Le gamin à la fronde ne s'était même pas retourné. Il s'éloignait d'un pas leste, les mains dans les poches. L'homme traça dans l'air un signe de croix.

— Cet enfant n'est pas coupable, Seigneur, dit-il.

Après quoi il reprit sa route.

Lorsque les autorités firent le bilan de l'accident, dont réchappèrent, notamment, l'archevêque d'Avignon et son secrétaire, on s'aperçut que parmi la centaine de rescapés dégagés de cet amas de ferraille on ne comptait pas un mort et seulement huit blessés légers. Quant au chauffeur du camion, qui s'en tirait indemne lui aussi, il déclara qu'un projectile était venu frapper son pare-brise juste à hauteur de ses yeux et que dans un mouvement instinctif de recul il avait perdu le contrôle de sa machine. La presse titra le lendemain matin : *Montfavet. Miracle sur l'autoroute A 7.* C'était seulement façon de parler. Nul n'imagina, en effet, pas même l'archevêque d'Avignon, que ce miracle avait mobilisé une bonne centaine d'anges gardiens à l'appel d'un vieux bonhomme qui passait là par hasard...

Le vieux bonhomme, quelques heures plus tard, après avoir traversé l'Isle-sur-la-Sorgue, s'engagea sur un chemin de campagne qui coupait au plus court vers l'est. À plusieurs reprises, sur la route nationale qu'il venait de quitter, des poids lourds l'avaient frôlé de si près qu'il s'était senti vaciller sous le déplacement de ces mastodontes. Une petite fourgonnette de boulanger ralentit en le doublant et stoppa. Le chauffeur se pencha à la portière.

— Où allez-vous, grand-père ?

Le vieil homme sourit malgré lui. La voix était amicale. Elle chantait avec l'accent du pays. Elle brisait sa solitude. Il s'entendit répondre :

— À Rome...

Le boulanger siffla entre ses dents.

— À Rome ? À pied ?

Il l'examina de plus près. Le bonhomme ne ressemblait pas à un chemineau ordinaire. D'ailleurs il n'y avait plus de chemineaux depuis longtemps, rien que des vagabonds aux origines incertaines avec des mines peu engageantes et des regards par en dessous, accompagnés de chiens aussi sales qu'eux. Jamais il ne s'arrêtait, même quand on le hélait du pouce. Cette fois il avait freiné machinalement, sans réfléchir. Cela l'étonnait. Sur les routes la moitié de la journée, à livrer son pain dans les hameaux, il était devenu méfiant.

— Eh bien, grand-père, vous n'y serez pas ce soir,

à Rome ! Mais si vous le voulez, vous pouvez monter. Je retourne chez moi, à Saint-Pantaléon. À l'allure où je vous vois traîner les pieds, ça vous fera deux bonnes heures de marche en moins.

C'est vrai qu'il traînait les pieds, le vieil homme. À chaque pas il les arrachait du sol, et l'effort, à chaque pas, se faisait plus insupportable et douloureux. La tête emplie d'un bourdonnement comme si des milliers de mouches y tournaient, le cœur tapant dans sa poitrine en battements saccadés, plusieurs fois, sur le point de perdre l'équilibre et trouvant sur son chemin un muret, un arbre, un poteau, il avait dû s'y adosser pour ne pas tomber. S'asseoir sur le bord du talus et se reposer un moment ? Avec le poids du sac sur les épaules, il craignait de ne plus avoir le courage de se relever. Marcher, marcher jusqu'à la nuit... Les jours devenaient trop longs pour le peu de forces qui lui restaient.

Le boulanger était descendu de sa fourgonnette.

— Allez, montez. Je vous prends votre sac. Vous ne tenez plus sur vos jambes.

Où allait le bon Samaritain ? Quel nom de village avait-il cité ? Pierre de Gibelet, autrefois, ne lui avait-il pas mentionné, sur la route du Lévezou à Senez, un relais ami à Saint-Pantaléon ? C'était il y a si longtemps, quarante ans peut-être, le Samaritain ne devait même pas être né. Un autre monde, une autre époque qui déjà n'était plus la sienne et cela depuis encore plus longtemps...

Dans la voiture, assis bien droit sur la banquette, il ferma les yeux et pria silencieusement. Le Samaritain, au volant, prononçait des paroles secourables :

— Il y a une petite chambre au-dessus de la boutique. Vous y serez très bien pour dormir. Demain matin, je dois aller de l'autre côté d'Apt. Je vous emmènerai. Ça vous fera encore un bon bout de chemin. Je m'appelle Raoul Jourdan. Et vous ?

— Je suis Benoît, répondit Benoît.

En mer, 1405

Le vent a tourné, contraire. Il souffle faiblement du nord-est avec juste assez de force pour faire flotter les bannières et les gonfanons déployés à la poupe et à la proue des galères. Sur les douze navires de l'armada pontificale, on a cargué l'immense voile latine, à présent enroulée le long de l'unique vergue. C'est à la chiourme de prendre le relais. On réveille à coups de sifflet les hommes qui sommeillaient, les fers aux pieds. Ils ont craché dans leurs mains et empoigné les longues rames, trois hommes par rame, cent rames par navire. En bonnet rouge et torse nu, ils dégagent une puissante odeur animale dont les messieurs des châteaux arrière se défendent en faisant brûler des parfums violents dans des braseros. Toute la racaille de la Méditerranée, rebuts de port et de potence. Les chevaliers de Saint-Jean-de-Jérusalem, chargés de l'armement des galères, ont vidé, moyennant finance, les geôles de Rhodes, de Malte, de Gênes, de Pise, de Livourne. Une oriflamme rouge est montée au mât du vaisseau amiral, indiquant la cadence de nage. *Dolce voga*, cadence douce. On n'est pas en guerre, pas encore. À bord de chacune des galères retentit le tambour du maître de chiourme dont les battements rythment l'effort des trois mille rameurs de la flotte, une belle machinerie d'hommes plongeant tous ensemble vers la proue, le pied appuyé sur le banc de devant, puis se renversant vivement en arrière avec leur fardeau. Sa Sainteté n'a pas été regardante sur le recrutement, mais elle a interdit l'usage du fouet. Au moment de l'embarquement à Marseille, elle a fait distribuer une pièce d'argent à chaque homme, après quoi elle a béni la chiourme, chrétiens et mahométans confondus, et tous l'ont follement acclamée.

L'air est tiède, un délicieux temps de fin d'été. Cales bourrées de vivres et d'armes, à plein effectif de mercenaires aragonais, bretons, provençaux, napolitains, les galères filent au ras de la mer. Quatre de Gênes, quatre de Pise, quatre de l'ordre de Saint-Jean. En plus de leur propre gonfanon, elles arborent au mât de poupe l'immense bannière jaune et or marquée d'un croissant de lune surmonté de la tiare pontificale. On aperçoit juste au-dessus de l'horizon, vers le nord, le sommet du mont Bignone, qui domine la ville de San Remo. Benoît XIII est assis dans un fauteuil, sur le pont du château arrière, à l'abri d'une toile déployée. Il a près de lui Louis II d'Anjou, roi de Naples et de Sicile, le bailli Aymar de Freslon, général des galères de Saint-Jean, le cardinal de Salva, archevêque de Pampelune, le cardinal Buyl et trois autres cardinaux choisis parmi les rares prélats qui ne l'ont jamais trahi, l'ancien chancelier de Paris Pierre d'Ailly, qu'il a fait évêque de Cambrai, d'autres évêques, des abbés mitrés, le capitaine d'Alfera, commandant la garde aragonaise, qui remplace son neveu Rodrigo de Luna, lequel tient pour le pape le palais d'Avignon, et une foule de jeunes chevaliers de Saint-Jean qui le contemplent avec admiration. Enfin il y a Vincent Ferrier, en bure blanche de dominicain. À lui seul il vaut toute une flotte de galères, dix flottes, cent flottes ! Il vous retourne un concile comme un gant. Personne ne résiste à son verbe. Lui qui ne parle que l'espagnol, quand il prêche, tout le monde le comprend. De son souffle il guérit les malades et rend la vie aux mourants. Comme le Christ, pour nourrir une foule qui l'écoutait, il a multiplié les pains. Et en plus il est humble et bon. La rumeur populaire l'a déjà canonisé. Sa présence auprès du pontife rend les choses simples et claires : il n'existe pas d'autre pape que Benoît XIII.

Le bailli de Freslon pointe son bras vers l'horizon :

— Le mont Bignone, Très Saint-Père. L'Italie. Encore une vingtaine d'heures et ce sera Gênes.

Et après Gênes, Pise, et après Pise, Rome, songe le pape. Il sourit. Il rit, même, d'un rire extraordinairement juvénile. Il vient d'avoir quatre-vingts ans.

— Dieu n'a cessé de me soutenir et de m'abandonner tour à tour, comme s'Il souhaitait m'éprouver. Il semble que l'épreuve soit terminée, conclut-il gaiement.

Puis, se tournant vers Louis d'Anjou :

— Sire, qu'avez-vous fait de ma barbe ?

— Je l'ai pieusement conservée, Très Saint-Père.

Le pape hoche la tête en souriant. Visiblement, cette réponse l'amuse.

— Ce n'est pas très sérieux, mon fils. Ma barbe n'est pas une relique. D'abord je ne suis pas mort. Ensuite je ne suis pas un saint, loin s'en faut.

Cette histoire de barbe avait fait le tour de la Chrétienté. Elle était devenue très longue, toute blanche, emblématique. Prisonnier dans son palais d'Avignon, il avait pris l'engagement de la laisser pousser tant qu'il n'aurait pas recouvré la liberté.

Il lui avait fallu attendre quatre ans ! Quatre ans à faire semblant de négocier avec les hommes noirs et tortueux de l'Université de Paris, avec les envoyés du pape de Rome, avec ceux — les plus dangereux, les plus fourbes — des deux oncles du roi fou qui gouvernaient à sa place, les ducs de Berri et de Bourgogne. Quatre ans à mener en bateau ses cardinaux français que le retrait d'obédience ruinait puisque leurs gros bénéfices tombaient dans les caisses royales. Quatre ans à donner le change à tout le monde, à dissimuler ses pensées, à maîtriser son immense colère. Abdiquer ? Il feignait de répondre. Puisque c'était cela qu'on lui demandait, certes il acceptait de l'envisager à condition que l'autre, à Rome, fût disposé à en faire autant. L'accord était à cette condition. Ses émissaires rencontraient ceux de Rome, à Savone ou à Livourne. Les discussions n'en finissaient pas, d'autant moins que le Tomacelli, au Vatican, s'incrustait sur son trône usurpé comme un mollusque à son rocher. Alors pourquoi pas un concile ? On réunirait les cardinaux des deux curies et on leur confierait le soin de trancher. Benoît XIII faisait la grimace, affectait de réfléchir longuement, laissant entendre qu'en effet, bien que ce fût à contrecœur, il se résoudrait peut-être à se rallier à une solution de ce genre si aucune autre ne prévalait pour recoudre la tunique déchirée du Christ... En privé, il éclatait.

— Pour qui prend-on le vicaire du Christ ? S'imagine-t-on pouvoir défaire ce que l'Esprit-Saint a fait ? Où je suis est le trône de saint Pierre ! Même en exil, même prisonnier, même seul au fond d'un cachot, ou gisant comme Job sur un lit de fumier, même renié par la terre entière, par Dieu, jamais je ne me démettrai !

Et les pourparlers reprenaient. Quatre ans, cela avait duré. Quatre ans de feintes et de dissimulations. Jusqu'à ce 11 mars 1403 où par un concours de circonstances s'étaient soudain réunies les conditions de sa délivrance. Des ambassadeurs aragonais en Avignon, le fidèle cardinal de Pampelune à Arles avec un solide parti de cavaliers, Louis II d'Anjou dans sa place forte de Châteaurenard, à trois lieues du rocher des Doms, enfin le capitaine Robert de Braquement accompagné d'une cinquantaine d'hommes d'armes envoyés par le duc d'Orléans sous le prétexte de relayer la garde royale qui bouclait les abords du palais. Un complot ? Pas tout à fait, à moins d'y inclure la Providence qui avait rassemblé tous ces gens qui ne s'étaient en rien concertés. Toujours est-il que la décision avait été prise sur-le-champ et sans préméditation. Au surplus, cette nuit-là, aux barricades en chicane, les sentinelles dormaient.

Le pape s'était habillé en moine, dissimulant son visage et sa barbe sous la coule et le capuchon d'un chartreux. Voulant respecter la coutume des papes, devant lesquels, quand ils voyagent, on porte le saint sacrement, il avait passé à son cou une custode renfermant l'hostie consacrée provenant de l'ostensoir de sa chapelle privée. Il emportait aussi sur lui la dernière lettre du roi Charles VI. Libre, il saurait la lui rappeler. Cheminant le long des couloirs de la forteresse, il avait gagné une porte écartée qui naguère donnait accès au presbytère de la cathédrale. Cette porte avait été murée, mais les hommes de Braquement l'avaient dégagée. Ceux qui restaient au palais lui avaient baisé la main, puis le pied. Seuls l'accompagnaient son médecin, Francisco de Arana, et le capitaine aragonais d'Alfera.

La nuit était pure, étoilée, une nuit de Provence. Sortis tout bonnement par la grande porte, Braquement et ses hommes vinrent lui faire escorte jusqu'à la livrée, au bord du Rhône, où résidait l'ambassade aragonaise. Il y avait là le connétable Jaime d'Aragon, représentant son souverain, et plusieurs gentilshommes du duc d'Orléans. À l'aube une barque prit le relais, armée par quatorze moines de l'abbaye de

Montmajour qui souquaient avec entrain en psalmodiant joyeusement les matines. La barque descendit le Rhône, puis remonta le cours de la Durance. En vue de Châteaurenard, on débarqua. Une petite armée l'attendait, quatre cents cavaliers vêtus de fer commandés par le cardinal de Pampelune en personne, coiffé de son chapeau rouge, en armure et rochet brodé. On monta à cheval. En dépit de son âge, Pedro de Luna était bon cavalier. Un échevin de Châteaurenard, du nom de Jullian, lui tint l'étrier. Après un petit temps de galop, qui mit le pape en joie, sa longue barbe blanche flottant au vent, ils firent leur entrée dans la ville. C'était le 12 mars, jour de la Saint-Grégoire. Les cloches sonnaient. La population formait la haie, agenouillée. Aux remparts, les archers d'Anjou saluaient de leur main gantée de cuir. Cette époque-là s'y entendait à brosser des tableaux épiques sous la lumière éclatante de la foi. Devant Louis II d'Anjou, Benoît XIII s'expliqua :

— Le plus beau matin de ma vie... On a voulu m'imposer une conduite. On a voulu dicter des lois au captif. En recouvrant ma liberté, j'ai relevé l'honneur de Dieu.

Là, dans les appartements royaux, se place la scène de la barbe à laquelle le pape fit plus tard allusion sur le pont de sa galère capitane. Ayant quitté sa coule et son froc de chartreux, à nouveau revêtu de ses habits pontificaux, il pria le roi Louis II de lui envoyer son barbier, lequel s'appelait Lepicard, du nom de sa province natale. Et tandis que tombait dans un linge blanc l'auguste pilosité, Sa Sainteté souriait, ravie.

Elle pensait aux mercenaires normands, créatures de l'Université de Paris, les plus acharnés contre sa personne, souvent de garde aux barricades qui le tenaient prisonnier, l'insulte et le sarcasme à la bouche, et cette menace qui les faisait tant s'esclaffer de venir un jour prochain l'attraper et lui raser sa barbe de bouc. Elle pensait à l'évêque Cauchon et aux autres évêques normands qui avaient repris cette fanfaronnade à leur compte et la répandaient dans Paris en quatrains et en chansons.

— C'est donc maintenant, dit le pape, que je vois que les Normands sont des menteurs, car ils m'avaient juré plus d'une fois qu'ils me feraient bien la barbe, et il se trouve que c'est un Picard qui me l'a faite.

Ce fut là sa seule vengeance. Sa Sainteté passait l'éponge. Même les Normands furent amnistiés. Le Picard reçut vingt pièces d'argent et le roi Louis d'Anjou emporta, enveloppées dans un linge fin, les précieuses touffes blanches, symbole de la captivité et de l'opiniâtre résistance de Benoît XIII.

Ensuite, un raz de marée !

Le pape Luna n'était pas homme de mépris, sans quoi il aurait eu mille fois l'occasion de l'exercer à bon escient. Que penser de ce cardinal de Giffone, titulaire du siège épiscopal de Carpentras, l'un de ses pires calomniateurs, qui se prosterne dans la boue, en pleine rue, dans sa propre ville, s'accusant devant la foule d'avoir gravement péché ? Le mépris... Le pape Luna avait pardonné. Que penser des cardinaux de Malesset, de Thury, de Vergy, de Saluces, qui après avoir déjà par deux fois étalé leur soumission et imploré son pardon pour reprendre ensuite leur parole et mener le combat contre lui, se précipitent à Châteaurenard en se frappant la poitrine ? Le mépris... Le pape Luna avait pardonné. Que penser de toutes ces villes des Etats pontificaux de Provence, oubliant leurs multiples trahisons, leurs insultes, la chasse aux fidèles du pape Luna, et souvent leur assassinat, qui se forment en joyeuses processions, le croissant de lune sur leurs bannières, échevins, consuls et notables en tête, ruisselants de bonne conscience ? Le mépris... Le pape Luna avait pardonné. Que penser de la bonne ville d'Avignon qui après cent ans de prospérité, nourrie, embellie, enrichie par huit papes, s'était retournée contre le neuvième, pillant, tuant, crachant des injures, et qui dépêche dare-dare une ambassade à Châteaurenard, les clefs de la ville sur un coussin en gage d'éternelle fidélité ? Le mépris... Le pape Luna avait pardonné, mais tout de même, méfiant cette fois, et bien décidé à ne plus jamais y remettre les pieds.

N'étaient restés fidèles à eux-mêmes que les deux oncles du roi, les ducs de Bourgogne et de Berri, toujours farouchement hostiles à Benoît. Ils tombaient mal. Ayant retrouvé pour un temps la raison, Charles VI, en son conseil, imposa la restitution d'obédience. Cédant à l'éloquence de Gerson, les cloportes de l'Université de Paris opinèrent et se firent tout petits dans leurs trous, attendant la prochaine occasion.

Après quoi il avait voyagé sur les terres de Louis II

d'Anjou, qui était aussi comte de Provence, visitant Beaucaire, Tarascon, Orgon, Salon, Berre... L'enthousiasme populaire, le prosternement du clergé, l'aplatissement des notables...

— Pourquoi les croirais-je? avait-il confié sans illusions au loyal cardinal de Pampelune qui chevauchait à ses côtés. Que le roi Louis change d'avis, que le roi Charles cède à nouveau à ces messieurs de Paris, que le duc d'Orléans cesse de me soutenir au conseil du roi, et tous ces gens que vous voyez là me renieront aussi bien. Tant que je ne serai pas à Rome, là où est le tombeau de Pierre, l'honneur de Dieu, encore, chancellera...

— Mais leurs promesses? avait rétorqué le cardinal.

La foule criait : « Longue vie à Sa Sainteté le pape Benoît ! » On étendait des tapis sous le pas de son cheval. Des fenêtres des maisons tombait une pluie de pétales de fleurs.

— Louis a promis, c'est vrai. Il a placé ses mains dans les miennes et il a promis de demeurer toujours fidèle à Benoît. Mais qu'ai-je dû lui promettre à mon tour? Que j'accepterais l'idée d'un concile pour mettre fin au schisme de Rome! Le roi Charles a promis, lui aussi. Et à quoi ai-je dû m'engager en échange? Vous le savez : à tenir pour licite et à confirmer tout ce qui a été fait sans moi durant les quatre années de la soustraction d'obédience, la désignation des évêques, l'élection des abbés, la dévolution des bénéfices, la nomination des collecteurs de la décime! Le duc d'Orléans a promis, c'est vrai aussi. Mais que lui ai-je promis, à sa demande ? De faire connaître à la Chrétienté que je serais disposé à me retirer dès que le bien de l'Église l'exigerait, soit en cas de mort, de démission ou de déposition de celui qui se dit pape à Rome ! Ne suis-je le vicaire du Christ que parce qu'en ont décidé ainsi le roi de France, le roi de Naples, le duc d'Orléans ou tout autre souverain ou prince sur cette terre ? L'honneur de Dieu s'accommoderait-il de sa soumission aux puissances temporelles ? Et au nom de qui ou de quoi un concile pourrait-il passer outre à la volonté du pape ? Je n'ai rien promis ! Je n'en ai pas le droit !

C'était là l'essentiel, en effet. Dans son privé, il y revenait sans cesse.

— A Rome, mon cher et vrai ami, avait-il dit au cardinal de Pampelune, toutes ces questions ne se poseront plus...

Pour reconquérir Rome, il lui fallait une base, un port sûr, des alliés, de l'argent. Le roi Louis lui avait offert Marseille. Sur son rocher, dominant le port, avec sa forteresse, ses murailles noires et crénelées, sa monumentale abbatiale, ses immenses bâtiments conventuels, ses trois cents moines aussi doués pour le maniement des bombardes et des arbalètes que pour le service divin, l'abbaye Saint-Victor se donna au pape Benoît. Pendant deux ans, elle fut le siège de la papauté, et le port, à ses pieds, un incessant va-et-vient de navires. Les ambassades s'y succédaient, jusqu'à la lointaine Écosse qui dépêcha une étrange nef hérissée de boucliers et servie par un équipage qui ressemblait à une horde de loups qui auraient enfilé des peaux de mouton, d'où descendit en majesté, précédé par deux joueurs de cornemuse, un grand moine sec et anguleux qui s'annonça comme étant le prieur de Iona, monastère mythique et boréal perdu sur une île de brumes au septentrion du monde connu.

Falkirk, il s'appelait. Cette fidélité venue de si loin avait touché aux larmes le pape Luna. Falkirk s'en était retourné cardinal de Iona, son chapeau rouge à glands noirs, marque de sa nouvelle dignité, hissé au mât de pavillon, et Marseille avait entendu longtemps, dans le sillage du navire, les gémissements aigus des *pibrochs*. Beaucoup plus tard, quand il se retrouva seul, assiégé dans Peñiscola et abandonné de tous, le pape Luna, scrutant la mer et rameutant ses souvenirs, disait : « Mais où est le cardinal de Iona ? Que fait-il ? Pourquoi ne vient-il pas ?... »

Plusieurs de ses cardinaux étaient morts : Neufchâtel, fauché par la peste, Aigrefeuille, Guillaume de Chanac, ennemis jurés du pape Luna, bon débarras. Hélas ! aussi le cardinal de La Grange, celui qui avait remis à sa place, naguère, « le petit archevêque de Bari ». Un autre avait rejoint le pape Tomacelli, à Rome, mais sans retour, las de trahir. Priant le ciel d'avoir eu la main heureuse, en plus du cardinal de Iona, Benoît XIII en avait nommé cinq, choisis parmi ceux qui l'avaient le mieux servi : Jean Flandrin, Antoine de Chalant, Pierre d'Ailly, Pierre Ravat, évêque de Saint-Pons, et l'Italien Luigi Fieschi, archevêque de Gênes, un guelfe fort coûteux qui avait changé de camp contre espèces sonnantes et trébuchantes. La main heureuse ? Au bout du chemin il n'en resterait plus un.

Après la curie, les caisses. Elles étaient vides. Galères, corsaires, hommes d'armes, bombardes, équipages, tout cela se payait. Le pape avait beau protester qu'il rembourserait au centuple, à Rome, ses créanciers faisaient la moue et l'ordre de Saint-Jean-de-Jérusalem ne travaillait pas non plus pour rien. La dîme rentrait mal. Les collecteurs pontificaux trouvaient souvent sur leur chemin les anciens collecteurs pour le roi qui avaient pris de mauvaises habitudes. Soustraction ou restitution d'obédience, c'était aussi affaire de gros sous. Le pape avait dû serrer la vis. Ça ne l'avait pas rendu populaire dans le clergé. Le peuple commençait à murmurer. Au moins le pape de Rome était loin et de ce fait beaucoup moins cher. Prêteurs juifs et banquiers vénitiens devenaient intraitables. Une partie du trésor emporté d'Avignon y passa. Heureusement il y avait l'Aragon, fidèle patrie de Pedro de Luna. Les villes s'y saignèrent aux quatre veines et le roi Martin se fendit d'un crédit de deux cent mille florins d'or.

Enfin prête à appareiller, la flotte. Magnifique ! Tandis que, pour donner le change, le pape Luna se cachait derrière un épais rideau de fumée diplomatique. Il avait expédié quatre cardinaux à Rome pour continuer les pourparlers. Pourquoi négocier, puisque seul successeur légitime de l'apôtre Pierre, il ne voulait rien céder ? Pour que l'autre, au Vatican, endossât le mauvais rôle. Élémentaire. Et Tomacelli, naturellement, avait poussé des cris d'écorché et refusé tout ce qui lui était proposé : rencontre des deux papes et des deux collèges de cardinaux, engagement de chacun des collèges, en cas de mort de l'un des deux pontifes, à ne pas lui élire de successeur, le jugement de Dieu en quelque sorte. L'entrevue avait tourné à l'aigre, le pape Tomacelli répliquant qu'il n'avait plus de gants à prendre avec un hérétique avéré tel que Pedro de Luna et qu'il le ferait pourrir en prison le restant de sa vie, à quoi les cardinaux de Benoît XIII avaient répondu que leur maître, au moins, ne pouvait être accusé de simonie. Chassés de l'audience, apostrophés, maudits par Sa Sainteté furibarde, les quatre cardinaux s'étaient retrouvés au cachot dans les caves suintantes du château Saint-Ange sous la garde d'un neveu du pape, Antonello Tomacelli, qui les négocia dix mille florins avant de les relâcher. Il n'y avait pas de petit profit...

Jugement de Dieu ? Le lendemain, 1er octobre 1404, pape sous le nom de Boniface IX, Pietro Tomacelli avait rendu l'âme. On ne sait ce qui le tua. La colère ? Un accès de goutte ? La maladie de la pierre ? Selon l'usage, Rome s'enflamma. Les guelfes se jetèrent sur les gibelins, les Colonna sur les Orsini, les barons se soulevèrent, le peuple prit les armes et pilla, et c'est dans cette ambiance séraphique et propice à la réflexion que les onze cardinaux de Boniface, s'étant enfermés en conclave au milieu des hurlements de la foule et de la fumée des incendies, avaient, sans perdre de temps, élu le cardinal de

Bologne, Cosimo Migliorati, réputé pour ses vertus, disait-on. Cette Sainteté surnuméraire avait pris le nom d'Innocent VII, ayant juré, tout comme les autres, qu'elle renoncerait à son pontificat dès que les conditions de l'union seraient réunies, ce qu'elle appelait de tous ses vœux, le bon apôtre...

Il fallait tout recommencer. Les cours d'Europe s'agitaient. Elles se lassaient de cette guerre des papes qui durait déjà depuis vingt-six ans. Libérés du château Saint-Ange après avoir craché au bassinet, les quatre cardinaux de Benoît avaient renoué les négociations, se cassant les dents sur un Innocent tout aussi têtu et buté que son prédécesseur Boniface. C'est alors que Rome s'était révoltée. Un neveu chassant l'autre, la ville sainte était tombée sous la coupe de Luigi Migliorati, lequel exerçait le pouvoir temporel au nom de son oncle Innocent VII. Tous ces neveux avides, âpres au gain, débauchés, concussionnaires, qui furent les mauvais génies des papes romains... Celui-là se surpassa. Onze magistrats de la ville furent égorgés pour l'exemple et la coupe de sang déborda. Ah ! le beau pillage que voilà. Le sac de Rome par les Romains ! Les archives du Vatican dispersées aux quatre coins de la cité, les *caprioni* et leurs milices de quartier se disputant, les armes à la main, les riches résidences des cardinaux et les dépouilles du trésor pontifical défenestré place Saint-Pierre sous les hurlements de joie de la meute... Horrifié, le nouveau pape s'était enfui à Viterbe, à vingt lieues de Rome, où sa curie l'avait suivi ventre à terre.

— Excellentes nouvelles ! n'avait pu s'empêcher d'apprécier, à Marseille, Sa Sainteté le pape Benoît. Dieu a fait son choix.

Excellentes nouvelles, en effet. Des passagers arrivaient chaque jour d'Italie où de nombreux barons et seigneurs, épouvantés par l'anarchie romaine, abandonnaient le pape Migliorati pour la bannière au croissant de lune. Gabriele Visconti, à Livourne et Pise, le comte de Savoie, à Nice, le maréchal Boucicaut, qui tenait Gênes pour le roi de France auquel la ville venait de se donner, ouvraient leurs châteaux et leurs dépôts. Louis d'Orléans, le duc de Bourbon ne ménageaient pas leur appui. A Paris, la girouette royale, sans varier, indiquait toujours la route de Rome aux partisans du pape Luna. Enfin, sous les voûtes de l'abbaye Saint-Victor, en juillet de l'année 1405, avait fait son entrée le chevaucheur du roi, Pierre Le Verrier, porteur d'une missive de Charles VI autorisant expressément tous ses sujets, clercs ou laïcs, à escorter, s'ils le souhaitaient, Sa Sainteté le pape Benoît XIII rejoignant son siège apostolique de Rome.

Huit jours plus tard, la flotte appareillait.

Une mer d'huile. Une infime brise portante. Les galères sous voile. Leurs grands fanaux de poupe allumés forment comme un chapelet sur l'eau. Ciel limpide et nuit claire. Les pilotes gouvernent aux étoiles. Quand la lune s'est levée, chacun, à bord, la guettait. Un mince croissant, à peine né, ses deux pointes tournées vers l'ouest : lune ascendante. C'est sur cette vision que le pape Luna s'est couché, étendu tout habillé sur un lit de camp, enveloppé dans sa chape rouge, derrière une cloison de toile tendue sous le dais du château arrière. A bord des navires, on a commandé le silence. La chiourme dort enchaînée à ses bancs, le bois dur de la rame en guise d'oreiller. La tête sur leurs bras repliés, certains parlent en rêvant, des mots que personne ne comprend, dans toutes les langues de la terre. Les yeux ouverts dans l'obscurité, Benoît prie. Toutes ces laideurs, ces mesquineries, ces fausses promesses, tous ces mensonges, toutes ces manœuvres misérables, ces finasseries indignes, il les a confessés à Vincent Ferrier qui dort non loin de lui, enroulé dans sa cape de dominicain. Il en a reçu l'absolution. Ses doigts maigres égrènent un chapelet. C'est bien commode, l'absolution. Il ne se sent pas meilleur pour autant. Tout ce faste coûteux déployé, le denier de Pierre dilapidé, ce flot d'oboles de la Chrétienté jeté en pâture aux grands de ce monde et ce qu'il en reste aux petits, pour acheter leurs vilaines consciences. Vincent Ferrier l'en a absous. Il lui reste à s'en expliquer avec Dieu. Sous la lune pâle qui éclaire la mer, le face-à-face est malaisé. Et qu'est-ce que c'est que cette histoire de vicaire du Christ sur la terre ? N'est-ce pas simplement l'orgueil de l'homme qui de pontife en pontife s'enfle en se transmettant depuis l'apôtre Pierre ? Et si l'Église temporelle n'était en fait qu'un immense orgueil obèse, le confluent de toutes les vanités ? Le pape Luna a fermé les yeux. Solitaire, pauvre, abandonné, telle devrait être sa condition, comme le Christ au Golgotha. Il se retourne sur son lit dur. Il ne lui appartient pas de trancher. Il a été placé là. C'est son destin. Seigneur, qu'il en soit fait selon votre sainte volonté... Un martèlement de pieds nus sur le pont. Changement de quart. Le pape s'endort.

On l'a réveillé à l'aube, Gênes en vue. Les tambours des maîtres de chiourme battent, puis s'accélèrent. Oriflamme verte : *mezza voga,* cadence moyenne. Des hommes souffrent, tout de même, sur les bancs de nage. Il ne serait pas convenable que le pape abordât l'Italie en se traînant au ras des flots. L'honneur de Dieu... Puis glissant sur la rade, en ligne d'escadre, les douze galères rentrent leurs rames comme un oiseau replie ses ailes et, courant sur leur erre, l'une après l'autre, mouillent dans un ordre parfait, les chaînes d'ancre raclant l'écubier. Une nuée de petits chalands les entoure. Le débarquement a commencé. Du rivage parviennent des sonneries de trompettes et d'innombrables carillons qui se répondent de clocher en clocher.

Le cardinal-archevêque Fieschi est là. Il a été largement payé pour cela. Le pape traverse la ville en liesse. Une procession d'apothéose ! En tête les abbés mitrés de tous les monastères de Ligurie, le clergé génois, les corporations. Puis les cinq cardinaux, à cheval, suivis des compagnies d'hommes d'armes au service de Benoît XIII et des chevaliers de Saint-Jean marchant derrière le bailli de Freslon. Ensuite douze acolytes, cierge en main, faisant escorte à une mule blanche portant le saint sacrement. Enfin, à cheval, sous un dais, Sa Sainteté le pape Benoît XIII, ayant à ses côtés, à pied, à sa droite le doge de Gênes, à sa gauche le maréchal Boucicaut et le roi Louis II, et en arrière, fermant le cortège, les magistrats de la ville uniformément vêtus de blanc.

Unanimité. Apothéose... Elles dureront peu. Elles ne se renouvelleront jamais.

Tout s'est cependant bien engagé. Le peuple s'écrase dans les églises pour écouter Vincent Ferrier. Le cardinal Pierre d'Ailly, ancien chancelier de l'Université de Paris, réunit à l'archevêché clercs et théologiens de tout le nord de l'Italie. Ses arguments pèsent. Il convainc. Nul n'en doute plus : l'antipape est bien celui de Rome, ce Cosimo Migliorati qui nomadise piteusement à Viterbe. Installé au palais du doge, Benoît XIII mène un train de souverain. Lui qui soupe d'un verre de lait et d'un morceau de pain offre de somptueux banquets, traite royalement les seigneurs, les évêques, les capitaines, les notables, les ambassades, qui s'en retournent couverts de cadeaux. Les caisses se vident, mais l'honneur de Dieu est à ce prix. Et puis, et puis voilà que les choses se détraquent. Le château de cartes du pape Luna vacille.

La première carte qui s'abat, c'est Pise, ultime relais avant Rome de la flotte pontificale. Pise s'était ralliée au pape Luna. Visconti avait promis Florence. Pise et Florence, l'eau et le feu ! La guerre couvait entre ces deux villes. Elle éclate, dévastant tout le haut de la botte. Désormais, la route de Rome est coupée. Puis c'est le fidèle Louis II qui s'impatiente. Tout ce désordre au nord le retarde. Lui, c'est le Sud qui l'intéresse, son beau royaume de Sicile perdu, aux mains d'un autre usurpateur, Ladislas de Duras. L'invasion de Rome l'arrangeait. La ville sainte lui aurait servi de tremplin, avec la bénédiction du pape. Il change ses plans. Il ne veut plus attendre. Raflant la moitié de la flotte, qu'il a d'ailleurs financée de ses deniers, il plante là Gênes et le pape et entre en campagne tout seul.

À Gênes même, la situation se dégrade. Le pape ne peut plus payer ses mercenaires, lesquels se payent sur l'habitant. À l'exception des Aragonais et des chevaliers de Saint-Jean, les compagnies se débandent, menant le sabbat dans les faubourgs, violant les filles, saccageant les couvents. C'est dans leurs rangs qu'un matin on découvrira les premiers morts, le visage noir, les membres raides comme du bois sec. La peste a fait son entrée à Gênes. Nul quartier, nulle catégorie sociale n'y échappe. On a beau boucler le palais, la peste s'y est tout de même faufilée. Elle frappe d'abord le cardinal de Pampelune et le pape pleure un véritable ami. Autour de lui, à présent, on meurt. Des tombereaux de cadavres parcourent les rues de la ville. On allume des bûchers. Les survivants murmurent. Le pape Luna aurait-il mauvais œil ? Il faut fuir.

On fuit à force de rames. À bord de ses six dernières galères, sur les bancs de nage qui s'éclaircissent, tandis qu'on jette des cadavres à l'eau, cette fois le pape a dû autoriser le fouet pour stimuler ce qu'il reste de chiourme. La flotte fait route vers Marseille, siège provisoire du gouvernement pontifical. Elle navigue en vue de la terre, des villes où Benoît souhaiterait débarquer pour raffermir les fidélités. Les clochers sont muets, les ports déserts. On aperçoit les fumées noires des bûchers qui s'élèvent haut dans le ciel et forment de hideux nuages. Quand le vent porte vers la mer, leur puanteur est insoutenable. Savone, Albenga, Imperia, San Remo... Devançant les galères du pape, la peste trace son sillon sur tout le rivage ligure. Puis les fumées se font plus rares, jusqu'à disparaître tout à fait. A bord aussi, la mort s'est lassée. La flotte mouille au pied du rocher de Monaco. Le Grimaldi qui règne là est une créature de Gênes, soumise aux volontés françaises. La forteresse dépêche un canot qui apporte de l'eau, des vivres frais. L'officier qui le commande notifie au bailli de Freslon l'interdiction de débarquer et lui remet deux documents qui vont faire du pape, vainqueur à Gênes, une sorte de prisonnier de la mer.

On s'est réunis autour de Sa Sainteté, sous le dais de la galère capitane. Il y a là le bailli de Saint-Jean, le cardinal d'Ailly, le cardinal Pierre Ravat, le cardinal de Chalant, le cardinal Flandrin, tous quatre de nouvelle fournée, tout ce qui reste du Sacré Collège si l'on excepte l'Écossais, deux Espagnols et le Génois, rencognés dans leurs diocèses ainsi que trois autres Français à la fidélité douteuse. Vincent

Ferrier lit les missives. La première date de trois semaines. Terrassé par une apoplexie, celui qui se disait pape à Rome sous le nom d'Innocent VII, Cosimo Migliorati, a rendu son âme à Dieu après deux ans seulement de pontificat. Jugement de Dieu ? Jugement sans effet. Ses neuf cardinaux n'ont pas traîné. Le 18 novembre 1406, ils ont élu un autre vieillard, Angelo Correr, vénitien, patriarche latin de Constantinople, qui a pris le nom de Grégoire XII. L'élection a déplu. Bonne nouvelle ? Les souverains se rangeraient-ils sous la bannière au croissant de lune ? Point du tout. Entre deux papes, ils refusent désormais de choisir. S'il le faut, ils imposeront un concile. Et le roi de France ?

Au Louvre, la girouette a encore tourné. Simon de Cramaud, conseiller du roi, patriarche *in partibus* d'Alexandrie, haute conscience de l'Université de Paris, l'anti-Gerson, a reporté sur le pape Benoît la haine dont il avait poursuivi Clément VII. Voilà vingt-cinq ans qu'il court après un chapeau de cardinal que ni Rome ni Avignon n'ont jugé bon de lui conférer. Il tient sa revanche, d'une pierre deux coups. Quel est le faux pape ? Quel est le vrai ? À ses yeux, question dépassée. Les deux sont faux. Le troisième sera le vrai, celui qu'un concile général élira. Ainsi a voté l'Université de Paris, entraînée par Pierre Cauchon et les évêques bourguignons et normands. Devant ses compagnons consternés, Vincent Ferrier lit la résolution :

« ... Qu'on devra procurer la convocation d'un concile universel pour la réformation de l'Église dans le Chef et dans les membres ; Que l'on fera la soustraction générale d'obédience, sans reconnaître ni Pierre de Lune comme pape, ni Ange Correr à Rome ; Que cependant l'Église gallicane, jouissant de ses anciennes libertés, sera gouvernée selon le droit commun, comme elle l'avait été durant la première soustraction... »

Et le roi Charles VI a signé cela, lui qui avait tant promis...

À l'exception du palais d'Avignon, toujours tenu par son neveu Rodrigo, de l'abbaye Saint-Victor à Marseille, de l'Aragon et de la Navarre, le pape Luna ne peut plus compter sur personne. Il a perdu son plus fidèle ami en France, le duc d'Orléans, assassiné. Armagnacs contre Bourguignons, le royaume sombre dans une longue nuit. Il lui reste saint Vincent Ferrier, lequel s'est agenouillé à ses pieds, et ses mains dans les mains du pontife lui renouvelle son hommage. Il lui reste aussi ses galères. Pendant quatre ans il va errer de port en port, au hasard d'improbables négociations, les quittant dès qu'ils se ferment, surgissant où on ne l'attend pas, précipitant une ville à ses genoux qui dès le lendemain le rejettera. En mer, nul ne le conteste. Du château de poupe de sa galère, il la bénit chaque matin.

Le pape de la mer. C'est ainsi qu'à présent on le nomme.

Cité du Vatican, 1994

Le soleil d'un matin romain éclairait le petit bureau par une unique fenêtre donnant sur les jardins, face aux antennes de Radio Vatican, au dernier étage et sur l'arrière du palais du gouvernement. Les dimensions modestes de la pièce étaient inversement proportionnelles au pouvoir et à l'autorité du haut fonctionnaire pontifical qui l'occupait depuis quarante ans, y arrivant tôt et veillant tard. Elle était équipée d'un télécopieur, d'un ordinateur à code et d'une batterie de petits écrans de télévision reliés au capteur de satellites de Radio Vatican. Deux confortables fauteuils de visiteurs, une table et un autre fauteuil pivotant composaient tout le mobilier. C'était le bureau de Mgr Cassini. Aucune plaque sur la porte n'indiquait son nom et sa fonction, qu'on aurait d'ailleurs cherchée en vain dans l'annuaire pontifical, et celle-ci, au demeurant — simple conseiller auprès de la Congrégation pour la doctrine de la foi, l'un des grands ministères du Vatican —, ne correspondait que de façon vague à l'étendue de ses attributions. Son goût de l'ombre et sa discrétion l'avaient conduit à décliner le cardinalat que le Saint-Père aurait souhaité lui conférer, préférant s'accommoder, depuis l'âge de trente ans, du simple titre d'évêque *in partibus* de Zerracudum.

D'origine vénitienne, Mgr Cassini, à près de soixante-dix ans, dirigeait à lui tout seul un service qui n'avait pas plus de nom que d'existence officielle, ne comportait aucun personnel attitré mais n'en étendait pas moins sur le monde entier un réseau de renseignement à faire pâlir de jalousie les gouvernements les plus puissants de la planète. Suprême consécration de son importance : la liste des numéros secrets qu'il pouvait appeler directement de son téléphone codé, dont celui de la ligne privée du Saint-Père, celle où le pape répondait lui-même, privilège que nul n'ignorait dans les milieux informés de la curie et qui n'était partagé que par une demi-douzaine de prélats. C'était d'ailleurs à peu près tout ce qu'on savait de lui, hormis le souvenir de son équipée, quarante ans plus tôt, à l'oasis de Zuwara, en Libye, l'antique Zerracudum des Romains, peu de temps après son sacre, à Rome, par le pape Pie XII en personne.

Cette aventure avait révélé des traits de caractère qu'ensuite il s'était imposé de prudemment faire oublier. On n'évoquait plus que comme une légende cette étonnante messe de Don Quichotte de la foi qu'il avait célébrée à l'aube dans les ruines de la cathédrale constantinienne de Zerracudum, *sa* cathédrale, au milieu des ânes et des biques qui broutaient parmi les colonnes tronquées à quelques centaines de mètres d'un campement de nomades.

Sa fuite en jeep à travers le désert vers la frontière tunisienne, poursuivi par des hordes vociférantes de Bédouins armés jusqu'aux dents, faisait encore, à l'occasion, l'objet de commentaires admiratifs feutrés chez quelques jeunes prêtres de sa mouvance. Mais les jeunes prêtres encore capables d'apprécier ce genre de défi devenaient rares, au Vatican comme ailleurs, puisqu'on y admettait désormais que « les deux autres grandes religions du Livre », selon l'expression consacrée, devaient être exclues une fois pour toutes du devoir d'évangélisation, et que la référence commune à Abraham les préservait en priorité de tout prosélytisme missionnaire humiliant. L'affaire avait été aussitôt étouffée par la chancellerie vaticane et n'avait point transpiré dans la presse. Le nouvel évêque s'était fait savonner la tête à son retour et reprocher son goût intempestif du martyre, ce qui était mal le connaître : sa fuite réussie et soigneusement préparée le prouvait. Il n'avait nullement eu l'intention de mourir, mais d'accomplir un geste sacré qui le reliât vivant aux origines de la Chrétienté. L'accueillant comme un de ces officiers impatients qui ont fait preuve d'héroïsme tout en transgressant les ordres reçus et à qui on colle trente jours d'arrêts de rigueur assortis d'une croix de guerre avec citation, Pie XII avait tenu à le recevoir seul à seul, il avait écouté, ravi, le récit de cette extravagante campagne de Libye, il l'avait embrassé, il l'avait béni et lui avait ensuite commandé de se faire oublier un moment dans quelque nonciature crottée...

Un des petits écrans de télévision du bureau venait de s'animer. Un autre, puis un autre encore. Un avion blanc atterrissait en gros plan, marqué du blason pontifical. La RAI, CNN, NBC transmettaient en direct les images de l'arrivée du pape en voyage officiel au Venezuela. D'autres caméras filmaient la foule contenue par des soldats en armes aux abords de l'aéroport. Retour à la piste où l'appareil s'était immobilisé. Garde d'honneur, généraux, prélats en soutane filetée de rouge. Sa main droite ne lâchant pas la rampe, le pape descendait une à une, lourdement, les marches de la passerelle. Comme il paraissait fatigué ! songea Mgr Cassini, ému. Sa haute taille à présent voûtée, ses cheveux blancs devenus clairsemés, son autre main agitée de tremblements. Combien de centaines de milliers de kilomètres avait-il déjà parcourus, combien de journées harassantes, de cérémonies épuisantes dans des stades écrasés de chaleur, combien de nuits sans sommeil, d'interlocuteurs à convaincre pour recoudre les morceaux de la tunique ? Voilà le moment que chacun attendait et que ses intimes redoutaient, pourquoi toutes les caméras de télévision étaient braquées sur un point précis du tarmac où le pape s'était agenouillé, puis étendu de tout son long, à plat ventre, mains au sol, le torse soutenu par ses avant-bras, embrassant le ciment brûlant, par humilité, par respect pour le pays qui l'accueillait, un symbole auquel il tenait, qu'il renouvelait à chaque voyage, avec chaque fois plus de difficulté, car il lui fallait ensuite se relever, d'abord à quatre pattes, péniblement, puis déplier ses genoux l'un après l'autre et se redresser lentement, enfin debout. On l'aidait, on le soutenait, mais tout de même, en gros plan, la scène serrait le cœur. Allocutions, poignées de main, accolades, bénédictions. À présent le pape prenait place dans cette étrange vitrine ambulante et pare-balles appelée *papamobile*, escortée de policiers motocyclistes, qui allait lui faire remonter la foule massée des deux côtés de l'avenue, foule enthousiaste et recueillie à la fois, qui regardait passer avec ferveur cette irréelle statue vivante, vêtue de blanc, qui s'animait pour la bénir...

Mgr Cassini, songeur, appuya sur un bouton et les écrans s'éteignirent. Cette fin de siècle exigeait ce genre de spectacle.

Pourquoi l'Église catholique se priverait-elle de cette extraordinaire multiplication d'images qui témoignaient à travers le monde et pour des dizaines de millions d'êtres humains du rayonnement presque miraculeux de cet homme tout seul dans sa cage de verre, la main invisible de Dieu posée sur lui ? En même temps il ne pouvait s'empêcher de penser à un autre solitaire, cheminant, inconnu de tous, quelque part sur une route de Provence, et traçant lui aussi le même sillon.

Sur son bureau, le haut-parleur du téléphone annonça :

— Excellence, le père Wladimir.

— Dites-lui de monter, je vous prie.

On n'entrait pas comme dans un moulin au palais du gouvernement, dans les jardins du Vatican. Au standard, à l'accueil, dans les secrétariats, les antichambres, des escouades de bonnes sœurs y veillaient, qui ressemblaient à des infirmières blêmes, en talons plats vernis, jupe et bas gris. À leurs postes de cerbères, certaines avaient acquis une surprenante autorité. Les Suisses et les Gardes nobles, autrefois, assuraient le service du palais. Par souci de modernité, Paul VI avait supprimé les Gardes nobles, qui ne coûtaient rien que l'honneur qu'ils en retiraient, et son successeur, faute de moyens, avait réduit l'effectif des Suisses de moitié. Mgr Cassini se demandait parfois si à l'une ou l'autre de ces saintes femmes, un de ces jours, par surprise, en raison du faible recrutement masculin, il n'allait pas pousser une mitre sur la tête. Il avait découpé récemment, par amusement, dans la presse, quelques photos de dames évêques épiscopaliennes américaines parées comme des papesses Jeanne et tout à fait extravagantes. On frappa.

— Entrez, dit-il.

Le nouveau venu était un homme jeune, plutôt grand, athlétique, de nationalité lituanienne, vêtu d'un clergyman noir très strict, mais roux comme il n'était pas permis. C'était toujours une surprise, pour Mgr Cassini, de constater qu'un prêtre aussi voyant avait pu mener à bien tant de missions confidentielles.

Le rouquin prit place dans un fauteuil et déplia sans gêne ses longues jambes.

— Merci d'être venu si vite, dit Mgr Cassini.

Il se demanda s'il devait rallumer les écrans de ses

télévisions, puis il y renonça. La suite lui était connue. Un stade bondé, à Caracas, maquillé en théâtre liturgique, où l'homme seul et pathétique, sorti de sa boîte de verre comme un fabuleux cadeau, allait être offert aux foules.

— Vous aviez précisé « urgent », monseigneur, dit le rouquin. Vilnius n'est plus très éloignée de Rome, à présent. J'ai sauté du premier avion.

Il s'était exprimé comme un parachutiste. Mgr Cassini songea à tous ces renforts inespérés qui « sautaient » sur l'Occident depuis les pays de l'Est, la Lituanie, la Pologne, des jeunes hommes qui ne se posaient pas trop de questions...

— Urgent, urgent, dit-il, c'est à voir. Si l'on considère les prémices de... de cette affaire, voilà déjà plus de six siècles, il s'agirait d'une urgence qui chemine lentement. Et cependant...

Le P. Wladimir calculait déjà mentalement. L'an 1994 moins six cents ans, ou un peu plus de six cents ans, l'affaire évoquée par Mgr Cassini devait plonger ses racines à la charnière des XIVe et XVe siècles, période douloureuse pour l'Église, la plus noire, peut-être, avec celle qui semblait se profiler au tournant du XXIe siècle. Il garda ses réflexions pour lui et, patiemment, attendit, car l'évêque ne soufflait mot, perdu dans un océan de pensées qui, curieusement, le faisaient sourire, d'un demi-sourire où se lisait une sorte de jubilation intérieure qui tenait plus de l'élan du cœur que du simple plaisir professionnel. Enfin Mgr Cassini reprit pied.

— Historiquement, dit-il, ce n'est pas sorcier.

Vous avez déjà deviné. C'est la suite qui paraît inconcevable et ce que l'on en connaît, si ténu, un fil presque imperceptible courant entre si peu de mains, mais avec une telle charge émotive, un tel saut dans l'irrationnel qu'il ne faut aborder ce... cette affaire qu'avec d'infinies précautions. Nous l'appellerons le *Dossier Benoît*. C'est d'ailleurs sous ce nom que je l'ai retrouvée dans les archives secrètes...

Et il entreprit de dire tout ce qu'il savait, laissant percer au fur et à mesure l'émotion qu'il éprouvait et le sens profond qu'il attachait à sa découverte. Ce fut au tour du père Wladimir d'être plongé dans un abîme de pensées.

— Vous comprenez maintenant, conclut l'évêque, pourquoi je vous ai fait venir. Benoît veut aller à Rome. Il a touché le fond de sa solitude. Peut-être même est-il au bout de sa foi et peut-être est-ce pour cette raison qu'il a entrepris ce voyage, pour se décharger en d'autres mains d'un fardeau qu'il n'a plus le courage de porter, qui lui a été transmis et qu'il considère comme sacré. Il est âgé, usé, fatigué. Il n'a pas la pratique de ce monde. Il pourrait tomber malade, mourir au bord du chemin comme certains qui l'ont précédé. Mais il est le dernier relais. Après lui il n'en existe plus d'autre. Il le sait. Il n'est pas un rameau mort de l'Église. Ce qu'il en reste de sève vivante, c'est Rome qui doit le recueillir. Il faut qu'il arrive jusqu'à Rome. C'est pourquoi nous allons l'aider. C'est pourquoi *vous* allez l'aider.

Le rouquin acquiesça. Cette mission lui plaisait. Quand l'âme y trouvait sa part, c'était précisément l'homme qui convenait.

— Il faudra tenir aussi le secret, reprit Mgr Cassini, veiller à ce que rien ne transpire. Même la *Via Ovido* n'en saura que le strict nécessaire pour assurer la logistique. Je les ai avertis de votre arrivée. Ils feront ce que vous leur demanderez sans poser de questions...

Via Ovido, dans le Borgo, à un jet de pierre du Vatican. C'était là, au numéro 33, que se trouvait la Maison Saint-Athanase, signalée par une petite croix de bois et une plaque gravée. Avec son jardin clos, elle passait pour une modeste maison d'accueil comme il en existe tant à Rome à l'usage des religieux de passage, à la différence que celle-ci ne dépendait que du seul Mgr Cassini et que sa porte ne s'ouvrait qu'à des pensionnaires triés sur le volet, choisis et appelés par lui, religieux ou séculiers, quelques rares laïcs aussi, plutôt jeunes, muets comme des tombes, d'une fidélité éprouvée et d'une foi monolithique au nom desquelles ils s'autorisaient, en cas de nécessité, *ad majorem Dei gloriam*, à franchir certaines limites sans trop s'encombrer de scrupules. Infiniment peu de jésuites, cependant, parmi eux. Le doute et la confusion avaient semé tant de ravages dans les rangs des fils de Loyola que leur serment d'obéissance au pape les conduisait le plus souvent à le trahir au nom d'une vérité supérieure qu'ils accommodaient à leur guise.

Une grande partie de l'épiscopat — les « mitres

molles », selon l'expression assez vacharde d'un écrivain catholique familier du pontificat — se méfiait comme de la peste de la Maison Saint-Athanase. Partout où une reprise en main d'ordre spirituel, canonique ou disciplinaire s'annonçait, on voyait d'abord se pointer discrètement, en avant-garde, un émissaire officieux du Vatican qui sortait le plus souvent du vivier de Saint-Athanase. Tel archevêque américain, par exemple, populaire dans les médias pour sa défense ostentatoire de l'ordination des femmes et du droit des prêtres à une vie sexuelle, s'était subitement tu avant de donner sa démission et de disparaître à jamais au fond d'un couvent. Travail sans bavure. Les spécialistes avaient apprécié. Dans un autre style, le sauvetage de Mgr Diolo, évêque catholique du Sud-Soudan, emprisonné et torturé en dépit de ses quatre-vingts ans par les fondamentalistes musulmans, c'était encore la Maison Saint-Athanase. Le vieillard, à son arrivée à Rome, était presque mort dans les bras du pape qui l'avait béatifié peu après. Du grand art. Plus subtile et préparée aussi en sous-main par la Via Ovido, la contre-attaque fulgurante sur l'authenticité du saint suaire que plus personne ne tenait pour vrai, à commencer, naturellement, par le cardinal-archevêque de Turin en personne, qui n'avait que mollement, pour la forme, combattu sur ce front-là. La vérité avait sauté au nez des détracteurs de la relique, pris en flagrant délit de montage et de truquage, et les foules, à nouveau, s'étaient précipitées à Turin, à l'église San Giovanni, où l'on compta même quelques miracles qui furent prudemment occultés : la Maison Saint-Athanase n'aimait pas crier ses victoires sur les toits. D'autres besognes plus routinières lui étaient également confiées, parachutages divers, convoyage de fonds spéciaux, acheminement de certains courriers, escorte rapprochée du pape. Via Ovido, les pensionnaires se relayaient. Le choix se faisait au coup par coup et le roulement était la règle, avec des périodes de ressourcement dans un monastère ou une paroisse, jamais dans les allées du pouvoir ou dans les salons des nonciatures.

« Prière et humilité, nous ne devons pas prendre goût à ce métier... », avait coutume de dire à ses jeunes recrues Mgr Cassini, bien qu'il l'exerçât depuis quarante ans avec des bonheurs de gourmet. Le rouquin représentait une exception. Mgr Cassini s'était attaché lui-même à le former et l'employait plus souvent que les autres.

— Puis-je vous demander, monseigneur, de préciser quelques points ?

— Naturellement.

— Techniquement, d'abord. Identité, couverture, moyens, limites d'action, précautions.

Mgr Cassini ralluma sa pipe.

— Vous agirez sous votre propre nom : le R.P. Wladimir Nykas, de la Compagnie des oblats du Saint-Sacrement. Je vais vous remettre un passeport diplomatique qui vous domicilie Cité du Vatican, au titre d'attaché de nonciature. Le cardinal R. et moi, nous en avons discuté. Pas d'identité d'emprunt. Compte tenu du but de cette mission et surtout de la personnalité et du caractère hautement symbolique de celui qui en est l'objet, nous avons jugé qu'il ne serait pas convenable d'avancer masqués, comme un quelconque service secret exécuteur de louches besognes. À la rencontre du vieillard, c'est sans doute un de nos meilleurs agents que j'envoie, mais d'abord et avant tout un prêtre de l'Église catholique romaine, investi d'une mission plus spirituelle que temporelle. Cela implique que, quoi qu'il arrive, vous serez couvert au plus haut niveau, et pas seulement sur le plan matériel ou moral. Je vais prier pour vous, Wladimir, et je ne serai pas le seul, ici...

En même temps il faisait un geste qui pouvait indiquer, là-bas, au-delà de la basilique, les appartements privés du Saint-Père.

— Cela implique aussi, poursuivit l'évêque, que dans l'hypothèse calamiteuse où l'affaire viendrait à s'ébruiter pour courir ensuite dans les médias, nous ne la démentirons pas. Au contraire, nous la prendrons de front, avec toutes les conséquences que cela comporte. Nous dirons la vérité. Qu'il soit mort ou vivant, qu'il arrive à Rome ou non, l'Église ne trahira pas ce vieillard qui compte peut-être parmi nos grands saints. Mais croyez que nous ne nous résoudrons pas facilement, et c'est l'autre face de votre mission, à ce qu'elle devienne une affaire publique. Surtout pas, mon Dieu ! Surtout pas !

— J'ai compris cela, monseigneur, dit le rouquin, mais tout de même, il n'y a aucune ouverture juteuse, pour la presse, dans cette histoire. Benoît n'est pas Mgr Marcinkus. Il n'y a aucun scandale à exploiter. Aucune personnalité à compromettre...

Mgr Marcinkus, la loge P 2, Michele Sindona, conseiller financier de Paul VI, Roberto Calvi, retrouvé pendu sous un pont de Londres, le krach du Banco Ambrosiano, une affaire qui avait donné du fil à retordre aux services de Mgr Cassini. Les contre-feux avaient été difficiles à allumer...

— Assurément, dit Mgr Cassini. Mais réfléchissez, Wladimir. Supposez qu'un journaliste plus malin qu'un autre se constitue un dossier bien ficelé, le dossier Benoît, précisément, avec des références historiques, des noms, des dates, un portrait bien enlevé de... de notre vagabond, peut-être même des photos, son itinéraire, son but, car il finira bien par comprendre cela aussi. Bref, il lâche tout dans le premier grand journal venu. Imaginez la boule de neige. Les chacals de la presse et de la télévision lancés aux trousses du malheureux Benoît. Les médias, quand ils s'y mettent, c'est comme les chevaux d'Attila. Là où ils passent, le sacré ne repousse pas...

Ayant médité un instant, l'évêque ajouta :

— Je sais. Il y a aussi la grâce de Dieu. Nous ne sommes pas seuls.

— Grâce ou pas, monseigneur, dit le P. Wladimir, j'y veillerai.

— J'y compte bien, dit Mgr Cassini. En France comme en Italie, naturellement, vous n'aurez aucun souci à vous faire avec les autorités. Je reviens de Paris. Si pour une raison quelconque il vous fallait sortir de la légalité, sachez que vous serez intouchable.

— Et techniquement ? interrogea le rouquin.

— Crédits de dépenses sans restriction et renforts à la demande. Une de nos voitures immatriculées en France vous attendra au parking de l'aéroport de Nice, demain matin, à l'arrivée du vol d'Alitalia. Vous trouverez vos instructions dans cette enveloppe, ainsi que quelques photocopies de documents extraits du dossier Benoît et tout frais sortis de mon ordinateur. Vous les étudierez avant de partir et vous les détruirez sitôt fait. De France vous pourrez m'appeler quand vous voudrez sans problème au numéro que vous connaissez. Le téléphone de votre voiture est équipé d'un brouilleur. Et maintenant, Wladimir, si vous me disiez comment vous voyez cela ?

Le P. Wladimir réfléchit.

— Est-ce que nous somme pressés ? demanda-t-il. À pied, comme un pèlerin, à son âge et en admettant qu'il en trouve encore l'énergie, pour arriver jusqu'à Rome, cela risque de lui prendre des semaines, voire des mois. Et si cela excède ses forces, que faisons-nous ? Après six siècles d'attente, monseigneur, nous nous plantons ?

— J'y ai pensé, dit Mgr Cassini. Peut-être le temps nous est-il compté.

Il appuya sur un bouton et tous ses écrans reprirent vie.

Le stade de Caracas était comble. Des forêts de bras nus s'agitaient. Des travées entières, l'une après l'autre, se levaient et se rasseyaient en cadence, un moutonnement humain, une vague, un mascaret qui courait le long des pentes de l'immense cuvette ovale surchauffée. Comme aux matches de football : l'habitude... Les caméras balayaient les rangs. Des jeunes gens par milliers, une belle race tropicale, appétissante, les garçons déjà mâles à quinze ans, les filles aux formes généreuses, leurs somptueuses chevelures noires déployées, tous en tee-shirt blanc immaculé répétant sur des milliers de poitrines juvéniles le visage de celui qui leur parlait. À mi-hauteur de l'une des deux extrémités de l'ellipse s'élevait une vaste estrade où, sous un dais qui le protégeait du soleil, le Saint-Père était assis devant une batterie de micros, voûté et un peu tassé sur lui-même, le texte de son homélie tremblant légèrement entre ses mains, lesquelles reposaient sur ses genoux comme s'il n'avait plus la force de les tenir à bonne hauteur de lecture. Ainsi il était obligé de se pencher pour lire. Il était venu à Caracas s'adresser à la jeunesse du Venezuela. Il s'exprimait en espagnol. Il parlait du bien et du mal. Il leur disait que ce n'est pas à la conscience de chacun d'inventer les règles morales qu'elle applique. Que la conscience de chacun est libre, que cela est sa dignité, que l'Église le reconnaît, mais que pour porter des jugements vrais, la conscience a besoin de connaître la vérité sur l'homme. Il leur disait que cette vérité n'est révélée que par le Christ. Il leur rappelait l'Évangile selon saint Jean : « La vérité vous rendra libres... », tandis qu'en différents points de l'énorme vaisseau de béton des groupes se mettaient à scander « Libertad ! Libertad ! » et que le mascaret des corps poursuivait sa course ondoyante. Alors le pape avait dit « Basta ! Assez ! », ses deux mains frappant ses genoux, puis avait repris son homélie d'une voix exténuée, la gigantesque sono du stade amplifiant presque jusqu'à l'angoisse ce timbre brisé, cassé. Enfin le respect avait prévalu, et le miracle, encore une fois, de ce vieil homme seul subjuguant la foule, tous les traits de son visage, en gros plan, sur l'écran, révélant une extrême fatigue, et son regard, l'intensité de sa foi...

Quand il eut achevé de parler, Mgr Cassini éteignit.

— Cela lui est plus difficile chaque fois, dit-il.

Puis reprenant, après un silence :

— Pour répondre à votre question, mon avis, c'est qu'il faudrait en toute hypothèse se hâter. Au moins accélérer le cours des choses. Le Saint-Père tient à ce... ce dénouement. Il importe de ne pas le décevoir.

Il rectifia :

— *Les* décevoir, ni l'un, ni l'autre.

— Bon, dit le rouquin avec entrain. Eh bien, il n'y a pas trente-six solutions. En voiture, c'est l'affaire de deux jours. On lui évitera les grands axes, les autoroutes, les péages, le néon, le clinquant, le bruit, toute cette vanité, il me semble que ce sera plus convenable. Arrivée de nuit à Rome. Discrétion assurée. Mais comment lui expliquer cela ? Comment le lui proposer ? Scénario : je l'ai repéré marchant sur le bord du chemin, quelque part du côté de...

— Senez, sans doute, dit l'évêque.

Le P. Wladimir enchaîna :

— Je l'ai donc repéré. J'arrête ma voiture. Je descends. Je m'approche de lui. Et d'abord, de quelle façon je m'adresse à lui ? Votre Sainteté ? Très Saint-Père ? « Mon Père » risquerait de paraître un peu bref. Dois-je fléchir le genou ? Lui baiser la main ? Ou même le pied, comme cela se pratiquait de son temps ? S'il me bénit, dois-je me signer ? Et me voilà devenu schismatique ?

C'était assez drôlement présenté. Mgr Cassini sourit.

— Schismatique, sûrement pas, dit-il. Respectueux, on ne vous en demande pas plus. D'ailleurs vous n'aurez pas à choisir. Si j'en crois mon vieil ami Dom Jansen, qui l'a reçu en son abbaye, l'attitude à tenir vous viendra d'un coup sans que vous ayez à en décider et vous en serez tout surpris. Quant à savoir comment l'appeler, je pense que « Benoît » suffira. Il dit lui-même : « Je suis Benoît. »

— Bon, dit le rouquin, il *est* Benoît. Et moi, est-ce que je lui dis qui je suis ? Qui m'envoie ? Et pourquoi ? Je lui annonce : « Très Saint-Père, le Saint-Père m'envoie, nous partons pour Rome » ?

Nouveau sourire de Mgr Cassini.

— Les termes importent peu. Dites-lui la vérité.

— Me croira-t-il ?

— Le contraire m'étonnerait. C'est un homme qu'on ne peut tromper et qui le sait.

— Parfait. Je lui dis la vérité. Il me croit. Ensuite j'ouvre la portière, je charge son petit balluchon et fouette cocher ? Et s'il refuse ? Je ne vais tout de même pas l'enlever ?

— Certes non ! dit gaiement l'évêque. Puis redevenant grave : Mais sans doute souhaitera-t-il vous connaître un peu mieux. Vous ferez un bout de chemin à pied avec lui. Cet homme est seul depuis si longtemps. La solitude est sa compagne. Il lui faudra peut-être un moment pour se résoudre à l'abandonner au bord de la route. Vous l'aiderez. Peut-être sera-t-il heureux de vous parler ? Vous êtes prêtre. Lui aussi...

Le P. Wladimir demeurait songeur.

— Est-il vraiment prêtre ? finit-il par demander. Je veux dire : est-il *valablement* prêtre ?

— Il n'y a aucun doute là-dessus, répondit Mgr Cassini. La filiation apostolique a pris un chemin différent mais elle est restée continue et sans déviance sur le plan de la foi catholique. Schisme ou pas, au cours des siècles, les ordinations de Benoît et de ses compagnons ont toutes été régulières. Il est votre frère. Notre frère.

— Mais est-il...

Le mot ne passait pas.

— Est-il le pape ? voulez-vous dire, compléta Mgr Cassini. Ou plutôt est-il un pape, de même que nous avons le nôtre ? Ou est-il l'antipape du nôtre ? Je ne vous ferai pas tout à fait la même réponse et, d'après ce que je sais de lui, il n'y prétend pas, il n'y prétend plus. Il se situe d'une autre façon, mais à laquelle on ne peut rien opposer. La filiation apostolique, là aussi, est continue. Nul ne peut le nier. Depuis

Urbain VI, à Rome, et Clément VII, à Avignon, qui avaient été élus tour à tour par le même collège de cardinaux, la filiation s'est seulement dédoublée, sans que personne, encore maintenant, parmi les théologiens et historiens qui tentent toujours de démêler cet écheveau, puisse affirmer avec certitude qu'Urbain était le vrai pape, et Clément, le faux. Au contraire, comme saint Vincent Ferrier, on pencherait plutôt à présent pour la légitimité de Clément VII et de son successeur Benoît XIII, mais ce n'est que pure spéculation et cela ne changerait plus rien à l'ordre des choses aujourd'hui, Dieu merci. Notre saint-père le pape est notre saint-père le pape. Là-dessus soyez rassuré, cher Wladimir. Mais l'autre est son ombre, son double, son reflet perdu. Les cardinaux d'Urbain VI, après sa mort, avaient élu un autre pape. Les cardinaux de Clément VII, de leur côté, en avaient fait tout autant. Puis chacun de ces deux nouveaux papes avait nommé des cardinaux, car c'était chose naturelle, comme un souverain fait des enfants pour assurer sa descendance, et ces cardinaux, à leur tour, après la mort de leurs pontifes respectifs, avaient élu deux autres papes, et ainsi de suite. Nul ne pouvait plus arrêter ce mouvement, cette gémellité pontificale...

— Les conciles, dit le P. Wladimir. Pise. Constance.

— Les conciles, en effet. Ils ont essayé. Pise ne compte pas. Un désastre : trois papes au lieu de deux ! Mais Constance ? Pour en finir on a affecté de croire à sa légitimité, au bien-fondé des mesures prises. Mais sur les trois papes déposés ou contraints à l'abdication par le concile de Constance pour en élire un quatrième, n'y avait-il pas au moins un pape légitime ? De quel droit le concile de Constance s'arrogeait-il une autorité supérieure à celle de ce pape-là ? C'est pourquoi Benoît XIII s'était obstiné. Dieu veillait. L'ombre de Benoît a survécu. C'est l'ombre de son ombre que vous devez conduire jusqu'à Rome... Ah, et puis, autant vous prévenir, l'ombre fait des miracles.

— Des miracles ? s'exclama le P. Wladimir en considérant, surpris, son vis-à-vis, que le simple énoncé de ce fait réjouissait visiblement.

— Des miracles, reprit Mgr Cassini. Il en sème, comme ça, sans même avoir l'air de s'en rendre compte. Le premier, à Avignon, sur le parvis de la cathédrale. Une fillette qui avait une sorte de lupus sur la joue. Je pensais, j'espérais qu'il en resterait là. Et puis il a récidivé. Il va falloir nous en accommoder. Au moins ne fait-on pas le rapprochement. Le miracle accompli, il est déjà loin, et qui soupçonnerait ce vieux bonhomme ? D'ailleurs on ne croit plus aux miracles. Ce n'est qu'un terme de vocabulaire qui n'engage plus aucune foi et que nul n'aurait l'idée d'accepter comme tel, même s'il crève les yeux. Avez-vous remarqué comme les ex-voto se sont taris dans nos églises ? Il suffit de lire les dates sur les plaques. Dès avant la dernière guerre, la raréfaction s'accélère, et après les années cinquante, plus rien. Au Moyen Âge c'était chose courante sur les chemins de Compostelle, de Jérusalem ou de Rome. On appelait cela des miracles de pèlerins. Des sources jaillissaient à l'étape dans les endroits les plus arides. Le niveau des rivières baissait le temps de les franchir à gué. Des paysans qui s'étaient privés de leur misérable repas pour nourrir les hôtes de passage voyaient soudain leur huche à pain et leur saloir se remplir providentiellement. Les conteurs ont bien dû enjoliver, mais pourquoi douter de tout ? Benoît est pèlerin sur la route de Rome. Il continue la tradition. Le pape Pie X accomplissait également des miracles. Il en souriait. Il en plaisantait : « Des miracles ? disait-il. Comme si je n'avais pas autre chose à faire. » Il s'en excusait presque, recommandait à tous le secret. L'époque, déjà, devenait incrédule. Cela a fini par transpirer et il a été canonisé, vous le savez, en 1954, quarante ans seulement après sa mort. Ce n'était pas arrivé depuis quatre siècles, depuis saint Pie V. Et à présent, voici celui-là. Benoît. Le pape Benoît...

Mgr Cassini s'interrompit, pensif. Il tirait à petits coups sur sa pipe, les yeux mi-clos.

— Le Saint-Père le sait-il ? demanda le P. Wladimir.

L'évêque hocha la tête en silence. Il poursuivait sa méditation.

— Et qu'en pense-t-il ? insista le P. Wladimir.

Mgr Cassini tripota son clavier et les écrans se rallumèrent. Toujours le stade. Le pape célébrait la messe. Deux cents prêtres et une trentaine d'évêques, d'après le commentateur, la concélébraient. Toute cette foule en chasuble souple, les bras levés haut pour les oraisons face aux caméras de télévision, dégageait une impression un peu théâtrale. Mgr Cassini se demandait si c'était le cadrage ou bien l'agencement du décor, qui apparaissait comme un décor et non comme un lieu sacré, qui donnait à cette solennité un caractère artificiel. Vint le moment de la consécration, deux cents voix psalmodiant à pleine sono les paroles sacrificielles et couvrant la voix pathétique et tremblante du pape cerné par cette foule de prêtres et réduit à n'être que l'un d'eux. Mgr Cassini ressentait une sorte de malaise. Il lui était arrivé plusieurs fois de servir la messe du Saint-Père, seul dans sa chapelle privée. La présence réelle du Christ à la consécration rayonnait, tandis que là-bas, dans ce stade, on eût dit que le pape s'épuisait à en témoigner surnaturellement, malgré le poids de ceux qui l'entouraient, qui l'étouffaient de leur présence, qui se substituaient à lui, pontife et chef de l'Église catholique et premier sacrificateur au saint sacrifice de la messe... La voix du commentateur, métallique et télévisuelle, n'était qu'une voix ordinaire, un peu vulgaire, très étrangère au Golgotha.

— Ce qu'il en pense? dit enfin Mgr Cassini. Je ne lui ai pas posé la question et il ne m'aurait pas répondu.

Puis sortant de sa réflexion, retrouvant tout son entrain, sa gaieté de vieux jeune homme, tapant le culot de sa pipe sur le cendrier :

— Wladimir! Le Saint-Père ne redoute pas la concurrence, si c'est cela qui vous préoccupe.

L'autre agita vivement les mains. Il n'avait rien voulu suggérer de tel.

— Je vois que nous nous comprenons, dit Mgr Cassini. Mais je me demande...

Cette fois il ne fumait plus. Il avait joint les mains sur sa poitrine.

— La simplicité de Benoît, son humilité, son dénuement, sa naïveté, sa solitude, sa fonction pontificale réduite à celle des premiers âges, quand l'apôtre Pierre, tout aussi seul, errait sur les routes de l'Empire sans grand espoir d'être écouté... Pierre était le commencement. Benoît ressemble à une fin qui aurait été anticipée. Tout cela a profondément ému le Saint-Père. À ses proches il a dit que viendrait un jour où l'enseignement de l'Église serait unanimement rejeté parce que devenu inapplicable au regard de la morale admise et de la religion du progrès. Il a dit que l'Église catholique serait déchirée, ses gros bataillons prêts à s'incliner. Il a dit que la conscience internationale contre laquelle il s'est déjà élevé sans succès enjoindrait au pape de se soumettre, lui-même ou l'un de ses proches successeurs, qu'un concile l'imposerait à la lumière d'une nouvelle lecture de l'Évangile, et qu'il ne resterait plus au pape qu'à quitter Rome et disparaître, comme Benoît. Pour traverser encore d'autres siècles, comme Benoît. L'un et l'autre sont des fugitifs.

Mgr Cassini désigna d'un geste de la main les écrans de télévision.

— Et ce que nous voyons là, dit-il, en dépit des apparences, n'en est que l'illustration.

Pise, 1409

La désolation. La tragédie. La comédie. L'horreur. La bouffonnerie... La tunique du Christ réduite en lambeaux... On se trahit, on s'assassine, on s'achète, on se vend, on trompe, on se ment, on jure et on se parjure, on se hait, on se calomnie, on mord la main que l'on a baisée, on se déshonore...

Si ce n'était pas désolant, révoltant, est-ce que ce ne serait pas bouffon, le spectacle de ces trois papes, l'un à Tortosa, en Catalogne, l'autre à Pise, le troisième errant quelque part près de Sienne, en Italie, chacun une tiare sur la tête, un morceau du trésor pontifical dans ses coffres, les clefs de saint Pierre en armoiries ? Sa Sainteté non plus dédoublée, mais triplée ! Car il y a trois papes *en même temps*, s'excommuniant mutuellement, faisant retentir toute l'Europe de leurs imprécations, et trois Sacrés Collèges de cardinaux rapaces que chacun des trois pontifes renouvelle au fur et à mesure des morts et des trahisons, et trois conciles simultanés qui prétendent détenir chacun la vérité, l'un à Pise, l'autre à

Perpignan, le troisième à Cividale, dans le Frioul, et à chacun de ces trois papes une part de la tunique, déchirée en fragments inégaux, c'est-à-dire trois obédiences : au pape Luna, Benoît XIII, qui a désarmé ses galères et jeté l'ancre à Tortosa, l'Aragon, la Castille, la Navarre, l'Écosse, l'Armagnac, les comtés de Foix et de Rodez et quelques évêchés crottés de Provence comme Senez, Riez et Glandèves ; à Angelo Correr, pape qui était à Rome et maintenant à Sienne sous le nom de Grégoire XII, les royaumes de Naples et de Sicile, le Palatinat, Venise et trois ou quatre cités italiennes ; au troisième, enfin, nouvel élu, Pietro Filargos, cardinal de Milan, pape à Pise sous le nom d'Alexandre V, la France, l'Angleterre, le Portugal, la majeure partie de l'Italie et de l'Allemagne et presque tout le reste de l'Europe, la part du lion pour ce Crétois né misérable et devenu riche, qui aime le grec, le latin et le bon vin, et qui n'est, en réalité, que la créature, la marionnette du nouveau cardinal de Bologne Baldassare Cossa, âme damnée du concile de Pise...

Trois papes.

Un vrai et deux faux ? Deux vrais et un faux ? Trois vrais ? Trois faux ?

Une trentaine de cardinaux. Dix-neuf ralliés au pape de Pise — soit quatorze ayant trahi Grégoire XII et cinq ayant trahi Benoît XIII —, six demeurés à Tortosa, cinq à Sienne. Quels sont les faux ? Quels sont les vrais ? Aux théologiens retors qui tournoient autour de lui comme des mouches, dépêchés par le concile de Pise, le pape Benoît XIII oppose immanquablement que s'il y avait doute, comme on le lui assure, sur la légitimité de tous ces cardinaux, ce doute ne s'appliquerait pas à lui-même et que, seul, il y échappait, puisque seul et parmi tous les autres et même parmi les quatre papes qu'on avait tour à tour élus contre lui, il avait été nommé cardinal par le dernier pape antérieur au schisme, Grégoire XI, que cela était incontestable et que cette conséquence de son grand âge faisait de lui, Pedro de Luna, le seul et unique dépositaire de la filiation apostolique. Et quand on le pousse à bout, il balaye tous les arguments et cloue le bec aux hommes en noir en posant cette question imparable : puisque le concile avait déposé les deux papes élus par ces cardinaux douteux, pourquoi ne pas se demander quelle serait la légitimité d'un troisième pape élu par les mêmes ? Un raisonnement sans réplique qui flanque des maux de tête carabinés à tous les princes chrétiens de la terre et plonge dans une rage noire la plupart des prélats réunis à Pise et bien décidés à en finir...

Ah ! ils ne font pas dans la dentelle.

On règle d'abord son compte au malheureux Grégoire XII. Il siégeait à Rome, ce qui était un atout de poids. On s'arrange pour le faire chasser de Rome. Rien de plus facile. Les bandes armées tiennent toujours la ville sainte, leurs *caprioni* vendus au plus offrant. L'or du richissime cardinal de Bologne précipite tout ce joli monde dans la rue et voilà Sa Sainteté Angelo Correr jetée sur les chemins comme un vagabond, de Rome à Sienne, de Sienne à Cividale, dans le Frioul, petite cité dépendant de Venise qui lui est encore fidèle et d'où il est originaire. C'est de là qu'il contre-attaque en y convoquant un concile. Naturellement, il se croit le vrai pape. Il a des motifs pour cela, bons ou mauvais, puisque l'Église lui donnera raison plus tard en le maintenant à son rang de deux cent unième pontife romain, de préférence à ses compétiteurs, sur la liste chronologique des papes. À Pise on mijote la parade. Le cardinal de Bologne s'en charge. Quatorze de ses cardinaux changent de camp. Si l'or et la persuasion ne suffisent pas, on emploie d'autres moyens. Le cardinal de Reims, Guy de Roye, en route vers Cividale, reçoit un vireton d'arbalète en plein cœur au cours d'une échauffourée qui pue le piège et la provocation. Dans la cathédrale vide de Cividale, devant quatre pelés et un tondu, le concile du pauvre Grégoire XII tourne au four, et comme un malheur n'arrive jamais seul, Venise lui porte le coup de grâce en lui retirant son obédience. Il ne lui reste plus qu'à s'enfuir, déguisé, avec ses cinq derniers cardinaux, et à retourner à Sienne où le podestat local, dûment convaincu par le cardinal de Bologne, bon apôtre, lui promet asile et sécurité à condition qu'il n'en sorte pas. La manœuvre était jolie. Ainsi Sa Sainteté Angelo Correr ne sera-t-elle pas en mesure de répondre à l'invitation pressante du concile de se présenter en personne à Pise. Et d'un !

Benoît XIII était plus coriace.

Lui aussi a convoqué son concile, à Perpignan. Sans rassembler des foules énormes, la nef de l'église de la Réal, tendue de tapisseries et de brocarts et illuminée par des centaines de cierges, offre cependant un éventail convenable de prélats et d'abbés mitrés, principalement des Espagnols, quelques Savoyards, quelques Lorrains qui ont dû traverser le royaume de France sous des déguisements, en prenant mille précautions, ainsi qu'un grand diable de moine écossais arrivé jusque-là par miracle et qui représente Falkirk, le cardinal de Iona. Il y a de grands vides. On note les absents. Le cardinal Buyl, le cardinal Flandrin, le cardinal de Chalant, même le cardinal Pierre d'Ailly, ci-devant fidèles, ont rallié Pise. Gerson manque lui aussi, mais Vincent Ferrier occupe le terrain. Ses frères prêcheurs investissent la ville et chantent les louanges du pape Luna. Enfin, il y a l'appareil du pouvoir, qui n'est pas non plus négligeable, les six cardinaux de curie, le Saint-Sacrement sur une mule blanche, l'escorte des nobles et des soldats, le sénéchal pontifical portant l'étendard au croissant de lune, le grand argentier, les camériers, le grand pénitencier du pape qui est justement Vincent Ferrier et l'aumônier de Sa Sainteté, fermant la marche et jetant à pleines poignées des pièces de monnaie à la foule. Les émissaires de Pise peuvent se présenter. Ils seront fraîchement reçus ! Qu'est-ce que c'est que ce concile qui s'autorise à convoquer le pape ? Est-ce qu'à Pise on aurait oublié que c'est le pape seul qui convoque les conciles ?

L'impasse est totale.

À Pise, contre le pape Luna, il va falloir canonner. Et revoilà Simon de Cramaud, patriarche *in partibus* d'Alexandrie, si vieux qu'on ne sait plus son âge mais que la haine conserve bien vivant. Il a déjà raté son coup à deux reprises. Cette fois, il ne le manquera pas. C'est lui qui se charge de l'offensive, assisté de l'inévitable évêque Pierre Cauchon. Il parle au nom de l'Université de Paris, qui est la plus haute autorité morale et religieuse du temps puisque le roi de France est fou et que deux papes n'en font pas un vrai. De sa bouche jaillissent des flots d'horreurs : Pierre de Lune est un assassin. Violant l'immunité ecclésiastique, il a fait pendre des clercs sans jugement. Son errance est jalonnée de potences. Au contraire, il épargne les hérétiques. Il commerce avec les esprits malins. Deux démons sont à son service, enfermés dans une petite bourse qu'il porte toujours sur lui. À l'époque de son avènement, il a fait rechercher des livres de magie. Il en a trouvé deux en Espagne et un troisième chez les Sarrasins. Afin de connaître l'avenir, et aussi ce qu'on dit de lui, il place, avant de s'endormir, un de ces livres sous son oreiller. On en a même découvert un dans son lit quand il a dû s'enfuir précipitamment de Nice...

Et ça marche ! Le concile gobe tout ça, avec la ligne et l'hameçon. Dans la cathédrale de Pise, Campo Santo, entre la tour et le baptistère, il y a là quatre patriarches, vingt-deux cardinaux, douze archevêques, quatre-vingts évêques, les procureurs de quatorze archevêques et de cent deux évêques, quatre-vingt-sept abbés mitrés, parmi lesquels ceux de Clairvaux, de Cîteaux, de Lérins, de Camaldoli, les procureurs de deux cent deux autres abbés, quarante et un prieurs, parmi lesquels ceux de la Grande-Chartreuse et de Saint-Barthélemy de Gênes, les supérieurs généraux des Carmes, des Jacobins, des Cordeliers, des Augustins, et Dom Boniface Ferrier, le frère de saint Vincent, qu'on avait attiré dans ce guet-apens ; il y a là le grand-maître de Rhodes flanqué de seize commandeurs, le prieur général des chevaliers du Saint-Sépulcre, le procureur général des chevaliers Teutoniques, les députés des Universités de Paris, Toulouse, Orléans, Angers, Montpellier, Bologne, Florence, Cracovie, Vienne, Prague, Cologne, Oxford, Cambridge et quelques autres, les délégués des chapitres de cent églises-cathédrales, et trois cents docteurs en théologie qui forment un troupeau noir et compact ; il y a, car la canonnade a été précédée d'une intense préparation diplomatique, il y a là les ambassadeurs des rois de France, d'Angleterre, de Portugal, de Bohême, de Sicile, de Pologne et de Chypre, des ducs de Bourgogne, de Brabant, de Lorraine, de Bavière, de Poméranie, de Brandebourg, de Thuringe et de presque tous les princes d'Allemagne, outre les ambassadeurs des rois de Hongrie, de Suède, de Danemark, de Norvège, qui tenaient encore faiblement pour Grégoire et qui viennent de se rallier ; il y a là la plus forte concentration que le monde chrétien ait jamais vue de personnages oints ou sacrés, ou représentant la plupart des souverains de droit divin d'Europe, formidable gage de l'immanquable présence de l'Esprit saint dans la cathédrale de Pise, et c'est cette assemblée-là qui avale sans sourciller les incroyables sornettes que débite du haut de sa chaire l'auguste patriarche d'Alexandrie, relayé par l'archevêque de Pise !

Quelques voix s'élèvent, pourtant, timidement. Face à cette inconcevable unanimité, elles ne se risquent pas à nier les faits, elles demandent seulement que soient produits des témoins, ou au moins qu'on indique leurs noms. Un seul se présente, le doyen du chapitre de la cathédrale de Tours. La bourse dans la poche de Pierre de Lune, avec deux petits démons enfermés, c'est de son cru. Il confirme. Il n'a jamais rencontré de sa vie le pape Luna, mais personne ne songe à l'interroger là-dessus, de même que nul ne s'enquiert de savoir s'il n'a pas justement dans sa propre poche une bourse lourde de ces pièces d'or dont le cardinal de Bologne est prodigue. Reprise en main de l'assemblée par l'archevêque de Pise qui conclut en invitant chacun à consulter, pour connaître le nombre et le nom des témoins, le rapport d'accusation déposé au couvent des Carmes, ce que nul, naturellement, ne fera. On n'a jamais retrouvé ce rapport.

L'affaire est classée. La cause est entendue. Et de deux !

Le 5 juin 1409, après avoir longuement exposé les motifs pour lesquels le concile général de Pise, qu'aucun pape n'avait convoqué, a reçu mission, de par la grâce divine, de mettre fin au schisme, le patriarche d'Alexandrie, Simon de Cramaud, lit la sentence définitive. C'est le plus beau jour de sa vie, l'aboutissement de quinze ans de haine. Flanqué du patriarche d'Antioche à sa droite et du patriarche de Jérusalem à sa gauche, devant la multitude qui l'écoute, au nom du sacré concile, il déclare Pedro de Luna et Angelo Correr, prétendument papes sous les noms de Benoît XIII et Grégoire XII, qui ont refusé de venir comparaître à Pise, hérétiques et schismatiques, convaincus de crimes de parjure, d'impiété en violant leurs vœux, de collusion pour tromper les chrétiens et pour entretenir le schisme et comme tels privés du pontificat dont ils sont effectivement déchus. Suivent un certain nombre de mesures enjoignant à tous les fidèles, sous peine d'excommunication, de cesser de les reconnaître, annulant leurs dernières promotions de cardinaux et toutes condamnations qu'ils auraient eux-mêmes prononcées, etc.

Le reste ne traîne pas.

Le 26 juin de la même année, dix-neuf cardinaux entrent en conclave dans la cathédrale de Pise verrouillée par les soins du grand-maître des chevaliers de l'Hôpital. Flairant déjà un vice de forme, trois éminences ont préféré s'abstenir et ont rallié dare-dare leur diocèse. Le grand électeur de ce concile, le *deus ex machina*, c'est le richissime cardinal de Bologne, Baldassare Cossa, qui a fait fortune dans la piraterie en écumant la Méditerranée, qui n'est ni prêtre, ni évêque, et qui travaille d'abord pour son compte. Son heure n'est pas encore venue. Elle n'est pas loin et il le sait. Inutile de se découvrir trop tôt.

— Je nomme, déclare-t-il en ouvrant le scrutin,

notre frère Pietro Filargos, cardinal de Milan, pour pape et pontife romain.

Filargos, c'est ce petit Crétois de rien, qui, enfant, mendiait son pain dans les rues de Candie, qui parle grec et latin, qui aime le bon vin et qui doit toute sa fortune aux Visconti de Milan qui en ont fait leur cardinal-archevêque. Il est affable, inoffensif, très pieux quand il a un peu bu, sensible aux vents qui tournent comme une girouette bien huilée. Dans ce marigot de cardinaux, il s'est choisi un abri confortable sous la protection des redoutables mâchoires du cardinal Baldassare Cossa. Les mâchoires claquent. Les cardinaux votent. Le petit Pietro Filargos est élu à l'unanimité. Il est ravi. Rompant avec tous ces Boniface, ces Clément, ces Grégoire, ces Benoît et ces Urbain qui fatiguent la Chrétienté, il s'appellera Alexandre V. Tandis qu'on l'habille de blanc, il boit un doigt de *soave*. Les cloches sonnent à toute volée à Pise, puis à Paris, à Londres, à Cracovie, à Cologne et dans toutes les capitales d'Europe à l'exception de celles d'Espagne qui restent fidèles à Benoît XIII, et de Sienne où Grégoire XII, têtu, s'obstine. Sa Sainteté Alexandre V ne sera pas un mauvais pape. Ses cardinaux n'auront même pas le temps de le trahir. Alors que rien ne le laissait prévoir, dix mois et sept jours plus tard, le 3 mai 1410, le voilà qui entre en agonie. Il rassemble ses cardinaux, leur adresse un très beau discours en latin et rend l'âme après de grandes souffrances, probablement empoisonné... à Bologne, précisément, où il était l'hôte du cardinal Cossa.

À peine élu, sitôt disparu. La nouvelle parvient à

Tortosa où Sa Sainteté Benoît XIII médite et fait son compte : à quatre-vingt-six ans, c'est le troisième antipape qu'il enterre. Jugement de Dieu ? Pourquoi pas ? Avec un bon coup de pouce de Baldassare Cossa, le pirate, lequel est élu pape dans la foulée, à Bologne, le 17 mai 1410, ordonné prêtre à l'aube, sacré évêque dans la matinée, et proclamé à midi sous le nom de Jean XXIII.

Et de trois !

Et Simon de Cramaud touche enfin le prix de ses services : un beau chapeau rouge à glands noirs de cardinal. Cardinal aussi, mais pour la seconde fois, Pierre d'Ailly, qui l'avait été, fidèlement, de Benoît XIII, nomination cassée par le concile, et qui sera, tout aussi fidèlement, cardinal de Jean XXIII...

Il a la baraka, ce pape Cossa, tout au moins dans la première année de son pontificat. À défaut de spiritualité, dont il est totalement dépourvu, il possède un flair politique sans défaut, c'est-à-dire une insigne fourberie, et un vif esprit de décision qui se traduit par un manque absolu de scrupules.

Il a de la chance : Rome est à prendre.

Deux armées ennemies campent aux portes. Elles sont aux ordres de deux rois qui se prévalent chacun du même titre : roi de Naples et de Sicile. Le premier, Ladislas de Duras, en exerce effectivement le pouvoir que le second, Louis II d'Anjou, roi en exil, lui dispute, à la tête d'une assez jolie collection de condottieres. Son armée est supérieure en nombre, mais le Duras a choisi le mauvais cheval. Pour reconquérir la ville sainte, qui appartient de droit au pape, il s'est trompé de bannière. Il arbore celle de Grégoire XII, le pape de Sienne, à présent réfugié à Rimini, dans le fond de l'Adriatique, après avoir fait le tour de la Botte en galère dans des conditions rocambolesques. Une erreur monumentale que n'a pas ratée le pape Cossa. Et voilà Jean XXIII à cheval, retrouvant sa vraie nature d'homme de guerre, galopant sur la route de Rome avec tout ce qu'il a pu racoler d'aventuriers de tout poil, et se jetant, dès son arrivée, dans les bras de Louis II d'Anjou. Il bénit les condottieres, distribue ses bannières pontificales, et l'on s'étripe dans une belle bataille au nom de deux papes et de deux rois ! Les armées de Ladislas prennent la fuite et Sa Sainteté Jean XXIII, rayonnante, traînant en cage à roulettes le légat de Grégoire XII, fait son entrée à Saint-Pierre-de-Rome, ayant à son côté Louis d'Anjou.

Après quoi, en vertu d'une bonne politique de balance, il se débarrasse de son allié encombrant et reconnaît pour roi de Naples Ladislas de Duras, mais cela est une autre histoire.

Il tient Rome. Il est le pape.

En réalité, rien ne change. Un pape à Rome : Jean XXIII. Un autre oublié à Rimini : Grégoire XII. Le troisième à Tortosa, en Espagne : Benoît XIII.

Quel est le faux ? Quel est le vrai ?

Rome, 1994
Alès, 1687
La Chaise-Dieu, 1739
Rodez, 1813
Fontainebleau, 1813
Sneem, Irlande, 1969

REVENU via Ovido, le P. Wladimir se plongea dans le dossier Benoît.

Complétant ce qu'il en avait appris de la bouche de Mgr Cassini, la plupart de ces documents l'intéressèrent prodigieusement parce qu'ils révélaient d'une certaine manière quelques-uns des nombreux chaînons manquants. Si l'on exceptait leurs visites espacées et un peu mythiques à l'abbaye Sainte-Tarcisse, relatées par le seul Dom Jansen, rien ne prouvait véritablement, en effet, l'existence de tous ces Benoît avant la réapparition du dernier. Entre le milieu du XVe et celui du XXe siècle, un tunnel, que n'éclairait même plus la flamme des bûchers réduisant en cendres l'ultime phalange des fidèles attardés de Benoît. Les derniers à griller vifs en son nom, Jean

Trahinier, qui fut sans doute cardinal de Benoît XV, et toute sa famille, l'avaient été comme hérétiques, en place publique, à Rodez, le 25 mai 1467. Depuis, rien. Seulement quelques lueurs comme de brefs coups de projecteur dans la nuit et qui s'éteignaient trop vite pour qu'on eût le temps de saisir le sens et la nature des faits.

Parmi ces documents, il y avait, par exemple, daté de mars 1687, à Alès, un rapport de M. de Marillac, colonel de l'un des régiments de dragons du maréchal de Villars, adressé au ministre Louvois. Mêlé à d'autres informations concernant ces opérations de police et d'intimidation menées en Languedoc contre les protestants après la révocation de l'édit de Nantes et que l'Histoire a retenues sous le nom de dragonnades, on trouvait un curieux passage où le colonel de Marillac racontait comment l'une de ses patrouilles avait ramené un drôle de poisson « qui n'était pas protestant », disait le rapport, « et peut-être pas tout à fait catholique ». L'homme avait été pêché lors d'une battue qui ratissait la montagne de la Fage, entre Le Vigan et Alès, dans la chapelle du minuscule hameau de Bouras où il semblait avoir élu domicile. Il se prétendait berger, ce qui avait été confirmé. Il en avait toute l'apparence, le vêtement, imprégné d'une forte odeur de mouton, la rusticité d'existence, mais son langage et ses connaissances, notamment en matière de foi, le plaçaient très au-dessus de sa condition. Il avait dit s'appeler Benoît, et comme on lui demandait de préciser, à l'officier qui l'interrogeait, il avait répondu avec une certaine hauteur et une grande dignité : « Je suis Benoît, cela suffit. » On avait fouillé sa besace et au milieu de ses maigres hardes et des objets usuels de sa vie, couteau, écuelle, cuiller de bois, fil à coudre, on avait trouvé un missel de petite dimension et, ce qui était plus étonnant, une patène, un calice et une étole rouge, tous trois de facture ancienne. Comme on l'accusait de les avoir volés, il avait répondu qu'il était prêtre et que ces objets lui appartenaient, mais s'était refusé à en dire plus. Impressionné malgré lui, l'officier l'avait expédié au colonel de Marillac, lequel l'avait interrogé à son tour, sans plus de succès mais tout autant édifié par l'incontestable présence du bonhomme puis, jugeant qu'il y avait là une sorte de petit mystère qui dépassait le champ de ses attributions, l'avait fourré dans un coche de service entre deux dragons, à destination du tribunal ecclésiastique de l'archevêché de Lyon. Après quoi il s'en lavait les mains et le rapport se terminait là. Une note de Mgr Cassini concluait en indiquant que le registre d'écrou de la prison royale Sainte-Victoire, à Lyon (Archives départementales du Rhône), portait à la date du 22 avril 1687 la mention de l'emprisonnement d'un sieur Benoît, berger, avec cette précision soulignée : *au secret*. Aucune date de sortie, ni de décès.

Autre document surprenant, une lettre de Mgr Jean Soanen, évêque janséniste de Senez, datée de novembre 1739, quelques mois avant sa mort à La Chaise-Dieu, en Auvergne, où il avait été exilé et assigné à résidence après avoir été chassé de son diocèse en 1727 pour son refus obstiné de se soumettre aux prescriptions de la bulle *Unigenitus*. La lettre était adressée à un certain chanoine Blancard, qui semblait être de ses cousins, prêtre au service du duc de Saint-Aignan, à Rome, ambassadeur du roi Louis XV auprès de Sa Sainteté le pape Clément XII. Elle n'était pas gaie :

« On me traite bien mal, mon cher ami. Aucune ressource ne me parvient plus du diocèse dont on m'a privé. On me nourrit chichement. Dans ce pays déjà sous la neige et cela pour six mois de l'année, on me mesure le bois pour le feu et mes vieux os sont tout gelés. Je grelotte. Peu de visites me sont permises autres que celles de mon confesseur, un saint moine du couvent voisin dont je n'aime pas trop la figure et dont j'use avec modération. On a tout de même levé l'interdit et je gage que tu n'y es pas étranger. Je puis donc à nouveau célébrer la messe, assisté d'un morveux du village qui baragouine un peu de latin. C'est mon seul réconfort. Le reste du temps, je lis, je prie, je m'assoupis, parfois malgré moi, dans le froid. Je m'achemine vers la mort. De mon diocèse sous le soleil, j'ai de temps à autre des nouvelles. Il y a un peu plus d'un mois, quelqu'un est venu. Par dérogation obtenue Dieu sait comment du révérend prieur du couvent dont mon existence dépend, ce quelqu'un a pu arriver jusqu'à moi. Un homme simple, plus très jeune, fagoté en paysan, mais avec une certaine élévation de manières et un regard du dedans qui n'étaient point accoutumés à l'état qu'il présentait.

Son nom de chrétien était Matthieu, suivi d'une de ces anciennes désignations de Terre sainte dont nous avons perdu le souvenir : Gibelet. Matthieu de Gibelet. Il existait encore, en l'an 1300, un évêché moribond de ce nom-là, en Palestine. J'ai pensé à mon évêché de Senez dont Sa Sainteté le pape s'est amputée, comme elle s'est amputée de Port-Royal, d'Utrecht, de tant de justes qui servaient hautement l'Église du Christ. Cet homme m'a dit : “ Monseigneur, votre diocèse est en bonnes mains. ” Surpris, je lui ai demandé lesquelles, sachant que l'archevêque d'Aix y avait nommé un administrateur apostolique qui se contentait d'en encaisser les bénéfices. Il m'a répondu : “ Les miennes. Il y a peu, j'ai célébré la messe dans votre cathédrale... ” Comme je m'étonnais que ce fût possible, il a ajouté : “ La nuit. ” J'avais de la peine à comprendre. Alors il m'a parlé de celui au nom duquel il agissait, un nom qui ne m'était pas inconnu, qui courait encore à fleur de mémoire, dans le peuple, sur l'autre rive du Rhône, et qui avait valu autrefois le bûcher à ceux qui s'en réclamaient. Mgr Nicolas Pavillon, le défunt évêque d'Aleth, en Languedoc, qui avait été mon maître, naguère, m'en avait entretenu avec des regrets dans la voix. Le pape nous avait condamnés tous deux. Nous étions comme orphelins... L'homme qui disait s'appeler Matthieu semblait lire dans mes pensées. Il tira de son sac une étole, la passa autour de son cou et me dit :

“ Celui qui m'envoie vous bénit. ” Et moi, Jean Soanen, évêque déposé de Senez, hérétique absous, abandonné, sans l'avoir voulu, ni réfléchi, ni pensé, je me suis agenouillé devant cet inconnu pour recevoir sa bénédiction, et le soir, sur ma paillasse, transi, proche de la mort, je me suis endormi apaisé. J'aurais préféré, très cher ami, que ce réconfort me parvînt de Rome. L'ordre des choses n'a pas été respecté. C'est un mystère qui me sera peut-être expliqué dans l'au-delà où nous nous retrouverons, toi et moi, pour reprendre cette conversation. Je t'embrasse de tout mon cœur au nom de N.-S. Jésus-Christ. »

Suivait une note manuscrite de Mgr Cassini précisant qu'il ne lui avait pas été possible, en dépit de ses recherches, d'établir un lien plausible, la preuve d'une rencontre, d'une correspondance, entre Nicolas Pavillon, évêque janséniste d'Aleth et ce Benoît insaisissable qui hantait les chemins du Languedoc. Mgr Cassini avait ajouté de sa main : « Et cependant, ils se ressemblaient fortement. De la grâce divine, ils avaient la même conception : elle n'est pas donnée à chacun, en ce monde, mais tous deux s'en savaient marqués... »

D'autres documents, en revanche, semblaient sujets à caution. Mgr Cassini le soulignait lui-même, tout en notant qu'ils attestaient au moins, en des temps qui se rapprochaient des nôtres, la persistance d'une présence. Ainsi de ces battues dans le département de l'Aveyron, spécialement dans le Lévezou, les causses du Comtal et de Séverac, en décembre 1813, sur ordre du ministre de la Police Savary, par deux escadrons de la gendarmerie impériale qui avaient passé au peigne fin les hameaux et les chapelles isolés, les bergeries, les grottes ou abris naturels dans les rochers, et toutes sortes de cachettes possibles, à la recherche de conscrits réfractaires de plus en plus nombreux dans ces campagnes (*cf. Bulletin de la Société d'Histoire et d'Archéologie du Rouergue, n° CXLIV, 2e trimestre 1933*). Des bergers et des paysans qui n'avaient rien à se reprocher, ayant dépassé l'âge de la conscription, avaient été également arrêtés, séparés du gros du troupeau et conduits à la préfecture de Rodez où un envoyé de Paris, en civil, sans doute un membre de la police secrète impériale, les avait interrogés un par un, courtoisement, se contentant de les faire parler habilement de leur métier, de leur existence, des personnes qu'ils fréquentaient, les écoutant attentivement, puis les renvoyant chez eux après les avoir jaugés pour ce qu'ils étaient, de braves gens rustres et illettrés. L'un d'eux avait été retenu plus longtemps. Il savait lire et écrire le latin comme le français et s'exprimait avec facilité. C'était un ancien avoué qui avait eu des malheurs. Ayant pu faire la preuve de son identité, il avait été libéré, et les recherches s'étaient poursuivies ailleurs.

C'était en ce même hiver 1813, précisait Mgr Cassini dans ce document, que Sa Sainteté le pape Pie VII, après avoir été chassé de Rome par les troupes françaises, puis emprisonné à Savone, avait été traîné de force à Fontainebleau, escorté par des dragons qui puaient le vin et la sueur et qui avaient pour mission de l'intimider, de réduire ses facultés de résistance. L'Empire livrait ses derniers combats contre l'Europe entière coalisée. Mais Napoléon faisait encore peur. Au pape il avait décidé d'imposer un nouveau concordat, inacceptable, qui soustrayait l'Église de France à l'autorité pontificale pour la soumettre à sa seule volonté. Le vieux rêve de l'Église gallicane... Le pape Pie VII s'y était d'abord refusé. Les représailles n'avaient pas tardé : conditions de détention plus dures dans un palais truffé d'espions, communications avec l'extérieur coupées, intimidations permanentes... À la fin, malade, affaibli, isolé, privé de la plupart de ses cardinaux et exposé aux pressions des prélats français, le pape s'était résigné à signer. Dès le lendemain, il se rétractait, dans une longue lettre à l'Empereur, lequel, furieux, hors de lui, emporté par une de ses célèbres colères, avait fait irruption à Fontainebleau, botté, dans sa redingote grise de colonel, le palais investi par les gendarmes de la garde, les portes des appartements pontificaux forcés... L'entrevue avait été orageuse, Napoléon vociférait, les cardinaux présents, blêmes et muets, se tassaient dans un coin, apeurés, mais le pape, cette fois, n'avait pas cédé.

C'est alors que l'Empereur, ne se contenant plus, avait proféré cette étrange menace, hurlant au visage du Saint-Père, les poings serrés, qu'il ne lui était pas plus difficile à lui, Napoléon, empereur des Français, qui avait créé sept rois et fait et défait des royaumes en claquant simplement des doigts, de défaire un pape parjure et d'en créer aussitôt un autre, et que d'ailleurs, ce ne serait même pas la peine, car ce pape-là existait déjà, prêt à monter sur le trône de saint Pierre qui lui revenait de droit... Le propos était assez confus, mêlé de patois corse, le sens de la menace extravagant, les mots déformés et hachés par une colère qui ne se contrôlait plus et qui dura encore longtemps mais ne revint plus sur ce point, curieusement, comme si l'Empereur admettait avoir outrepassé sa pensée, si bien que les rares témoins de cette scène omirent ensuite d'y faire allusion, soit qu'ils n'eussent pas pris ces paroles au sérieux, les mettant sur le compte de la démesure impériale, soit qu'ils aient préféré les effacer comme on précipite un secret dans les oubliettes de la mémoire. Un seul, toutefois, avait parlé, beaucoup plus tard, quarante ans après, le cardinal Da Silva, jeune secrétaire de Pie VII à Fontainebleau. La confidence en avait été recueillie presque par hasard par un de ces historiens ternes et sérieux que l'Académie française produit à foison et que la postérité néglige, M. le comte d'Haussonville, ambassadeur de Napoléon III auprès du Saint-Siège, qui publia en 1870, chez Michel Lévy Frères, 15, boulevard des Italiens à Paris, un ouvrage aussi définitif que confidentiel sur *L'Église romaine et le Premier Empire.* C'est à cet ouvrage-là que se référait Mgr Cassini, lequel ajoutait plaisamment au passage que la personnalité modeste et studieuse de son auteur représentait la garantie d'une absence totale d'imagination. L'évêque faisait également le rapprochement entre cette singulière menace impériale et les rafles entreprises par les gendarmes de Savary dans le département de l'Aveyron, et concluait que de toute façon le nom de

Benoît n'avait pas été mentionné et qu'on en était réduits à une hypothèse.

Le dernier document était encore plus déconcertant. Il se rapportait à une conversation privée que Mgr Cassini avait eue dans les années soixante-dix avec le comte Alexandre de Marenches, son homologue français en quelque sorte. Le détail, naturellement, n'en était pas transcrit. Il y avait été question de l'exil volontaire du général de Gaulle, en Irlande, pendant cinq semaines, en mai et juin 1969. On sait peu de choses de la retraite hautaine et désabusée du connétable dans le Kerry, à Heron Cove, ses promenades mélancoliques le long des plages désertes immortalisées par une unique photo. Il relisait les *Mémoires d'outre-tombe*, écoutait parfois la radio, suivait la messe en latin que le curé du village voisin de Sneem venait dire sur une simple table dans le salon du petit hôtel, mais surtout, surtout, ruminait amèrement sa défaite. De rares confidences lui échappaient, comme celle-ci, au conseiller d'ambassade Pierre Bitard : « J'ai été blessé en mai 1968, et maintenant ils m'ont achevé. Et maintenant, je suis mort... » C'était un homme en proie à une tristesse sidérale. Il refusait toute communication avec la France, et même à ses fidèles d'entre les fidèles avait condamné son téléphone. Au fur et à mesure qu'approchait la date de l'élection de son successeur, il s'assombrissait de plus en plus. Un matin de juin, toutefois, le comte de Marenches, téléphonant de Paris, parvint à forcer le barrage filtrant que tenait à Heron Cove le capitaine de vaisseau Flohic, aide de camp du général. Il entendit au bout du fil la voix lasse du connétable. Après différents échanges de propos, il y avait eu un silence, puis le général avait repris : « Ah ! Marenches, Marenches... Est-ce qu'on a retrouvé Benoît ? »

À Mgr Cassini, le comte de Marenches n'en avait pas dit plus, sinon que cette question survenant au milieu des décombres rappelait étrangement celle que posait encore la veille de sa mort, aux commissaires de la Convention, le roi Louis XVI demandant : « A-t-on des nouvelles de La Pérouse ? » Il y avait là, concluait Mgr Cassini, comme un enchevêtrement de destins...

Selon les instructions reçues, le P. Wladimir passa tous ces documents au broyeur de la via Ovido qui ne laissait aucune trace. Le lendemain matin, il quittait Rome.

Avignon, 1411
Constance, 1415

SA fin n'est peut-être pas très loin, mais la chance sourit encore, en cette année 1411, deuxième de son pontificat, à l'ancien pirate Baldassare Cossa, pape sous le nom de Jean XXIII. À l'exception des Espagnols, il a la faveur des rois et des princes d'Europe, et le nouvel empereur germanique, Sigismond, lui a accordé sa protection. La plupart des pays chrétiens ont reconnu son élection. De ses deux compétiteurs, l'un est déjà hors de combat, Grégoire XII, bloqué à Sienne, son obédience ne s'exerçant, pour la forme, que sur les églises de la ville. L'autre, Benoît XIII, tient mieux le coup mais nul doute qu'on l'aura à l'usure. On lui grignote ses derniers cardinaux un par un. Il suffit d'y mettre le prix, de leur confirmer leur chapeau et de leur restituer leurs bénéfices. Le roi Ferdinand d'Aragon, qui l'héberge dans ses palais, le soutient encore, mais mollement. On bombarde le roi d'ambassadeurs qui font le siège de son lit, car Sa Majesté est très malade.

Il y a aussi ce satané saint moine, Vincent Ferrier, et sa horde de prêcheurs illuminés qui clament les louanges du pape Luna sur tous les marchés d'Aragon et de Castille en tournoyant comme des derviches. Celui-là, il faudra impérativement le retourner. Son prix n'est pas de même nature. Il n'a pas l'âme d'un cardinal. On lui expédie d'autres saints hommes pour le convaincre, on lui offre tout un pays à secourir et à évangéliser, un pays à sa mesure, ravagé par la guerre et les grandes compagnies de routiers, la Bretagne. Jusqu'à présent, il refuse. Il finira bien par accepter. Le roi Ferdinand, le moine Vincent, ce n'est qu'une question de temps. Enfin il y a Avignon.

Car si le pape Cossa tient Rome, il lui manque encore Avignon, qui est aussi un puissant symbole, le palais, la ville *sonnante,* et ce qui reste dans les coffres des immenses richesses accumulées par les neuf papes qui en cent ans s'y sont succédé. La bannière au croissant de lune flotte sur la tour de la Gache qui commande le pont-levis de la forteresse, narguant la population qui s'est ralliée en masse à Jean XXIII. C'est la guerre des papes qui recommence. Elle durera dix-sept mois. Pour Benoît XIII : Rodrigo de Luna, son neveu, capitaine d'Avignon, un homme qu'on n'achète pas, et Andréa, évêque de Maguelone, légat. Quatre cents archers aragonais forment le noyau de la défense. Le reste des troupes n'est pas sûr. Pour Jean XXIII et pour le roi de France : le sire de Randon, seigneur de Joyeuse, qui commande l'armée assaillante, et le cardinal de Thury, légat, une belle âme, une haute conscience. Nommé cardinal par Benoît XIII, l'ayant trahi ensuite et s'en étant fait pardonner pour mieux le trahir à nouveau, quatre fois transfuge d'un pape à l'autre, c'est une vieille connaissance de Rodrigo de Luna. Au premier siège d'Avignon, il paradait sans la moindre honte sur le front des troupes mercenaires de Boucicaut en compagnie d'autres cardinaux félons, Vergy, Malesset, La Grange, Neufchâtel...

Mais les circonstances ont changé. Rodrigo de Luna et ses Aragonais combattent à un contre dix et le pape n'est plus là, cette fois, sur le rempart, pour pointer lui-même une couleuvrine et bénir ses artilleurs. Les nouvelles tombent, calamiteuses. Carpentras, qui naguère avait acclamé Benoît, Carpentras et son évêque se sont donnés à Jean XXIII, ce qui ne surprend pas de la part de cette cité de petits marchands, de rats de boutique toujours prêts à achever les vaincus. Les bonnes gens de Carpentras se sont spécialisés dans le bombardement par catapulte, avec, en guise de projectiles, des tonnelets remplis d'immondices pour infecter les assiégés et qui s'écrasent avec un bruit mou sur les toits et dans les cours intérieures du palais en répandant une puanteur de fin de monde. Collectée par les femmes de la ville et acheminée à dos de mulet, toute la merde de Carpentras se déverse en pluie noirâtre sur la forteresse pontificale. La guerre des papes tourne à la guerre bactériologique. On y ajoute, à destination des derniers chats et chiens du palais dont se nourrissent les assiégés, une mixture vénéneuse dévastatrice à base d'arsenic blanc et de soufre additionnés de lait. À Mallemort-de-Comtat, c'est un renfort de cent vingt archers arrivé par mer de Catalogne et débarqué sur la côte provençale, qui se voit trahi par la population et livré aux routiers du cardinal de Thury. Les bourreaux du légat ne chôment pas. Toute tentative d'introduire des vivres au palais est punie de mort. On décapite à tour de bras. À Tortosa où il réside, le pape Luna a réarmé ses dernières galères et les envoie porter secours à son neveu.

Des chaînes tendues en travers du Rhône, à hauteur d'Arles, les obligent à rebrousser chemin sous des nuées de flèches et de carreaux d'arbalète qui sèment la mort parmi les équipages. Le pape de la mer a perdu cette bataille. Tout le Comtat a basculé. Seules deux places fortes résistent encore : le château d'Oppède et le château de Malaucène. Il faut se résoudre à capituler.

Andréa, évêque de Maguelone, légat de Sa Sainteté Benoît XIII en Avignon, imprime le chaton de sa bague dans le cachet de cire du traité que Thury lui a imposé. Par petites étapes, la mort dans l'âme, il rejoindra sa cathédrale perdue entre ciel et mer au milieu d'étangs salés. Il y mourra et y sera enterré. Les papes de Rome lui feront payer sa fidélité à Benoît XIII. Ils rayeront plus tard d'un trait de plume Maguelone de la liste des évêchés. Le siège en sera transféré à Montpellier. Les visiteurs y marchent aujourd'hui sur un tapis de pierres tombales gravées d'armes épiscopales effacées, de dates en chiffres romains que nul ne sait plus déchiffrer :

HIC ISSA ANDREA DE VILLALOBA,
EPI, AN D MCDXXXXIV

Sur cette dalle, cherchant un sens à sa destinée, s'était aussi recueilli Jacques Dolonne, né le 3 juin 1916 au Caylar, mort à Maguelone le 17 octobre 1988, qui signait *Jacques de Bethléem, card.*, et se disait évêque d'Aleth et de Maguelone...

Le 22 novembre 1411, c'est au tour de Rodrigo et de ses Aragonais d'évacuer Oppède et Avignon, libres, en armes et avec les honneurs. Ils rejoindront en barque Tortosa, car là-bas, le pape Luna a cruellement besoin de cette poignée d'hommes. Les survivants du siège d'Avignon représentent son dernier renfort. Désormais il n'en recevra plus, d'aucune sorte et de nulle part. Plus d'États pontificaux, une curie croupion, la plupart de ses cardinaux en fuite, tous ses mouvements surveillés, ses déplacements entravés, il ne lui reste en toute souveraineté que la forteresse de Peñiscola, un promontoire rocheux sur la mer, dans le nord de l'Aragon, qui appartient à sa famille. Dès leur retour à Tortosa, il y expédie Rodrigo et ses hommes avec mission de la renforcer, de la pourvoir en artillerie, d'en aménager les logements, la garnison, la chapelle, élevée à la dignité de basilique pontificale, d'y creuser des citernes, d'y édifier des greniers, des écuries, une forge, une armurerie, d'en fortifier le port et les abords. On l'a chassé d'Avignon. On lui a interdit la route de Rome. On l'a chassé de Gênes, de Nice, de Monaco, de Saint-Victor, à Marseille. Il sait ce que valent les serments des princes et les prosternements populaires. Il sait qu'on le chassera aussi de Tortosa. Il s'y prépare...

De France, tout de même, lui parviennent quelques nouvelles qui atténuent son amertume. En Armagnac et dans le Rouergue, un nouveau venu, Jean Carrier, à la fois prêtre et chef de guerre, tient la campagne et la montagne en son nom. Enfin, au château de Malaucène, sur lequel flotte le croissant de lune, le capitaine Bernardon de Serres refuse de rendre la place et de prêter hommage à Jean XXIII. Le siège continue. Il durera trois ans. Bernardon de Serres mort au combat, le défi est relevé par sa jeune veuve, ses deux beaux-frères et son fils de onze ans. C'est lui qui en mars 1414, la garnison anéantie, sa mère et sa famille mourant de faim, signera la reddition et remettra son épée entre les mains du cardinal-légat. Une leçon de fidélité. L'enfant tient à peine debout, mais son regard foudroie le légat. Le cardinal de Thury baisse les yeux et ne lui pardonnera pas. Il enverra le gamin mourir en prison.

L'enfant s'appelait aussi Bernardon. Quand Sa Sainteté Benoît XIII apprit sa mort, cet homme, qui avait une âme de fer, pleura et passa la nuit en prières. Le lendemain, qui était un dimanche, lors de la grand-messe solennelle, ayant réuni la curie, il le proclama bienheureux. Cette béatification n'a jamais été reconnue depuis et nul ne s'en est plus souvenu. C'eût été au moins quelque chose à retenir de ce pontificat parallèle. Le bienheureux Bernardon de Serres, défenseur de la foi, ne figure sur aucun calendrier liturgique. Aucun missel n'en garde mémoire. *Requiescat in pace...*

Le vice de forme était gros comme une maison, comme le palais des Papes d'Avignon, comme la basilique Saint-Pierre ! Tellement énorme qu'on se demande comment les pères conciliaires de Pise, sans doute grisés par leur toute-puissance, ne l'ont pas vu se pointer et enfler jusqu'à leur éclater au nez en l'an de grâce 1414. Qui avait convoqué le concile de Pise en 1409 ? Personne et tout le monde. Une idée qui flottait dans l'air, comme ça. Tout le monde s'en était mêlé, les rois, les princes, les cardinaux, les évêques, la chanoinerie, la théologie, la cuistrerie universitaire, tous très excités, très agités, mais qui les avait rassemblés ? Dans le même temps le pape Benoît XIII les avait convoqués en concile à Perpignan, le pape Grégoire XII à Cividale, mais aucun de ces deux papes, l'un étant le vrai et l'autre le faux ou vice versa, ne les avait appelés en concile à Pise, et aucun de ces deux papes n'avait déclaré ouvert le concile de Pise selon l'usage établi à Nicée en l'année 325. Ils s'y étaient appelés eux-mêmes, oubliant et passant outre, par orgueil, par légèreté, mal conseillés par des ambitieux, à cette vérité essentielle qui à présent leur sautait sous les pieds comme une mine : seul le pape a le pouvoir de convoquer un concile. Qu'ensuite le concile se proclame supérieur au pape ou qu'en y mettant plus de formes il substitue sa propre volonté à celle du pape, cela est une autre histoire à propos de laquelle on n'a pas fini de débattre et dont l'Église a offert pas mal d'exemples, le dernier en date n'étant pas le moindre : le concile de Vatican II échappant comme une machine folle aux louables intentions du malheureux Paul VI...

Voilà donc les pères conciliaires de Pise rentrés chez eux, bien embêtés. Leur concile ne vaut pas un sol. À présent, tout le monde en convient. La déposition de Grégoire XII : nulle ! La déposition de Benoît XIII : nulle ! L'élection d'Alexandre V, puis l'élection de Jean XXIII : nulles ! Pour ce dernier, personne ne s'en fâche. Plus reître et pirate que pape, malhonnête, simoniaque, jouisseur, brutal, le pape Cossa finit par lasser. Mais comment sortir de là ? Pour peu que l'on s'obstine dans la même voie qu'à Pise, à réunir un nouveau concile invalide qui déposera les trois papes pour en élire encore un autre, on se retrouvera bientôt avec quatre papes en même temps sur les bras, et pourquoi pas cinq, ensuite, ou six ? Une inflation de papes. Le gouffre...

C'est alors que fait son entrée sur la scène européenne Sa Majesté Sigismond de Luxembourg, roi de Hongrie, roi de Bohême, roi des Romains, empereur germanique, vingt-quatrième successeur d'Othon Ier au trône électif du Saint Empire romain germanique, un homme considérable, intelligent, fastueux, raisonnablement bon chrétien, qui va occuper le vide laissé dans la Chrétienté par la démence du roi Charles VI. Déchiré entre Armagnacs et Bourguignons depuis l'assassinat du duc d'Orléans, livré aux bandes, aux factions, le royaume de France tombe en lambeaux. Le désastre d'Azincourt est tout proche, qui va sceller la fin de la chevalerie française. La France et son roi hors du jeu, tous les regards, toutes les espérances se tournent vers l'empereur Sigismond pour sauver la Chrétienté du chaos.

Il a tout compris, Sigismond. Il ne commettra pas les mêmes erreurs. Il ne tombera pas dans les mêmes pièges. Un concile? Naturellement. Il n'existe pas d'autre solution. Mais un concile œcuménique dûment et validement convoqué par le pape. Du solide. De l'indiscutable. Quel pape? On en a trois. Celui de Sienne et celui de Tortosa ne représentent plus grand monde. Autant se rabattre sur le troisième, le pape Cossa, Jean XXIII, qui rassemble au moins sur son nom, par raison plus que par adhésion, les neuf dixièmes de la Chrétienté. Que ce pape-là soit vrai ou faux, peu importe à l'empereur Sigismond puisque au demeurant nul n'en sait rien, mais pour convoquer un concile, ce vilain pape fera très bien l'affaire. Encore faut-il qu'il l'accepte.

La diplomatie à cheval se met en branle. L'empereur inonde l'Europe de ses messagers qui galopent de cour en cour et d'évêché en abbaye. La cour de France se fait tirer l'oreille puis finit par se rallier au projet, persuadée que son poulain, Jean XXIII, en sortira seul et unique pape. C'est aussi ce que ses cardinaux, qui mentent comme des arracheurs de dents, s'évertuent à expliquer à Sa Sainteté Baldassare Cossa, plutôt méfiante. Les cardinaux, l'empereur les a tous mis dans sa poche, même ceux de Grégoire XII et de Benoît XIII, soit vingt-trois éminences en totalisant les trois obédiences. Ils ont chacun une chance sur vingt-trois de devenir le prochain pape, de quoi nourrir une ambition. Ce n'est pas négligeable, une chance sur vingt-trois, ça se caresse, ça se mitonne. L'empereur laisse entendre que, hé ! hé ! tel ou tel ne lui déplairait pas, ou peut-être tel ou tel... Mais d'abord, et avant tout, se débarrasser encore une fois de Grégoire et de Benoît, et surtout, et définitivement, de ce soudard de Jean XXIII ! Mensonges, flatteries, fausses promesses, pommade et coups d'encensoir, ses chers cardinaux qui lui doivent tout finissent par emporter le morceau. C'est au tour du pape Cossa d'avaler la ligne et l'hameçon. En janvier 1414, de sa résidence de Pise, les chevaucheurs de Sa Sainteté prennent la route, porteurs des bulles de convocation.

Le concile se réunira à Constance, en terre d'Empire, au bord du lac. Son ouverture est fixée au jour de la Nativité, le 24 décembre 1414 à minuit.

Après Pise, Constance. Les mêmes fastes, mais beaucoup plus de monde encore. Dix-huit mille ecclésiastiques de toutes nationalités ayant pour seule langue commune le latin, une foule de rois, de princes, de ducs, d'électeurs impériaux, de margraves, d'ambassadeurs, dont un Grec envoyé par le basileus de Constantinople, cette autre capitale chrétienne qui n'a plus quarante ans à vivre, et tous avec la conviction que cette fois ce concile-là sera le bon. Au cas où ils en douteraient, l'arrivée solennelle de l'empereur Sigismond au soir du 24 décembre aura vite fait de le leur rappeler, un formidable déploiement, un cérémonial écrasant qui vont frapper tous les esprits.

Une foule immense accueille son vaisseau. La nuit glacée brille de milliers de torches. En armure de parade et cape noire à croix blanche, les chevaliers Teutoniques escortent leur souverain qui s'avance à pied, sous un dais, accueilli sur le parvis de la cathédrale par les vingt-trois cardinaux présents qui le conduiront ensuite en procession jusqu'au chœur où se dresse le trône du pape Cossa surmonté d'un baldaquin et flanqué d'un deuxième trône exactement au même niveau, mais avec un baldaquin légèrement plus bas, où l'empereur, tout à l'heure, prendra place. En dépit de cette marque d'humilité, personne n'ignore, en cet instant, qui est le vrai maître du jeu, à Constance. La liturgie impériale germanique est venue relayer celle de Rome tombée en des mains douteuses. On passe au cou de l'empereur une dalmatique de diacre, après quoi, ainsi revêtu, il pose sa couronne sur sa tête et monte au grand lutrin, comme un prêtre. Nul n'avait jamais vu, ni entendu, et nul ensuite ne verrait, ni n'entendrait plus, un empereur tout-puissant et couronné chanter l'Évangile de la Nativité en présence de Sa Sainteté le pape célébrant la messe solennelle...

Dès le surlendemain, chacun a compris. À la session d'ouverture du concile, le cardinal Pierre d'Ailly porte les premiers coups. Qu'il ait été nommé cardinal par Benoît XIII, qu'il l'ait ensuite lâché, à Pise, pour élire le pape Cossa, et qu'à présent il s'apprête à trahir pour la deuxième fois ne surprend ni ne choque personne, à commencer par lui-même. Il vante la piété de Sigismond, son zèle à protéger le concile, ce que chacun traduit, *in petto*, par l'affirmation à peine voilée de parler au nom de l'empereur. Les mots tombent ensuite, sans appel, des allusions répétées à un pape qui n'est pas nommé, mais que tous ont reconnu, « un pape que son ambition avait introduit dans le sanctuaire par une mauvaise porte, qui avait mal vécu et mal gouverné l'Église, donnant le scandale d'une conduite déshonnête... » Quant aux partisans du pape Cossa, s'il en reste encore quelques-uns parmi les prélats italiens, Pierre d'Ailly leur flanque aussi leur paquet, à savoir que le concile a le droit et le devoir de prendre des décisions devant lesquelles tous les chrétiens, y compris le pape, seront forcés de s'incliner.

Dès lors, tout va vite. Trois mois seulement pour pousser le pape Cossa à la faute définitive. Le 20 mars 1415, profitant d'un tournoi qui rassemble à Constance toute la noblesse d'Occident, un vieillard habillé en palefrenier franchit la porte de Kreuzlingen et s'éloigne tranquillement à pied, tenant par la main un enfant qui lui sert de guide. Il passe la nuit chez des pêcheurs sans dévoiler son identité, puis s'embarque dès le matin pour Schaffhouse, sur le

Rhin, dont le château appartient au duc d'Autriche qui est de ses partisans. Il écrit à la terre entière, aux régents de France, au duc de Bourgogne, au duc de Berri, au duc d'Orléans. Il essaie de jouer le roi Charles VI contre Sigismond, mais le jeu diplomatique tourne court. Contre le duc d'Autriche, Sigismond mobilise. Un froncement de sourcils et cela suffit, l'Autrichien s'est aplati. Les mâchoires du piège se referment. Le pape Cossa a fui : il s'est condamné lui-même. Le concile en profite aussitôt pour proclamer qu'il tient son pouvoir de Jésus-Christ et que toute personne, même le pape, est tenue de lui obéir dès lors qu'il s'agit de foi et d'union. Jean XXIII ergote. En résidence surveillée à Fribourg-en-Brisgau, il promet d'abdiquer, mais il pose ses conditions, il voudrait bien un os à ronger, un vicariat perpétuel sur l'Italie, par exemple, et le premier rang parmi les autres cardinaux. Trop tard.

Suspendue de ses fonctions de pape le 14 mai 1415, déposée le 29 mai, convaincue d'assassinat sacrilège sur la personne de son prédécesseur Sa Sainteté Alexandre V et sur celle de son médecin qui en avait été le complice, accusée d'immoralité, de tyrannie, d'ambition, de simonie et d'autres bricoles de moindre importance, Sa Sainteté Jean XXIII ne proteste pas. Elle reconnaît la sentence. Elle renonce. Bouclée au fond d'un cachot, elle abandonne sa sainteté au vestiaire des papes déchus pour endosser des vêtements de prisonnier qu'elle ne quittera plus pendant trois ans. On la privera même du chapeau rouge à glands noirs du cardinal Baldassare Cossa, ancien pirate de la Méditerranée, qui fut pape sous le nom de Jean XXIII.

Et d'un.

Était-ce le faux ? Était-ce le vrai ? Peu importe. Au suivant !

Le pauvre Angelo Correr, pape sous le nom de Grégoire XII, ne va pas peser lourd devant Sigismond. Chassé de Rome, errant à travers l'Italie, relégué à Sienne comme un bagage un peu encombrant dont on ne sait trop que faire, cet homme doux et pieux a sombré dans la mélancolie. Aux envoyés de l'empereur qui le traitent avec déférence, il répond d'un ton digne et triste que sa démission ne saurait lui être imposée mais qu'il s'y résoudra à son heure et selon sa propre volonté. Pour la forme il réunit un concile, cache-misère de sa solitude, et c'est devant une dizaine d'évêques et ses quatre derniers cardinaux qu'après avoir réaffirmé hautement la légitimité de ses droits — que l'Église reconnaîtra plus tard —, il dépose sa charge de pontife romain le 4 juillet 1415. Ses cardinaux sont maintenus en leurs charges, bénéfices et dignités, et lui-même nommé évêque de Porto avec la légation pontificale à vie d'Ancône et le droit de prendre rang immédiatement après le futur pape, ce qui avait été refusé à Jean XXIII.

Sur son lit de mort, deux ans plus tard, alors que son successeur n'a pas encore été élu, il aura cette phrase tragique : « Je n'ai pas connu le monde et le monde ne m'a pas connu... »

Et de deux.

Reste le troisième, le plus coriace, le plus intransi

geant, Benoît XIII. Dans son palais de Tortosa, en Catalogne, il a accueilli comme un don de la providence la nouvelle de la renonciation de ses deux compétiteurs, le pape Cossa et le pape Correr, si bien que selon lui, Pedro de Luna, élu en 1394, il y a vingt et un ans, sûr de son droit, de sa légitimité, de sa primauté, de son ancienneté, nul désormais ne peut plus douter que Dieu a choisi de dégager sa route et que l'Église n'a plus qu'un seul pape, Sa Sainteté Benoît XIII, elle-même ! Abattre ce grand vieillard intraitable, ainsi que l'empereur Sigismond l'a décidé pour faire table rase du passé, ne sera pas une partie de plaisir. L'empereur le sait. Il s'y attend. Cette fois il négociera lui-même et entreprendra en personne le voyage.

L'entrevue est fixée à Perpignan, au mois de septembre 1415.

Le 6 juillet de la même année, à Constance, peu avant le départ de l'empereur et en sa présence, périt sur son bûcher Jan Hus et les flammes qui le consument jettent une sombre lueur sur les égarements du concile. Que proclamait Jan Hus, prêtre catholique et recteur de l'université de Prague ? Que le pape est faillible, qu'il peut devenir Antéchrist quand ses décrets ne s'accordent pas avec l'Écriture, et que de cela chacun est seul juge en sa conscience et en son âme. Et que proclamait le concile de Constance, après le concile de Pise ? Également que le pape est faillible et qu'il peut être déposé comme tel, puisque c'est bien ainsi que deux papes venaient d'être déposés par le concile et qu'un troisième ne tarderait pas, sans qu'on s'occupât de savoir qui était les faux, qui était le vrai, et sans tenir compte du fait majeur que parmi les trois, l'un était le vrai. Le grand schisme d'Occident qu'on croit terminé à Constance vient à peine de commencer. La tunique du Christ achève de se déchirer. D'autres bûchers s'allumeront, où périront les derniers partisans de Benoît XIII et de ses successeurs visibles. Ensuite viendront Luther et Calvin, et les guerres de religion.

À Constance, sur l'emplacement de son martyre, on élèvera une statue à Jan Hus.

La Réforme est la fille du concile et de la valse des papes à Constance, mais cela est une autre histoire...

Perpignan, 1415

PEDRO de Luna a quatre-vingt-onze ans.

Il joue sa dernière partie et il a perdu tous ses atouts majeurs. La Castille, la France, la Navarre ne le reconnaissent plus et le roi Ferdinand d'Aragon dont il est l'hôte au palais des rois de Majorque, à Perpignan, malade et déjà marqué par la mort, a lui aussi choisi son camp. À vives étapes et en grand arroi, l'empereur Sigismond approche. Quatre mille cavaliers l'accompagnent ainsi que quatorze évêques et abbés délégués par le concile. À Constance, avant son départ, les cardinaux ont béni l'empereur afin qu'il soit bien établi que la grâce de Dieu est sur lui. Puissance temporelle et spirituelle. Nul ne s'y trompe sur son passage. Princes, ducs, comtes et barons l'accueillent aux frontières de leurs États et de leurs seigneuries et se joignent à son escorte. Les villes pavoisent, les cloches sonnent. Les manants, au bord du chemin, ploient le genou. Presque chaque jour, au palais des rois de Majorque, des messagers arrivent au galop pour rendre compte de la marche impériale.

Le 13 août, l'empereur est à Nice. Le 30 août à Saint-Victor de Marseille où les moines se bousculent pour se faire pardonner d'avoir naguère abrité l'antipape. Le 9 septembre, à Maguelone, l'évêque Andréa de Villaloba, qui fut légat de Benoît XIII en Avignon, sauve l'honneur. Il a envoyé son chapitre au-devant du souverain mais refuse de paraître lui-même. Geste inutile. L'évêque Andréa ne compte plus et ses chanoines le renient. Le 13 septembre, l'empereur Sigismond est à Narbonne. Le 17, au Canet. Son entrée à Perpignan est prévue pour le 19.

Au palais, Pedro de Luna attend.

Avec son neveu Rodrigo, il refait encore une fois le recensement des fidélités. Quatre cardinaux, tous espagnols. Un cinquième, le dernier Français, le cardinal Pierre Ravat, évêque de Saint-Pons, qui était avec lui, sur sa galère, quand il avait dû s'enfuir de Gênes, est allé se jeter aux pieds de l'empereur. Quelques évêques, celui de Saragosse, celui de Tarragone, l'archevêque de Barcelone, le père abbé de Montserrat, et Dominique de Bonnefoi, un autre Français, prieur de la Chartreuse de Montalegre, bien peu de monde, en vérité.

— Et Iona ? demande le pape Luna. A-t-on des nouvelles de Iona ? Pourquoi le cardinal Falkirk n'est-il pas là ?

La gorge de Rodrigo de Luna se serre. Le vieillard lui pose souvent cette question. Elle revient dans sa bouche comme un symbole. Falkirk était le plus fidèle. Falkirk ne pouvait l'abandonner. Un jour la mer apporterait la chanson aiguë des cornemuses et le cardinal Falkirk débarquerait de son navire hérissé de boucliers...

— Il viendra, Très Saint-Père, il viendra. Un Breton lui a porté votre message.

Rodrigo ment. Il n'a pas voulu accabler le vieil homme. Nul messager n'a quitté Perpignan pour l'Écosse. Il n'y a plus de Bretons au service du pape. Ni de Provençaux, ni de Français. Plus de Siciliens, plus d'Angevins. Tous ont déserté. Le compte est vite fait. Restent seulement au pape Luna ses trois cents archers aragonais, une petite cohorte de serviteurs, quelques chevaliers de Saint-Jean autour du bailli de Gérone, et parmi les princes présents, un seul, le comte Jean IV d'Armagnac, comte de Comminges et de Rodez. Et enfin, Vincent Ferrier.

— Comment se porte frère Vincent ce matin ? demande à nouveau le pape Luna. Lui a-t-on envoyé mon médecin ?

Car le saint homme a dû s'aliter. On a même craint pour sa vie. Sa voix qui ralliait au pape Luna des milliers et des milliers de fidèles s'est tue. Alors qu'il prêchait à la cathédrale de Perpignan, un malaise l'a terrassé. L'épuisement, l'âge — il a soixante-cinq ans —, le chagrin, sans doute, aussi, devant tous ces déchirements qui persistent... Transporté dans la cellule du prieur des dominicains, il s'y repose en silence.

— Le médecin n'a pas été reçu, Très Saint-Père, dit Rodrigo. Et voici la réponse du frère Vincent : « Remerciez le souverain pontife, mais ce n'est pas de la terre que doit me venir le remède. Jeudi, je pourrai de nouveau prêcher. »

— Il me manquera demain, constate simplement Pedro de Luna.

Demain, lundi 19 septembre, en présence de l'empereur Sigismond et des envoyés du concile, Sa Sainteté le pape Benoît XIII sera seule.

Un théâtre. La ville ruisselle de soleil. Le peuple se repaît du spectacle. Un vieil homme chargé d'années traqué au fond d'un palais et un jeune empereur triomphant. Dieu accompagne l'un et l'autre. Dieu n'a pas encore tranché. La scène se jouera à deux voix. La troisième, celle de saint Vincent Ferrier, n'est plus qu'un souffle entre les quatre murs d'une cellule. Dieu pourrait-Il se tromper ? Quarante pages se sont alignés devant le grand portail des rois de Majorque. Retentissent les sonneries des trompettes ornées de guidons aux armes impériales. Il y a eu des joutes et des tournois, pour marquer la solennité de cette journée. L'empereur est là, en majesté. Face au vieillard solitaire, il déploie toute sa puissance, comme si quelque doute, encore, subsistait, que les fastes impériaux feront oublier. L'empereur a bien déjeuné. Des volailles, des poissons, des fruits, des vins de Catalogne et d'Aragon que lui ont servis, religieusement, les chevaliers du roi Ferdinand.

Dans la salle d'audience du palais, l'étole pontificale rouge et or au cou, coiffé d'un bonnet rouge bordé d'hermine, assis, immobile, sur son trône, le pape Benoît XIII prie. Le son des trompettes parvient jusqu'à lui. On entend des rumeurs, des piétinements. « Place ! crie un héraut. Place à Sa Majesté le Saint Empereur romain germanique ! » Le pape Luna se tourne vers Rodrigo.

— Ouvrez le portail, je vous prie, dit-il.

Un théâtre. Dieu vient de frapper les trois coups. Combien sont-ils, dans la salle d'audience, groupés en foule derrière Sigismond, face au maigre troupeau désemparé tassé autour du souverain pontife ? Le nombre, la force, la puissance... Au pied du trône, impertinents, insolents, méprisants, se poussant du col, sûrs d'eux, les quatorze prélats délégués par le concile. Et devant eux, seul, face au pape, leur champion, l'empereur Sigismond. Sa Sainteté Benoît XIII le considère de son regard noir, sans indulgence, ni charité.

— Très dévot père, commence l'empereur...

Il y a des murmures approbateurs dans la salle. L'œil du pape Luna étincelle de colère. Ce n'est pas ainsi qu'on s'adresse au pape, fût-on l'empereur germanique ! Pour chacun, rois et manants, le pape est le Très Saint-Père. L'affront est délibéré. Le pape se domine. La suite respecte mieux les formes. Quant au fond... Voilà vingt et un ans que le vieillard entend rabâcher ce même raisonnement, depuis son élection à Avignon, en 1394. Pendant ce long laps de temps, trois papes sont morts, à Rome, à Pise, et deux ont été démis, qui tous les cinq lui avaient été opposés. Ce jugement de Dieu ne suffit-il pas ? Pourquoi ces discours trompeurs qu'on lui tient ? Ces arguments cent fois répétés, cent fois récusés, que l'empereur dévide comme un écheveau de mensonges et de perfidies : Que la conscience, l'honneur, ses promesses, ses serments l'obligeraient maintenant qu'il n'avait plus aucune raison apparente pour s'en défendre, à faire ce que quelques prétextes spécieux lui avaient peut-être auparavant donné sujet de différer. Que Grégoire et Jean, ses deux adversaires, s'étant déposés, la condition au nom de laquelle il avait juré d'en faire autant était pleinement accomplie. Que le repos et la paix des chrétiens, après cela, dépendaient uniquement de lui. Qu'après trente-huit ans de schisme, de trouble, de désolation, il était donc le seul obstacle qu'il y eût encore à l'union, à la tranquillité et au bonheur de la chrétienté. Que l'Église lui tendait les bras dans cet abîme de malheurs où elle était plongée et d'où il la pouvait tirer si facilement en quittant volontairement ce qu'on lui ôterait bientôt par la force...

Le pape Luna écoute, impassible. Il jette à peine un regard sur les documents de renonciation signés par Grégoire et par Jean et que l'empereur a apportés avec lui. En quoi cela le concerne-t-il ? On le confondrait avec ces deux-là ? L'empereur en a presque terminé.

— N'attendez pas, très dévot père, dit-il, dans l'extrême vieillesse où vous vous trouvez, que la mort, qui pour vous est prochaine, ne vienne vous arracher votre pontificat, laissant sur votre nom déshonneur et honte éternels. Puisqu'il vous reste si peu de temps, mieux vaut abandonner, renoncer, avec l'assurance d'une gloire immortelle...

Commencé par un affront à la dignité du pontife, conclu sur un affront à son âge, ce discours a rendu toutes ses forces combatives au vieillard. Le pape Luna va répondre. Sa voix ne tremble pas. Les murmures hostiles ont cessé. On l'écoute dans un silence pétrifié, et d'abord avec un immense étonnement. Car cet homme sévère a souri. L'idée de sa mort prochaine le fait sourire.

— Je sais que le moment n'en est pas encore venu, dit-il avec un éclair malicieux dans le regard. Je sais que je vivrai encore des années...

Et s'il disait vrai ? Les délégués du concile échangent des coups d'œil consternés. Cette petite satisfaction acquise, il poursuit. Point de « sire » ou de « majesté ». Il dit seulement : « Mes fils bien aimés ». Il ne s'adresse pas à l'empereur, ni aux prélats conciliaires, ni à quiconque dans cette salle où chacun souhaite sa perte, mais à toute la Chrétienté, à l'Histoire, à la postérité. Sur un coussin, ses cardinaux lui ont présenté la tiare et il l'a posée sur sa tête afin que nul n'ignore qui parle. Et il va parler sept heures, en latin. Pendant sept heures il va déployer sa passion, son ardeur, sa violence, son inébranlable foi en sa légitimité, et toutes les ressources d'une grande intelligence et d'une immense agilité d'esprit. Il ne plaide pas, puisqu'il a raison. Ce n'est pas un plaidoyer, mais un rappel. Son raisonnement procède d'une logique implacable : il est le vrai pape. Même en douterait-on, ce n'est pas lui qui entretient le schisme, dans l'état actuel des choses, mais bien l'assemblée de Constance, puisque les deux autres pontifes ont cédé et qu'il demeure à présent le seul. Qu'on le reconnaisse et le schisme cessera, puisqu'il n'y a plus d'autre concurrent, tandis que si l'assemblée de Constance procède à une élection, il y aura de nouveau deux papes et le schisme renaîtra. Et qui pourrait élire un pape, quel qu'il soit, sinon lui-même, et lui seul ? Parmi tous les cardinaux vivants, n'est-il pas le seul, précisément, à avoir été promu par Grégoire XI avant le schisme ? Seul à détenir, à ce titre, la légitimité apostolique ? Rien ni personne ne saurait l'empêcher de s'élire lui-même une seconde fois, et dans le cas où l'on s'y opposerait, il n'en resterait pas moins vrai que seul il conserve le pouvoir de désigner son propre successeur au trône de Pierre. Qu'on le proclame donc pape et qu'on en finisse une bonne fois, puisqu'il *est* le pape...

Les archives du Vatican ont conservé les minutes de cet extraordinaire discours-fleuve, versées ensuite au dossier Benoît. Lorsque le cardinal Pietro Francesco Orsini, évêque de Bénévent, fut élu pape en 1724 et choisit à la surprise générale de régner sous l'appellation de Benoît, treizième du nom, les spécialistes de l'entourage du pontife se précipitèrent frénétiquement sur ce texte pour lui extorquer des arguments justifiant trois cents ans plus tard, à titre posthume, ce qui apparaissait à tous comme une seconde condamnation — et dans quel but ? la première ne suffisait-elle pas ? — du pape Pedro de

Luna, pape sous le nom de Benoît XIII. Peine perdue. Le texte résista. Du béton. Des générations de canonistes s'y cassèrent les dents. De même en 1958, lorsque, à peu près pour les mêmes raisons, on exhuma le dossier Benoît pour le passer au peigne fin quand le vieux cardinal Angelo Roncalli, patriarche de Venise, fut élu, et choisit bizarrement d'enjamber cinq siècles pour s'en aller débusquer un nom de pape, assorti du numéro vingt-trois, qu'avait porté le malchanceux Cossa, élu par le concile de Pise sous le nom de Jean XXIII. Comme si l'on se rappelait subitement, au Vatican, en plein milieu du XXe siècle, que ce vieux compte du Moyen Âge n'avait pas été tout à fait réglé...

Le pape Luna a achevé de parler. Il bénit la foule. Tous se signent — comment l'éviter ? — et ne l'en détestent que plus. La salle d'audience se vide en silence. L'empereur a tourné les talons. Il se retire dans son camp de toile. Il ne reverra plus le pape Luna. Il lui a donné cinq jours pour se démettre sans condition, faute de quoi le concile de Constance prononcera sa déposition et son excommunication. Chaque matin il lui fait porter un message dont les termes de plus en plus autoritaires marquent son impatience et sa colère. La réponse ne varie pas. L'ambiance se fait pesante à Perpignan. Entre Allemands et Aragonais, de nombreux incidents éclatent. On se bat dans les rues. Les chevaliers de Saint-Jean tournent casaque. Leur grand-maître le paiera de sa vie, tué en duel par Jean d'Armagnac, lequel n'a que le temps de fuir et de regagner ses États, laissant le pape Luna encore plus seul.

Enfin arrive le jeudi. Vincent Ferrier a tenu sa promesse. Il a fait annoncer qu'il prêcherait dans la chapelle du palais lors de vêpres solennelles en présence du pape et des princes, des cardinaux, des ambassadeurs. Le fidèle d'entre les fidèles, lui qui accomplit des miracles, le saint que chacun vénère d'un bout à l'autre de l'Europe, va-t-il encore retourner la foule, tous ces dignitaires, ces prélats ? On le soutient aux épaules, car il tient à peine debout. Marche après marche, on doit le hisser en chaire. Son visage émacié a la pâleur de l'ivoire. Il élève ses mains décharnées :

— Au nom du Père, et du Fils, et du Saint-Esprit...

On l'entend mal. Sa voix n'est qu'un filet. Chacun retient son souffle. Mais quel étrange exorde !

— Je m'adresse à vous, mes frères, dit-il, afin que vous désiriez ardemment trouver Dieu et aspiriez à la perfection qui vous rendra plus utiles aux âmes. Je m'adresse à vous afin que vous alliez à Dieu d'un cœur simple, sans duplicité, pour pratiquer à fond la vertu et par la voie de l'humilité parvenir à la gloire de la majesté...

Chacun se regarde. Où veut-il en venir ? Il poursuit :

— L'innocence et la perfection auxquelles nous oblige la loi de Dieu exigent, avec l'absence de tout vice et de tout péché, la plénitude de la vertu. C'est en effet ce que demande le commandement d'aimer Dieu de tout notre cœur, de toute notre âme et de toutes nos forces. Pensez-y, mes frères, et vous verrez votre faiblesse et la distance qui vous sépare de cette pureté parfaite. Mais cela ne peut produire effet que dans l'âme qui sent quelle haute perfection le Seigneur demande à toute créature, et qui, pour ce motif sublime, s'efforce d'accomplir généreusement la volonté divine...

Il s'interrompt un moment, comme s'il rassemblait ses forces, puis reprend, tourné vers le pape qui l'écoute, assis sur son trône, immobile, les mains posées sur ses genoux :

— Car le Seigneur demande à toute créature d'accomplir généreusement (il répète ce mot : *généreusement*) la volonté divine...

Chacun, déjà, a compris. Vincent Ferrier s'éloigne du pape qu'il a défendu pendant plus de vingt années. Il y met toutes les formes du respect, de l'amour filial, de l'estime, mais son propos n'en est que plus clair : il l'abandonne. Au nom de la volonté divine, il condamne son obstination. Il l'exhorte à la générosité, au sacrifice, pour l'amour de Dieu.

— Très Saint-Père, dit-il, je vous ai accompagné sans faiblir tout au long de ce chemin dont je ne vois plus l'issue. La volonté divine s'est exprimée à Constance. Aux côtés de Votre Sainteté, je ne saurais m'engager plus avant sous peine de devenir moi-même schismatique.

Le mot est lâché. Comme un cordon de poudre enflammée, il va faire le tour de la ville, crépiter jusqu'en Catalogne, en Aragon, en Castille, de village en château, d'église en église. Par la bouche de

Vincent Ferrier, en ces temps de foi brutale, c'est un mot qui terrifie les âmes simples. Si les grands de ce monde s'en étaient déjà détachés, le peuple suivait encore le pape Luna. Ce mot-là l'en délie à jamais.

Dans la salle règne un silence de mort. Le pape est livide. Sans un regard, sans une parole, il se lève et quitte les lieux. Ce qu'il a entendu ne compte pas. Ce n'est qu'une trahison de plus. Il l'a déjà chassée de son esprit. En pleine nuit et sans attendre que les troupes impériales manœuvrent pour l'en empêcher, il prend la route du Canet et embarque dans sa dernière galère.

Saint Vincent Ferrier ne reverra plus le pape Luna. À califourchon sur un âne, entouré de ses moines gyrovagues, il a pris le chemin de la Bretagne. Il y mourra en 1419, à Vannes, précédant de cinq ans le pape Luna...

La nuit est claire. Les rames frappent l'eau. Au firmament brille le croissant de lune escorté de milliers d'étoiles. À bord de la galère pontificale on se compte. Les archers, les domestiques, une dizaine de prêtres et d'évêques, quatre cardinaux, personne ne manque. À force de trahisons successives, l'ultime carré s'est épuré. Le pilote attend l'ordre du pape.

Route au sud, vers Peñiscola.

Entre Avignon et Senez, 1994

C'ÉTAIT jour de fermeture hebdomadaire de sa boutique, le seul matin où il pouvait dormir au lieu de se lever à quatre heures pour la première fournée. Dans sa cuisine, Raoul Jourdan, le boulanger, songeait à son étrange visiteur tout en buvant son café et en croquant son pain beurré. Pourquoi s'était-il arrêté, hier, au bord de la route ? Pourquoi avait-il recueilli le vieil homme dans sa voiture ? À quelle impulsion avait-il obéi ? Et pourquoi, à présent, sur la table, en face de lui, disposait-il avec tant de soin un second bol, une serviette blanche, des confitures, du miel de lavande, un pot de lait chaud, un sucrier, une assiette avec un gros morceau de beurre et un couteau propre, et une corbeille de pain tranché ? Du regard, il récapitula, puis, ouvrant le réfrigérateur, il prépara sur une autre assiette du jambon et du gruyère. Sa femme avait haussé gentiment les épaules devant tout ce déploiement inattendu.

— Qu'est-ce qui te prend ? Tu ne le connais même pas.

— Il m'a dit qu'il s'appelait Benoît et qu'il s'en allait à Rome...

C'était la veille, dans la fourgonnette, après quoi Benoît n'avait plus desserré les dents, n'acceptant pour dîner qu'une soupe et du pain qu'il avait emportés dans la chambre au-dessus de la boutique en disant seulement : « Merci. » Jourdan n'était pas plus avancé. Mais ce matin, tendant l'oreille sur le palier et jugeant qu'il était peut-être temps de réveiller le visiteur, il avait entendu un faible murmure de voix, comme si le vieil homme parlait tout seul. Il avait frappé une fois, deux fois, sans réponse. La voix ne s'était pas interrompue, avec, parfois, des intonations qui faisaient penser à une mélopée. Peut-être le vieillard délirait-il? Peut-être n'avait-il plus toute sa tête? C'est vrai que lorsqu'il l'avait recueilli, la veille, il lui avait paru bien mal en point, au bout du rouleau, épuisé. Alors il avait entrouvert la porte et jeté un coup d'œil à l'intérieur de la pièce. La couverture avait été pliée sur le lit. Le sac était posé à terre, prêt à être bouclé. Quant au vieillard, de dos devant une petite table, debout mais à présent silencieux, il semblait ranger quelques objets qu'il disposait l'un après l'autre dans des étuis de velours rouge. Rouge également, d'un rouge passé et d'une soie usée dont on voyait la trame, était la large écharpe qu'il portait autour de son cou, sur son chandail, et qui révéla, lorsqu'il se fut retourné, deux pans aux formes évasées atteignant presque les genoux et brodés de fils d'or ternis. Jourdan avait bredouillé des excuses, parlant du petit déjeuner qui était prêt, puis il avait refermé la porte.

Dans la cuisine, quand le vieil homme entra, il se leva.

— Pour moi, tout cela ? demanda Benoît.

— Vous n'avez presque rien mangé hier soir. J'ai pensé que vous auriez faim.

— Et vous avez eu raison, j'ai faim, dit Benoît en s'asseyant sur le banc après avoir béni la table d'un geste qui ne surprit pas le boulanger tant il avait été accompli simplement, comme quelque chose de tout naturel.

Il but un demi-bol de café, se beurra une mince tranche de pain accompagnée d'un morceau de fromage qu'il coupa aussi fin qu'une feuille de papier, avala une minuscule cuillerée de confiture, puis une autre de miel qu'il déclara excellent, et se servit un peu de lait pour terminer, prenant soin de ne rien oublier, par bienséance, de ce qui avait été préparé.

— Je n'ai plus l'habitude de ces festins, remarqua-t-il en souriant. À mon âge l'appétit s'éloigne et c'est beaucoup mieux ainsi. Mais savez-vous depuis combien de temps on ne m'a pas reçu de cette façon ?

— Comment le saurais-je ? dit Jourdan. C'est vrai qu'on n'ouvre plus facilement sa porte aujourd'hui.

Le vieil homme avait croisé les mains sur la table. Elles n'avaient plus que la peau sur les os. Les traits creusés par la fatigue, les yeux enfoncés dans leurs orbites, il semblait perdu dans ses pensées.

— Hier n'était pas différent d'aujourd'hui, dit-il. Il y a plus de cinq cents ans qu'à l'exception d'un monastère et de quelques maisons dans le Rouergue, d'où je viens, toutes les portes se sont fermées pour moi.

Le boulanger le regardait sans comprendre. Cinq cents ans ? Le vieil homme divaguait...

— Cinq cents ans, dit le vieillard. D'autres, avant moi, ont vécu cela.

Le boulanger l'écoutait. C'était un homme sans culture et avec aussi peu de religion que l'on en a maintenant en France, mais, tout de même, suffisamment de regrets inconscients de ce qui a été et de ce qui n'est plus pour savoir que Dieu n'était pas étranger aux mystérieux propos du vieillard.

— Je suis prêt, dit celui-ci. Nous partirons quand vous voudrez.

À sa promesse d'emmener le vieillard en voiture de l'autre côté d'Apt, le bon Samaritain ajouta une centaine de kilomètres, par Manosque et Moustiers-Sainte-Marie. La traversée du bourg de Riez ne tira pas le vieil homme de son silence. Ne se réveillant qu'aux approches de l'été, Riez périclitait doucement. L'évêché n'était qu'un souvenir. La mairie occupait le palais de l'évêque et la cathédrale, rétrogradée au rang de simple église paroissiale, exprimait la grande misère de la foi. De Bernard de Césarée, berger sur les hauteurs de Riez, Benoît n'avait pas reçu signe de vie depuis... Le vieillard faisait travailler sa mémoire. Vingt ans ? Trente ans ? Autant dire l'éternité. Inutile de s'arrêter. Mieux valait tenter de retrouver Gibelet, à Senez.

Un peu plus tard dans la matinée, ils arrivèrent en vue de la petite ville de Castellane, du nom de cette puissante famille de Provence dont plusieurs cadets furent évêques de Senez sous l'obédience des papes d'Avignon, et où Jean Soanen, autrefois, avait fixé sa résidence. L'air était tiède et léger, comme souvent en cette période de l'année.

— Sommes-nous encore loin de Senez ? demanda Benoît.

Jourdan consulta sa carte.

— À pied ? Trois bonnes heures.

— Laissez-moi ici, dit Benoît. Je dois marcher. J'irai seul.

Levant le hayon de sa fourgonnette, le boulanger descendit le sac et aida le vieil homme à l'endosser. Ensuite il fouilla dans sa poche et en tira une enveloppe qu'il tendit maladroitement au vieillard.

— Il y a là un peu d'argent, bredouilla-t-il. Ne dormez pas dehors. Prenez une chambre. Mangez. Il y a aussi mon numéro de téléphone et mon nom. Si vous avez besoin de moi...

— J'ai eu besoin de vous, dit Benoît. Soyez béni.

Il fourra l'enveloppe dans son sac et continua sa route vers Castellane.

Sur le chemin du retour, en passant par Apt, le boulanger s'arrêta à une terrasse de café pour manger un sandwich et boire un verre de rosé. Comme il ouvrait son portefeuille pour payer, il découvrit, pliés à leur place, les billets qu'avant de partir il avait glissés dans l'enveloppe qu'il destinait à son passager. Huit billets de cent francs. Il les compta, les recompta. Le rouge lui monta au front. Avait-il été distrait au point de donner au vieil homme une enveloppe vide ? Cela ne lui ressemblait pas. Avec l'argent, devenu difficile à gagner, il ne se trompait jamais. Et puis il s'en souvenait parfaitement. Il se voyait, sans doute possible, introduire les huit billets dans l'enveloppe et la fermer. Il revint, pensif, à sa voiture. Cette énigme l'occupa longtemps...

À Castellane, c'était jour de marché. Benoît se procura du pain, du fromage, quelques olives, puis il s'assit sur un banc et déplia son couteau pour manger. Il fut très vite rassasié et but de l'eau à la fontaine. Nul ne lui prêtait attention. Il regardait le mouvement de la place avec sympathie, tous ces gens qui allaient d'un étal à l'autre, les appels des commerçants, les femmes avec leur porte-monnaie serré dans la main, le cabas passé au bras, qui taillaient de longues bavettes au soleil. À midi l'école voisine lâcha une volée d'enfants. C'était la vie. Il lui venait pour la première fois l'impression de sortir d'un long tunnel et d'émerger vers la lumière, quelque chose comme une apparence de bonheur. Mais il se sentait si fatigué. Cet élancement dans la poitrine qui par moments le saisissait jusqu'à lui brouiller la vue de douleur. À présent on rangeait les tréteaux, on démontait les tubes des étals qui produisaient en s'entrechoquant une sorte de sonorité joyeuse, on remballait les marchandises et bientôt il n'y eut plus sur la place vide que des papiers abandonnés qu'un vent léger soulevait et faisait planer comme des oiseaux.

Benoît erra un moment dans la ville. Il repéra sur les bords du Verdon une petite auberge avec chambres entourée d'un jardinet fleuri où étaient disposés des tables et des bancs. Il s'enquit du prix et, devant le regard soupçonneux de la patronne, il sortit deux billets de sa poche et paya. Il monta dans sa chambre, déposa son sac, en tira de quoi écrire, referma la porte à clef et s'en fut s'installer au jardin où nul ne vint le déranger. Il tourna l'une après l'autre les premières feuilles de son bloc, lesquelles étaient déjà couvertes de sa petite écriture serrée, et, à la suite, continua. Il écrivit tout l'après-midi, ne s'interrompant que pour mettre de l'ordre dans ses pensées et pour tailler son crayon...

Son crayon courait sur le papier :

« Une triste litanie... Quand le cardinal de Rodez et de Saint-Étienne Jean Carrier fut élu au siège de Pierre sous le nom de Benoît XIV, ses fidèles n'étaient plus que quelques centaines, traqués par les troupes du roi. Grâce à Dieu, on connaît au moins le lieu de sa mort, dans un monastère ami, sur le causse de Lanhac, en 1437. Il y est enterré dans la crypte et chacun de ses trente-deux successeurs a pu prier sur sa tombe. Cette joie qui leur fut donnée à chacun au moins une fois, comme à moi, représentait l'unique lumière qui ait brillé sur leur existence. Nul ne sait où reposent les autres. Pierre Tifane, cardinal de Tibériade, qui fut élu au siège de Pierre sous le nom de Benoît XV, mourut d'épuisement sur le bord d'un chemin, dans l'Aubrac, pendant le terrible hiver de l'année 1470. Lui n'était pas encore tout à fait seul et ses derniers compagnons lui creusèrent une sépulture pour soustraire sa dépouille aux loups. J'en ai cherché en vain l'emplacement. Quant aux autres, si je regarde en moi-même, quelles qu'aient été les raisons de leur mort, c'est assurément la désespérance qui les emporta dans l'autre monde. Ils moururent désespérés. Dieu leur a pardonné ce péché au nom de leur fidélité. Ils n'en pouvaient plus d'errer, et même celui qui me précéda, un saint homme, un homme de foi, qu'on retrouva mort dans un abri de berger et que le tombereau de la voirie versa dans une fosse commune de village... On n'était pas averti de leur mort. Simplement, au rendez-vous de Pâques, un messager nous apportait la clef et le sceau...

« J'ai gardé le sceau, qui était celui du pape Jean Carrier, mais je n'ai plus cette clef. Je m'en suis séparé. Elle ne représentait plus rien. Autrefois elle ouvrait la porte de notre église, une toute petite chapelle au fond d'une vallée du Lévezou. Tous les cinq ans, à la date de Pâques, et cela depuis Benoît XV, c'était là que se réunissaient nos compagnons de solitude, les cardinaux de Bethléem, d'Hébron, de Tibériade, de Césarée, de Gibelet, et celui de Iona,

Falkirk, qui ne venait jamais, mais dont nous conservions le souvenir et la stalle de pierre aux armes d'Écosse. Benoît nous donnait l'accolade après que chacun se fut prosterné et lui eut baisé le pied. Nous n'avions pas changé ces façons qui nous venaient du pape Luna parce qu'elles étaient l'unique moyen, dans l'abandon où nous nous trouvions, de témoigner à Benoît ce respect sans lequel il n'était plus qu'un pauvre homme, tout comme nous. Si Benoît n'était pas là et que la clef et le sceau nous fussent parvenus, alors nous célébrions l'office des morts et les cardinaux présents désignaient parmi nous son successeur. C'est ainsi qu'ils me nommèrent, il y a de cela près de quarante ans. Nous passions nos journées en prières, nous chantions la gloire de Dieu, l'angoisse et le doute au cœur. Nous échangions aussi des nouvelles. Nous faisions le compte de nos fidèles et de ceux que nous instruisions pour qu'ils puissent chacun nous remplacer le moment venu. Ce compte-là était vite terminé et s'amenuisait de lustre en lustre, jusqu'au jour, il y a une vingtaine d'années, où je me retrouvai seul avec Gibelet, les mains vides, sans disciple et plus personne pour ramasser la croix tombée. Alors je sus que tout était fini. J'ignore si Gibelet est encore vivant, et notre chapelle est noyée... »

Il écrivait sans effort. Il avait conscience que chaque mot, chaque nom retrouvé, chaque souvenir tiré de sa mémoire le reliait au pape Luna. Il continua.

« Nous avons eu nos martyrs. Le cardinal de Césarée, Jean Langlade, prêtre de l'Église catholique, qui fut élu au siège de Pierre sous le nom de Benoît XVI, fut roué en place publique, à Millau, au printemps de l'année 1499. À chaque coup de masse qui fracassait ses jambes et ses bras, il s'écriait : " Merci, Seigneur ! ", avec tant de joie dans la voix que la foule, autour de la roue, se signait et qu'en se dispersant elle disait que l'on avait exécuté un saint. C'était la mort qu'il remerciait, le bonheur d'enfin mourir pour connaître le jugement de Dieu et la sanction de sa fidélité. Ensuite on s'enfonce dans la nuit. Au fur et à mesure que les siècles passent et se rapprochent de nous, les témoins deviennent plus rares. Un Benoît fut condamné aux galères sous l'accusation d'intention de vol de vases sacrés après avoir été surpris en pleine nuit dans la cathédrale de Rodez où il s'était laissé enfermer. Il périt courageusement sur son banc de chiourme, à Lépante. Et c'est également un Benoît qui fut étranglé au lacet dans son cachot de Sainte-Victoire, à Lyon, où il était détenu au secret, en 1688, par un moine-visiteur de prison expressément dépêché de Rome par la Congrégation de la Suprême Inquisition. Il s'appelait Matthieu Lamothe, cardinal de Bethléem avant sa désignation, tout comme moi, et avait été capturé lors d'une chasse aux protestants près d'Alès. Le dernier d'entre nous qui mourut pour le seul motif qu'il était Benoît avait eu le tort de le proclamer du haut de la chaire de la cathédrale Notre-Dame, à Rodez également, un dimanche de l'année 1815, pendant la messe, en invoquant publiquement le pape Jean Carrier et toute la succession apostolique des Benoît. Celui-là se nommait Luc Arsepain, auparavant cardinal d'Hébron. Contrairement à la plupart d'entre nous, c'était un homme de la ville, un ancien avoué qui avait tout quitté pour nous rejoindre. À Rodez, il gîtait rue du Bosc, dans la Maison du Benoît, en ce temps ouverte à tous les vents et abandonnée de ses propriétaires ruinés par les guerres de l'Empire, et qui avait été la maison de Jean Carrier. C'est pourquoi l'on raconta que cela lui avait tourné la tête. Arrêté, il n'opposa aucune résistance et fut conduit à l'asile de fous où il se laissa mourir en refusant toute nourriture, veillé par d'autres malheureux fous qui lui témoignèrent jusqu'à la fin le respect et la déférence dont il avait toujours été privé. C'est le silence qu'il n'avait pas supporté. Le silence et la solitude ont toujours été notre lot. À quoi bon être celui qu'il était si personne ne le savait ? Alors il l'avait crié très fort, oubliant que cette vérité n'avait plus de sens pour le commun des vivants. Un fou, disait-on. Les autorités firent remarquer qu'un rapport de la gendarmerie impériale à laquelle il avait eu affaire avant la Restauration le définissait déjà comme tel, et, très vite, on l'oublia. Après... »

Le vieil homme compta sur ses doigts et se remit à écrire.

« Nous manquons de tout mais nous vivons vieux. Huit seulement pour traverser les deux derniers siècles. Il y eut Pierre Delanger, et Morin, cardinal de Tibériade, dont le prénom était François. Jacques de Mayol et Denis Salvant. Celui-là mourut loin de France. Un jour il annonça à ses compagnons réunis au Lévezou : “ Je pars pour Iona, je veux savoir... ” Falkirk, cardinal de Iona : en remontant le cours de la mémoire, nul ne se souvenait avoir eu de ses nouvelles. Il était devenu pour nous quelque chose comme un mystère de la foi. L'erreur fut d'aller vérifier. Chacun versa le contenu de sa bourse et Benoît embarqua à Bordeaux sur un navire charbonnier qui retournait en Écosse, à Glasgow. Il n'en revint jamais. S'il apprit quelque chose, nous ne le savons pas. C'est une chance. Pour nous il existe toujours un cardinal Falkirk, à Iona... Reste quatre. Félicien Toulet, qui fut aussi un saint homme. À défaut du lieu de sa mort, on en connaît l'heure et la date, le quatorze janvier mille huit cent quatre-vingt-seize à dix heures et trois minutes du matin, instant précis où le clocher de la cathédrale de Rodez se mit à sonner le glas sans le secours du bedeau. C'est vrai que de temps en temps, tout de même, Dieu nous donnait un petit coup de pouce, un signe de connivence, rien que pour nous, mais celui-là fut le dernier. À présent, Il s'est lassé de nous. Marc Lolive et Jérôme Gascar s'en sont allés en silence. Leur mort n'a pas fait plus de vagues à la surface de la Chrétienté qu'un caillou jeté dans l'océan. Maintenant c'est mon tour. Je n'ai plus à m'interroger sur le sens de tout cela. J'ai accompli la volonté de Dieu. Mais en même temps, je n'étais pas aveugle. J'ai vécu longtemps et j'ai vu le monde changer. Il y a des choses que je sais. Je dirai de quelle façon. C'est pourquoi je dois aller à Rome. Avant cinquante ans, plus tôt peut-être, deux forces s'y opposeront et le pape se souviendra du destin du pape Luna et de ses trente-deux successeurs qui ne laissèrent aucune trace sur cette terre... »

Le soir tombait. Quand il en eut terminé, il plia la vingtaine de feuillets, les glissa dans une enveloppe dont il colla soigneusement le rabat et sur laquelle il inscrivit une longue suscription qui en occupait toute la surface. Ensuite il rentra et dîna, touchant à peine au contenu de son assiette. Il était le seul client de l'hôtel. La patronne s'était amadouée et le servit avec un bon sourire. Il se coucha aussitôt, dormit d'un sommeil apaisé, ce qui ne lui était pas arrivé depuis longtemps, et se leva tôt le lendemain.

Il lui fallut cinq heures pour rejoindre Senez. La route montait. À plusieurs reprises il dut s'arrêter, attendre que les battements désordonnés de son cœur cessent de lui marteler douloureusement la poitrine. Environ dix kilomètres après Castellane, un chemin de campagne, à gauche, conduisait au village de Senez dont le clocher apparut bientôt, encerclé par des collines escarpées. Un petit pont franchissait un ruisseau.

Assis au volant d'une voiture noire surmontée de deux antennes et stationnée à l'entrée du village, près du cimetière, un homme l'observait à la jumelle.

Peñiscola, Aragon, 1417

Un rocher sur la mer, entre Castellón et Viñaroz. Un poing farouche jailli au ras des flots. Une mince bande de sable, impraticable par gros temps, relie ce récif fortifié à la côte. Base stratégique depuis la nuit des temps, les Phéniciens l'appelaient *Tyrichae*, les Carthaginois *Akra Leuke*. Hamilcar et Hannibal, en guerre eux aussi contre Rome, y avaient entretenu des garnisons. Les Templiers l'occupèrent plus d'un siècle, pillant les rivages d'Afrique à partir de ce rocher où ils se maintinrent de longues années après la dissolution de leur ordre par Rome et l'exécution de Jacques de Molay. Ce n'est pas un lieu de paix. Les vagues qui se brisent sur le soubassement des murailles y entretiennent un perpétuel tumulte. Ce n'est pas un lieu d'humilité. Le donjon se dresse comme un défi et le dialogue avec Dieu ne s'y conçoit que de puissance à puissance. Une forêt de saillants rocheux aussi tranchants que des épées en interdisent l'accès par le large. Sauf famine ou trahison, la place est imprenable par les armes. Triple enceinte avec bastions et redoutes, échauguettes pour les guetteurs, tours massives se protégeant l'une l'autre, murailles vertigineuses et lisses percées de meurtrières pour l'artillerie et les archers et, du côté de la terre, une seule porte, monumentale, avec herses, pont-levis et fossés, aussi hérissée de défenses qu'un château. C'est seulement sur l'isthme de sable exposé à la foudre des bombardes et des couleuvrines de l'artillerie pontificale que les embarcations peuvent aborder. Il y a là un petit port étroit entouré de rochers et d'accès impossible aux étrangers qui n'en connaîtraient pas la passe. Quelques maisons bleues et blanches, tassées les unes contre les autres dans la partie basse de la presqu'île, sont habitées par des pêcheurs, des hommes rudes au poil noir, toujours pieds nus, illettrés, superstitieux, agressifs, coléreux et dévoués corps et âme au pape Luna.

Peñiscola : un repaire.

C'est là que s'est installée Sa Sainteté le pape Benoît XIII après qu'il a quitté Perpignan. L'étendard au croissant de lune et aux clefs surmontées de la tiare flotte à présent au sommet du donjon. Lorsqu'il a mis pied à terre sur l'isthme, débarquant de sa galère avec ses quatre cardinaux, son camérier, son médecin, une poignée de prêtres et d'évêques, ses domestiques, ses archers, il a béni les pêcheurs qui l'acclamaient et il a dit : « Là où je suis est l'Église du Christ. » Peu lui importent les milliers de prélats, les princes, les rois rassemblés à Constance autour de l'empereur Sigismond et qui ont voté sa déchéance sans qu'une seule voix ne s'élève cette fois pour le défendre, peu lui importe qu'aucune nation chrétienne ne le reconnaisse plus pour pontife, que son pouvoir spirituel et temporel cesse à une portée de flèche de son donjon, peu lui importe que Vincent Ferrier l'ait trahi et qu'il ait ensuite prophétisé à son départ de Perpignan « que les soldats joueraient à la pelote avec sa tête », il est le pape Benoît XIII, seul successeur légitime du pape Clément VII qui fut lui-même élu à Fondi en 1378 dans la filiation apostolique directe de Pierre et de ses deux cent un successeurs et nul n'a le droit de s'opposer à la volonté du Christ et de son vicaire sur la terre. Il est Rome à lui tout seul. Anathème contre quiconque le niera !

Comme au palais des Papes d'Avignon, il a appelé ses appartements *Rome.* Lui-même se contente d'une petite chambre austère dans le donjon, avec deux fenêtres étroites sur la mer où il passe le plus clair de son temps à méditer en contemplant l'horizon. Le pape de la mer se souvient, ses vaisseaux en ligne d'escadre, Marseille, Nice, Gênes... Embarquer sur sa dernière galère et s'en aller reconquérir Rome à la barbe de tous ces hérétiques de Constance... ce n'est plus qu'un rêve. Il le refait sans cesse, éveillé, assis sur l'inconfortable banquette de pierre dans l'embrasure de la fenêtre, enveloppé dans sa cape rouge, tandis que se croisent au loin les voiles de couleur de ses pêcheurs qui se relaient en sentinelle aux frontières maritimes de son domaine.

En revanche, les appartements publics reflètent toute l'importance qu'il attache à la dignité pontificale. Pour l'honneur de Dieu, il y a déployé ses richesses. L'antichambre et la salle d'audience sont décorées de somptueuses tapisseries illustrant des scènes bibliques qui appartiennent au trésor pontifical sauvé de la chute d'Avignon ainsi que le trône du pape, la tiare de saint Sylvestre posée sur un coussin rouge qu'éclaire la lumière tombée d'un vitrail, les morceaux de la vraie croix enchâssés d'or et d'émaux contenus dans un reliquaire de cristal de roche et de vermeil aussi hérissé de clochetons qu'une cathédrale et qui brille au maître-autel de la chapelle du château, sans compter un nombre impressionnant de coffres chargés de joyaux, de pierres rares, de plaques d'or, de monnaies, de médailles, d'objets précieux de toutes sortes et entassés au fond d'une cave secrète que les Templiers avaient creusée dans le roc juste au niveau de la mer. Le pape seul en possède la clef. Il ne la confie à personne. Ce n'est point avarice de sa part. Ce trésor n'est pas étranger à la hargne des cardinaux de Constance contre lui, car c'est en somme lui qui détient les dividendes de leur trahison. Il a reçu ce trésor du pape Clément VII. Il doit le transmettre à son successeur et vogueront à nouveau les galères à la conquête de Rome...

Il est une heure de l'après-midi.

Le pape Luna vient de dîner, à son habitude, de gelées de fruits, de confitures, à peine quelques cuillerées, d'un biscuit fourré au miel et d'un verre de lait. Des messagers du concile de Constance sont attendus pour deux heures et la citadelle se prépare à les recevoir selon le strict cérémonial d'Avignon afin que toute la Chrétienté sache que même en exil et loin de Rome le pape Benoît XIII n'en reste pas moins le pape. Le capitaine Rodrigo de Luna a donné ses instructions. Les messagers entreront au palais par la chancellerie où travaillent les secrétaires et les moines copistes. Ils traverseront la bibliothèque, la grande galerie également tendue de tapisseries, seront conduits à la chapelle afin de s'y recueillir ; enfin, introduits dans la salle d'audience après un passage par l'antichambre où seront vérifiées leurs lettres de créance et où on les priera de jurer sur l'Évangile qu'ils ne dissimulent aucune arme. Dans la cour intérieure du château, casqués de cuir, les mercenaires fourbissent leurs lances. On a déroulé un tapis rouge, comme un pont sur une mer de pavés. Les remparts se sont peuplés d'archers dont les morions étincellent au soleil. Deux cents arbalétriers ont pris position sur l'isthme tandis qu'un peu en avant d'eux, à la frontière de la papauté, piaffe la petite cavalerie pontificale commandée par Rodrigo de Luna. La fanfare de la garnison a pris place au sommet du donjon où flotte l'étendard d'apparat et des relais de trompettes assurent les communications. Dans sa petite chambre se prépare aussi le pape Luna. Il a près de lui son barbier, son valet, son sacristain, son camérier. Sous l'accumulation d'ornements, sa silhouette maigre et ascétique s'enfle aux proportions d'une statue habillée, de celles que les Espagnols affectionnent et vénèrent en procession. On lui a présenté ses bagues sur un plateau de velours. En les passant à ses doigts il murmure :

— Selon saint Jean, un arc-en-ciel d'émeraudes enveloppe la Cité de Dieu...

Son visage est d'une pâleur cadavérique. Le camérier fait un signe au barbier qui, sa boîte de fards à la main, étend une légère couche de rose sur ses joues creuses. Le pape ressemble de plus en plus à sa statue. Enfin Domingo d'Alava, le camérier, agrafe lui-même autour du cou du pape la broche d'or de sa chape, une merveille de fibule gravée par l'orfèvre de Charlemagne où figurent en arc de cercle les emblèmes des quatre évangélistes. Le pape soupire :

— Naguère, à Avignon, à Marseille, à Gênes, parfois c'est Vincent qui m'habillait.

Vincent Ferrier... La blessure n'est pas fermée.

— N'y pensez plus, Très Saint-Père, dit le camérier. Oubliez cette forfaiture. Sachez qu'ici chacun vous sert en foi et fidélité.

— C'est vrai, dit le pape Luna. Vincent m'a rendu un dernier service : d'un seul coup, en trahissant, il a démasqué tous mes faux amis.

Le camérier reste impassible, l'œil brillant d'un éclair vite éteint. Sa Sainteté le pape Benoît XIII n'a pas encore bu le calice jusqu'à la lie.

Par la fenêtre ouverte, on entend un lointain appel de trompettes auxquelles répondent celles du donjon. Les envoyés du concile approchent. En les voyant apparaître par le chemin entre les dunes, Rodrigo de Luna blêmit. La colère le prend. S'il s'écoutait, il les renverrait d'où ils viennent et au trot, l'épée dans les reins, leur robe de bure coupée aux genoux par dérision. Certes ils sont escortés selon leurs rang et prérogatives d'ambassadeur par un détachement d'hommes à pied et de cavaliers appartenant aux troupes du nouveau roi d'Aragon, Alphonse V, mais on a eu soin de les choisir de basse condition. Ni cardinaux, ni évêques, pas même abbés mitrés, deux simples moines, barbus et sales ! Deux ratichons rancis de couvent dont le regard luit d'orgueil et de méchanceté. La forteresse, tout de même, leur en impose, et il leur vient des sueurs glacées à l'idée du cachot humide qui pourrait bien être leur lot, une fois leur message délivré. Peñiscola les fascine, non pas comme une citadelle puissamment retranchée, mais comme un portrait de Pedro de Luna sculpté mystérieusement dans la pierre et taillé pour l'éternité.

Il faut le reconnaître, ils ont du nerf. Le capitaine Rodrigo se joue d'eux, mais ils ne se laissent pas impressionner. Les chaînes du pont-levis grincent et les vantaux bardés de fer s'écartent. C'est d'un œil malveillant qu'ils repèrent les clefs de saint Pierre et le croissant des Luna frappés au fronton de la porte monumentale tandis que des sonneries de trompettes signalent leur arrivée au château. Disposée en fer à cheval, la cour d'honneur s'ouvre sur la mer. Le regard chercherait en vain une limite, une frontière. Ils avancent entre deux haies de mercenaires casqués qui ont des mines à les bouffer tout crus, puis par d'interminables escaliers à vis aussi sombres que des souterrains, craignant à chaque instant qu'un poignard ne vînt se planter dans leur dos, ils accèdent enfin à une terrasse qui commande la chancellerie et les appartements du pontife. Les moines copistes, dûment chapitrés, ne lèvent pas le nez de leurs parchemins. Au mépris répond le mépris. La grande galerie aux tapisseries leur arrache des moues de dégoût. À Constance, cardinaux et évêques affectent un retour hypocrite à la pauvreté évangélique. C'est l'air du temps. Cela leur passera vite. Une grille glisse devant les deux moines, celle de la chapelle du château. Leur en a-t-on parlé, à Constance, de ce reliquaire qui vaut à lui seul une fortune ! Tout de même, ils s'agenouillent, cherchant des yeux les morceaux de la vraie croix noyés au milieu de cet océan d'or. Au XVe siècle, la foi ne faisait pas le détail. Ils prient, tandis que derrière eux les mercenaires qui les escortent s'impatientent et frappent le dallage de leur lance. Ils frissonnent de peur mais se redressent. On ne les aura pas comme ça !

Reste l'antichambre. Elle est bondée mais il y règne un silence glacé. Non seulement ils jurent sur l'Évangile, mais on les fouille, comme si l'on doutait de leur serment ! Un évêque daigne expliquer :

— On a déjà tenté par deux fois de s'en prendre à la vie de Sa Sainteté. La première par un envoyé du prétendu concile de Pise et la seconde par un messager du prétendu pape Jean XXIII...

Ce ne sera d'ailleurs pas la dernière.

Enfin s'ouvre à deux battants la porte de la salle d'audience. La lumière de ce début d'après-midi coule à flots dans la vaste pièce. Dix évêques assis sur des tabourets et quatre cardinaux en chapeau entourent le pape droit sur son trône, figé, la tiare au front, les pieds chaussés de mules rouges reposant sur un escabeau de vermeil et offerts au baiser protocolaire. Les deux moines, s'étant consultés, se prosternent. Y eussent-ils manqué que le poing ganté de cuir de Rodrigo de Luna les aurait saisis par le cou et ployés de force le nez sur le dallage. En se relevant ils découvrent, mal à l'aise, le regard noir et las du pape Luna. Il a quatre-vingt-treize ans. Jeronimo de Santa Fe, son médecin, se tient debout derrière lui, prêt à lui porter secours à la moindre défaillance.

— Ainsi voilà les corbeaux du concile, dit le pape Luna à voix haute.

Le ton est donné. Le plus âgé des deux moines ne manque pas de cran. La réplique fuse.

— C'est vrai, nous sommes des corbeaux. Et si, corbeaux, nous sommes venus jusqu'ici, c'est parce que nous avons senti la chair morte.

Les cardinaux se soulèvent d'indignation sur leur chaise. Les évêques se signent. Rodrigo dégaine son épée et les mercenaires de garde dans la salle font aussitôt trois pas en avant en marmonnant dans leurs moustaches qu'on va régler leur compte à ces ratichons. Le pape étend une main pacifique.

— Laissez-les, dit-il.

Et aux deux ambassadeurs, d'une voix sèche et coupante :

— Parlez ! Lisez votre message. Et après, partez ! Partez sans délai.

À la table des scribes où on les a installés, une demi-douzaine de notaires vêtus de noir dépêchés eux aussi de Constance notent fébrilement toutes ces paroles. Leur transcription de l'entrevue figure également au dossier Benoît. Le plus âgé des deux moines, Dom Lambert, tire de sa robe le rouleau de cuir et lit :

« Au nom du concile de Constance... »

Qu'a-t-il dit là ! Le pape frappe les accoudoirs de son trône. Il s'écrie :

— L'Église n'est pas à Constance, elle est ici ! Il n'y a pas de pape à Constance. Il est ici. Ici c'est l'arche de Noé. Le déluge noiera l'œuvre sacrilège du concile. Ici, nous serons sauvés.

Les notaires consignent cette phrase. Elle a de la force. Elle prophétise. La Réforme suivra de près, déchirant à nouveau la Chrétienté...

« Au nom du concile de Constance », reprend courageusement Dom Lambert...

Suivent toute une série de sommations, de décrets aux attendus injurieux assortis d'anathèmes et d'accusations d'hérésie. Une heure de lecture. Un chemin de croix. Il n'est personne dans la salle d'audience qui ne souffre au plus profond de l'âme, fidèles aujourd'hui ou traîtres demain, jusqu'au moine-ambassadeur qui, impressionné malgré lui par la majesté et la solitude du pontife, tente sur la fin de sa lecture d'en atténuer les violences. Ce n'est pas chez lui de la peur, mais un regain de charité chrétienne, une ombre de doute, aussi, peut-être. Une grande et belle scène, très humaine. En réalité, rien de nouveau par rapport aux précédentes ambassades, sinon le délai : le pape Luna devra se présenter en personne, dans les cent vingt jours qui viennent, à Constance, devant le concile, afin d'y être déposé, et d'en recevoir le pardon avec l'obligation de se retirer loin du monde dans un monastère de son choix. Nul prétexte de retard, ni l'âge ni la maladie, ne saurait être invoqué. Faute de quoi, au cent vingt et unième jour, le concile prononcera son retranchement de l'Église et son exclusion de la communion des vivants.

Au milieu du silence de mort qui suit cette déclaration, chacun fait le compte des chances du pape et n'en découvre plus aucune. Si le coq s'avisait de chanter trois fois, il n'est pas un clerc dans cette salle qui ne dirait : « Je ne connais pas cet homme... » C'est alors qu'élevant à nouveau la voix, Dom Lambert, s'écartant de son texte, croit bon d'y ajouter son grain de sel. Il tient le rôle de sa vie. Il en fait trop. Se serait-il borné là que la cause était entendue, au moins dans l'esprit des prêtres, des évêques et des cardinaux présents. Or il s'attendrit. Émotion feinte ou sincère, en évoquant le voyage de Constance, le voilà qui brode sur le thème éculé du retour du fils prodigue. Mieux encore : il prêche l'exemple des deux autres papes rivaux qui, eux, se sont soumis au concile ! Du haut du trône pontifical, la réplique tombe, foudroyante :

— Des marchandages ! Entre ces changeurs qui troquent des pièces fausses, quel est le voleur, quelle est la victime ? Les princes et les clercs qui couvrent cette imposture ne sont-ils pas encore plus infâmes ? Jamais le Christ n'a donné aux Apôtres le pouvoir de juger Pierre. Les hommes qui siègent à Constance brûleront pour l'éternité.

Effarés, tassés sur leur banc, les notaires grattent et

grattent sans oser lever les yeux. Tout cela sera lu à Constance. Le pape le sait. Il poursuit :

— Pourquoi ménagerais-je les princes de l'Église, les cardinaux que j'ai nommés, les rois et les souverains que j'ai absous de tous les péchés de la chair et de l'esprit ? Je dévoilerai le mensonge et les turpitudes des imposteurs. Je démasquerai ceux qui en me jugeant mettent en accusation le Christ. Comment le concile ose-t-il m'inviter à mes propres funérailles ?

Il a ensuite cette phrase terrible qui a traversé les siècles comme une flèche pour se ficher en plein cœur de Rome :

— Le concile de Constance a fait brûler celui qui proclamait haut et fort qu'un homme en état de péché mortel ne peut être roi, cardinal ou pape. Les membres du concile me jugent mais ne veulent pas être jugés. Peut-être ont-ils condamné Jan Hus au bûcher pour éviter d'y monter eux-mêmes, mais les flammes brûlent déjà pour eux en enfer...

Dans la salle d'audience, chacun retient son souffle et sa trahison. Pedro de Luna s'est levé. Il toise les deux moines frappés de stupeur.

— Votre mission est terminée, leur dit-il. Rapportez au concile la réponse du pape Benoît XIII.

Les moines sortent à reculons, suivis de leur escouade de notaires, blêmes de trouille, plus morts que vifs, ce qui divertit fort les mercenaires qui leur aboient aux oreilles en patois aragonais : « Alors, plus vite que ça les corbeaux ! » Les corbeaux ne pensent plus qu'à leur retour. Il va leur falloir traverser la France ravagée par l'anarchie depuis le désastre d'Azincourt, et surtout les États du comte d'Armagnac où le nouvel évêque de Rodez, Jean Carrier, tient son diocèse d'une main de fer au nom du pape Benoît XIII. Le pape de la mer y a gagné un second surnom : là-bas il est le « pape des Armagnacs ».

Les portes de Peñiscola se referment. Il faut soutenir le pape aux épaules. Il est épuisé. Pour prévenir la congestion, on jette de l'encens dans un brasero et Jeronimo de Santa Fe lui présente un jus de coloquinte. Chacun s'agenouille devant le pontife qui regagne ses appartements et les quatre cardinaux songent que l'heure n'est pas encore venue...

Un sursis. Un sursis de cent vingt jours.

La riposte ne tarde pas. Cette fois Constance n'a même pas daigné envoyer des ambassadeurs, fussent-ils les plus crottés des moines. Le concile a déjà commencé à débattre de l'élection du nouveau pape et, pour les milliers de prélats réunis là-bas, Benoît XIII n'existe plus, il n'a jamais existé. C'est par son vieil ami l'archevêque de Saragosse que le pape prend connaissance de la sentence accablante qui le frappe. Les chevaucheurs du concile et de l'empereur l'ont répandue aux autres coins de l'Europe afin qu'elle soit lue et affichée dans toutes les églises de la Chrétienté : Pedro de Luna y est déclaré hérétique notoire et incorrigible, dépouillé de tous ses titres, grades, dignités, bénéfices et emplois, exclu de l'Église romaine et retranché comme une branche morte de la communion apostolique. Tous les fidèles où qu'ils se trouvent sont relevés de son obédience, ainsi que de tous serments et obligations. Enfin défense est faite à tous sous peine d'excommunication de lui obéir en tant que pape et de lui prêter assistance ou protection...

Cette lecture à peine achevée, c'est au tour de son neveu Rodrigo de Luna, commandant la garnison de Peñiscola, de venir en hâte lui annoncer que les troupes du roi d'Aragon ont pris position au sortir de l'isthme et que ses galères croisent au large. Ce n'est pas un siège, c'est un blocus. Ne pourront passer, désormais, par grâce spéciale du roi Alphonse qui s'est tout de même souvenu que Benoît XIII avait été cardinal d'Aragon, que de l'eau et de la farine en quantités chichement mesurées. Les visiteurs seront refoulés. Quant à ceux, clercs ou laïcs, qui souhaiteront prendre congé de Peñiscola, ils n'y seront autorisés, et cela sans espoir de retour, qu'après avoir dûment signé sous serment un acte de rétractation.

La nouvelle s'est répandue dans le château. Il y règne un silence de mort. On n'entend plus que le ressac des vagues qui se brisent sur les rochers et les claquements au vent de l'étendard pontifical qui flotte au sommet du donjon. C'est alors qu'un murmure s'élève et parcourt toute la citadelle : Sa Sainteté a quitté sa chambre. Tiare au front, les diacres portant sa traîne, elle s'est avancée sur la terrasse et là, tournant le dos à la terre et aux hommes, debout au bord du parapet, d'un signe de croix trois fois répété, face à l'horizon sans limites, elle bénit la mer de sa main décharnée. Il est six heures de l'après-midi.

La bénédiction pontificale *urbi et orbi*, privilège du pape. Chaque jour au coucher du soleil, Benoît XIII la renouvellera. Chaque jour pendant près de sept ans...

Ce qui suivra ne l'étonne pas. Il en accueille l'information avec la plus calme indifférence. Le 28 octobre 1417, à Constance, la Chrétienté qui l'a condamné s'est donné un nouveau pape. Les mœurs romaines n'ont guère changé. Colonna ou Orsini ? Ce sera un Colonna, qui prend le nom de Martin V. Un mode d'élection plutôt bizarre. Comme s'il se méfiait de la loyauté des vingt-trois cardinaux de toutes obédiences qui ont pourtant abondamment prouvé la flexibilité de leur échine, le concile leur a adjoint une trentaine de prélats choisis, nation par nation, selon leur appartenance à ce qu'on appelait en ce temps-là les « Langues », c'est-à-dire un découpage géopolitique des zones d'influence des grands de ce monde. Ce n'est plus un conclave, c'est l'O.N.U. Le fait politique prime le religieux. L'actuel prévaut contre l'éternel. Les vingt-trois cardinaux y sont noyés et ficelés au milieu de trente électeurs supplémentaires désignés par les évêques, ce qui est en contradiction totale avec la règle des conclaves et la tradition de l'Église romaine. Cela ne s'était jamais vu auparavant et cela ne s'est jamais reproduit depuis, comme si l'on avait admis ensuite que les pères conciliaires de Constance avaient outrepassé leurs droits. Mais la jurisprudence existe. Nul doute qu'on s'en souviendra, dès le XXIe siècle, lors de l'un ou l'autre des prochains conciles, « pour le bien de la Chrétienté. » Le pape Martin V l'a vite compris. À peine élu, il emploiera toutes ses forces à réaffirmer et à rétablir la primauté du pape sur le concile, mais cela est une autre histoire...

C'est vrai que toute la Chrétienté aspirait à l'unité, quelles que fussent la voie pour la retrouver et l'iniquité des moyens employés à Rome à l'encontre du pape Benoît XIII. Le retour de Martin V à Rome déchaîne les enthousiasmes sur son chemin et précipite les foules à ses pieds. Il a quitté Constance escorté par quarante mille cavaliers. Les cloches se relaient sur son passage, formant comme une haie d'honneur sonnante et ininterrompue. Sur les rives du Rhin où il a embarqué, des feux de joie, partout, le saluent. Il traverse Berne, Genève, Milan, Mantoue, Florence et tant de villes et de villages qui se portent en masse au-devant de lui et retardent sa marche triomphale. On tient le pape, on ne veut plus le lâcher. Cette lenteur, en fait, lui convient. Colonna et Orsini, naturellement, se sont jetés les uns contre les autres, à Rome, et il faut au pape Colonna des trésors de patience et de diplomatie pour calmer la fougue de ses partisans.

Enfin, le 30 septembre 1420, les épées remisées au fourreau, il fait son entrée dans la ville sainte. Le grand schisme d'Occident est terminé. Les historiens en ont décidé ainsi, ne citant plus que pour mémoire la résistance obstinée du pape Benoît XIII sur son rocher.

À Peñiscola la vie continue. Le blocus ne se relâche pas, mais ses mailles laissent passer l'essentiel, et même aussi quelques visiteurs déguisés en colporteurs et qui apportent au pape Luna des nouvelles de la chrétienté cachée. La désertion a creusé des coupes claires dans la population de la forteresse. Des quatre derniers cardinaux, l'un est mort, les trois autres se sont enfuis, ralliant Martin V à Mantoue, en échange de la confirmation de leurs dignité et bénéfices et de la restitution de leurs biens. Le pape Luna, chaque Jeudi saint, se contente de lancer contre eux l'anathème. C'est la seule arme qui lui reste, et il lui arrive même, désenchanté, se souvenant de sa flotte de guerre, de ses armées, de sa puissance temporelle disparue, de la trouver bien dérisoire. À l'exception de Jean Carrier, à Rodez, et de Falkirk, à Iona, qu'il s'obstine à croire vivant, un seul évêque lui est resté fidèle, Gil Sánchez de Muños, réfugié à Peñiscola. La plupart des clercs ont trahi, sauf Domingo d'Alava le camérier. Seuls sont demeurés à leur poste les mercenaires aragonais et une poignée de domestiques. Quant aux pêcheurs du village, ils ont toujours appartenu corps et âme aux Luna. Quel est le vrai pape ? Quel est le faux ? Pour eux la question ne se pose pas. Benoît vient parfois se promener parmi eux.

Il se fait apporter un filet. Il en apprécie la trame dans ses doigts, car il est devenu presque aveugle, et l'égrène comme un chapelet.

— Pierre était un pêcheur de Tibériade, leur dit-il. Je suis le successeur de Pierre. Je ne renoncerai jamais.

Qui cherche-t-il à convaincre ? À qui s'adressent en réalité ces paroles ? À Rome on les a entendues. Le temps des assassins est venu...

Peñiscola, Aragon, 1424-1429
Illueca, Aragon, 1813

La tête, le bras, la main : un assassin en trois personnes. La tête a ordonné, le bras a préparé, la main a commis le forfait.

La tête est à Rome.

Après quarante ans de désordres, d'intrigues, d'anarchie, sept papes en deux et même trois papautés rivales, deux conciles presque coup sur coup, l'un invalide, l'autre douteux, et l'intervention permanente dans les affaires de l'Église de la plupart des princes d'Europe, la tâche qui attend le pape Colonna, Martin V, est immense. D'abord rappeler à l'obéissance ces milliers de prélats et de clercs qui à Pise et à Constance s'étaient autoproclamés gouvernement collégial de la Chrétienté et entendaient bien conserver, face au nouveau pape, la plus grande partie de ces pouvoirs, ensuite se débarrasser de l'encombrante tutelle des souverains qui avaient imposé le concile de Constance et se croyaient des droits sur Rome, en un mot : rétablir la primauté du pape. Tous avaient pris de mauvaises habitudes, bien décidés à n'en pas changer. Dans les conflits d'autorité qui surgissent de plus en plus fréquemment, le pape Colonna cède ou recule. « Qui t'a fait pape ? » lui répond-on. Il n'ose rompre avec ses partisans pour la raison que certains lui rappellent, comme une menace à peine voilée : il n'est point encore le *seul* pape. La Castille, l'Aragon, l'Écosse se sont ralliés à contrecœur. Il a fallu réduire l'Armagnac par la force. Mais Peñiscola résiste toujours. Le roi Alphonse d'Aragon a refusé d'intervenir militairement. Il prépare une expédition de conquête dans le sud de l'Italie où il revendique Naples et la Sicile et pour cela il n'est pas fâché de conserver un pape sous la main, au cas où l'autre lui deviendrait hostile. Aussi longtemps que le pape Luna respire, le pape Colonna ne pourra passer outre.

L'ordre est venu de Rome. Nul ne le saura. Le bras affectera d'ignorer ce que la tête a ordonné.

Le bras, c'est le cardinal Alammano Adimari, l'un des plus virulents accusateurs de Benoît XIII à Constance. Martin V l'en a récompensé en le nommant légat à Avignon. Il a son plan. Il connaît par ses espions les habitudes alimentaires du pape Luna qui ne se nourrit que de chaussons au miel et de rissoles fourrées de confiture. Il convoque son apothicaire et son trésorier, se fait remettre vingt mille florins d'or et un assortiment de poudres variées d'arsenic et de réalgar accompagnées de formules de dosage, et prend aussitôt la route.

Reste à obtenir l'autorisation de communiquer avec Peñiscola. Le roi Alphonse est méfiant. Il tient à son pape de rechange. Le roi campe au milieu de ses troupes sur les rivages de Barcelone. L'air est traversé de sonneries de fanfares. Chaque jour arrivent de nouveaux contingents. L'embarquement pour Naples est proche. On n'attend plus qu'un signe des vents. Entouré de ses capitaines, il reçoit le légat sous sa tente.

— À la veille de si grands événements (le légat fait allusion à l'expédition de Naples), Sa Sainteté le pape Martin V renonce à réclamer de Votre Majesté une intervention armée contre le rebelle de Peñiscola...

Le ton mesuré surprend. Les chiens de Rome, d'ordinaire, ne lâchent pas si facilement leur proie, et celui-là, le cardinal Adimari, en est un de la pire espèce. Chacun se souvient qu'avec l'évêque Cauchon, à Constance, il mena l'hallali contre Benoît. Or que dit-il ? Que propose-t-il ? Que Pedro de Luna, s'il se soumettait, se verrait rétabli dans la communion des fidèles, au rang de primat d'Espagne et doyen du Sacré Collège ! Qu'il fixerait sa résidence à son gré et que ses partisans conserveraient charges et bénéfices ! Que le trésor pontifical encore en sa possession resterait sa propriété, sa vie durant ! Le roi a écouté, incrédule.

S'il s'est soumis au pape Colonna, il n'en méprise pas moins tout ce qui vient de Rome.

— Et en échange, que demande Sa Sainteté ?

Le légat monte sur ses grands chevaux. Aurait-on le front de considérer ses propos comme les termes d'un marché ?

— Mais rien, répond-il noblement. Rien d'autre qui n'existe déjà : la soumission des clercs et des laïcs de ce royaume aux ordres de la sainte Église...

Le roi Alphonse a la tête ailleurs. Sa flotte prête à appareiller... Son armée qui, déjà, l'acclame... Naples, la Sicile, mes beaux royaumes... C'est encore un adolescent. Il se cherche un rôle à l'égal des grands. Il se rêve puissant et magnanime, et *magnanime* est son surnom de roi.

— Personne plus que moi ne souhaite l'extinction définitive du schisme, déclare-t-il au légat. Mais comment convaincre le pape Luna ? Il ne recevra pas votre ambassade et le respect que j'ai pour lui m'interdit de la lui imposer. Qui lui transmettra vos propositions ?

Le légat s'incline jusqu'à terre.

— Seule Votre Majesté peut le faire.

Le piège est armé. Plus il est gros, plus il fonctionne. Jamais le rebelle ne se soumettra. Nul n'en convient mais chacun le sait. Pour Rome il s'agit seulement de pénétrer dans la place. Pour Alphonse de fournir à son chroniqueur d'épopées matière à un sublime premier chapitre : partant conquérir l'Italie, le roi Alphonse le Magnanime s'efforce de mettre fin au schisme. Les dames de la Cour s'en inspireront pour broder une tapisserie qu'on pendra aux murs de la salle du trône.

— Soit, dit le roi. Je désignerai l'ambassade.

Leonardo de Caballeria, favori du roi, la conduira, assisté de deux chevaliers aragonais, tous acquis au pape Luna. Le cardinal Adimari se frotte les mains.

Devant eux s'ouvriront sans méfiance les portes de la forteresse. Le quatrième plénipotentiaire, celui qui parlera au nom de Rome et du légat, est un obscur prieur de Saragosse nommé Alquezar. Il a ses entrées à Peñiscola et s'affiche partisan de Benoît. Le légat approuve. Dix mille florins et l'assurance d'une riche abbaye ont retourné le prieur Alquezar aussi aisément qu'un gant. Les poudres, les fioles, la formule de mort, une autre bourse de dix mille florins d'or, la promesse d'un évêché, une absolution en blanc du légat assortie des indulgences plénières, le prieur emportera tout cela dans sa poche. On ne fouille pas une ambassade...

La tête. Le bras. Reste à trouver la main.

Le prieur Alquezar a déjà son idée. L'être humain est un miroir à deux faces, la trahison l'envers de la loyauté, et ce sont souvent les plus fidèles qui se transforment en traîtres parfaits. Il suffit de leur en fournir le motif. Qui a la confiance du pape Luna ? Son camérier, Domingo d'Alava. Qui peut l'approcher à toute heure du jour et de la nuit ? Domingo d'Alava. Qui surveille la préparation de ses repas ? Qui lui sert ses confitures, ses chaussons au miel, ses sirops ? Son loyal camérier, Domingo d'Alava. Le pape Luna, comme on s'y attendait, a rejeté toutes les prétendues propositions de Rome : « Je ne renoncerai jamais ! » Le prieur approuve, mais fait traîner. Il suggère que la chancellerie rédige une réponse circonstanciée, et pendant tout ce temps gagné, la nuit, dans l'une des cellules désertes de ce vaisseau que les rats ont fui, il rencontre en secret le camérier. Les dix mille florins, l'évêché, l'absolution, tout cela est accepté, mais il manque encore l'argument majeur, celui dont tout traître bien né a besoin pour apaiser sa conscience : la conviction d'une *juste* trahison, le sentiment d'un devoir sacré.

— Ainsi, mon frère bien-aimé, vous sauverez la Chrétienté, dit le prieur.

Deo gratias ! Ecce homo. La tête a commandé. Le bras a préparé. La main l'accomplira. Une pincée de poudre dans les chaussons, mêlée au miel, à la confiture... Dans la petite chambre du donjon, au pape qui est assis près de la fenêtre et contemple le soleil couchant sur la mer, la main fidèle et loyale présente sa collation du soir. Ensuite le vieillard prie longuement et s'endort...

À deux heures du matin, le pape agonise. On l'a entendu hurler de douleur et les sergents de garde ont donné l'alarme. Le vent souffle. La mer gronde. Il pleut à seaux. La forteresse a pris le large comme une arche à la dérive. Des appels retentissent aux remparts, tout au long des sombres couloirs et dans l'escalier du donjon où chacun se presse aux nouvelles. Beaucoup sont tombés à genoux. On a prévenu le médecin du pape, Jeronimo de Santa Fe, qui accourt au chevet du vieillard. Il chasse la petite foule, condamne la porte et entame avec la mort un combat qui durera huit jours. Comme un laveur de cadavres, il a dénudé le corps du pape. Jeronimo de Santa Fe est juif. Il est l'élève et l'héritier des plus célèbres juifs d'Espagne. Il s'est converti de son plein gré quelques années auparavant, à Tortosa, quand le pape Luna y convoqua un concile consacré à la rédemption des juifs et où, à l'appel de Vincent Ferrier, des milliers d'entre eux embrassèrent volontairement le christianisme. Benoît XIII fut le pape des juifs. Il n'y en eut pas d'autre depuis. Peut-être une lueur dans le mystère de sa destinée...

Sans le moindre ménagement, Jeronimo s'est allongé sur le corps du pape. Il y pèse de tout son poids, que la sueur et la peau recrachent le poison qui le tue. Il lui masse le cœur, le fait vomir, le couvre de cataplasmes révulsifs qui lui mettent la chair à vif. Ce sont des manières de bourreau, des soins d'une épouvantable cruauté qui en ce temps-là relevaient de la magie et étaient passibles du bûcher si l'on n'était pas médecin du pape. Dieu contre le Diable. Question de foi. Son corps a exsudé le poison, mais le pape n'est plus qu'un squelette pantelant. Jeronimo l'enveloppe de bandelettes. Il ressemble à un enfant dans ses langes. Le médecin pose son oreille sur sa poitrine et guette les battements du cœur. Lazare est ressuscité. Le pape vit !

Il ne survivra pas longtemps. L'âge, la souffrance... Une rémission d'un an. Profitant de la confusion de la nuit, ses assassins se sont enfuis. Rodrigo de Luna a lancé à leurs trousses ce qui lui reste de cavalerie. La papauté règle ses comptes. Ce sera sa dernière manifestation de puissance. Les deux hommes seront rattrapés. Le prieur de Saragosse paiera son forfait de sa vie : garrotté à l'espagnole. Quant à Domingo d'Alava, la main, reconduit à la forteresse et mis en présence du pape, il implorera son pardon. Enfermé dans un cachot, la vie sauve, il ne recouvrera la lumière qu'à la vraie mort du pape Luna et courra se jeter aux pieds du pape Colonna, à Rome, pour rétracter sa rétractation et réclamer l'évêché promis. Les prisons du château Saint-Ange sont profondes. On n'y retrouvera même pas ses ossements.

Car le pape Benoît XIII, cette fois, va mourir. Il a quatre-vingt-dix-neuf ans. Dans cette époque de crédulité, il a été dit, par la suite, qu'il était taillé pour l'éternité et que seul le poison l'en priva. L'éternité, il y pensa. Quelques jours avant son trépas, mesurant le vide à venir, il nomma quatre cardinaux parmi les clercs de son entourage afin qu'ils puissent, dès sa mort, lui désigner un successeur. Il nomma deux Espagnols qui l'avaient suivi à Peñiscola, Julian de Loba et Jimeno Dahé, ainsi que le père abbé d'une chartreuse voisine, Dom Dominique de Bonnefoi. Au quatrième, Jean Carrier, évêque de Rodez et de Saint-Étienne, fidèle d'entre les fidèles, qui guerroyait là-bas en son nom, il dépêcha un messager lui enjoignant de rallier Peñiscola au plus tôt.

Après quoi il expira, le 29 novembre 1423.

La plupart des chroniqueurs du temps s'accordent pour le considérer comme l'un des plus grands hommes de son siècle, d'une totale intégrité de vie, d'une droiture sans pareille, avec toutes les qualités de cœur et d'esprit que nécessitait sa charge.

C'est pourquoi, à considérer cette guerre sans merci que Rome mena contre Pedro de Luna, contre cet inébranlable solitaire qu'animait la conviction de sa légitimité, à considérer la somme des falsifications historiques qui ont suivi et qui n'ont jamais cessé, menées selon les techniques les plus subtiles de ce qu'on appelle aujourd'hui la désinformation, de nombreuses questions se posent. Mais cela est une autre histoire...

On a inhumé le pape Benoît XIII sous le dallage de la chapelle du château. Peñiscola a perdu son âme. On y laisse flotter au sommet du donjon l'étendard au croissant de lune et le capitaine Rodrigo de Luna maintient en alerte la garnison, tandis que l'évêque de la forteresse, le Catalan Gil Sánchez de Muños, une créature du roi Alphonse, nommé camerlingue par Benoît, continue d'entretenir la fiction d'une papauté vivante en signant du sceau pontifical des lettres qui n'arrivent jamais, adressées à des diocèses fantômes et à des abbayes ralliées depuis longtemps au Colonna. Le village de pêcheurs pleure son pape et les femmes s'y sont vêtues de noir. La chancellerie tourne à vide. Il n'y reste qu'une douzaine de moines copistes qui prennent note des désertions auxquelles plus personne ne s'oppose. Dans les immenses cuisines voûtées où l'on nourrissait cinq cents personnes, les dernières religieuses fidèles ne préparent plus qu'une centaine de repas. La plupart des domestiques sont allés se chercher d'autres maîtres. L'arche de pierre s'est échouée, pitoyable. Au sortir de l'isthme qui la relie à la terre ferme, les Aragonais ont levé le blocus. Peñiscola ne menace plus, Peñiscola ne compte plus. Enfin, dans la salle d'audience, toutes portes fermées, sous les tapisseries d'Avignon, deux hommes en rouge et un troisième en violet tiennent d'interminables conciliabules. En rouge, le chapeau à glands sur la tête, qui leur donne un air apprêté, les deux nouveaux cardinaux de curie, Julian de Loba et Jimeno Dahé. Le troisième, Dom Dominique de Bonnefoi, ne saurait tarder. En violet, le camerlingue, l'évêque Gil Sánchez de Muños. A son cou est passée la clef qui ouvre la cave secrète des Templiers. Quant au quatrième cardinal, Jean Carrier, nul ne souhaite ici sa présence. Chacun espère qu'une embuscade le laissera mort sur le chemin. La route est longue depuis Rodez et Jean Carrier est un homme traqué.

Qu'attendent ces trois personnages ? Que décideront-ils quand le vieux Bonnefoi les aura rejoints ?

De ses trente années de pontificat, on ne peut reprocher au pape Luna qu'un seul manquement : le mauvais choix de ses cardinaux. La plupart le trahirent. Les premiers, dès le siège d'Avignon. Les autres après Pise, après Constance, après Perpignan. Toujours il les remplaça et presque toujours il se trompa. Avec les quatre derniers, à l'exception de Jean Carrier, il n'eut pas la main plus heureuse. Il eût fallu désigner des hommes de fer, mais pouvait-il en trouver autour de lui ? Proche de sa fin, le sachant, il se contenta de clercs d'antichambre, trois vieillards à bout de souffle, trois vieux politiciens d'Église, sans énergie, sans illusions, qui s'accrochaient encore à lui dans l'espoir de monnayer ensuite leur chapeau cardinalice.

Ces trois-là, le jeune camerlingue les manœuvre à sa guise. La clef qu'il porte autour du cou les fascine. Presque chaque jour il les conduit par des escaliers humides dans les entrailles de la forteresse jusqu'à la cave des Templiers qu'il a seul le pouvoir d'ouvrir. Gil de Muños est le maître du trésor. Il soulève l'un après l'autre le lourd couvercle des coffres. Les flammes de sa torche font scintiller des rivières de pierres précieuses, des flots de monnaies d'or et d'argent qui miroitent comme la surface de l'eau sous la lune. Il ne dit rien, mais tous ont compris. Puisque Rome, à plusieurs reprises, avait offert au pape Luna de conserver la jouissance du trésor en échange de son abdication, pourquoi cette promesse ne pourrait-elle s'étendre également à son successeur ? Lequel en ferait profiter les siens. Mais d'abord être pape. Ensuite abdiquer.

La nature humaine est ainsi joliment agencée que chacun des trois cardinaux se voit déjà pape ! Pour un peu, en puisant d'avance dans cette fortune, ils s'achèteraient mutuellement leurs voix. C'est compter sans le quatrième, Gil de Muños. Il n'est pas électeur mais il a tout prévu. De sa manche, comme un magicien, il tire une lettre reçue il y a peu, envoyée de Naples par le roi Alphonse.

Et qu'a écrit Sa Majesté, noir sur blanc, avec sceau royal, courrier remis en mains propres par un capitaine corsaire napolitain ? Qu'elle verrait d'un excellent œil l'élection au siège de Pierre du plus loyal des serviteurs du défunt pape Benoît XIII, à savoir Mgr Gil Sánchez de Muños, camerlingue de la sainte Église, évêque titulaire de Nicomédie, le plus apte et le plus digne à... etc. Ce que ne précise pas le roi Alphonse, c'est que ce pape-là il l'échangera dès que l'occasion s'en présentera, non pas cette fois contre un trésor, mais contre la reconnaissance solennelle de ses droits sur le royaume de Naples par le pape de Rome Martin V, lequel persiste à faire la sourde oreille. Le beau marché ! Comme cela tombe bien ! Chacun dans l'affaire trouve son compte. Les trois cardinaux courbent l'échine. Quand on n'a plus qu'un seul protecteur, l'élémentaire prudence exige la soumission à ses volontés.

Ils n'attendront pas Jean Carrier, au contraire. Un désastre, s'il arrivait. Cet homme-là, tel qu'ils le connaissent, les aurait plutôt jetés en prison que d'admettre l'abomination : simonie, inféodation au pouvoir politique... On bâcle les préparatifs du conclave. Même le capitaine Rodrigo de Luna joue ce jeu-là. Depuis la mort de son oncle, il est vrai qu'il n'a plus rien à perdre. Au moins pourra-t-il continuer à payer ses mercenaires. Le 14 juin 1424, Gil de Muños est élu à l'unanimité des trois voix et prend le nom de Clément VIII.

Ah ! dérision... La sublime épopée chrétienne du pape Luna réduite à ce foutriquet ceint de la tiare — car, en plus, il s'est fait couronner, pour mieux négocier son abdication, avec l'accord du roi Alphonse ! — et à ces trois vieilles ganaches drapées de pourpre, papauté de pacotille. Aucun étendard ne flotte au donjon de Peñiscola. Le foutriquet n'a quand même pas osé y déployer ses propres couleurs. Il n'a pas eu l'outrecuidance de remplacer le blason du pape Luna gravé au fronton du pont-levis. Il n'est qu'un bernard-l'hermite indigne de l'immense coquille de pierre dans laquelle il s'est glissé. Pour le reste, on tient l'apparence : les moines à la chancellerie et les mercenaires aux remparts. Les semaines passent, trois mois, six mois...

Quand justement, en plein midi, un jour de décembre 1424, ce qu'on a tant craint se produit et éclate au nez du foutriquet. Sur la route, un peu en avant de l'isthme, un nuage de poussière s'élève, signalant une troupe de cavaliers qui assurément mènent grand trot, à en juger par l'ampleur du nuage. Les trompettes sonnent. On double la garde. Au plus haut créneau du portail, le capitaine Rodrigo de Luna lève sa main en visière à son front et compte le nombre des arrivants qui viennent de prendre le galop sur la plage de sable doré en contrebas du village. En tête, quelqu'un qu'il n'a jamais vu mais qu'il reconnaît aussitôt, le grand chapeau rouge à glands noirs retenu à son cou par une cordelette et dansant sur ses larges épaules. Le capitaine jure entre ses dents, mais en même temps ses yeux sourient, car il n'aime guère le pape Muños. Celui qui s'approche est d'une autre trempe, et c'est vrai qu'il en impose, le cardinal de Rodez et de Saint-Étienne ! Ses mains nues serrent fortement les rênes. Une barbe noire ombre ses joues, soulignant le dur relief de son visage.

Il y a quelque chose de paysan dans ses traits grossièrement modelés. Le nez carré, les lèvres fortes, il est taillé comme un bûcheron. Même en ces temps où les princes de l'Église portent cuirasse et tirent l'épée, il n'a pas l'allure d'un prélat. C'est un meneur d'hommes, né pour conduire ses soldats à l'assaut ou pour prendre la tête d'une émeute. Son regard n'effleure pas les choses et les visages, mais s'en empare avec violence. Les pêcheurs du village ne s'y trompent pas. Les femmes s'agenouillent, les yeux baissés. Les hommes se signent fièrement. On peut donner sa foi à quelqu'un comme cela. Dommage que ce ne soit pas lui le pape !

Le nouveau venu est suivi d'une trentaine de cavaliers et de tout un arroi de mules chargées de coffres de cuir et d'objets de campement. La plupart sont armés, même les prêtres, un peu loqueteux, mais la mine fière. Tous arborent cette assurance de routiers de grand chemin que n'effrayent ni les hommes, ni les loups, ni les rigueurs de la nature. Des chapelets de cadavres jonchent leur marche depuis Rodez, ceux des mercenaires royaux que l'or du pape Martin V a jetés en meute à leurs trousses. Moins guerriers, mais bons cavaliers, une demi-douzaine de clercs de basoche de la cour de justice ecclésiastique d'Auvergne, vêtus de noir, le bonnet carré de docteur sur la tête, complètent cet étrange équipage. Les sabots ferrés des chevaux font jaillir des étincelles sur la pente raide et pavée qui grimpe vers la forteresse. Juché sur le parapet, un gamin en guenilles, rayonnant, saisit la main de Jean Carrier et la baise. Alors le farouche visage s'éclaire, et le cardinal, riant de plaisir, soulève l'enfant d'un seul bras et le plante en croupe derrière lui. C'est ainsi qu'il fait son entrée à Peñiscola.

Rodrigo de Luna a donné des ordres. Le pont-levis est baissé, la herse relevée, le portail ouvert à deux battants. Ici l'usage a toujours commandé, du temps que vivait le pape Luna, qu'un visiteur, fût-il roi, descende de cheval et poursuive à pied. Une rumeur secoue la petite foule qui s'est rassemblée dans la cour d'honneur : le cardinal de Saint-Étienne a franchi le seuil à cheval ! Il écarte d'un geste impatient le vieux Bonnefoi qui s'avance pour l'accueillir et l'inviter à se présenter dans la grande salle d'audience où l'attend Gil Muños, paré en pape, entouré de ses cardinaux. Son regard cloue sur place, pétrifié, ce valet vêtu de rouge. Qu'imaginent donc ces scélérats ? Qu'il a chevauché depuis les gorges du Rouergue jusqu'à cet éperon de rocher pour rendre hommage à un leurre ! Il saute de cheval, tourne le dos, ordonne à haute et claire voix qu'on restaure son escorte aux cuisines, puis, abandonnant là tout son monde, s'élance quatre à quatre dans l'escalier qui conduit à la chapelle du château. Et là, face au tombeau du pape Luna, à genoux sur le dallage froid, le dos droit, les mains jointes, ayant récité l'office des défunts, il entame avec ce mort un long dialogue muet. Il a tant de choses à lui dire, tant de questions à lui poser.

Il y passera la nuit.

Au matin, sa décision est prise. N'y manquent que les formes nécessaires. Pour cela, il faudra du temps.

Bousculant les copistes de la chancellerie, les six juges habillés de noir du tribunal ecclésiastique se mettent aussitôt au travail. Ils épluchent les minutes du conclave. Naturellement, elles sont truquées. On fait comparaître des témoins, Rodrigo de Luna, les chapelains, les sacristains, les trois conclavistes secrétaires de Leurs Éminences, le confesseur de « Sa Sainteté ». Interrogés séparément, les cardinaux se contredisent, se rétractent. Les scribes notent. Des pages et des pages. La vérité, peu à peu, chemine.

Jean Carrier ne s'en mêle pas. Il s'est installé dans la petite cellule du donjon où vivait le pape Luna et que le pape Muños, qui préfère ses aises, a délaissée pour une vaste chambre confortable et mieux éclairée, où « Sa Sainteté », transie de peur, se rongeant les ongles, se chauffe à un feu de cheminée qu'on y entretient jour et nuit. Jean Carrier n'est pas homme à s'effrayer d'un fantôme. Au contraire : l'ombre immense de Benoît XIII s'étend sur lui comme un manteau de lumière. On le voit peu. Il condamne sa porte. Il prie. Au contact du pape Luna, de son souvenir, dans cette cellule qui le vit mourir après avoir si longtemps lutté, ce cavalier est devenu un mystique. Il y séjournera onze mois. Pendant onze mois, jamais il ne rencontrera le pape Muños. Il l'ignore. Celui-ci a bien tenté, au début, de le faire jeter dans un cul-de-basse-fosse, ou au moins de le chasser, mais le capitaine de la forteresse s'y refuse. Au contraire, Rodrigo de Luna et Jean Carrier poursuivent de longues conversations dans la cellule du donjon. L'un parle de Benoît XIII, de ses combats depuis Avignon. L'autre écoute. Ces deux lutteurs se comprennent. Les cardinaux ne sont pas mieux traités. Jean Carrier leur a interdit de paraître en sa présence.

Il ne fera qu'une exception, en faveur du vieux Bonnefoi qui a manifesté un remords sincère, le jour où le tribunal rendra son arrêt sur la validité du conclave.

C'est un jour de novembre 1425. Rodrigo a placé des gardes à la porte du pape Muños et des deux autres cardinaux, tandis que dans la chapelle se prépare une scène d'une grandeur funèbre dont le dossier Benoît a conservé le souvenir. Une humidité glacée ruisselle des murs. Des flambeaux résineux enveloppent d'une lumière incertaine un groupe d'hommes agenouillés autour du tombeau du pape Luna. Deux clercs s'approchent, tenant un grand cierge, en éclairant un troisième, vêtu de noir, qui lit en latin un long document. Les mots tombent : corruption, simonie, correspondance avec l'extérieur, intimidation, violences morales, menaces de violences physiques. Un réquisitoire accablant.

— Et déclarons, conclut le notaire du tribunal, l'invalidité et la nullité de l'élection sacrilège, sous le nom de Clément VIII, de Gil Sánchez de Muños.

Mais il faut faire vite. Des espions à la solde de Rodrigo ont signalé des mouvements de troupes à quelques heures de marche de Peñiscola. Averti de la présence de Jean Carrier, le roi Alphonse a décidé de porter secours à son pape de poche. Jean Carrier risque d'être pris au piège.

Il se lève. On lui apporte un Evangile sur lequel il prête serment de parler en toute vérité. Les flammes des cierges et des flambeaux tremblent et la chapelle est traversée de lueurs de catacombes. Est-ce un début ? Est-ce une fin ? Les visages expriment la foi des premiers chrétiens serrés autour de leur apôtre. Est-ce un schisme dans le schisme ? On s'interrogera longtemps là-dessus. Jean Carrier lui-même n'y a pas manqué. De ses ascendances paysannes, il a conservé le sens des réalités, la juste évaluation de ce qui est possible. C'est à cette question qu'il va répondre. Combien sont-ils à l'écouter, pénétrés d'un froid glacial en dépit des robes de bure et des manteaux de gros drap ? Une cinquantaine. Trente pour les siens, vingt pour le château, avec Rodrigo et le vieux Dom Bonnefoi qui ne peut retenir des larmes d'émotion. Est-ce un début ? Est-ce une fin ? Par-dessus la tête de ces cinquante-là, c'est à toute la Chrétienté, à toute la postérité chrétienne, que s'adresse Jean Carrier. Qui détient la vérité ? La multitude ou le petit nombre ? Combien étaient-ils au pied de la croix, au soir de la mort du Christ ? Moins encore qu'ils ne sont là, autour de la tombe du pape Luna.

C'est cela que proclame d'une voix forte le cardinal de Rodez et de Saint-Etienne. Que l'élection sacrilège de Clément VIII répète celle d'Urbain VI, à Rome, un demi-siècle plus tôt. Que l'assassinat du pape Luna, inspiré par le démon, sur l'ordre du pontife de Rome, condamne plus sûrement Martin V que n'importe quel concile. Qu'en cette nuit du 12 novembre 1425, l'Église du Christ n'a plus de pasteur et qu'il importe de lui en désigner un. Que ce devoir à lui seul revient, puisqu'il est le dernier cardinal légitime, pur de toute faute et libre d'attaches, mais que Peñiscola n'est pas le lieu propice à cette élection. Peñiscola n'est plus qu'un sanctuaire profané par la vénalité des prélats, l'exécution d'un crime sacrilège et les intrigues frauduleuses d'un roi. Il dit qu'il entrera en conclave dès qu'il sera revenu chez lui, en Rouergue, protégé par ses forêts mieux que par les murailles d'une forteresse, mais que le saint élu, déjà, il le connaît et qu'il veut écrire à présent, devant témoins, ayant juré sur l'Évangile, le nom de celui qu'il nommera, devant lequel il se prosternera, auquel il baisera le pied et promettra fidélité...

Le dossier Benoît a conservé ce nom-là. C'était un saint homme, en effet.

L'aube approche. Le temps presse. Il faut profiter de ce qui reste de nuit pour tromper les patrouilles aragonaises.

— Pourquoi ne venez-vous pas avec nous ? demande Jean Carrier à Rodrigo de Luna.

Le capitaine désigne la dalle gravée aux armes de Benoît XIII.

— Je suis le gardien d'un tombeau, Monseigneur, dit-il. Je connais le pape Muños. A défaut de punir un vivant, il se vengerait sur un mort.

Des ombres s'affairent dans la cour d'honneur. Les muletiers pestent à voix basse en chargeant leurs bêtes dans l'obscurité. Jean Carrier est redevenu chef de guerre. Il a l'œil à tout. Avisant deux mules aux flancs garnis de sacs de cuir, il s'étonne :

— Elles ne sont pas à moi. D'où sortent-elles ?

— Elles vous appartiennent à présent, Monseigneur, dit Rodrigo. Le trésor privé du pape Luna. L'autre, celui de la cave, il n'y touchait jamais.

Les adieux sont brefs. On a enveloppé les sabots des chevaux et des mules de chiffons, serré épées et arbalètes dans des étuis de toile afin d'éviter tout bruit. De son créneau, au sommet du portail, Rodrigo regarde s'éloigner la petite troupe.

Marchant la nuit, dormant le jour, Jean Carrier déjouera tous les pièges. Il coupera droit au nord, par les montagnes, les Pyrénées, les Corbières, les Cévennes, guidé sur des sentiers abrupts par des chasseurs de loups catalans, par des bergers armés jusqu'aux dents dont les ancêtres avaient grillé au bûcher de Montségur. Parmi ces populations farouches, beaucoup manifestent le désir de le suivre. Il n'enrôle que les plus robustes. Il se hâte. Une seule volonté l'anime : donner un successeur au pape Luna.

Difficile de se mettre à la place de Jean Carrier, aujourd'hui, pour imaginer ses sentiments. La foi n'est plus qu'une petite affaire. A peine une question de morale. Ces gens croyaient avec toutes les fibres de leur être. Inutile aussi de tenter une comparaison avec des événements récents du même ordre, bien qu'à cent dimensions au-dessous : le moule dont était fait Jean Carrier est cassé...

Au matin, les troupes d'Aragon, arrivées en vue de Peñiscola, investissaient la forteresse.

Son autorité rétablie, le pape Muños se vengera sur le plus faible. C'est le cardinal de Bonnefoi qui paiera. Le vieillard se retrouve au cachot.

La comédie durera quatre ans. Chaque matin, Gil Muños s'habille en pape, et ses deux cardinaux en cardinaux. C'est leur principale activité. La messe dite, un immense silence d'ennui tombe comme une chape sur la forteresse. Rodrigo se contente d'assurer le service d'intendance et réserve l'apparat militaire à la garde du tombeau du pape Luna. Muños n'est plus qu'un pantin entre les mains du roi Alphonse. Que celui-ci cesse d'en jouer et ce sera la fin de Clément VIII. Tous attendent ce moment. Tous l'espèrent, à commencer par « Sa Sainteté » qui trouve que la récompense tarde et qui craint d'avoir été flouée. Autour d'elle, à peine dix clercs, en comptant les deux cardinaux et le malheureux qui pourrit en prison. Et voilà qu'enfin, le matin du 26 juillet 1429, les trompettes retentissent une dernière fois aux murailles de Peñiscola, saluant l'entrée du légat du pape Martin V.

C'est un haut et puissant personnage que le cardinal de Foix. Il est presque venu en voisin. Une escorte nombreuse et brillante l'accompagne. Il n'a pas l'intention de s'éterniser. Lui aussi pénètre à cheval dans la cour, puis dans la salle d'audience, botté, faisant claquer ses talons sur le dallage. Toisant le foutriquet coiffé de la tiare, sur son trône, il commande qu'on lui apporte une estrade et un fauteuil le plaçant à la même hauteur que « Sa Sainteté ». Les formes et le décor étant plantés, la suite ne traîne pas. Clément VIII tient son rôle. Si misérable qu'il soit, il ne veut pas manquer sa sortie. Encore une minute, pape il demeure, et l'on assiste à l'étonnant spectacle du pape Muños révoquant en excellent latin les sentences d'excommunication que le pape Luna et lui-même avaient naguère prononcées contre le pape Colonna. Le légat hausse les épaules d'impatience. Est-ce que cette frime a de l'importance ? Passons ! Passons ! Muños se lève.

— Librement et volontairement, déclare-t-il, et non contraint par la force, ni séduit par des promesses, mais pour l'honneur de Dieu et pour l'union de l'Église, nous avons décidé, avec l'aide divine, publiquement et solennellement, par la parole et par l'écrit, de faire abandon de la dignité et des honneurs pontificaux.

Le « ni séduit par des promesses » arrache quand même un sourire au légat, mais enfin, l'essentiel est acquis, qu'on ne nous parle plus de ce pape-là ! Quoi encore ? Que veut-il ajouter ? Une bulle pontificale, la seule qu'il ait jamais promulguée ! Une bulle de circonstance. Le légat acquiesce. Qu'on le laisse poursuivre. Elle ne commence d'ailleurs pas si mal, cette bulle : *« Incompréhensibles jugements de Dieu, comme vos chemins sont mystérieux... »* C'est bien vu et cela va plus loin qu'on ne pense. On peut en effet se demander par quel mystérieux cheminement et pour quels motifs tenus secrets le pape de Rome, Martin V, considéré comme seul et vrai pape par l'ensemble de la Chrétienté à l'exception de Jean Carrier, a pris soin de dépêcher à Peñiscola un légat à seule fin de recueillir l'abdication d'un faux pape, ainsi que le vote en sa faveur — douze ans après sa propre élection ! — des trois derniers cardinaux de Clément VIII, y compris le pauvre Bonnefoi, sauvé aveugle de sa prison, et desquels le cardinal de Foix reçoit la formule consacrée : « Je nomme notre frère Oddone Colonna pour pape et pontife romain... » S'estimait-il mal élu ?

Le pape Muños est sorti par une porte. Comme ces petits personnages de baromètre, il réapparaît un moment plus tard par une autre, vêtu cette fois en simple évêque, et vient rendre hommage au légat. Évêque il restera, de Majorque, puis de Gérone, où il mourra en 1477, n'ayant reçu aucune miette du trésor qui a pris aussitôt le chemin de Rome.

La pièce est jouée. Le foutriquet ne compte plus. Reste l'ombre formidable du pape Luna. Le cardinal de Foix sait ce qu'il fait. C'est peut-être même le vrai but de sa mission. D'abord il ordonne que l'on martèle, sous ses yeux et sur-le-champ, tous les cartouches et les blasons portant tiare, clefs et croissant de lune, à commencer par celui du portail, qu'il n'en reste rien de lisible. Ensuite, et toujours sous ses yeux, il fait détruire les sceaux du pape Benoît XIII au pilon, brûler les étendards de Luna, fondre les pièces métalliques des harnais de la cavalerie pontificale où figure le croissant maudit. Rien ne lui échappe. Après quoi il tourne sa hargne contre les hommes. Les derniers moines copistes de la chancellerie sont expédiés séparément dans des monastères différents, le plus éloignés possible, avec ordre de s'y faire oublier à jamais. Dispersés aussi les pêcheurs du village et leurs familles, suppôts de Luna. On ne leur demande pas leur avis. Les troupes se chargent de les chasser. Une heure pour rassembler leurs hardes et filer. Que plus rien ni personne, à Peñiscola, ne célèbre le souvenir du pape Luna.

Reste le tombeau de Benoît XIII.

Cette partie-là est plus difficile à jouer. Rodrigo et ses archers ne sont pas disposés à céder. On transige. La pierre tombale de la chapelle sera détruite, mais le corps transféré au château d'Illueca, où naquit Pedro de Luna.

Le légat a exigé que le cercueil soit ouvert en sa présence. Sont rassemblés dans la chapelle, pour identifier le corps, outre Rodrigo de Luna, le confesseur du défunt pape, son médecin, ainsi que des officiers du roi d'Aragon qui avaient été reçus naguère à Peñiscola. Pour le reste, quelques serviteurs du château, une poignée de religieuses, quatre moines portant des cierges allumés, et les archers de la garnison, vieux routiers blanchis sous le morion et qui ne cachent pas leur émotion. La dalle écartée, apparaît le cercueil, une masse enveloppée de plomb, le couvercle fixé par des vis d'argent que Rodrigo retire une à une. Il faut deux hommes pour soulever le couvercle. Le visage et la poitrine de Pedro de Luna sont recouverts d'un voile de soie rouge qui au contact de l'air tombe aussitôt en poussière. Les flammes des cierges vacillent et un prodigieux silence emplit soudain la chapelle. Le visage du pape Luna est intact, à peine jauni. Immuable sur ses lèvres entrouvertes, son sourire semble dire : « Hommes de peu de foi... » Ses mains sont jointes sur son chapelet, comme si durant ces six années il n'avait cessé de prier. Rodrigo s'est agenouillé, puis chacun dans cette petite foule, jusqu'aux officiers, notaires et légistes chargés de dresser témoignage et qui l'un après l'autre tombent à genoux. Une odeur suave monte du cercueil et se répand dans le sanctuaire. Seul le cardinal de Foix est resté debout.

— Le corps avait-il été embaumé ? demande-t-il à Rodrigo.

— Sur mon honneur je déclare qu'il n'en a point été ainsi, répond le capitaine.

Et le cardinal, à son tour, ploie le genou et se signe. Après tant d'années de controverses et de luttes, l'Éternel se serait-Il prononcé ? Il quittera Peñiscola, songeur, s'interrogeant lui aussi sur « les chemins mystérieux des incompréhensibles jugements de Dieu », tandis que la dépouille du pape Luna, couchée dans une simple boîte de bois et transportée dans la nuit à Illueca, sera déposée dans la chambre où il était né et qui a été transformée en chapelle...

1813 : le grand reflux.

Les armées de Napoléon reculent sur tous les fronts. L'empereur est battu à Leipzig et ses divisions repassent le Rhin. La fin approche. En Espagne, Wellington a libéré les provinces basques et s'apprête à envahir la France, tandis qu'à l'opposé du pays, en Aragon, une armée anglo-espagnole sous le commandement de lord Bentwick, appuyée par une puissante flotte, progresse rapidement le long de la côte où les Français du maréchal Suchet se replient de place en place en faisant sauter leurs dépôts. Les Français sont haïs, en Aragon comme dans toute l'Espagne. Malheur aux patrouilles perdues, aux estafettes égarées, aux traînards. Les moines assassinent les blessés qui leur ont été confiés. Des filles s'offrent aux officiers et les égorgent après l'amour dans la quiétude d'un lit défait. Des gamins de cinq ans servent de rabatteurs et d'espions. Dans les villages aux volets clos, on tire dans le dos des troupes françaises en retraite. Les représailles ne tardent pas. On fusille sans jugement, on flanque le feu aux couvents.

Le 16 décembre de cette année-là, le chef de bataillon Renand, du 7e régiment de ligne, commandant la forteresse de Peñiscola, reçoit de son divisionnaire le général Mesclop l'ordre d'abandonner la place. Formidable au temps des galères et des couleuvrines, Peñiscola n'est plus qu'une coquille vide, une austère caserne ouverte à tous les vents et sans importance stratégique. Comme l'hiver s'annonce déjà rude, les soldats français ont achevé de brûler, pour se chauffer, tout ce qui restait des stalles de la chapelle et des boiseries de la salle d'audience, sans rien savoir de l'immense personnage qui avait été le maître de ces lieux quatre siècles auparavant. Seul le chef de bataillon Renand, ancien sans-culotte de quatre-vingt-treize, assez borné, bouffeur de curés, a entendu parler du pape Luna par un habitant du village un peu moins mal embouché que les autres, et se vante à qui veut l'entendre de « coucher dans le lit de la superstition », ce qui n'est d'ailleurs qu'une image : il dormait sur la paille, tout comme ses hommes. Pas fâché, donc, de se tirer de là. Ce qu'il ignore et ne saura jamais, c'est qu'il est devenu l'instrument d'un destin, le centurion du Vendredi saint par lequel s'accomplira la prophétie.

Sous le feu des vaisseaux de l'amiral britannique Hallowell, la route de la côte est impraticable. Les Français n'ont plus d'artillerie pour répondre à celle des navires anglais. Mieux vaut risquer l'embuscade que l'écrabouillement sous les boulets. On retraitera donc par l'intérieur. L'ordre de route du général Mesclop a fixé les étapes : pour le 7e de ligne, le bourg d'Illueca, à une journée de marche au nord. C'est ainsi que le chef de bataillon Renand, à la tête des cinq cents survivants plutôt dépenaillés de son régiment, quitte Peñiscola au petit matin et s'engage, sans rien en connaître, dans une sorte de poursuite symbolique à travers le temps et l'espace, par-delà trois cent quatre-vingt-quatre années, sur le chemin même où Rodrigo de Luna et ses archers aragonais avaient escorté jusqu'à sa dernière demeure le cercueil de Sa Sainteté le pape Benoît XIII, en son château d'Illueca.

Les Luna étaient une puissante famille. Des héros de chansons de geste. Leurs filles épousaient des rois. Les mâles devenaient chefs de guerre ou archevêques, souvent les deux à la fois. Au XIIe siècle, au matin de la *Reconquista*, le premier archevêque de Saragosse, un Luna, conquit son diocèse les armes à la main. Quant à la mère de Pedro de Luna, elle était la petite-fille du roi maure de Majorque, Saïd-ben-Alhaken qui, fait prisonnier par le roi Jaime, avait dû accepter le baptême. Pour ne pas oublier Majorque, elle avait planté dans le jardin d'Illueca des grenadiers et des figuiers qui lui rappelaient le palais de son grand-père et qu'elle aimait contempler de la fenêtre de sa chambre de jeune accouchée. C'est cette chambre qui avait été aménagée en chapelle dans le château restauré par les soins de Rodrigo de Luna. Point de meubles ; personne n'habitait le château transformé en sanctuaire. Une porte monumentale à pilastres, ornée d'anneaux de bronze et d'or ciselés en Italie, puis un somptueux pavement de marbre qui par l'antichambre et les corridors formait un chemin d'honneur conduisant à cette chapelle. Là, tout changeait. Des murs nus, une croix austère, un autel dépourvu de recherche et, au milieu de cette pièce vide, simplement posé sur deux tréteaux, par souci d'humilité, le cercueil de grosses planches du pape Luna.

Bien déçu, le 7e de ligne, quand il arrive à Illueca pour bivouaquer après une journée de marche harassante coupée d'escarmouches avec des irréguliers espagnols qui lui ont tué du monde. On lui avait promis un cantonnement de château et les hommes s'étaient imaginés ripaillant autour d'immenses feux de cheminée, mettant les barriques de la cave en perce et lutinant les servantes apeurées. Ce qu'ils découvrent les accable. Les gardiens ont fui. Pas un meuble à brûler. Pas le moindre jambon à se mettre sous la dent. Rien à piller. Pour une troupe en retraite et déjà démoralisée, la désolation. C'est alors que le sergent Lainiel, de la section des voltigeurs, furetant au premier étage en compagnie de trois camarades, se penche par la fenêtre et crie dans la cour :

— Mon commandant ! Mon commandant ! Il y a un pensionnaire là-haut.

Il rigole :

— Ça fait un bout de temps qu'il est mort.

Avec ses copains, il a déjà décloué le couvercle et déclare au chef de bataillon Renand :

— Du bon bois bien sec. Vous aurez votre flambée, mon commandant.

Et il bascule sans façon le cercueil. Les ossements se répandent sur le sol. Il ne s'en dégage aucune odeur suave. Plus trace des vêtements tombés en poussière. Le crâne roule comme un ballon en semant au passage sa mâchoire. Le chef de bataillon Renand le ramasse et l'examine entre ses doigts. Oh ! cela n'a rien d'une scène d'*Hamlet*. On dirait qu'il choisit un melon à l'étal du maraîcher. Il n'est pas plus ému que cela. Ce n'est pas sa première profanation de cimetière. En quatre-vingt-treize il avait déjà eu l'occasion de se faire la main dans quelques châteaux et couvents.

— Qui est ce particulier? demande-t-il d'un ton goguenard.

— Il y a un nom écrit sur le couvercle, dit Lainiel en retournant la planche qui gît à terre.

L'officier lit l'inscription gravée au fer :

PEDRO DE LUNA Y ARAGON
ILLUECA MCCCXXIV
PENISCOLA MCDXXIII
PONT. BENEDICTUS XIII
MCCCXCIV-MCDXXIII

Peu familier des chiffres romains, le reste, tout de même, il a compris.

— Tiens ! dit-il avec un gros rire. Comme on se retrouve. Le pape Luna de Peñiscola. L'armée française respecte les papes !

En même temps il fait sauter le crâne dans ses mains. Pie VI, jeté à bas de son trône en 1798 par les troupes du général Berthier et traîné sans ménagement de ville en ville, captif, sous la garde de mameluks qui le méprisent, jusqu'à Valence-du-Rhône où il mourra de chagrin en 1799. Pie VII, arrêté de la même façon en 1809 par les grenadiers du général Miollis, emmené de force hors de Rome, prisonnier à Savone, puis à Fontainebleau en 1813...

— Et de trois ! s'esclaffe le chef de bataillon Renand. Tiens ! Attrape ! dit-il à Lainiel.

Le crâne passe de main en main. Ils sont cinq à se le renvoyer comme une balle entre les murs de la chapelle. Le dossier Benoît a conservé leurs noms : outre Renand et le sergent Lainiel, trois voltigeurs du 7e de ligne, Poujol, Bruyère et le caporal Aubier. Cinq par lesquels s'accomplit la prophétie de saint Vincent Ferrier : « Vous êtes le vrai pape mais vous devez céder, disait-il à Pedro de Luna, sinon les soldats joueront à la pelote avec votre crâne... »

Ils se lassent vite. Ils ne jouent plus. Les rires sonnaient faux. La nuit sera longue. La chère misérable. La France est loin, et, sur la route, toute une population insurgée. Le crâne s'en va rouler dans un coin. On y pousse du pied le reste des ossements, peut-être avec un vague remords. On fait quand même une bonne flambée avec les planches et les tréteaux du cercueil...

Le chef de bataillon Renand fut tué dès le lendemain d'un projectile d'escopette en pleine tête. Le coup avait été tiré de si près, d'une haie de chemin creux, que son crâne éclata comme une pastèque. Du caporal Aubier, fait prisonnier quelques jours plus tard lors d'une embuscade tendue par des irréguliers catalans, on n'eut plus jamais de nouvelles. Tombés aux mains des Anglais, les voltigeurs Bruyère et Poujol furent mieux traités. C'est le typhus qui les raya de ce monde alors qu'ils attendaient la fin de la guerre sur un ponton-prison dans le port de Barcelone. Seul le sergent Lainiel en réchappa. Sur le moment, le 7e de ligne ayant subi d'énormes pertes dans cette retraite meurtrière, il ne fit aucun rapprochement entre ces quatre disparitions et le jeu macabre d'Illueca, sans compter qu'il ignorait, tout comme ses quatre camarades, la prophétie de Vincent Ferrier. Ce n'est qu'une fois revenu chez lui, à la seconde Restauration, dans sa bonne ville d'Issoudun, qu'il se prit à réfléchir. Demi-solde, athée notoire, républicain, il ne s'en convertit pas pour autant. Mais tout de même, l'année de sa mort, se sentant partir, il s'en alla confier l'affaire en détail au curé Crozat, l'archiprêtre d'Issoudun.

C'est son récit qui figure au dossier Benoît.

Senez, Haute-Provence, 1994

À mi-chemin entre Barrême et Castellane, en retrait de la route Napoléon, au milieu d'un cirque de collines escarpées, étrange village que Senez... Un fantôme sous le soleil.

À l'image de tant d'autres villages d'altitude dans nos provinces méridionales, la vie s'en est peu à peu retirée : cent vingt et un habitants en comptant quatorze enfants dont l'école est menacée de disparition, contre deux mille aux temps anciens, sans doute plus. Seul le centre est encore debout, une quarantaine de maisons. Les autres sont enfouies à fleur de terre ; un petit Pompéi sans volcan. Nul besoin de coulées de lave ou d'éruption. La mort programmée du monde rural a suffi. Depuis la guerre, Senez a perdu sa poste, ses cafés, son notaire, la totalité de ses fermiers sauf un, son boulanger, ses commerçants, ses artisans, son curé, sa gendarmerie et la qualité de chef-lieu de canton qui témoignait de son importance passée. Auparavant, la Révolution, en 1790, l'avait déjà rayé d'un trait de plume de la liste des évêchés tandis que son dernier évêque émigrait et que ses chanoines et son administration se dispersaient pour ne plus revenir.

L'un des plus anciens évêchés de France, l'antique *Sanitium* des Romains, du nom d'une tribu celto-ligure tôt convertie au christianisme dont Senez était la capitale. Marcellus, évêque de Senez, siégea en l'an 506 au concile d'Arles. La chaîne ne fut pas interrompue, environ deux cents prélats, de Marcellus à Pierre, compagnon de Charlemagne, de Pierre à Elzéar, d'Elzéar à Pons, à Jean Soanen, l'évêque janséniste, à Jean-Baptiste d'Oraison, à Jacques Martin, puis la lignée des aristocrates, Mgr de Mouchy, Mgr de Vocance, Mgr de Volx, Mgr d'Adhémar de Castellane, pour finir avec Mgr Ruffo de Bonneval, dernier évêque et seigneur de Senez. Leurs ombres sont toujours présentes, et l'on croise si peu de vivants dans les trois rues du village... Tout ce qui tient encore debout représente leur héritage. Là, sur la petite place déserte où coule une très ancienne fontaine, cette maison, c'était le séminaire, un peu plus loin, la prévôté, l'hôtel du chapitre, la dixmerie, où l'on percevait la dîme, la résidence de l'archidiacre, celle du notaire apostolique, différents presbytères et, de l'autre côté de la rivière, le palais épiscopal, qu'on appelle aujourd'hui le château, élégante bâtisse du XVIIIe siècle avec un portail monumental, malheureusement défigurée, à l'intérieur comme à l'extérieur, par le morcellement et le dépècement qui suivirent sa vente en bien national. Il est facile, flânant dans le silence de Senez, d'imaginer l'animation d'autrefois, l'évêque processionnant sous son dais aux fêtes carillonnées, les curés des paroisses de montagne en visite sautant à bas de leur mulet, les séminaristes en rabat devisant autour de la fontaine aux heures de récréation... Puis le rideau était tombé d'un coup. À Senez, cette pièce-là ne serait plus jamais jouée.

Enfin, au bord de la rivière, qui s'appelle la Bonde, de l'autre côté du pont qui la relie au palais, la cathédrale Notre-Dame-de-l'Assomption. Construite sur l'ordre de Charlemagne, terminée dans sa forme actuelle à la fin du XIIe siècle, assez petite, ramassée, d'une pureté de forme toute romane avec son abside en cul-de-four et son massif clocher carré, la cathédrale de Senez est aujourd'hui fermée.

Plus d'évêque, ensuite plus de curé, à présent si peu de fidèles, la trajectoire est exemplaire. Mais tout de même, autour de cette cathédrale vénérable et inutile, chez le dernier carré des habitants de Senez, le souvenir d'un immense respect, quelque chose qui persisterait comme la foi des anciens jours, les braises d'un feu presque mort, un rougeoiement où survivraient les lointains reflets de l'âme. C'est dire qu'ils l'ont protégée, leur cathédrale vide. Pour la détruire, au fil des siècles, tant de monde s'y était mis, les Sarrasins, les routiers, les huguenots, les sectionnaires de la Révolution. Ils l'ont d'abord restaurée. Ils y ont engouffré, année après année, l'infiniment modeste budget de leur commune quasi moribonde. Et ensuite ils l'ont fermée.

Fermée pour cause de pillage.

Car sont venus les nouveaux barbares, sans haine et sans émotion : les pires. L'étonnante vertu du sacrilège, autrefois, conduisait ceux qui s'en rendaient coupables à en prendre le plus souvent conscience, ce qui était au moins une preuve de foi. Ceux qui ont mis à sac récemment la cathédrale solitaire de Senez, comme tant d'autres églises isolées en France, n'appartiennent pas à cette espèce-là. Dépendues sans façon des murs et volées, les quatre sublimes tapisseries des Flandres, à Senez depuis le XVIe siècle. Détachées du maître-autel au burin et volées, sorties du pays et vendues à quelque collectionneur texan ou japonais, les quatre précieuses statues de bois doré, parmi lesquelles celle du roi Saint Louis. Un système de sécurité moderne défend désormais ce qui reste, mais, jour et nuit, la cathédrale est fermée. C'est le maire du village qui en détient la clef...

C'est tout cela qu'avait expliqué M. Heurtebise, un aimable retraité, maire de Senez, à ce prêtre rouquin débarqué tôt le matin d'une voiture noire et qui était venu frapper chez lui alors qu'il achevait son petit déjeuner, et s'était ainsi présenté : « Père Wladimir Nykas. » Rien de surprenant à cette démarche. Une note affichée sur la porte close du sanctuaire indiquait qu'on pouvait éventuellement visiter en s'adressant à M. le Maire, président de l'Association des amis de la cathédrale de Senez, à laquelle il était recommandé d'adhérer. Le maire était là ou n'était pas là, il avait le temps ou il ne l'avait pas, un peu à la tête du client, mais, le plus souvent, il l'avait. C'est qu'il l'aimait, sa cathédrale. Il en était le maître et le serviteur. Il en parlait avec fierté. Il avait aussi des comptes à régler.

— Je ne suis pas très pratiquant, mais tout de même ! Si l'évêque de Digne, qui n'y a jamais célébré une messe, avait conservé le sens des symboles, il n'aurait pas amputé son titre du siège dix-sept fois séculaire de Senez ! Car il est évêque de Digne *et* de Senez.

— De Senez, Riez, Sisteron, Glandèves et Thorame, avait ajouté le prêtre. C'est ainsi qu'au Vatican le diocèse de Digne est toujours aujourd'hui qualifié dans les documents officiels de la Congrégation pour les évêques. Rome n'oublie pas.

Les cinq évêchés disparus de Haute-Provence... Le maire s'était étonné.

— Ah, vous savez cela, mon père ?

— Cela et quelques autres choses. C'est un peu dans mes attributions, répondit le P. Wladimir.

Ayant réfléchi un moment, pesant le pour et le contre, faisant d'instinct confiance au maire et sachant qu'il aurait sans doute besoin de lui, il prit le parti de se découvrir un peu.

— Autant vous le dire, monsieur le maire, je ne suis pas tout à fait un touriste. J'arrive de Rome. Je ne peux vous en donner la raison pour l'instant, mais on s'y intéresse à votre cathédrale, et...

Il tira de sa poche son passeport diplomatique du

Vatican ainsi qu'une lettre d'introduction signée du secrétaire d'État recommandant à la bienveillance des autorités civiles françaises le P. Wladimir Nykas, attaché de nonciature, en mission d'information etc.

— ... et j'aimerais que vous ne doutiez pas de moi. Lisez cela, je vous prie.

Quand le maire lui eut rendu les documents, il reprit :

— Selon le développement des choses, je m'efforcerai de vous en dire plus. Il s'agit d'une affaire d'ordre spirituel. Puis-je compter sur votre discrétion ?

Intrigué mais ravi, le maire Heurtebise. Tout ce mystère autour de sa cathédrale l'enchantait. Il promit gravement le silence et conclut :

— Venez, mon Père, je vais vous faire visiter.

Un trajet de trois minutes. Le village était minuscule. M. Heurtebise habitait le château, ou plutôt une tranche verticale de l'ancien palais épiscopal qu'il avait restaurée à ses frais tant bien que mal, cherchant à redonner à sa portion de façade un peu de sa noblesse et de sa dignité d'antan. Ils descendirent l'allée plantée, franchirent le petit pont sur la Bonde autrefois construit à l'usage de l'évêque, tandis que le maire évoquait Mgr d'Adhémar de Castellane dont les armes au fronton du portail avaient été martelées sous la Révolution. Protecteur de la cathédrale, gardien de la clef, occupant du palais, maire de Senez, en somme il en était un peu l'héritier et on sentait que cela lui plaisait. Une sorte d'évêque *in partibus* sans le savoir.

Il fit les honneurs de son église. Bien entretenue, le sol balayé, l'autel recouvert d'une nappe brodée, les deux rangées de stalles face à face dans le chœur, avec leurs miséricordes en forme de tête de bouc où des générations de chanoines avaient reposé leur séant, elle conservait cet air « habité » particulier à certains sanctuaires désaffectés où le passé refuse de mourir et impose des présences invisibles. Que le destin frappât les trois coups et la cathédrale à nouveau se peuplerait, chacun y retrouvant sa place perdue deux siècles auparavant. Le maire souleva la nappe d'autel, découvrant l'inscription gravée qui courait en capitales romaines sur les trois côtés de la table de pierre :

RMUS IN CHRISTO PATER
DOMINUS IOANNES SOANEN EPISCOPUS
SENECENSIS ME CONSACRAVIT
AN. MDCCVI. A P R DIE XIV

Jean Soanen, évêque de Senez, janséniste et exilé comme tel à La Chaise-Dieu en 1727...

Le P. Wladimir se souvenait presque mot pour mot des quelques pages du dossier Benoît consacrées à l'évêque Soanen, à cette lettre qu'il avait écrite quelques mois avant sa mort, transi de froid, désespéré : « On me traite bien mal... On me nourrit chichement... Un homme simple est venu jusqu'à moi, plus très jeune, fagoté en paysan... Son nom de chrétien était Matthieu, suivi d'une de ces anciennes désignations de Terre sainte... Gibelet. Matthieu de Gibelet... Il a tiré une étole de son sac, il l'a passée autour de son cou et m'a dit : " Celui qui m'envoie vous bénit... " » Et cet autre Gibelet, Pierre de Gibelet, peut-être le dernier compagnon vivant de Benoît, qui selon Mgr Cassini avait fait le voyage de Senez au monastère Sainte-Tarcisse-du-Rouergue, autrefois, sur la tombe du pape Jean Carrier... C'était le moment de poser la question.

— Monsieur le maire, je vais vous citer un nom. Ne me demandez pas de qui il s'agit, ni pourquoi je m'y intéresse. Gibelet. Pierre de Gibelet. Est-ce que cela vous dit quelque chose ?

Ils s'étaient assis sur un banc, en arrière de la nef, sous un chapiteau sculpté où un disque solaire et un croissant de lune encadrant une rose à six pétales signifiaient sans doute la fuite du temps à une tête humaine et barbue coiffée d'un bonnet d'évêque, à moins que le croissant de lune ne rappelât que le pape Luna défiait à Senez le soleil du pape Colonna. Senez avait tenu longtemps pour Benoît XIII.

— Rien du tout, dit le maire. Je ne connais personne de ce nom.

— Et si l'on remonte dans le temps ? Un souvenir qui serait resté, un autre Gibelet, Matthieu...

— Pas davantage. Il n'y a pas plus de trente familles à Senez et aucune ne s'est jamais appelée Gibelet.

Le P. Wladimir réfléchit et reprit :

— Autrefois, mettons dans les trente dernières

années, cette église aurait-elle reçu des visites qui n'avaient pas été souhaitées ?

— Vous voulez parler des cambriolages ? Il y en a eu deux.

— Non. Pas ce genre de visite-là. Plutôt quelqu'un d'inoffensif, qui se serait introduit sans prévenir, sans être vu, peut-être la nuit...

Le maire leva un regard étonné.

— Ça me revient, dit-il. Je venais d'être élu maire pour la première fois, en 1965. Un matin, j'ai trouvé quelques objets déplacés. L'un des six cierges de l'autel brûlait. Le visiteur avait dû oublier de l'éteindre. Les cinq autres avaient également servi, il y avait de la cire sur les bobèches. Comme rien n'avait été volé ni détérioré, je n'ai pas alerté la gendarmerie. J'ai seulement changé la serrure. Cela ne s'est jamais reproduit et on a oublié cette histoire. Sur le moment on avait pensé à Sidonin, mais il n'était même pas chez lui. Il est revenu quelques jours après, descendant de la clue de Chasteuil avec ses moutons. Même s'il était un peu bizarre, personne n'avait jamais eu à s'en plaindre. D'ailleurs il ne fréquentait personne...

Le P. Wladimir dressa l'oreille.

— Sidonin ?

— Pierre Sidonin, reprit M. Heurtebise. Sa mère était de Senez. Elle avait quitté le village il y a longtemps, lui laissant un peu de bien par ici.

Il y eut un silence.

— Il vit toujours ? demanda le P. Wladimir.

— Il est mort il y a près de vingt ans.

— Quel âge avait-il ?

— Dans les soixante ans. Dur à la vie, mais tirant trop dessus. Il menait une existence très rude, se nourrissant de rien, dormant peu, se déplaçant sans cesse dans la montagne, à pied, par tous les temps. Sidonin. *Pierre* Sidonin...

— Son côté bizarre, c'était cela ? demanda à nouveau le P. Wladimir.

Le maire hocha la tête, battant le rappel de ses souvenirs.

— Bizarre, répéta-t-il, mais pas dans le sens d'une perte de la raison. Plutôt cette volonté farouche de se tenir hors de tout. On savait très peu de choses de lui et on ne le voyait presque jamais. Il n'avait pas été élevé ici. Sa famille habitait quelque part près de Rodez. Un jour il est arrivé. Il s'est installé dans une maison de berger à trois kilomètres, au bout d'un sentier, vers Bilieux, sur une terre caillouteuse retournée au désert qu'il avait héritée de sa mère, il a acheté quelques moutons et voilà... Au début on s'est posé des questions. On a supposé qu'il avait été prêtre dans sa jeunesse, ou peut-être moine, et puis qu'il avait renoncé.

— Une femme ?

— Non. On ne lui en a jamais connu. Il vivait seul. Finalement on ne s'est plus intéressé à lui. C'était ce qu'il voulait. On l'apercevait de loin en loin sur les pentes. Avec son chien et ses moutons, il ressemblait à un santon. Un matin le chien est descendu de là-haut, gémissant comme un perdu. C'est comme ça qu'on a su qu'il était mort. Alors on est allés le chercher, avec un brancard, sur le sentier. On l'a enterré décemment, mais il n'y a pas eu de messe, le curé de Castellane a refusé de se déranger.

— De la famille ?

— Personne. Et personne n'est venu réclamer l'héritage. C'est la commune qui en a profité.

— Monsieur le maire, encore une question. Dans la maison, qu'avez-vous trouvé ?

— Oh, pas grand-chose. Une paillasse, des couvertures, un peu de vaisselle, quelques bougies, une cruche, un poêlon. On est loin du minimum. Personne ne saurait plus vivre de cette façon. Dans une boîte de fer, il y avait deux ou trois mille francs. On les a versés à la caisse d'entraide de la mairie.

— Vraiment rien d'autre ?

— Si. Un crucifix accroché au mur. On l'a placé sur sa poitrine avant de fermer le cercueil.

— C'est tout ?

— C'est tout.

— Pas de livres ? Pas de... Le P. Wladimir hésita. Pas d'autres objets religieux ?

— Ni religieux, ni d'aucune sorte.

— Cela ne vous a pas étonné ?

— Sur le moment, non. À présent que vous me le faites remarquer, peut-être qu'en effet, pour quelqu'un comme lui, ce qu'il a laissé semble bien anonyme. Peut-être qu'il avait fait le vide, se sentant mourir ? Ah, tout de même, j'allais oublier... Sur le linteau de la porte, gravé au burin, un dessin...

Tirant un calepin de sa poche, le P. Wladimir traça

quelques traits de crayon, détacha la feuille et la tendit au maire.

— Ce dessin-là ?

Le maire lui jeta un regard stupéfait. Le P. Wladimir précisa :

— Deux clefs croisées et un croissant de lune, c'est ça ?

— En effet, murmura le maire. Mon Père, si vous me disiez...

Le P. Wladimir éluda.

— Et maintenant, monsieur le maire, si vous avez le temps, j'aimerais que vous me conduisiez au cimetière.

Entouré d'un petit mur, le cimetière était adossé au clocher, alignant de part et d'autre de l'unique allée d'appréciables contingents d'Isnard, de Heurtebise, de Bélisaire, de Raffeau, d'Hermelin, de Tartanson, un autre Isnard jouissant à part d'un monument aux héros de la Libération. La tombe de Pierre Sidonin se trouvait un peu en retrait, flanquée d'une tribu de Barbaroux, une sobre dalle de granit gris marquée d'une croix et d'une inscription : *Ici repose Pierre Sidonin, décédé à Senez le 18 février 1974.*

Le P. Wladimir, joignant les mains, récita le *De Profundis,* ensuite le *Kyrie* et le *Pater,* puis ouvrit un missel de poche tiré d'un sac de voyage qu'il portait en bandoulière, le feuilleta jusqu'à ce qu'il eût trouvé le chapitre de la liturgie des défunts, hésita, tourna encore une page et finalement se décida. Il lut :

« Da nobis, Domine, ut animam famuli tui Petri Episcopi, quam de hujus sæculi eduxisti laborioso certamine, Sanctorum

tuorum tribuas esse consortem. Per Dominum nostrum Jesum Christum Filium tuum[1]*... »*

Terminant d'un signe de croix, il demanda ensuite au maire :

— Avez-vous étudié le latin autrefois ?

— Non, mais il y a tout de même quelque chose que j'ai cru comprendre. Qu'êtes-vous venu faire à Senez, mon Père ?

— Attendre quelqu'un qui viendra sûrement prier sur cette tombe, quelqu'un de très vieux, de très fatigué, qui a suivi un très long chemin, tout comme votre Pierre Sidonin. Quand il arrivera, monsieur le maire, il vaudrait mieux que nous soyons seuls, lui et moi, mais si cela devenait nécessaire, je n'hésiterais pas, je vous le promets, à avoir à nouveau recours à vous. Enfin, un dernier service : pouvez-vous me confier pour la journée la clef de votre cathédrale ?

Il était à peu près neuf heures et demie du matin quand le P. Wladimir regagna sa voiture qu'il avait garée près du cimetière, sur une placette ombragée d'où l'on avait la vue sur le pont. Il composa aussitôt, à son téléphone, le numéro direct de Mgr Cassini, à Rome.

1. « Accordez satisfaction à nos prières, Seigneur, en faisant pénétrer dans la société de vos saints l'âme de votre serviteur Pierre, votre évêque, que vous avez soustrait aux rudes combats de ce monde. Par notre Seigneur Jésus-Christ » (oraison pour un évêque défunt).

— Je suis à Senez, monseigneur, dit-il. J'ai retrouvé Pierre de Gibelet. Au cimetière. Il s'appelait Pierre Sidonin, mort en 1974 et né aux alentours de 1910 dans la région de Rodez. Dans le village on le savait prêtre et on le croyait défroqué. Alors il m'est venu une idée. Je me suis souvenu que vous vous demandiez comment les derniers d'entre eux, si peu nombreux, à peine cinq ou six, et vivant éloignés les uns des autres, avaient pu recevoir, et de qui, la formation sacerdotale nécessaire, puisqu'il semble bien que là-dessus ils se montraient insoupçonnables ? Et si c'était dans un séminaire ? Je veux dire : dans un de *nos* séminaires ? On pourrait...

— J'ai compris, ne perdons pas de temps, coupa la voix de Mgr Cassini. Les archives des séminaires français ont été regroupées après la débâcle des vocations à la Congrégation du Clergé. J'en ai l'accès. Ce sera l'affaire d'une heure ou deux. Et Benoît ?

— Personne encore, monseigneur. Je ne bouge pas d'ici.

Il ouvrit son bréviaire et lut d'affilée les trois premiers offices, une obligation désuète à laquelle il continuait obstinément de se soumettre. Dans les moments de tension, il y retrouvait la paix.

Vers onze heures, le téléphone de bord sonna.

— Wladimir, dit-il en décrochant.

— Vous avez mis dans le mille, Wladimir ! annonça la voix de Mgr Cassini. Séminaire de Rodez, de 1932 à 1938. Pierre Sidonin y a reçu les ordres mineurs en 1936 et le diaconat en 1937. A quitté le séminaire sans explication en 1938, la veille même de son ordination. On devine la suite : formé par nous, ordonné par l'un des leurs. De leur point de vue, nulle bâtardise dans la filiation, succession apostolique sans défaut avec dernière sortie des assiégés avant leur submersion définitive. Et c'était la seconde fois que cela se produisait. Auparavant ils n'avaient pas eu besoin de nous. Mais trois ans plus tôt, en 1935...

La voix de Mgr Cassini semblait lutter contre l'émotion.

— Trois ans plus tôt, toujours à Rodez et dans les mêmes conditions, c'est Gérard de Vallac qui au matin de son ordination déclare au supérieur du séminaire qu'il a encore besoin de réfléchir et qu'il lui faut faire à nouveau retraite, seul, avant de prendre sa décision. On ne l'a plus jamais revu. Wladimir, oh, Wladimir, je crois que c'est lui qui nous revient. Ne l'apercevez-vous pas ?

Le P. Wladimir, ajustant ses jumelles, fouilla du regard la route et le pont.

— Pas encore, monseigneur.

Il se passa près d'une heure. Le soleil donnait. Un joli temps de printemps. Le prêtre reprit sa lecture, se surprenant à lire trois fois le même verset sans s'en rendre compte. Il ferma son livre, croisa les mains, se forçant au calme. Enfin, sur le chemin, juste avant le pont, apparut une silhouette qui marchait à tout petits pas et s'arrêtait fréquemment. Serrant fort ses doigts sur ses jumelles pour les empêcher de trembler, le P. Wladimir l'observait en maîtrisant difficilement un flot de pensées qu'il avait du mal à analyser : pitié, respect, élan du cœur, mais surtout une intense surprise devant l'immense disproportion entre ce vieillard épuisé ployant sous un sac trop lourd pour lui et l'incommensurable grandeur de tout ce qu'il représentait. Pendant un certain moment, tandis que l'autre s'engageait sur le pont, le P. Wladimir demeura figé sur son siège, incapable de prendre un parti, et pourtant c'est dans sa propre chair qu'il souffrait en voyant le malheureux trébucher presque à chaque pas. Une centaine de mètres les séparaient.

« Cent mètres et six siècles », songea le P. Wladimir.

Il saisit son téléphone et appela Rome.

— *Ecce homo*, monseigneur...

Puis, sautant de sa voiture, il marcha vivement au-devant du vieil homme.

— Je vais me charger de votre sac, Benoît, lui dit-il.

Gorges du Viaur et de l'Aveyron, 1429-1437.
Lectoure et La Charité-sur-Loire, 1429-1430. Rouen, 1431.

DANS les trente ou quarante années qui vont suivre, ici va s'achever l'aventure *visible.*

La notion de temps elle-même se dilue. Les visages s'estompent, perdent leurs contours. On distingue à peine ceux qui viennent ensuite. Les fidèles de Benoît se cachent afin de ne pas être reconnus, mais en plus ils se cachent à l'intérieur d'eux-mêmes. Le secret chemine d'année en année, s'enfonçant de plus en plus profondément dans le silence, l'anonymat, l'intemporel, le mutisme, l'insaisissable. Surnagent encore quelques noms à la surface du secret, Bernard Garnier, doyen du chapitre de Rodez, Étienne de Gan, confesseur de Jean d'Armagnac, Pierre Michel, qui sera évêque de Tibériade, le frère mineur Bernard, qui sera évêque d'Hébron, de simples prêtres, Jean Fabre, Jean Moysset, Guillaume Noalhac, curé de Jonqueviel, et Jean Farald, qui sera cardinal, quelques familles aussi, vouées au martyre, les Trahinier, les Delteil... Ils joueront leur rôle. Ils transmettront. La foi persécutée ne meurt pas, mais ce sont les derniers relais identifiables. Après eux, quelques rares jalons seulement, surgis une ou deux fois par siècle des catacombes de la petite histoire avec leur cortège d'incertitudes...

Géographiquement aussi, l'étau se resserre. Le théâtre se rétrécit aux limites d'un minuscule territoire compris entre les gorges du Viaur et les gorges de l'Aveyron, au XVe siècle un décor sauvage et à peu près inaccessible. Pays de rebelles, de révoltés, d'âmes intraitables. La nature y est à leur image. Pas de routes, à peine des sentiers. La chronique des premiers Benoît a également retenu quelques noms, les villages de Najac, où sera capturé Trahinier, de Jonqueviel, Montou, Murat, Cadoulette, qui tenaient pour le pape Benoît, deux châteaux dont il ne reste rien, nids d'aigle perchés sur des rochers, aussi farouches que Peñiscola, le château de Tourène, près de Montou, celui de Jalenques, un peu plus au nord, près de Naucelle, d'où Jean Carrier lancera ses ultimes expéditions militaires avant de s'en aller mourir chez les moines de Sainte-Tarcisse-du-Rouergue.

Mais d'abord, élire un pape.

Jean Carrier ne peut s'élire lui-même, mais cardinal de Rodez et de Saint-Étienne, ayant déclaré solennellement, à Peñiscola, sacrilège et illégitime l'élection du pape Muños qui se prétendait Clément VIII, c'est à lui seul qu'il appartient de désigner un successeur au pape Luna. Il n'a pas encore sauté le pas.

Ces temps-là n'avaient pas encore appris — mais plus tard Jean Carrier devra l'admettre enfin pour lui-même — à séparer chez le souverain pontife le pouvoir spirituel du temporel : pape *et* souverain. Pas de souveraineté temporelle, pas de pape. Pas d'États de l'Église, si exigus soient-ils, pas de pape. De ce principe informulé, la Cité du Vatican, État souverain et indépendant, est encore aujourd'hui la survivance politiquement prodigieuse et probablement inadmissible au regard du monde qui vient. Jean Carrier a déjà choisi le pape. Avant de quitter Peñiscola, il a juré sur l'Évangile, il a écrit, devant témoins, le nom de « celui devant lequel il se prosternera, auquel il baisera le pied et promettra fidélité » et qui l'attend vêtu en moine et caché à la Chartreuse de Villefranche-de-Rouergue, mais il ne l'a pas encore *élu* : ce pape-là n'aurait pas de territoire, ni Rome, ni Avignon, ni Peñiscola, rien. Il reste à lui en conquérir un, entre Viaur et Aveyron.

Sur le chemin du retour, il s'est arrêté à Lectoure, entre Lannemezan et Garonne, capitale de Jean IV d'Armagnac, comte de Comminges et de Rodez. Étrange personnage que ce prince, un moment compagnon d'armes de Jeanne d'Arc, courageux et indécis, téméraire et versatile, avec, sur le plan de la foi, des obstinations de charbonnier. Après Constance et jusqu'à la mort de Pedro de Luna, et même au-delà, il sera le dernier prince souverain à tenir tête à Martin V. Il accueille Jean Carrier par ces mots :

— Monseigneur, il faut vite nous donner un pape !

Deux hommes de guerre, deux hommes de foi, partageant les mêmes visions, la tête dans les nuages, les pieds sur terre. Entre eux l'accord est vite conclu. Déjà légat de Benoît XIII en Rouergue, cardinal de Saint-Étienne et de Rodez, voilà Jean Carrier adoubé sur-le-champ lieutenant-général de Jean IV d'Armagnac pour ce même comté de Rodez. Rome, ce sera Rodez, ou Villefranche-de-Rouergue, ou toute autre localité, place forte ou château appartenant au comte d'Armagnac qu'il plaira à Jean Carrier d'ériger en siège pontifical pour le pape qu'il aura élu ! À charge pour lui de s'en emparer par les armes, car le comté grouille de soldats dépêchés par le roi de France, d'inquisiteurs, de prédicateurs, de délateurs au service de Martin V qui par force ou persuasion soumettent peu à peu la population.

C'est ainsi que revenu en Rouergue, cape rouge déployée en drapeau, toujours vêtu de son haubert, le chef ceint de la coiffe de mailles, couronné de son chapeau de cardinal, Jean Carrier va tenir trois ans. Une troupe de gueux l'accompagne, des rebelles, des va-nu-pieds en peaux de bêtes, armés de faux, parfois un millier, parfois une poignée. Il surgit où on ne l'attend pas, investit les villages un jour de marché et bénit la foule à genoux, ou bien fait irruption dans l'église, si c'est dimanche, en chasse le desservant romain et célèbre lui-même la messe tandis que ses meilleurs soldats, anciens mercenaires de Rodrigo de Luna, ferraillent aux portes avec les sergents du roi que quelque traître a prévenus. Il baptise aussi beaucoup, des enfants, des jeunes gens dont les parents refusaient les sacrements administrés par les prêtres de Martin V. Il baptise avec l'eau glacée des torrents, au fond de combes secrètes semées de romarins et de lavandes sauvages. Il y dort, souvent, dans quelque grotte, avec son escorte, son chapeau de cardinal fiché sur un bâton planté en terre. Il boit aux sources, se nourrit de miel et de fromages que des bergers descendus des plateaux lui présentent en ployant le genou. Et toujours la même question qu'on lui pose :

— Aurons-nous bientôt un pape, Monseigneur ?

Il répond que le moment approche. Il ne dort jamais deux fois de suite au même endroit. Toujours victorieux quand il paraît mais toujours obligé de rompre dès que l'effet de surprise a cessé. À ses compagnons qui l'interrogent et qui, parfois, désespèrent, il dit :

— Nous bâtissons la Cité future. Nous bâtissons la Cité de Dieu. Nous sommes l'Église militante. Il faut reprendre le combat.

Et ils fondent comme des oiseaux de proie surgissant d'un ciel chargé de neige, bousculant les troupes royales pour le seul bénéfice éphémère d'un carillon triomphal au clocher d'un pauvre village annonçant que le cardinal de Rodez est toujours partout chez lui en Rouergue. Une légende se forme et s'enfle, courant de masure en château. On raconte qu'il charme les loups, les serpents et les oiseaux qui le préviennent des embuscades et montent la garde, la nuit, autour de l'abri où il repose. Arrêté à plusieurs reprises, avant l'aube il s'est envolé et l'on retrouve sa cellule vide. On parle de miracles. Que n'a-t-on dit là-dessus en ces contrées d'antique révolte ! Que les âmes des cathares massacrés descellaient les barreaux de ses geôles, ouvraient les portes de toutes les prisons. Tout de même, on lui tue du monde. Les inquisiteurs féroces, les bourreaux couverts de sang ne laissent aucune chance aux prisonniers qui refusent de se rétracter. Alors Jean Carrier, farouchement, répète :

— Mourir est un gain.

Ce sont les mots de l'apôtre Paul.

Tissée de dangers, de mystères, de privations, cette existence l'a transformé. Du trésor de Pedro de Luna, il n'a conservé que le strict nécessaire, distribuant le reste aux pauvres et à ceux qui ont tout abandonné pour le suivre. Sa cape rouge est en lambeaux, son chapeau de cardinal délavé par les intempéries. Les palais épiscopaux, les gras monastères, les cures juteuses, le faste des papes, tout cela est balayé. À ses compagnons, il dit gaiement :

— Quand j'étais berger, enfant, je vivais plus fastueusement qu'aujourd'hui où je suis cardinal, me nourrissant de racines et de pain dur. Le concile de Constance voulait réformer l'Église et n'y est pas parvenu. Ici, c'est fait. Remercions le ciel de nous avoir rendus au dépouillement évangélique...

Cette phrase a été réellement prononcée. Elle a

rassemblé autour de Jean Carrier les plus pauvres d'entre les pauvres, ceux qui avaient suivi, autrefois, en des époques guère différentes, Arnaud de Brescia, Joachim de Flore, Bernard Délicieux, François d'Assise, qui, chacun à sa manière, proclamaient l'avènement d'une nouvelle Église, les trois premiers le payant de leur vie, au bûcher ou en prison, le quatrième d'une récupération posthume sous forme de canonisation. C'est sans doute cette phrase redoutable et cet afflux de pauvres gens à l'annonce de la venue d'un nouveau pape charitable et miséricordieux qui expliquent l'acharnement de Rome et de Martin V contre les dissidents du Rouergue. Une mission non formulée de l'Église catholique sur cette terre est de contenir la folie de l'Évangile.

La folie de Jean Carrier.

Sa bande de gueux a occupé Villefranche par une nuit noire et glacée de l'hiver 1429. Il gèle à pierre fendre. Dans les forêts couvertes de givre, les hautes branches des arbres craquent et se cassent. Les oiseaux tombent du ciel, pétrifiés. Éloignées par des combats de diversion, les troupes royales, moins aguerries, sont clouées au sol par la neige. C'est par ce froid d'apocalypse que, dans Villefranche devenue Rome, Jean Carrier va entrer en conclave.

Le cardinal de Rodez et de Saint-Étienne respecte scrupuleusement les formes. Dans le scriptorium de la chartreuse de Villefranche, les notaires aiguisent leurs plumes et déploient leurs parchemins. Tout y sera relaté dans le détail : les archers en sentinelle à la porte du monastère, surveillant les rues désertes comme si la foule risquait d'en surgir à l'image des hordes de Rome ; la nomination de deux gardiens du conclave, en l'absence d'évêques, de simples prêtres, Jean Farald et Pierre Michel ; la célébration en présence du prieur — qui le paiera plus tard de sa vie — de la messe du Saint-Esprit ; enfin l'enfermement de Jean Carrier, selon le règlement des conclaves, Sacré Collège à lui tout seul, dans une cellule de moine où il va passer la nuit en prières avant de prononcer son vote. Conservé au dossier Benoît, le document des notaires précise tout cela mais ne dit rien, naturellement, des sentiments de Jean Carrier cette nuit-là. Nul doute qu'il avait pesé l'énormité de sa décision. Les hommes de cette trempe ne jouent pas avec Dieu. L'aube ne s'est pas encore levée lorsque à haute et intelligible voix, dans le silence de sa cellule, il proclame :

— Je nomme notre frère Bernard Garnier, prêtre de l'Église catholique, doyen du chapitre de la cathédrale de Rodez, pour pape et pontife romain.

Après quoi il frappe l'huis de son poing et aux deux gardiens venus lui ouvrir, il lance cette phrase rituelle qui a tant de fois retenti et rendu tant de fois la joie à la Chrétienté en deuil :

— *Habemus papam ! Deo gratias !*

À Rome, c'eût été un tonnerre de cloches s'envolant de tous les clochers. Ici, l'unique bourdon de la chartreuse de Villefranche répandant à travers la campagne glacée ses sonorités aigrelettes. *Habemus papam*... Reste à le convaincre.

Il attend dans une cellule voisine, Bernard Garnier. C'est un vieil homme que la mort guette. Un saint homme qui n'a jamais eu d'autre ambition que de servir Dieu de sa modeste place. Depuis des mois qu'il est caché là, il a eu l'occasion de méditer sur le destin qui va être le sien. Au cardinal Jean Carrier qui s'est agenouillé devant lui, se prosternant pour lui baiser le pied, il jette un regard suppliant.

— Pensez-vous, lui dit Jean Carrier avec force, que Dieu ne connaît pas mieux que vous vos propres forces ? Vous êtes l'héritier de Pierre. Ne craignez pas ! L'esprit du pape Luna dictera vos paroles et guidera vos gestes.

— *Accipio...*

Un souffle de voix, mais c'est dit. Ainsi le commandent les usages. Les notaires notent. Tout est dans l'ordre. On ne fonde pas une Chrétienté sur des vices de forme.

— Quel nom choisira Votre Sainteté ?

La voix semble avoir repris courage.

— *Benedictus.*

Benoît XIV.

Rome ne tiendra pas longtemps au-delà de l'aube. Au matin, Rome est redevenue Villefranche. Les chiens de Martin V ont retrouvé la piste. Les troupes royales approchent. Plusieurs escadrons convergent, précédés de moines fanatiques brandissant l'étendard du Colonna. Il faut fuir. À la maigre foule rassemblée, Jean Carrier dit :

— Vous irez à travers le monde. Vous annoncerez à tous que vous avez vu et entendu le nouveau pape.

Vous témoignerez comme les apôtres parmi les gentils.

Puis Sa Sainteté Benoît XIV les bénit, l'étole rouge de Pedro de Luna au cou, et, pleurs et cris de joie mêlés, Jean Carrier leur commande de se disperser.

Ils n'iront pas loin, les malheureux. Le nouveau pape, ils l'ont annoncé, source de misères et de souffrances. La traque redouble de virulence, avec son cortège de tortures, de fers rougis et de bûchers. Le pape Colonna a fulminé. Pour Rome, à présent, ce n'est plus un schisme, mais une hérésie.

Sous faible escorte, se déplaçant vite, Jean Carrier s'est enfoncé à nouveau dans les sombres profondeurs des gorges du Viaur et de l'Aveyron, ses derniers archers aragonais encadrant le pape Garnier dont les vieux os sont traversés de douleurs à chaque pas de sa mule. Le dossier Benoît est muet sur les lieux de leur retraite. Ils en changent souvent. Mais on connaît ceux qui les accompagnent et qu'à l'abri d'une grotte, un soir, Sa Sainteté Benoît XIV, sachant que sa mort est proche, élèvera à différentes dignités, reconstituant autour de lui, dans le dénuement le plus complet, une manière de curie : Pierre Michel, évêque *in partibus* de Tibériade, camérier ; le frère Bernard, évêque d'Hébron (il trahira) ; Étienne de Gan, évêque de Césarée (la mort dans l'âme, il se rétractera) ; enfin Jean Farald, nommé cardinal, qui formera avec Jean Carrier un ultime Sacré Collège...

Deux papes. Toujours deux papes. Quel est le faux ? Quel est le vrai ?

L'homme qui entre en grand arroi dans Rodez avec les premiers beaux jours en ce mois d'avril 1430 à la tête d'une véritable armée de sergents et de cavaliers est lui aussi un prélat-soldat de la même trempe que Jean Carrier. Il s'appelle Amédée de Talaru, cardinal-archevêque de Lyon, légat du pape Martin V et lieutenant général du roi de France Charles VII pour tous les États et possessions du comte d'Armagnac contre lequel Rome vient de prononcer l'excommunication majeure. En armure de la tête aux pieds, il se fait précéder partout où il va d'un chevalier banneret portant haut, à la pointe de sa lance, son chapeau rouge à glands noirs. Il sait frapper les imaginations. Il a décidé d'en finir. Il a reçu tous pouvoirs, et beaucoup d'argent de Rome. Il a amené de Lyon une foule de clercs, de docteurs, de moines avec lesquels il a formé des tribunaux ecclésiastiques ambulants présidés par des inquisiteurs et qui s'abattent sur les villages, terrorisant la population que les hommes d'armes, du plat de l'épée, rassemblent en troupeau dans les églises. « C'est la justice de Dieu qui passe ! » clament en chaire des prédicateurs que la charité n'étouffe pas. La justice de Dieu est expéditive : la rétractation ou la mort. La plupart se rétractent. Certains meurent courageusement. Cette Église-là, celle de Jean Carrier, celle du pape Benoît, offre à Dieu ses martyrs, tout comme l'autre, celle des catacombes, au temps de l'empereur Marc Aurèle, mais le souvenir de sainte Blandine, de saint Pothin et des quarante-sept suppliciés de Lyon en l'an 177 n'offre aucun sujet de rapprochement, ni de réflexion, à l'impitoyable cardinal de Talaru.

Son premier acte public, en ville, a été de proclamer « maudite de Dieu » l'ancienne résidence épiscopale de Jean Carrier, qu'on appelle aujourd'hui la Maison du Benoît. Il en a chassé les derniers serviteurs, livrés aux inquisiteurs, l'a vidée de tout son mobilier déclaré impur et brûlé sur le parvis de la cathédrale, a fait marteler les écussons cardinalices et le cartouche aux clefs de saint Pierre de celui qui avait été légat de Benoît XIII, murer portes et fenêtres marquées de la croix noire d'isolement qu'on traçait sur les maisons pesteuses. Rodez réduite à sa merci, il s'est mis aussitôt en campagne. Il a pris la piste, comme à la chasse, précédé d'une nuée de rabatteurs. Villefranche va payer à son tour. À la chartreuse, il interroge lui-même les moines. Interrogatoires musclés de ce temps. Avec le sang jaillit la vérité : ce n'est pas seulement un cardinal qu'il poursuit, c'est l'antipape ! L'Antéchrist ! Il croise ses chevaliers, ses soldats, qui arborent sur leur cotte de mailles la tunique blanche à croix rouge des conquérants de Jérusalem. Taïaut ! Taïaut ! Indulgences plénières pour tout le monde. Ses effectifs doublent. Saint-Salvadou, Najac, Jonqueviel, Laguépie, Naucelle souffrent dans la pierre et la chair le passage des saintes colonnes infernales. Il fait fermer les églises, les cimetières, et clouer sur les portes la bulle d'excommunication du comte-souverain, Jean d'Armagnac lequel décret ne sera levé que lorsque le comte se sera rétracté. Il lui a envoyé un messager, à Lectoure. La réponse tarde. En attendant, ses sujets paient.

Jean Carrier demeure introuvable. De temps en temps un bref combat d'arrière-garde, où se sacrifient les Aragonais, et puis à nouveau le silence. On ne peut fouiller toutes les grottes, enfumer toutes les bergeries, escalader toutes les falaises où les « croisés », parfois, se rompent le cou, surveiller tous les sentiers de chèvres. Affectant de céder aux menaces, jouant la peur, les rares bergers rencontrés indiquent de fausses directions à la meute des poursuivants, mais, tout de même, les mâchoires du piège se resserrent. Jean Carrier n'est plus qu'un fugitif. Il a fallu abandonner les chevaux, les mulets, les armures pour se déplacer plus vite. Il ne chevauche plus en tête, la cape rouge insolemment déployée. Il marche, vêtu d'une peau de mouton, son chapeau de cardinal enfoui au fond d'une besace. Combien sont-ils encore à le suivre ? Pas plus de trente à ce que l'on sait, les plus valides se relayant deux par deux entre les brancards d'une chaise à porteurs hâtivement fabriquée à la hache et au couteau, avec le bois de la forêt, et où le malheureux pape Benoît agonise. Bientôt, il faudra s'arrêter...

Imagine-t-on cela, en ce premier tiers du XVe siècle, dans un royaume en proie à l'anarchie, aux bandes armées, et que deux rois se disputent, Henri VI roi d'Angleterre *et* de France, qui en tient la plus grande part, et Charles VII, le dauphin, que Jeanne d'Arc vient de conduire à Reims pour y être sacré, mais dont Paris, sa capitale, s'est donnée sans vergogne aux Anglais ; imagine-t-on ce pays, où l'on se bat un peu partout, villes et châteaux pris et repris, forêts retournées aux loups, terres retombant en jachère avec la famine qui çà et là menace, chemins livrés au brigandage de compagnies de routiers pillant pour leur seul profit, entre Lectoure et La Charité-sur-Loire que Jeanne assiège sans succès, près de deux cents lieues, huit cents kilomètres, et sur cette route un messager, bravant chaque jour tous ces dangers, se gardant de tout et de tous, risquant sa vie et plus encore s'il tombait entre les mains de l'Inquisition, afin de remettre une lettre du comte Jean d'Armagnac à Jeanne d'Arc et d'en rapporter aussitôt la réponse ! Imagine-t-on le caractère pressant, la primordiale importance d'une telle missive qui détermine le comte d'Armagnac à jeter son chevaucheur dans une pareille aventure... Voici cette lettre, pièce à charge au procès de Jeanne d'Arc. Elle figure aussi au dossier Benoît :

« *Ma très chère dame*, écrit Jean d'Armagnac, dans le style et avec l'absence d'orthographe de ce temps, *il y a trois contendans au papat : l'un demeure à Rome, qui se fait appeler Martin Quint, auquel tous les rois chrétiens obéissent ; l'autre demeure à Peniscole, lequel se fait appeler Clément VIII ; le tiers, on ne scet où il demeure, se non seulement le cardinal de Saint-Étienne, Jean Carrier, et peu de gens avec lui, lequel se fait nommer pape Benoît XIV... Veuillez supplier à N.S. Jésus Christ que, par sa miséricorde infinite, nous veuille par vous déclarer qui est des trois dessusdiz vray pape, et auquel nous devons croire, si secrètement ou par aucune dissimulation, ou publique manifeste. Car nous serons tous prestz de faire le vouloir et plaisir de N.-S. Jésus-Christ. »*

Pauvre comte, piètre politique, se trompant de camp. Il y a de la grandeur dans son obstination. Excommunié, ses sujets nobles ou vilains sont déliés de l'obéissance, ses pouvoirs de justice dévolus au roi de France, les églises de ses États fermées, les fidèles privés de sacrements. Il n'a plus le choix. S'il persiste, il est perdu. L'Inquisition, deux siècles plus tôt, lors de la guerre des Albigeois, en avait brûlé de plus puissants que lui. A Rodez, le cardinal-légat attend sa décision. Tout autre que lui n'aurait pas hésité. Au contraire, il tergiverse, il gagne du temps. De son confesseur, Étienne de Gan, qui a suivi Jean Carrier, pas de nouvelles. Nul ne sait où se trouve le pape Benoît, *et peu de gens avec lui.* Et si le petit nombre, justement, était garant de vérité ? Le comte d'Armagnac est de l'espèce de ceux qui ne chassent pas en meute, qui répugnent à marcher en troupeau, que l'unanimité des foules emplit d'une sorte de dégoût. Que Jeanne veuille l'éclairer.

La réponse de Jeanne d'Arc arrive enfin à Lectoure. Étrange lettre qui pèsera à son procès. L'évêque Cauchon, toujours Cauchon ! l'hyène des conciles de Pise et de Constance, la belle conscience de l'Université de Paris, la brandira quelques mois plus tard, cette lettre, sous le nez et pour l'édification des cinquante-huit assesseurs qui siègent à Rouen lors de la cinquième séance. À La Charité-sur-Loire, Jeanne avait d'autres soucis. Le roi l'avait pratiquement abandonnée. La trahison rôdait autour d'elle. Ses troupes, qui n'étaient plus payées, désertaient. La Cour s'amusait. Jeanne lassait. Lassée aussi de donner des conseils, de se substituer aux consciences des autres, car on lui écrivait beaucoup. On lui lit la lettre de Jean d'Armagnac. Or mille choses la préoccupent sous les murailles de La Charité-sur-Loire. Il lui faut être partout à la fois, raffermir les volontés qui faiblissent. Trois papes ? Qu'est-ce que c'est que cette histoire-là ? Y avait-il donc trois papes ? A-t-elle entendu parler des deux autres, nul ne le sait et elle n'a rien dit là-dessus. Le messager du comte d'Armagnac la presse. Il se sent menacé dans ce camp. A-t-elle réfléchi ? Toujours est-il qu'elle dicte à son secrétaire :

« De laquelle chose ne vous puis bonnement faire savoir au vray pour le présent, jusques à ce que je soye à Paris ou ailleurs, à requoy. Car je suis, pour le présent, trop empeschée au fait de la guerre. Mais, quand vous sarez que je seray à Paris, envoiez ung message pardevers moy, et je vous feray savoir tout au vray au quel (pape) *vous devrez croire et que en aray sceu par le conseil de mon droiturier et souverain seigneur, le Roy de tout le monde. »*

Et elle signe : *Jehanne.*

Voilà. Le chevaucheur du comte d'Armagnac a risqué vingt fois sa peau et traversé toute la France pour cela. Jeanne dira plus tard, à son procès, que sa lettre était accompagnée de commentaires verbaux, mais elle n'en précise pas la teneur. À l'accusateur Cauchon qui l'interroge : « Doutez-vous à qui le comte doit obéissance ? », elle répond : « Le comte désirait savoir à qui Dieu voulait qu'il obéît. Je ne savais pas quoi lui mander. Pour ce qui est de moi, je tiens et je crois que nous devons obéir au pape qui est à Rome... »

« Je ne savais pas quoi lui mander » : zone de mystère dans le procès de Jeanne d'Arc. Puisqu'elle obéit au pape qui est à Rome, pourquoi ne l'écrit-elle pas carrément dans sa lettre au comte d'Armagnac au lieu de tourner autour du pot, de laisser entendre qu'elle répondra plus tard, de Paris ou d'ailleurs, dès qu'elle aura pu se renseigner et surtout en recevoir *« le conseil de* son *droiturier et souverain Seigneur, le Roy de tout le monde » ?* Les voix dont on parlera tant lors de cette cinquième séance, à Rouen, les voix de sainte Catherine et de sainte Marguerite, de saint Gabriel et de saint Michel, ne l'auraient-elles point éclairée là-dessus ? Peut-être partageaient-elles encore la perplexité du droiturier et souverain Seigneur devant cette abondance de papes et ses doutes sur la légitimité de Martin V ?

Perplexe aussi, le pauvre comte. Il hésitera encore trois mois, puis cédera. Dans ce temps où les sujets suivaient la religion de leur souverain, la rétractation de Jean d'Armagnac privera Jean Carrier de ses dernières paroisses.

Cette fois il est seul.

La petite troupe a dû s'arrêter. Sa Sainteté le pape Benoît XIV va mourir. A son chevet veillent ses deux cardinaux, Jean Carrier, cardinal de Rodez et de Saint-Étienne, et Jean Farald, cardinal de Gibelet. Des évêques nommés par le pape Garnier, seul Mgr de Tibériade, Pierre Michel, camérier, est là aussi. Les autres ont rebroussé chemin et sont allés se rétracter devant le tribunal du légat contre promesse de vie sauve. Si le dossier Benoît dit vrai, ils ont trouvé refuge dans une grotte, sans doute celle qui aujourd'hui porte le nom de grotte de l'Étoile, dissimulée par des ronciers, dans la partie la plus sauvage des gorges du Viaur, non loin du rétrécissement où s'élève à présent le viaduc du chemin de fer. Deux archers aragonais montent la garde à l'entrée. Ils représentent tout ce qui reste de l'escorte pontificale avec une demi-douzaine de bergers cachés derrière des rochers pour surveiller le défilé.

Le pape n'a pas repris connaissance. Il a si peu vécu en pape. Il va mourir sans même se souvenir qu'il avait été pape et pontife, chef de l'Église catholique, apostolique et romaine. C'est à quoi songe Jean Carrier, et que dans un petit moment le gisant retrouvera la mémoire et saura la vérité, accueilli au seuil de l'éternité par des sonneries de trompettes célestes saluant la venue, à la droite du Père, du vicaire du Christ sur la terre. Le pape est étendu sur une peau de mouton, si maigre et si décharné que les deux pans de son étole rouge le recouvrent entièrement. Une torche de résineux éclaire faiblement son visage et son regard où nulle expression ne se lit. Il expirera à la tombée du jour dans un dernier râle presque imperceptible. C'est le sourire qui se dessine alors sur ses lèvres, comme un message de l'au-delà, qui fait comprendre à ses compagnons que Sa Sainteté le pape Benoît XIV est morte.

Dans la grotte s'élève un chant funèbre à trois voix. Jean Carrier, Jean Farald et Pierre Michel célèbrent l'office des défunts.

La Chrétienté n'a plus de chef. Elle n'en a plus non plus à Rome où le pape Colonna vient de mourir. Elle n'en a plus à Peñiscola où le pape Muños a abdiqué.

Alors Jean Farald, cardinal de Gibelet, se tourne vers Jean Carrier et dit :

— Je nomme notre frère Jean Carrier, cardinal de Rodez et de Saint-Etienne, pour pape et pontife romain.

Mgr de Tibériade, Pierre Michel, faisant office de notaire, note. Les deux Aragonais contresigneront d'une croix.

— *Accipio*, dit Jean Carrier.

— Quel nom choisira Votre Sainteté ? demande alors Jean Farald.

— *Benedictus*, dit Jean Carrier. Et il précise : *quattuordecimus*. Benoît XIV.

Ce règne-là peut cette fois commencer, tandis qu'à Rome est élu le cardinal Gabriele Condulmer, pape sous le nom d'Eugène IV. Devant Dieu qui les regarde, deux papes.

Quel est le faux ? Quel est le vrai ?

Ne parvenant pas à creuser une tombe dans le sol rocheux de la grotte, ils enterrèrent Benoît au fond du ravin, dans le sable d'une petite plage entre deux boucles de la rivière. Le corps était si léger qu'il suffit d'un seul des Aragonais pour le descendre jusque-là dans ses bras. Ils ne dressèrent pas de croix. Ainsi les hommes du cardinal de Talaru, dont on entendait à présent les cornes de chasse se répondre l'une à l'autre sur le plateau, ne pourraient retrouver le cadavre et de la sorte lui serait épargnée l'infamie du bûcher que la loi du légat appliquait sans pitié aux excommuniés vivants *et* morts. Puis, sans doute, affouillant le sable, une crue du torrent, un jour, l'emporta.

Pierre Michel et Jean Farald périrent au cours de la poursuite, mais Jean Carrier parvint à s'échapper. Il se rapprocha de Rodez où dans la campagne alentour il comptait encore quelques fidèles parmi les paysans et les bergers. Des prêtres, aussi, vinrent rejoindre leur ancien évêque devenu évêque de Rome.

Il nomma cinq cardinaux : Pierre Trahinier, au siège de Bethléem, Pierre Tifane, à celui de Tibériade, et trois autres dont le dossier Benoît n'a pas retenu les patronymes, Bernard, cardinal d'Hébron, Jacques, cardinal de Césarée, et Jean, cardinal de Gibelet. Iona, en Écosse, demeure un mystère. Un Falkirk, cardinal de Iona, figure dans les ultimes documents se référant, comme à une hypothèse, à la « papauté » de Benoît XIV. Iona était un monastère florissant, apparemment rallié à Rome à la mort de Benoît XIII. Peut-être quelques moines mystiques, animés par la foi du petit nombre et exaltés par le secret qui emporte les imaginations, s'étaient-ils obstinés dans une fidélité qui les séparait du commun ? L'un d'eux se serait appelé Falkirk, du nom d'un précédent abbé. Des messages auraient été échangés. De Rodez à Iona, la route semble pour le moins improbable et le chemin des suppositions se perd dans le brouillard des siècles. Aujourd'hui l'unique tombe d'un Falkirk, à Iona, dans le cimetière monacal attenant à l'ancienne abbaye, ne comporte ni date ni titre. Le nom gravé en est presque totalement effacé, ce qui rend étrangement inexplicables les bouquets de fleurs fraîches qu'on y trouve parfois.

En 1435, ou 36, Jean Carrier fut fait prisonnier à la suite de circonstances qu'on ignore et enfermé au château de Foix. Rien ne permet de supposer que ses geôliers aient acquis la conviction qu'ils détenaient dans leurs culs-de-basse-fosse Sa Sainteté le pape Benoît XIV. Il n'en serait pas ressorti vivant. Or il s'en échappa aisément. Une nuit il s'envola et on retrouva sa cellule vide. Âmes des cathares massacrés descellant les barreaux de sa prison ? Loups, serpents, oiseaux protégeant sa fuite dans la forêt ? Légendes, légendes... Le merveilleux fonde la foi. À l'abbaye Sainte-Tarcisse-du-Rouergue, tandis que les moines, au dîner, lèvent un regard déjà ravi vers le récitant, à son lutrin, celui-ci, d'une voix chantante, entame pour la troisième fois de l'année ce récit qu'ils connaissent par cœur et qui fait partie de leur vie :

« Le *Dit de Benoît,* chant premier. Or donc s'en fut de Rodez Benoît, nocturnement, à la Noël de l'an de grâce mille quatre cent trente-sept. S'en fut comme Jésus chassé, monts et vallées, chaumières, palais sous la loi des archers d'Hérode lui courant sus comme meutes de chiens. En Rodez bûchers allumés où périrent moult bons chrétiens innocents comme nouveau-nés. S'en fut Benoît navré, perdant son sang, tombant trois fois sur le chemin, pareillement Notre-Seigneur. Or donc une étoile dans le ciel s'éleva et une voix sortant des nuées qui disait : " Suis la lumière, Benoît, et la lumière te sauvera. " Seigneurs loups firent à Benoît cortège, mêmement les oiseaux de la nuit, avec tant bel arroi de plumes et de hululements qu'oyaient les archers d'Hérode, l'âme tremblante, fuyant à grande célérité... »

Les archers d'Hérode avaient lâché prise, et le cardinal-légat regagné son beau palais de Lyon. Pour lui l'affaire était réglée. Les cinq cardinaux de Benoît XIV, vêtus en bergers, suivis d'un nombre infiniment réduit de fidèles, quittèrent la région de Rodez et s'en allèrent au Lévezou, comme Moïse en Terre promise. Là, ils construisirent une chapelle, puis ayant appris la mort de Jean Carrier, élurent l'un d'entre eux, Pierre Tifane, cardinal de Tibériade, pour pape et pontife romain sous le nom de Benoît XV. Après lui vint Jean Langlade, qui porta le nom de Benoît XVI jusqu'à sa mort en 1499, sous le règne du roi Louis XII, tandis que six papes, à Rome, se succédaient sur le siège de Pierre en une sorte de ronde macabre couronnée par l'abomination du septième : Alexandre VI Borgia[1] !

Borgia, pape Alexandre VI. Jean Langlade, pape Benoît XVI. Quel est le faux ? Quel est le vrai ? Faut-il en juger par leurs vertus ? Alors la cause est entendue. Dieu le sait...

Après le pape Langlade fut élu Matthieu, qui prit aussi le nom de Benoît, et encore vingt-neuf après lui, qui tous se nommaient Benoît.

Et c'est ainsi que l'histoire commença...

1. Nicolas V (1447-1455). Calixte III (1455-1458). Pie II (1458-1464). Paul II (1464-1471). Sixte IV (1471-1484). Innocent VIII (1484-1492). Alexandre VI (1492-1503).

Senez, 1994
Monte San Savino, Italie, 1994

— JE vais me charger de votre sac, Benoît, dit le P. Wladimir. Où souhaitez-vous aller ?

— D'abord au cimetière, répondit le vieil homme, comme si c'était chose naturelle d'être attendu justement en cet endroit par quelqu'un qui l'appelait par son nom. Vous êtes prêtre, n'est-ce pas ? Vous n'êtes pas là par hasard. Qui vous a envoyé à ma rencontre ?

Ils marchaient lentement sur le chemin. Le P. Wladimir réglait son pas sur celui du vieillard qui avait à peine la force de mettre un pied devant l'autre et s'appuyait à son bras, le souffle court. Quand plus tard il évoquerait ce moment, cette main qui serrait son poignet, cette présence à son côté, le premier souvenir à se présenter serait de reconnaissance éperdue pour tant de confiance aussitôt donnée.

— J'arrive de Rome. C'est Rome qui m'a envoyé.

— Rome ne nous a jamais tout à fait oubliés, dit le vieil homme.

Cela n'avait pas l'air de le surprendre. Le P. Wladimir songea qu'en effet, à en juger par le dossier Benoît, Rome n'avait pas tourné la page. Le cadavre du concile de Constance remuait encore.

— Il y a une quarantaine d'années, reprit le vieillard, Rome avait envoyé un messager à celui qui me précédait et qui le retrouva on ne sait comment. Benoît nous l'avait raconté ensuite. C'était un cardinal habillé en simple prêtre. Vous n'êtes pas cardinal, au moins ?

Un léger amusement dans la voix, un sourire, et puis :

— Non, évidemment, vous ne l'êtes pas. Trop jeune. Comment vous appelez-vous ?

— Wladimir Nykas, oblat du Saint-Sacrement, attaché de nonciature auprès de la secrétairerie d'État du Vatican.

— Et cela va ensemble ?

Nouveau sourire.

— J'aime autant qu'on m'ait envoyé quelqu'un de jeune. L'autre, le cardinal, avait l'esprit durci par l'âge. Il était venu nous proposer une sorte de marché, avec un tas de conditions. Nous devions renoncer à tout et Rome n'offrait que son pardon. Pardon pour quoi, on se le demande ? Evidemment, cela n'a rien donné. On ne renonce pas à la fidélité. C'est ça que ce cardinal était incapable de comprendre. La fidélité n'est peut-être pas une fin en soi et on perd beaucoup de monde en chemin par refus de transiger, mais pourquoi transigerait-on quand on tient la vérité ? Dans notre cas...

Il se corrigea :

— Dans *mon* cas...

Mais il n'acheva pas sa pensée et le P. Wladimir songea que la dialectique du pape Luna avait bel et bien traversé six siècles.

— Est-ce quelque chose comme cela que vous êtes chargé de m'offrir ? dit le vieil homme. Le pardon de Rome ?

— Je n'ai reçu aucune mission de ce genre, je vous l'assure, dit le P. Wladimir.

Ils marchèrent un moment en silence sur la petite place déserte, contournant la cathédrale pour rejoindre le cimetière. Le vieil homme s'arrêta, reprenant souffle. Sa main pesait de plus en plus lourdement sur le bras de son compagnon.

— Rome, Rome..., dit-il. C'est moi qui devrais porter mon pardon à Rome. Savez-vous qui est Benoît ? Savez-vous ce que représente Benoît ? Savez-vous *qui* représente Benoît ?

Cette fois il ne souriait plus. Il avait parlé d'une voix très lasse, comme si cette triple interrogation ne s'adressait à nul autre qu'à lui-même.

— Je le sais, Votre Sainteté, dit le P. Wladimir.

L'expression lui était tout naturellement venue aux lèvres. L'émotion, le respect, la certitude de se trouver devant un personnage marqué par Dieu...

— Ne m'appelez pas ainsi, je vous prie. Du temps où les autres vivaient, nul d'entre nous n'en a usé, à plus forte raison vous-même à présent que je suis seul. Cette sainteté-là se trouve à Rome. C'est là que je voudrais mourir en paix, auprès de Pierre...

Arrivé à la porte du cimetière, il demanda :

— Vous savez qui je cherche, naturellement. Vous savez où il est enterré. Voulez-vous me conduire ? Je me sens très fatigué.

La tombe avait été fleurie et le P. Wladimir eut une pensée reconnaissante pour le maire, M. Heurtebise. C'étaient des fleurs de son jardin.

— Pierre Sidonin... Pierre de Gibelet, murmura le vieil homme.

Puis :

— Aidez-moi à m'agenouiller, je vous prie. Je ne saurais y parvenir seul sans tomber.

Tirant de sa poche une longue étole rouge aux deux pans brodés de clefs entrecroisées, au moins ce qu'on en pouvait deviner, ce que l'usure en avait laissé, il la baisa, la passa à son cou, et le P. Wladimir, le soutenant comme un fardeau infiniment précieux, songeait en même temps au pape, la même étole rouge sur ses épaules, lors de sa visite au Venezuela, filmé en gros plan, à la télévision, la cruauté des caméras le traquant jusque dans son immense lassitude, ses agenouillements devant l'autel dont il se redressait si péniblement, en chancelant, comme s'il sortait de son tombeau... Le vieil homme médita un long moment, puis se relevant tout aussi péniblement, commença :

— *Kyrie, eleison.*

— *Kyrie, eleison...*, continua le P. Wladimir.

Et ainsi de suite, l'oraison pour un évêque défunt, avec la très ancienne collecte que le P. Wladimir, le matin même, avait eu un certain mal à trouver et que le vieil homme, de mémoire, récitait les yeux fermés, les mains jointes :

« *Da nobis, Domine, ut animam famuli tui Petri Episcopi...* »

Quand ce fut achevé, Benoît dit :

— Gentil Gibelet. Vrai compagnon. Nous passions quelquefois cinq ans sans nous voir. Savez-vous que nous ne nous écrivions jamais...

C'était une étrange remarque. L'explication suivit, tout aussi irréelle.

— La terre tournait. Le monde changeait. Nous n'y avions aucune part. Qu'aurions-nous eu à nous dire, seuls, chacun dans notre coin ? Nous aurions pu aussi nous téléphoner. Il y avait déjà des cabines partout il y a trente ans. A quoi aurait servi d'entendre le son de nos voix ? Et pour apprendre quoi ? Utiliser les moyens de communication de ce temps n'aurait fait que réduire à une dérisoire et anachronique survivance ce que nous représentions. Nous ne l'avons pas voulu. Nos âmes se parlaient. Le silence suffisait. Nous étions des lueurs dispersées dont seuls nous percevions l'éclat dans la nuit, sans nous voir. Si nous avions laissé le grand vent du monde souffler, toutes ces pauvres petites vies s'éteignaient. Comprenez-vous cela ?

Le P. Wladimir, plus tard, se souvint mot pour mot de ces phrases qui l'une après l'autre se frayaient un chemin comme des bulles qui viennent se manifester à la surface d'une eau dormante, témoignages d'autres existences invisibles. Le vieil homme dit :

— Pourquoi êtes-vous venu ? Que souhaitez-vous de moi ? Que me veut Rome ?

— Vous aider à arriver jusqu'à Rome, rien de plus. N'est-ce pas cela que vous avez décidé ?

— En effet. Et de lui ou de moi, qui donnera le pardon, là-bas ?

Le P. Wladimir hésita. La mission dont il était chargé ne comportait aucune réponse à cette question.

— Dieu, j'imagine, dit-il.

Il sentit la main du vieillard se serrer plus fort sur son poignet.

— Et maintenant, cher frère Wladimir, j'aimerais célébrer ma messe dans la cathédrale. Croyez-vous que cela soit possible ?

— Je n'en doute pas. Je vais m'en occuper.

Ils n'avaient que quelques pas à faire. Le P. Wladimir, avec la clef, ouvrit la porte latérale de l'église. Ils entrèrent, toujours l'un soutenant l'autre. La nef resplendissait au soleil de l'après-midi. Une demi-douzaine de cierges brûlaient à l'autel de la Vierge. C'est le mystère des églises d'aujourd'hui, dans la campagne française. Elles sont désertes, souvent fermées, et toujours y brillent ces flammes dont on ne sait qui les a allumées.

Le vieil homme s'assit sur une chaise, au premier rang. Il semblait peupler le chœur à lui tout seul. Il dit :

— Cela fait tellement longtemps que je n'ai pas célébré la messe dans une église. Cela nous arrivait si rarement, toujours la nuit, en cachette, quand nous parvenions à entrer, ou à nous laisser enfermer. Pauvre Jacques de Bethléem, mort à la porte de Maguelone... Me servirez-vous, pour cette messe ?

— Rien ne s'y oppose. Le temps de prendre quelques dispositions. Je reviens.

Le vieil homme dit :

— Ne tardez pas. Ah, écoutez-moi : il y a une lettre dans mon sac. Vous la prendrez, vous la prendrez...

Mais déjà le P. Wladimir, d'un pas rapide, s'en était allé au château frapper à la porte de M. Heurtebise.

— Monsieur le maire, celui dont je vous avais parlé est arrivé. Il souhaiterait dire la messe à la cathédrale.

Le maire se gratta le bas du crâne.

— En principe, selon la règle imposée par le curé de Castellane, dont nous dépendons, il y faut l'autorisation de l'évêque de Digne. Il n'y met jamais les pieds mais c'est tout de même une de ses cathédrales.

— Monsieur le maire, passons là-dessus. Celui-là est plus qu'un simple évêque et il nous revient de très loin...

Le P. Wladimir improvisa : une Église étrangère persécutée, un évêque arraché à sa prison, qu'on croyait encore menacé, qu'il était chargé d'escorter jusqu'à Rome...

— Je vous suis, dit le maire.

Benoît les attendait, immobile, son sac posé à ses pieds, la tête inclinée sur la poitrine, priant en silence. Il ne priait pas, il était mort, avec, sur ses lèvres entrouvertes, le sourire du pape Garnier, dans la grotte de l'Étoile, il y avait si longtemps, et des trente et un autres Benoît après lui... Il ne fut pas nécessaire de lui fermer les yeux. Il l'avait fait lui-même.

Aucune cloche ne retentit. Aucune nuée noire dans le ciel obscurcissant la lumière. Point d'oiseaux surgis de l'horizon volant au ras du clocher. Nul orage ne se déchaîna. Nul voile du Temple ne se fendit et Gibelet ne sortit pas de son tombeau. Simplement une immense absence qu'en son cœur le P. Wladimir ressentit, comme si l'air, subitement, lui manquait. Le maire dit : « Mon Dieu ! Mon Dieu ! », et saisissant le corps sous les bras et par les pieds, ils l'allongèrent sur un banc. Il ne pesait pas plus lourd qu'un enfant.

Le P. Wladimir se décida :

— Monsieur le maire, je vous en ai déjà dit beaucoup. Il faut continuer à me faire confiance. Je vais appeler Rome de ma voiture. Pour le moment, nul ne doit entrer.

Il regarda sa montre : une heure et demie. Lundi 18 avril 1994 à une heure trente de l'après-midi. La voiture était garée sur la place, à une trentaine de mètres de là. Il constata avec satisfaction que l'endroit était tout aussi désert que lorsqu'il était arrivé. Le petit auvent du syndicat d'initiative affichait encore les avis de l'an dernier. Il composa le numéro codé, auquel seul Mgr Cassini répondait.

— Ici Wladimir, monseigneur. Benoît... Benoît est mort.

Il y eut un silence. Le temps d'une prière muette, là-bas, au Vatican, dans le bureau anonyme, la plus courte, la plus belle, le dernier verset du *Libera* : *Requiem æternam dona eis Domine...* Puis, les questions : Où ? Quand ? Comment ? Exposé rapide. Ensuite la première décision.

— Voilà ce que vous allez faire, Wladimir. Vous retournez auprès du corps et vous n'en bougez pas, ni le maire, ni vous-même. Je vous envoie des renforts : Pfiffer de Pikkendorff et Bussmann. Le premier a été capitaine dans la Garde suisse, le second, sergent, tous deux en retraite dans leur canton de Lucerne, enfin, pas tout à fait. Ils me rendent parfois des services.

— Mais, monseigneur, le temps qu'ils arrivent ? De Lucerne !

— Vous parlez trop vite, Wladimir. Ils sont depuis hier à l'hôtel de Bourgogne, à Digne. Dans trois quarts d'heure au plus tard vous les verrez arriver.

La via Ovido fonctionnait. Le P. Wladimir apprécia.

— Aussitôt qu'ils vous auront rejoint, vous me rappelez, reprit Mgr Cassini. J'aurai d'autres instructions pour vous. Nous allons ramener Benoît à Rome.

— Et le médecin ? La gendarmerie ? Il faut tout de même faire constater le décès. Nous ne pouvons pas l'enlever comme cela, comme des voleurs, nous...

— Je m'en occupe, coupa la voix de Mgr Cassini. Ce que vous avez de mieux à faire en attendant, c'est de prier pour l'âme du défunt. Vous êtes aussi là pour ça, non ?

— Une question encore, monseigneur. On va me demander son nom. Lequel donner ?

— Mais le sien, naturellement, celui de l'état civil, Gérard de Vallac, né le..., à...

Le P. Wladimir nota et raccrocha.

Le maire avait déniché dans le coffre de la sacristie une nappe d'autel toute jaunie, une merveille de dentelle qui avait été brodée autrefois par les religieuses du palais au service de Mgr Soanen. C'est ce qu'il expliqua au P. Wladimir, à voix basse. Il en avait recouvert le corps, sauf le visage, comme d'une sorte de surplis.

— Peut-être avait-il de la famille ? demanda le maire.

— Aucune.

« Quelle incongruité, Seigneur ! » se dit le P. Wladimir en songeant que si Benoît avait été à la place qui aurait pu être la sienne, des centaines de millions de catholiques, en ce même instant, le pleureraient. Il répéta cependant :

— Aucune. Sauf Notre Saint-Père le pape, à Rome, qui s'apprêtait à l'accueillir après sa si longue absence.

Trois quarts d'heure ne s'étaient pas encore écoulés que la petite place de Senez s'anima. D'abord la voiture des deux Lucernois, également équipée d'un téléphone. Compétents, rapides, avares de mots, la cinquantaine, ils s'inclinèrent devant le cadavre et après un signe de croix, tandis que le sergent Bussmann, sur un coup d'œil appuyé du P. Wladimir, ramassait discrètement le sac de Benoît pour le porter à sa voiture et l'enfermer dans le coffre, le capitaine Pfiffer de Pikkendorff rendit compte : Il avait déjà commandé le cercueil, à Digne, et le fourgon, tarif d'urgence, l'affaire d'une heure ou deux, « bonne affaire pour eux », avait-il ajouté, car il avait aussi l'humour alémanique. Puis il s'en alla sur la place au-devant de l'estafette de la gendarmerie de Castellane d'où sortirent le chef en personne et un brigadier, visiblement impressionnés par le télex ultraconfidentiel reçu une demi-heure plus tôt du ministère de l'Intérieur. Enfin ce fut le tour du médecin, qui venait de Digne lui aussi. Organisme épuisé, congestion cérébrale, constata le médecin, la mort remontant à une heure environ. Rédigeant le certificat de constat de décès, il demanda :

— Quel nom dois-je inscrire ?

— En effet, quel nom ? dit le brigadier. Le défunt avait-il une pièce d'identité ?

— Sans doute, dit le P. Wladimir, mais nous ne l'avons pas fouillé. Par respect.

— Ce ne sera pas nécessaire, décida le chef, se rappelant le télex ministériel.

— Le défunt s'appelait Gérard de Vallac, reprit le P. Wladimir. Écrivez, docteur, s'il vous plaît : Monseigneur Gérard de Vallac. Il était évêque.

Encore une fois il se laissa emporter par d'aventureuses considérations : le pape n'était-il pas le premier parmi les évêques ? Le pape n'était-il pas l'évêque de Rome ?

— Évêque de ? interrogea le médecin.

— Cela n'a plus d'importance, à présent.

— Ah, bon, dit le médecin, et il signa, prenant congé.

Ensuite il fut décidé, sur une suggestion de Pikkendorff, que les gendarmes isoleraient le village, avec l'autorisation du maire, jusqu'au départ du fourgon mortuaire que l'on attendait d'une minute à l'autre. C'était facile. Un seul chemin menait à Senez, qui se transformait après en cul-de-sac. Les deux gendarmes obtempérèrent sans demander d'explications. Ils tirèrent une petite barrière métallique agrémentée d'un panneau d'interdiction mentionnant *sauf riverains* et l'installèrent en travers du pont.

Regagnant sa voiture, le P. Wladimir appela Rome. Il exposa les mesures prises, s'étonnant un peu du bouclage, à l'instigation du capitaine de Pikkendorff, d'un aussi minuscule village où il ne passait vraiment personne.

— Il y a une fuite, dit Mgr Cassini. Et pas mal ciblée, qui plus est. Un assez troublant article concernant les survivances de la papauté d'Avignon dans un hebdomadaire français d'obédience chrétienne, mais furieusement antiromain. Il ne s'agit pas d'une coïncidence. J'ai colmaté à peu près la brèche, mais tout de même, cela pourrait entraîner d'autres curiosités, rappelez-vous ce que je vous avais dit du rôle des médias. Des chiens ont peut-être été lâchés. Plus vite vous aurez quitté Senez et serez passés en Italie, mieux cela vaudra. Le fourgon est-il arrivé ?

— À l'instant, monseigneur.

C'était une fourgonnette anonyme, d'un gris vaguement mortuaire, d'où sortirent deux costauds en blazer qui dissimulaient leur état de croquemorts sous des apparences de voyageurs de commerce. Ils ne servaient pas la mort, comme autrefois. Ils étaient là pour l'effacer.

— Alors hâtez-vous, dit Mgr Cassini.

— Mais les formalités, monseigneur ? L'autorisation de transfert du corps ? Le plombage du cercueil pour le passage de la frontière ?

— Il n'y aura pas de formalités. Je vous attendrai cette nuit, le temps d'attraper l'avion pour Gênes, disons à partir de deux heures du matin, côté français, à la douane d'Olivetta, au-dessus de Menton. C'est un petit poste-frontière, parfois non gardé la nuit. Vous passerez par Sospel ; c'est un détour, mais la discrétion y gagnera. Nos correspondants de Gênes nous fourniront la voiture. En Italie, nous serons chez nous. Je veux dire : nous y sommes *encore* chez nous...

Le cercueil était capitonné de rouge, à double coque et double couvercle. Les costauds s'emparèrent du corps et l'y déposèrent avec précaution. Les dentelles de Jean Soanen enveloppaient toujours le mort. Ce fut la contribution du diocèse de Senez à ce deuil. Le maire, M. Heurtebise, avait les larmes aux yeux. S'il avait su la vérité, nul doute qu'il aurait bouclé son barda, fermé sa cathédrale à clef et suivi le pape Luna. La barrière des siècles l'en empêchait. Il en est ainsi pour chacun de nous.

Les deux gendarmes, sur le pont, joignirent les talons au passage du fourgon, portant la main à leur képi. Ainsi Sa Sainteté le pape Benoît fut-elle saluée, incognito, selon les règles protocolaires et républicaines de la gendarmerie française...

Le poste-frontière d'Olivetta était éclairé comme une station-service. Le drapeau français flottait au mât, plutôt pisseux. Il y flottait jour et nuit, dans l'indifférence administrative, nul ne connaissant plus l'usage de rentrer les couleurs à la tombée du jour. Le douanier, dans sa cabine vitrée, somnolait. Il fut réveillé par l'approche d'un fort bruit de moteurs, côté italien, une longue limousine aux vitres opaques, immatriculée SCV — c'est-à-dire *Cité du Vatican*, ce qu'il apprit, tout étonné, à la lecture de la dépêche qui venait de tomber sur son télex de service — et quatre carabiniers motocyclistes rutilants, en casque blanc immaculé, véritablement royaux dans leur élégante tunique et leurs culottes de cheval à bandes rouges. Un personnage mirobolant dirigeait ce commando, en soutane à boutons violets, chapeau noir taupé à large bord d'un modèle devenu presque inconnu, même à Rome, une large ceinture violette lui barrant la taille, la croix pectorale en sautoir suspendue à des volutes de chaîne d'argent. C'était Mgr Cassini, évêque *in partibus* de Zerracudum, en Libye, qui renouait avec les emportements de sa jeunesse. On ne s'habille pas en clergyman, fût-il romain, quand on accueille le pape Luna sur le chemin de son retour à Rome.

Le transfert fut vite opéré, du fourgon de Digne à l'énorme Mercedes de la Cité du Vatican. Les douaniers ne saluèrent pas. Les douaniers ne sont pas des gendarmes. L'Italien ne sortit même pas de sa guérite. Il faisait froid. Le convoi se retrouva bientôt descendant vers Vintimille et l'embranchement de l'*autostrada*, deux motards en tête, deux en queue, tous phares et gyrophares allumés, la Mercedes emportant le cercueil, au milieu, pilotée par un homme de la via Ovido, un autre à côté de lui, la boîte à gants convenablement garnie, dans la voiture de tête le sergent Bussmann, la voiture noire de Wladimir fermant la marche, le capitaine Pfiffer de Pikkendorff au volant, Mgr Cassini et le R.P. Nykas, des oblats du Saint-Sacrement, somnolant à l'arrière sur la banquette. Demi-sommeil, demi-prières. À l'aube, ils en émergèrent, entre Gênes et La Spezia, et Mgr Cassini, jetant un coup d'œil à la Mercedes, devant lui, dit, rassuré :

— Travaillons.

C'était une voiture sans vitre de séparation entre le chauffeur et les passagers. L'évêque demanda :

— Pikkendorff, vous n'entendez rien, n'est-ce pas ?

Une suggestion plus qu'une question.

— Absolument rien, monseigneur, beugla le capitaine sans se retourner.

Mgr Cassini baissa tout de même la voix. Le sac de Benoît était posé à leurs pieds. Ils le débarrassèrent de ses excroissances, du pain dur dans une poche, une gourde d'eau dans l'autre, la cape noire roulée, le duvet de couchage, que Mgr Cassini se promit de renvoyer à son donateur, Dom Jansen, songeant avec une sorte de sourire de connivence que c'est ainsi que se forment les reliques. À l'intérieur, il y avait peu de choses, deux chandails passablement usés, un peu de linge, une petite trousse de toilette. Le P. Wladimir, gêné, regardait l'évêque disposer entre eux, sur la banquette, un peu comme un inventaire, et sans émotion apparente, tous ces humbles objets qui avaient partagé l'intimité d'un mort.

— Eh bien, quoi ! dit Mgr Cassini. Un pape est un homme comme les autres, et ce pauvre saint homme plus encore. Savez-vous ce que fait Sa Sainteté en ce moment même ? (Il regarda sa montre, qui indiquait six heures cinq.) Elle est en pyjama, en robe de chambre et en pantoufles, à sa table de travail depuis cinq heures du matin. On ne lui apportera sa tasse de thé que dans dix minutes, à l'heure officielle de son réveil. Tenez, vous allez être satisfait, nous arrivons à l'essentiel.

Plongeant la main dans le fond du sac, il en avait tiré l'étole rouge. Il la déploya sur ses genoux, la lissant machinalement, comme s'il caressait un chat. Puis ce fut le tour d'un petit calice enveloppé dans un étui de velours rouge. D'une quinzaine de centimètres de hauteur, c'était une simple pièce d'étain, mais d'une facture très ancienne. De l'or avait recouvert le fond de la coupe. Il en restait quelques traces. L'extérieur présentait quatre chatons, un seul portant encore une pierre, un gros rubis taillé en facettes et gravé d'un croissant de lune, le même croissant de lune qu'on retrouvait répété tout autour du pied du calice, qui était de forme hexagonale et passablement cabossé. « Pedro de Luna », murmura Mgr Cassini. Il y avait aussi une patène, apparemment de la même époque et en assez mauvais état, un missel en deux tomes de la taille d'un paroissien ordinaire, à la reliure fatiguée, avec des pages maladroitement recollées, édité par le diocèse de Rodez en 1623, enfin, une lourde bague d'argent, assez grossièrement façonnée, portant un sceau ovale où se lisaient, à traits naïfs, l'image de Pierre pêchant de sa barque, au filet, ainsi qu'une initiale suivie de chiffres romains, B XIV : le sceau privé du pape Jean Carrier, l'anneau du pêcheur...

— Voilà qui convaincra le Saint-Père, dit Mgr Cassini.

Le P. Wladimir sursauta.

— Parce que le Saint-Père n'était pas convaincu ?

— Non, hier matin, il ne l'était pas. Enfin, pas tout à fait. Il connaissait le dossier Benoît. Il l'avait lu avec émotion, en entier. Cela fait partie des dossiers secrets que mon service communique à chaque nouveau pape. Les trois précédents s'en fichaient. Seul Pie XII avait esquissé un geste de fraternité. Un an environ avant sa mort, en 1957, il avait envoyé un cardinal à Benoît que j'étais arrivé à localiser enfin dans un hameau perdu de montagne, une entrevue surréaliste, mais qui n'avait pas eu de suite. En fait, c'est moi qui ai rouvert le dossier Benoît, de ma propre initiative.

Le P. Wladimir avait de la peine à le croire.

— Mais alors, monseigneur, quand vous m'avez convoqué, l'autre jour, que vous m'avez expédié à Senez après avoir monté toute l'opération, le Saint-Père n'était pas au courant ?

— Il ne l'était pas. Ai-je prétendu le contraire ? À présent il l'est, depuis hier. Quand je lui ai appris la mort de Benoît, il m'a aussitôt reçu. Il était visiblement ému et je le connais assez pour savoir que sa peine n'était pas feinte. Tout de même, il m'a demandé des preuves, quelque chose d'irréfutable qui reliât Benoît au pape Luna. Je n'avais rien à lui offrir. Tandis que maintenant... Cherchez encore dans le sac, Wladimir, nous n'avons pas tout. Vous m'avez dit qu'il vous avait parlé d'une lettre...

Elle se trouvait dans une poche intérieure du sac, une enveloppe de format long, assez épaisse, avec une suscription de plusieurs lignes, d'une grande écriture penchée, au crayon :

A l'autorité ecclésiastique catholique la plus
proche du lieu de ma mort, en implorant d'elle
la charité de transmettre cette lettre en mains
propres au Saint-Père le pape qui est à Rome

Le rabat de l'enveloppe n'était pas collé.

— Pauvre Benoît ! dit Mgr Cassini. Merveilleuse

naïveté ! J'ai l'expérience des autorités ecclésiastiques. Cette lettre ne serait jamais arrivée jusqu'au pape.

Il hésita, ouvrit l'enveloppe, compta les feuillets, hésita encore, déchiffra quelques lignes çà et là, et courut au vingt-deuxième et dernier feuillet dont il lut le dernier paragraphe :

« ... *Je n'ai plus à m'interroger sur le sens de tout cela. J'ai vécu longtemps et j'ai vu le monde changer. Il y a des choses que je sais. Je dirai de quelle façon. C'est pourquoi je dois aller à Rome. Avant cinquante ans, plus tôt peut-être, deux forces s'y opposeront et le pape se souviendra du destin du pape Luna et de ses trente-deux successeurs qui ne laissèrent aucune trace sur cette terre...*

† Benoît

Puis, léchant la colle, il ferma l'enveloppe, prit son stylo et écrivit au dos, en travers de la jointure du rabat : *Clos le mardi 19 avril 1994 par Mgr Angelo Cassini, en présence du R.P. Wladimir Nykas.* Il signa et fit signer le P. Wladimir. Enfin il regarda sa montre :

— Six heures et quart. Le Saint-Père dit sa messe à sept heures. C'est le moment de l'appeler.

Il n'eut pas besoin de consulter son carnet. Il connaissait le numéro privé par cœur. Il s'annonça : « Cassini, Très Saint-Père. » Il fut bref. Il ne prononça pas le nom de Benoît. Il dit seulement : « Un calice, une patène, une étole, un missel, l'anneau du pêcheur, une lettre. Incontestable. » Il écouta la réponse, qui dura à peu près une minute, et raccrocha. Il médita un long moment. Il avait l'air plutôt satisfait. Le P. Wladimir respecta son silence, s'abstenant de poser des questions. Sur l'autoroute, avec le jour, le trafic s'était intensifié, des files de camions, pas mal de voitures. Les motards de tête jouaient de la sirène et du sifflet, frayant un chemin au petit convoi qui s'engouffrait par la brèche ouverte.

— Le Saint-Père prendra sa décision vers midi, dit enfin Mgr Cassini. Il la prendra seul. Si c'est la décision que je prévois, il avertira le secrétaire d'État et le cardinal R., car il y aura quelques mesures à prendre. En attendant, nous allons nous arrêter à Monte San Savino, après Florence. Il y a là une abbaye que je connais. Des bénédictins très discrets. Résolument, comment dirais-je... résolument pontificaux. Cela nous fera du bien de nous reposer un peu. La journée risque d'être longue...

Mgr Cassini avait prévenu le prieur par téléphone. Ils y arrivèrent un peu après onze heures. Un monastère-forteresse entièrement tourné vers l'intérieur. De hauts murs clos sur quatre côtés, sans fenêtres. Une porte basse et un grand portail à deux battants qui s'ouvrirent dès l'arrivée du convoi. Mgr Cassini avait demandé que le cercueil soit déchargé et placé dans le chœur de l'abbatiale. Dix moines l'y portèrent sur leurs épaules. Il n'eût pas été concevable d'abandonner Benoît dans la cour comme une marchandise. L'explication donnée à tous : « un saint évêque qui a beaucoup souffert ». Le prieur lui-même vint s'agenouiller.

On leur servit un repas dans la petite salle à manger d'hôtes, après quoi Mgr Cassini s'installa dans le bureau du prieur, seul. Connaissant le souci d'exactitude du pape, il laissa à peine passer midi. Il appela à midi cinq.

— Cassini, Très Saint-Père.

La voix répondit :

— À deux heures, cette nuit, au Vatican. Prenez contact avec le cardinal R. Il attend votre communication.

Ce fut tout.

Cité du Vatican, 1994

Un saisissant ballet de fantômes. Une liturgie de catacombes. Le cardinal R. avait donné des ordres stricts de silence.

Il était un peu plus de deux heures du matin quand le convoi pénétra dans la Cité du Vatican par l'entrée de la via della Porta Angelica où se trouve le principal poste de garde. Les deux Suisses en uniforme bleu refermèrent aussitôt la grille et la longue limousine aux vitres teintées roula à l'allure du pas, à travers une succession de cours intérieures, jusqu'à la cour du Belvédère dont les hauts murs abritent la galerie lapidaire des musées et la bibliothèque du Vatican, naturellement désertes à cette heure-là. Il y eut alors un commandement. On ne peut pas écrire qu'il « retentit ». Il fut au contraire énoncé à voix basse, presque étouffée, mais dans le silence qui régnait, parfaitement perçu et exécuté par les trois sergents et les trente hallebardiers en grande tenue jaune et bleu, coiffés du morion à plumes blanches, qui formaient la compagnie d'honneur et se figèrent au garde-à-vous.

Le cardinal R. était en surplis, accompagné d'un seul prêtre. Peu de monde, en vérité, en dehors de la Garde suisse, simplement Mgr Cassini et le P. Wladimir Nykas. Encore une fois, ce n'était pas l'ampleur de l'accueil qui frappait, mais la sourde intensité qui se dégageait de ce tableau d'un autre âge, de cette scène jouée par peu de personnages, dans un décor de pénombre.

Cette cérémonie-là fut brève. Le colonel Bühr-Langz, l'écharpe blanche de commandement passée en travers de sa cuirasse, salua le cercueil qui s'en fut, porté par huit gardes et précédé du cardinal R., le long d'une série de corridors, jusqu'à une porte latérale donnant dans la basilique Saint-Pierre, derrière le tabernacle du Bernin. Le contraste devint encore plus sensible entre l'immense édifice plongé dans l'obscurité et la douzaine de minuscules silhouettes qui semblaient glisser dans le silence et marchaient vers la seule partie de la basilique qui avait été éclairée, la chapelle du Saint-Sacrement, dans la nef droite. Le cercueil fut placé sur des tréteaux et les gardes se retirèrent. L'autel avait été préparé, sobrement, six cierges et un bouquet de lys blancs. Le cardinal R., qui devait célébrer la messe, avait revêtu une chasuble violette. Il attendait, au pied du cercueil, Mgr Cassini et les deux autres religieux derrière lui, le regard fixé sur un fauteuil et un prie-Dieu recouverts de velours rouge qui avaient été disposés sur le côté. Ils attendirent. Puis l'homme vêtu de blanc arriva, de sa démarche lente et lasse, et s'agenouilla, les doigts serrés sur son front, dans une attitude de prière qui lui était familière. Nul ne peut imaginer ses sentiments en cet instant. Nul n'a le droit de les imaginer.

Messe basse. Absoute parlée et non chantée. À l'échelle de la basilique Saint-Pierre, d'imperceptibles chuchotements. À la fin de l'absoute, seulement, se fit entendre la voix du pape. Traçant un triple signe de croix sur le cercueil, c'est lui qui prononça la dernière oraison, celle qui se termine ainsi : « *Que son âme et les âmes de tous les fidèles défunts, par la miséricorde de Dieu, reposent dans la paix...* »

Dès le lendemain matin, à l'ouverture de la basilique, le cercueil avait été enlevé.

Le visiteur qui, aujourd'hui, chemine dans les saintes grottes vaticanes, sous la basilique, parmi les tombeaux des papes, et aussi de pas mal de princes et de saints, n'aura sans doute pas l'attention attirée par un modeste sarcophage de marbre blanc, récent, placé le long de la paroi, derrière le tombeau de sainte Christine de Suède. Une seule inscription sur son flanc :

BENEDICTUS

Son plus proche voisin est Jean XXIII. Non pas Baldassare Cossa, pape de Pise, qui peut-être fut vrai pape sous ce nom-là, puis certainement faux pape, déposé par le concile de Constance qu'il avait lui-même convoqué, mais Angelo Roncalli, pape Jean XXIII *bis* en quelque sorte, qui eut l'imprudence, lui aussi, de convoquer un concile, celui de Vatican II, lequel concile l'enterra.

ANNEXES

CHARLES V
roi de France
(1364-1380)

Début du Grand Schisme d'Occident (1378)

CHARLES V
roi de France
(1364-1380)

CHARLES VI
roi de France
(1380-1422)

Concile de Pise (1409)

Concile de Constance (1414-1417)

CHARLES VII
roi de France
(1422-1461)

JEANNE D'ARC
† Rouen 1431

LOUIS XI
roi de France
(1461-1483)

Chronologie des papes de 1305 à 1447

CLÉMENT V (1305-1316)
quitte Rome pour Avignon
en 1309

Papes d'Avignon

JEAN XXII (1316-1334)
BENOÎT XII (1334-1342)
CLÉMENT VI (1342-1352)
INNOCENT VI (1352-1362)
URBAIN V (1362-1370)
GRÉGOIRE XI (1370-1378)
retourne à Rome en 1377

Papes de Rome

URBAIN VI (1378-1389)
Bartolomeo Prignano
élu à Rome

BONIFACE IX (1389-1404)
Pietro Tomacelli
siège à Rome

INNOCENT VII (1404-1406)
Cosimo Migliorati
siège à Rome

GRÉGOIRE XII (1406-1415)
Angelo Correr
siège à Rome

Papes d'Avignon

CLÉMENT VII (1378-1394)
Robert de Genève
élu près de Rome,
retourne en Avignon

BENOÎT XIII (1394-1423)
Pedro de Luna
siège en Avignon,
puis à Peñiscola, en Aragon

Papes de Pise

ALEXANDRE V (1409-1410)
Pietro Filargos, siège à Pise

JEAN XXIII (1410-1415)
Baldassare Cossa, siège à Pise

Après Constance

MARTIN V (1417-1431)
Oddone Colonna
siège à Rome

EUGÈNE IV (1431-1447)
Gabriele Condulmer
siège à Rome

⋮

et la suite des papes jusqu'à
JEAN-PAUL II

Les successeurs de Benoît XIII

CLÉMENT VIII
(1423-1429)
Gil Sánchez de Muños
puis à Peñiscola, en Aragon

BENOÎT XIV (1429-1430)
Bernard Garnier
élu à Villefranche-de-Rouergue

BENOÎT XIV (1430-1437)
Jean Carrier
élu à Rodez

BENOÎT XV(1437-1470)
Pierre Tifane
élu près de Rodez

BENOÎT XVI (1470-1499)
Jean Langlade

⋮

La succession apostolique de Benoît XIII

BENOÎT XIII (1394-1423)
Pedro de Luna
nomme cardinaux en novembre 1422 :

JEAN CARRIER
CARDINAL DE RODEZ

qui conteste l'élection
de Clément VIII,
élit pape

BENOÎT XIV
(1425-1430)
Bernard Garnier

qui nomme cardinal :
JEAN FARALD
qui élit pape :

BENOÎT XIV
(1430-1437)
CARDINAL JEAN CARRIER
qui nomme CARDINAUX :

JULIAN DE LOBA — JIMENO DAHÉ — DOMINIQUE DE BONNEFOI

qui élisent pape,
pour préparer le ralliement à Martin V :

CLÉMENT VIII (1424-1429)
Gil Sánchez de Muños
qui abdique en 1429
tandis que trois de ses cardinaux
(sur quatre) se rallient à **MARTIN V**

PIERRE TRAHINIER cardinal de Bethléem	BERNARD cardinal d'Hébron	PIERRE TIFANE cardinal de Tibériade	JEAN cardinal de Gibelet	X cardinal de Iona	JACQUES cardinal de Césarée

qui élisent pape :
BENOÎT XV (1437-1470)
Pierre Tifane
cardinal de Tibériade

BENOÎT XVI (1470-1499)
Jean Langlade
cardinal de Césarée

Note de l'auteur

Ce livre découle de recherches que j'ai entreprises, et cela depuis longtemps.

Tous les personnages appartenant au passé apparaissent sous leurs noms réels. Pour ceux qui relèvent du présent, quelques-uns, à l'évidence, portent leurs noms véritables, tandis que j'ai changé les autres, qui correspondent à des personnes existantes, ou que j'ai utilisé des initiales, à ma seule convenance.

Les faits historiques rapportés sont conformes à la réalité. A ce propos, j'exprime ma reconnaissance à deux écrivains français disparus il y a une vingtaine d'années, MM. Georges Pillement et Christian Murciaux, qui savaient tout de Pedro de Luna et lui avaient chacun consacré un excellent livre. Pour ce qui concerne le grand schisme d'Occident, c'est au R.P. Louis Mainbourg, s.j., que va toute ma gratitude. Son ouvrage magistral paru en 1681, dont j'ai pu, grâce au cher Pierre Joannon, me procurer l'édition originale, n'a pas eu d'égal depuis.

Enfin je dois des remerciements amicaux à M. l'abbé C.-P. Ch., à son immense érudition, et à sa fabuleuse et accueillante bibliothèque.

TABLE

R RASPAIL, Jean 2827
RAS. L'Anneau du pêcheur
A